启真馆 出品

生活
并不在别处

应奇 著

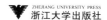
ZHEJIANG UNIVERSITY PRESS
浙江大学出版社

图书在版编目（CIP）数据

生活并不在别处 / 应奇著 . — 杭州：浙江大学出
版社，2014.7
ISBN 978-7-308-13076-9

I . ①生… II . ①应… III . ①散文集 – 中国 – 当代
IV . ① I267

中国版本图书馆 CIP 数据核字（2014）第 067803 号

生活并不在别处

应奇 著

责任编辑	杨苏晓	
营销编辑	李嘉慧	
装帧设计	罗　洪	
出版发行	浙江大学出版社	
	（杭州天目山路 148 号　邮政编码 310007）	
	（网址：http:// www.zjupress.com）	
制　　作	北京百川东汇文化传播有限公司	
印　　刷	北京天宇万达印刷有限公司	
开　　本	635mm×965mm　1/16	
印　　张	20.5	
字　　数	246千	
版 印 次	2014年7月第1版　2014年7月第1次印刷	
书　　号	ISBN 978-7-308-13076-9	
定　　价	40.00元	

非原创的作家看起来八面玲珑,因为他们大量模仿别人,过去的,现在的。而原创艺术只能拷贝它自身。

——Vladimir Nabokov

目　录

登小雅之堂

(代序)

我年轻时的"文学梦"和"科学梦"都不甚久：我的语文一直不错，从来都是课代表，用诸暨家乡方言"声情并茂"地朗诵朱自清的《荷塘月色》乃是我作为这个课代表的一项"特权"，但我从未梦想过成为"文学家"——我充其量设想过成为一个"新闻人"的可能性，因为"新闻学"和"考古学"乃是我认真地考虑过的两个文科专业，虽然我后来报考的是理科；我的数学也不赖，时常在各类竞赛中得奖，还在 1984 年那一套可能是有高考记录以来难度最高的数学卷子上考出了近七十分，但我也从未梦想过成为陈景润；我倒是梦想过成为"学者"，但应当也不是那种"大"到要出眼下这种"集子"的学者；我最终的同时也是未完成的身份乃是"哲学工作者"。我不知道要把"哲学家"这个名号的内涵缩小到什么程度，同时把它的外延放宽到什么程度，才能把我这样的"工作者"也包含在那个"家"中。但有一点我是清楚的，那就是我离一个"哲学翻译家"的距离肯定要比我离一个"哲学家"的距离近一些——如果不说近得多的话。

从一定意义上说，已经按照某种归类"集结"在这里的至少在表面上颇有参差的文字——它们的一个最主要的共同点就是它们都是一个离"哲学家"还很远的"哲学工作者"和一个离"哲学翻译家"相对比较近的"哲学翻译者"写的——都或者与翻译工作直接相关,或者就是在漫长的翻译生涯中用作休息的时间里,为了调剂自己日渐沉闷的情绪而敲出来的,有的(或者它们的"雏形")甚至就是直接敲在作为自己的娱乐方式而给天各一方的朋友们所写的各类邮件中的——我给这些文字取的一个总名就是"我的部落格"。为此,我要感谢那些为了尊重他们就必须在这里"被匿名"的朋友,他们长年累月地忍受着我兴之所至和信马由缰的"骚扰",虽然他们最常用的忍受方式就是沉默——他们显然比我更好地践行了维特根斯坦的箴言:"对于不可言说的东西我们就必须保持沉默。"但他们也许更善意地"忘记"了芝生冯友兰先生的教导:"人必须先说许多话然后保持沉默。"特别要感谢的是严博非先生,他既是上述"朋友"这个大类中的一员,同时也是一个足够"另类"的成员,多年前他在看到我信笔写下的一则随记(我还记得这篇博文就是《天堂夜归》,虽然我那时还没有使用"我的部落格"这个总名)后就问过我有多少这类文字,他愿意帮我结集以让更多的朋友分享。大约是两个月前吧,看我的"部落格""行情"随着朋友们受到"骚扰"的频度而更有些"看涨",他又重申前议,颇愿做一件集始作和终成于一身的雅事。我必须在这里承认,他的这番盛情雅意对于我无疑是一种激励和鞭策,而这是因为,我虽然有时会自嘲并被嘲已经"堕落"到只能写写这类小品文抑或"部落格",但却自揣仍然自觉肩负着崇高的翻译使命,并在多年前就设想过而且到现在也依然没有放弃自己更为宏伟的写作计划。就此而言,博非的这个建议无疑是给了我一个"自行了断"或者至少是向"沉沦"于"部落格时代"的"我"告别的机会。当然我也必须说,在一个"诸神隐退"、"生灵涂炭"——这个词在这里的意思仅仅是个人的原子化或原子化的个人——的时代,这种"告别"是如此哀伤和艰难,至少并不十分令人畅快和感到容易,但为了已经日渐贫瘠和苍白的"自我"的重新成长和更大程度的充盈,这种告别又是——用一个在我们这个时代非常流行的小品中的词来说——必须的!

　　大约是去年七八月间吧,大概主要还是拜自己的这个无限接近于翻译家的"翻译工作者"的身份所赐,我应朋友之邀参加了在中国政法大学举办的"首届西方政治思想史高级讲习班",并且忝为"讲师"。我是掐着自己的"讲习"时间来到北京郊外蝉声沸腾中的昌平校区的，在为我"接风"的宴席上，一位朋友提到他刚在"哲学在线"上看到我的"迹近小品"的文字，并由衷地夸赞了几句，我在内心无比激动的同时还是强作低调，连称小作实难"登大雅之堂"。从这个角度，用"登小雅之堂"来定位这里的文字的性质，我自信倒确是虽不中亦不远的。虽然根据我浅薄的文史知识，《诗经·小雅》乃讥刺之作，而且至少从表面上看，这里的某些篇什也似乎确实不乏这种精神和趣味，但我仍然要正名并自我辩诬的是，从内在的层面，无论我自己，还是这里的文字，都也还是谨遵"哀而不伤"、"乐而不淫"之诗教的；我也曾经自我调侃："温柔敦厚"也许不及，"光风霁月"或有过之。在为我的"部落格"辩白时，我还曾有言："这些文字也许并不是非得公开，但它们无疑具有可公开性"，现在想来，这种可公开性大概就是我所谓"光风霁月"之所指吧。

今年九月底的一天，我陪小女在曲院风荷荡舟，微风之下水平如镜，远山寂寂，一派清秋气象，在在不免引人秋思；回家在逛"古曲网"时就撞上了李祥霆先生演奏的《天净沙》一曲，当时就曾发给我的朋友们分享。我其时未便提及的是，我的"秋思"还有一个更重要或者说最重要的寄托对象就是已经在十年前的深秋离我而去的我的父亲。我的父亲是一名地质工作者，但在我心目中，他首先是一个热爱哲学的人，我最初接触到的哲学书就是他于上世纪五十年代后期在北京求学时在当时的东安市场买到的，例如笛卡尔的《哲学原理》、斯宾诺莎的《知性改进论》、黑格尔的《小逻辑》，当然还有列宁的《哲学笔记》；他基于自己的"政治经验"先是在 1984 年阻止我报考文科，后来又在我顺利地从理科脱颖而出上重点大学分数线之后，毫无保留地支持我上吉林大学的自然辩证法专业学习，并对我抱有很高的期望，我自然明白，他的这份期望中有一个重要因素当然就是他自己未能实现的"哲学梦"。父亲有很高的抱负和眼界，记得多年以后当我第一次在国内"层阶"最高的哲学刊物上发表文章——这篇文章题为《斯特劳森的哲学图像》——后，有一次在我刚装修好的小家，我拿出这篇文章给他看，他翻了翻，在流露出欣悦神色的同时，说了一句："什么时候能够用自己的话写出有独立见解和思想的东西就好了。"我相信，从这样一个标准来衡量，他一定是不满意于在那之后还"打拼"了这么些年的我的表现的。同时,父亲还具有非常好学的精神和相当强的学习能力,他也曾经学习过多种外语——这从我在他的藏书中发现的各类各语种的词典中就可以得知——并对俄语和英语具有较高的素养。毫无疑问,这种学习兴趣和能力都是我所不具备的。这样说来,对于我目前之差不多以翻译为业,就一定是出乎他的意料的了。但我曾想,如果我们(也包括一定已经在天堂的他)不要那么苛严地看待人类的理智活动,适当地放宽对于人类应当和能够去成就的事业的了解,我自我安慰——其实主要是为了安慰他——地认为,他对我事业上的成就或者所成就的事业应当也是可以满意的吧。

　　1984年9月中的一天,还是早上四五点钟,我的行李已经提前一天办理了托运到长春的手续,在这个天还完全没有亮的早晨,为了保证万无一失,父亲用一辆老式28寸自行车驮着我离开我们当时已经在杭州半山的家,去到城站——杭州火车站,送我从那里出发,经上海转车,到我——也是他——梦想中的哲学系上学。我们一路聊着天,更多的并不是离别的愁绪,而是对未来的憧憬;不是由生活之艰辛所造成的怨怼,而是一种意气奋发、重新起航的豪情。我听到他弥散在未开晨雾中的带着兴奋思绪的声音,我只能看到(其实是紧贴着)他的背影和不时转过来的半张脸;至今二十六年过去了,他的整个面影和坚毅神情,越过时间的长河和岁月的沧桑,依然清晰地呈现在我的面前。那么就让我用这个不成样子的"作品"献给父亲和我生命中那个永远定格的清晨,献给我生命中永远的父亲。

2010年12月3日
浙江大学港湾家园寓所

我与斯特劳森哲学的因缘

> "走向一颗星"
>
> ——马丁·海德格尔:《从思的经验而来》

> "朝向最明亮的光芒"
>
> ——彼得·斯特劳森:《我的哲学》

  2006 年 2 月 20 日,时近午夜,我来到久未光顾的"哲学在线"网站,一行触目惊心的黑体字映入我的眼帘:"著名英国哲学家斯特劳森教授逝世。"霎那间,我的脑子陷入了一片空白。定下神来后,我还看到了英文讣告和江怡教授的悼念文章,这才确信这位堪称当代圣哲的睿智老人已经永远离开了我们。老人已近米寿,在耄耋之年,传来这样的消息,虽不能说是绝对的意外,但却绝对让我感到怅然若失:在这早春未尽的寒意中,我仿佛感到自己生命的一部分正从身上剥离下来,流失开去,与过去的时光一起一去不返了。然而生命的力量正在于它能够把已经消逝的过去重新放置到眼前,对之展开追忆和反思。正是依凭着这种力量,我的思绪回到了近十四年前。

  1993 年 9 月,在经历毕业留所未果、考博出现意外、求职无门等一系列折腾之后,我结束在淮海中路 622 弄 7 号三年的硕士学业,辗转来到杭州大学,投师我国现代西方哲学研究的开创者之一夏基松教授门下,攻读博士学位。入学后的第一要务就是确定学位论文选题。对于我这样一个大学入学专业是自然辩证法(后改称科学技术哲学),毕业论文做的却是魏晋玄学,硕士导师是希腊哲学专家,却以新儒学为硕士论文主题的并不循规蹈矩的学生来说,论文选题既是一件易事,又是一件难事：易的是，我的求学经历表明——用我的老师范明生研究员的话来说——我"能够适应多方面的研究"；难的是，夏先生专治现代西哲，尤精科学主义。我的论文总要与老先生的方向沾点儿边吧。正在彷徨不定之际，我忽然想起，沪上求学期间，有一次曾在设在万航渡路的上海社科院图书馆借得一册斯特劳森的《个体》英文版，虽然就如同我在念硕士期间所借的所有外文书一样，这本绛红色封面、貌不惊人的平装书在我的小书架上放了一段时间之后不久就回到了图书馆的大书架上，但寥寥数页的阅读经验却就留下了极深的烙印：我直感到这是一本极其重要的书，是一本探索人类的理智结构，却又对这种结构提出考验乃至于挑战的纯哲学著作。于是我向夏先生提出，希望以斯特劳森哲学作为学位论文的主攻对象。夏先生的首肯使我接下来近三年的时光几乎都是在与斯特劳森的著作和与他有关的资料的伴随中度过的。

这里值得一记的是，与那时同在夏先生门下，以西方在世哲学家为研究对象的师兄师弟（那时既无师姐，也无师妹）一样，在收集资料的最初阶段，我们照例都是直接向作为传主的哲学家本人写信求助。所幸的是，我的求助也收到了效果：斯特劳森教授为我寄来了当时刚刚出版的《分析与形而上学》一书，这本书是根据他在牛津十余年和世界其他地区多次讲演（包括 1988 年作为中国社会科学院和牛津大学联合创办的中英暑期哲学学院的英方名誉院长在北京发表的讲演）整理而成的，副标题为"哲学导论"，表达的是他对于哲学的总体构想和理解。另外就是他的《普遍物》一文的抽印本，这是我与其他二手文献一起，列在要求他提供帮助的资料清单上的。我印象最深的是，斯特劳森在给我的信中，以大哲学家的口吻写道，在我的单子上的所有文章中，只有这篇是最为重要的。我自然要写信对他的帮助表示感谢，我还记得那年圣诞节给他寄去了一张贺卡，画面上是平湖秋月和宝石流霞的景致。值得一提的是，斯特劳森的学生格雷林博士也为我寄来了他的《哲学逻辑导论》和《驳怀疑论》，这两本书对我后来的写作也都有很大的帮助。

经过两年多艰苦的努力，我完成了题为《概念图式与形而上学——彼得·斯特劳森哲学引论》这一具有"中国特色"的博士学位论文，这篇论文着重"研究"了斯特劳森在形而上学、身心问题和先验论证方面的思想。在勾勒了斯特劳森的哲学方法和哲学图像之后,分别从斯特劳森—罗素之争、斯特劳森—奎因之争、殊相的识别与本体论的优先性、经验的归属与人的概念、概念图式与先验论证五个方面较为全面地考察了斯特劳森哲学的成败得失及其在当代哲学中的地位。论文获得了评议专家的肯定并于 1996 年 6 月顺利通过了答辩程序。时隔近二十年,毕业前后的很多细节都已经淡忘了,只有夏先生在答辩会上说的一句话至今犹历历如在耳边:"小应最初要做这一题目,我还有些担心,现在看来,他的选择是对的。"

但说来惭愧的是,似乎半是由于命运的安排,半是由于我一贯的半途而废的做事风格(如果性格即命运,那么一切皆命),毕业从教以后,除了把学位论文分解成五篇论文发表在国内刊物上,我并没有机会继续从事斯特劳森哲学的研究,也辜负了我的老师孙月才先生希望我将来到牛津在斯特劳森指导下从事研究的期望,更遑论向世界哲学高峰攀登和冲刺了,而是转到了表面看来与语言分析哲学不相干的领域,这时想起范师"小应能够适应多方面的研究"的话,竟有哭笑不得之感。

2000 年初,我所在的单位计划在上海某出版社出版一套丛书,我的博士论文也被列入其中,并于同年底出版。正如我在那本书的"后记"中所写的那样,虽然我"喜新不厌旧",对斯特劳森哲学一直并未忘情和释怀,但当时我显然没有能力从根本上提高我的论文水准,而只能就过去几年新出文献和相关进展作力所能及的修改和润色。修订过程中给我印象比较深的材料有:斯特劳森为《斯特劳森的哲学》所写的《我的哲学》一文已经发表了,但由于时间紧张,我并没有找到这篇重要的文献,而只是就王路在《走进分析哲学》中的引用做了转引;斯特劳森接受江怡的访谈录也发表了,这篇访谈对理解他的思想颇有帮助。其他值得一提的工作还有:余纪元在牛津期间为江怡主编的《走向新世纪的西方哲学》撰写的《描述的形而上学:斯特劳森》,这篇文字对《个体》上半部的核心思想作了平实并又不失深度的评述;陈嘉映的《事物、事实、论证》对斯特劳森把事实排除在世界之外的观点进行了批评,虽然陈文没有全面考察斯特劳森的事物本体论,但他的批评和发挥仍然一如既往地让人兴味盎然;程炼的《先验论证》对包括斯特劳森在内的先验论证思想做了颇有才情的解读和诠释。尽管我为论文的修订成书又作了一番努力，但遗憾的是，也许由于我的论文的核心内容早已经分篇发表并得到过一些评论，又或许由于我的"研究"确实并不到家，除了收到若干业余哲学工作者的"读后感"，这本小书似乎可以说从印刷机上下来的那天就已经死了。据我所知，对它的首次引述出现在江怡为他翻译的《个体》一书所撰的长篇译序以及他的巨著《西方哲学史·现代英美哲学卷》有关斯特劳森的一章中，这已是前年和去年的事了。但在我个人的经历上颇有意义的是，在我修改这篇论文期间，同校的盛晓明教授正在撰写他的《话语规则与知识基础——语用学维度》一书，试图对他多年的康德研究和在日本东京大学从事知识论研究的心得做一综合的表述。晓明教授是一名先验论证迷，具有极高的哲学热情和超常的哲学洞察力，与他的聊天和讨论是我在浙大哲学圈（如果有这个"圈"的话）中最为难忘和激动人心的经历之一，我们也由此结下了"哲学的友谊"。

　　博士论文的出版似乎是我与斯特劳森哲学的真正告别仪式，虽然此后我也曾几度设想过翻译他的一两本书，但一直没有合适的机会。2004年初，我与友人打算一起编一本名为《第三种自由概念》（正式出版时改名为《第三种自由》）的译文集，计划对伯林以后自由观的进展作一番系统的梳理，我由此想到，斯特劳森曾写过《自由与怨恨》这篇针对"惊惶失措且混乱不堪的自由意志论的形而上学"的名文，便开始考虑可否把这篇文章翻译出来，收入文集。我征求了在写博士论文时就已经认识、其对斯特劳森哲学的精湛见解一直为我服膺的薛平先生的意见，并得到了他的热情支持，通过他在英的朋友传递消息（因老人不使用电脑），时隔十年，我又收到了已年届八五高龄的斯特劳森教授的亲笔信，授权我翻译并用中文发表《自由与怨恨》与《社会道德和个人理想》两文，令我感动不已。鉴于我一直以来对斯特劳森哲学文字的敬畏之情，同时也是为了更好地保证翻译质量，我又请薛平兄亲自操觚，而把自己的翻译尝试留给收入拟编的另一个文集《自由主义中立性及其批评者》的《社会道德和个人理想》一文。本打算兑现某位先贤的豪言："此生写不出一本好书，就译一本好书（或一篇好文）。"并在这两本译文集出来后一起送给老人。现在,前者的样书尚未收到,后者则尚未付梓,老人就已经与我们永别了。这是我与老人的"交往"中的三大遗憾之一。另外两个遗憾:一是由于我从未出过国,自然也就没有见过远在英伦的斯特劳森本人;二是由于对自己的失望,我未敢把博士论文送给老人。这些如今也都是无法弥补的缺憾了,思之不觉黯然神伤。

毫无疑问,斯特劳森哲学的全盛时代是在 20 世纪 50 年代和 60 年代,作为盛极一时的牛津学派的最后一位宗师级的代表人物,他可以说是牛津哲学最后一道灿烂的霞光。从那以后,一方面是语言哲学日渐与心智哲学合流,另一方面又不时传出分析哲学甚至哲学本身已经死亡的消息。正如彼得·哈克所云:"那个开始于赖尔的'牛津哲学的黄金时代'终于以斯特劳森而告终"。虽然在整个七八十年代甚至 90 年代初,斯特劳森依然笔耕不辍,但他确实已经在相当程度上淡出了人们的视线。然则哲学并不是以时髦的流行或表面的热闹论英雄的,同样正如哈克引用维特根斯坦的话:"大师的作品是在我们周围升起和降落的太阳。每一部当前式微的伟大作品再度升起的时刻必将到来。"

首先,从所谓日常语言哲学自身的传统来看,在零打碎敲工程蔚为主潮的风气下,被誉为"当代最卓越的分析心灵"的斯特劳森是执著地从事综合而系统的思考和推理的少数几位分析哲学家中的翘楚。从 20 世纪 50 年代的《个体》,中经 60 年代的《意义的界限》,再到八九十年代的《怀疑主义和自然主义》与《分析和形而上学》,构成了斯特劳森长达半个世纪的哲学生涯的三个最为绚丽的篇章。这里值得人们重视也是得到史家公认的,一是他扭转了逻辑实证主义对于作为西方哲学之主干的形而上学的敌视,转而对之持有温情的敬意。他认为我们可以为一种清洗过的、更有节制和更少争论的形而上学留下一席之地。这就是他所谓"描述的形而上学";二是他具有高度独创性的康德研究,这种研究为历史意识极度匮乏的分析哲学注入了对于哲学史的兴趣;三是他通过阐发本体论、逻辑学和认识论的三重奏,复兴了哲学的伟大传统,从而给予那些对哲学的进步性和哲学史的连续性持有坚定信念的人们以巨大的启迪和鼓舞。

其次,从英国哲学乃至自康德以降的整个近代哲学的变更来看,如果说从语言学转向之后,作为康德认识论问题之背景的英国经验主义传统早已被整合进对于语言(理想形式语言或自然日常语言)的逻辑结构或其用法语境的分析之中(郑宇健:《作为文本的自然与作为实在的理性:世界由去魅到复魅》),那么斯特劳森的贡献正在于把描述的形而上学对概念图式及其基本结构的探索与对康德关于经验的普遍必然结构的阐发结合起来,在语言哲学的背景下促成了先验论证的复兴,从而变革和扩展了传统的经验概念。正是运用这种改进了的论证,斯特劳森有力地驳斥了关于客观对象和他心知识的怀疑论,从而把哲学在维特根斯坦那里主要具有的否定性功能转变成正面的、建设性的工作进行了下去。用由于"攻读了当时风行的牛津哲学家们的著作,刚刚从一个旧派哲学家变成新派分析哲学家"的罗蒂 1967 年在为他所编的《语言学转向》撰写的长篇导言中的话来说:"语言哲学有可能超出它的单纯批判的功能,而转变成另一种活动,在这种活动中,它不是从有关语言行为的事实中推出传统哲学问题的消失,而是寻找语言自身的可能性的必要条件,正如康德致力于发现经验可能性的必要条件那样。"

最后,从效果历史的角度看,斯特劳森哲学对 20 世纪下半叶的影响不仅限于英语世界,而且对德语和法语哲学都有深远的影响。恩斯特·图根哈特和保罗·利科就是两个最显著的代表。在现象学传统和分析传统之间出入自如的图根哈特恰恰认为,"海德格尔关于存在的理解的问题只有在语言分析哲学的框架中才能获得具体和现实的意义"。通过对单称词项、指称、述谓、个别化、客观性和识别的独创性研究,图根哈特系统地发展了一种语言分析的对象理论。这一工作显然受到了《个体》一书的强烈影响,实际上,图根哈特的一部分工作可以被理解为是对斯特劳森的哲学理路及其背景的阐释和发挥。由于论题的相似性,德国哲学家格洛伊曾把两者相提并论。人们甚至可以在图根哈特的代表作《关于语言分析哲学的讲演》(英译本名《传统哲学与分析哲学》)和《自身意识与自身规定》与斯特劳森的物体概念和人的概念之间发现某种形式上的对应性。利科则把斯特劳森的指称和识别理论、基本殊相和人的概念用作他建构"自我"意义的重要资源。这集中体现在他的《作为他者的自我》一书中。

那么,究竟什么是斯特劳森哲学的总问题或终极指向呢?只有回答了这个问题,才能最终解释斯特劳森哲学的持久吸引力。现在看来,我的博士论文并没有回答甚至触及这个问题。多年前,在一次与薛平兄的聊天中,我突然蹦出一句:"如果说康德是用现象与物自身的区分来证成自由的话,那么斯特劳森哲学的总问题,实际上就是在一个只有现象没有物自身的世界中,人的自由何以可能,以及自由的本性为何的问题。"不料这一"宏大叙事"却得到了一贯反感此类叙事的薛平兄的肯定。时隔多年,当我从表面上看与斯特劳森哲学无甚关联的领域中晃悠一大圈之后,我反而对这句当时脱口而出的"无厘头"有了真切一些的感受。泛泛而言,这当然是因为去魅世界中的意义问题本就是一切现代性思考的总问题,从根本上说,斯特劳森当然也是在这样一个基本背景下思考哲学的根本问题的。但具体来说,如果没有对斯特劳森哲学本身的深入研究,没有对斯特劳森的哲学文本的真切解读,那么上述那句话要么就相当于说"一切人都是人",等于什么也没有说,要么就是与斯特劳森哲学不相干的、不着边际的。正是在这个问题上,前面提到过的《自由与怨恨》是一个关键性的文本。简单地说,这篇文章所处理的仍然是决定论与自由意志和道德责任的相容性这个老问题。斯特劳森斩断了决定论否定了自由意志的可能性,并进而导致无法恰当地归属道德责任,而道德责任的瓦解反过来否证了决定论这一冷战自由主义的推理链,通过对"反应性态度"的精湛研究,开辟了道德责任乃至政治哲学研究的新途径,其重要意义在于,通过强调道德社群的观念并把重心转向社会关系,从而在某种程度上预示了当前西方道德哲学内部把康德式的概念与德性伦理的概念甚至后果论的概念整合在一起的理路和趋势。很明显,这种思路在一个只有现象没有物自身的世界中"复活"了自由意志和道德责任,它的进一步要求就是"复活"自然,也就是说明塞拉斯所谓理由空间与因果空间的衔接或转化,从而回答经验内容的客观指向问题,揭示并落实所谓复魅式的经验主义方案的本体论预设和规范性含义(前揭郑宇健一文),这个思路上的迄今最卓越的工作是由目前英语世界最重要的哲学家之一、现任教于匹茨堡大学的麦克道威尔做出的,而麦克道威尔和《指称种种》的作者、英年早逝的伊文斯正是斯特劳森的两个最杰出的学生!

　　斯特劳森哲学的温和、保守色彩在以急风暴雨式的革命为特征和以求新求变而且是全变、速变为尚的 20 世纪也许是颇有些不合时宜的。"描述的形而上学的主题与从前的主题没有什么不同","即使没有新的真理有待发现,至少还有许多旧的真理有待于重新发现",这些话也许很容易被人冠以保守主义的恶谥。但同时我们也不应忘记甚至更应当牢记,斯特劳森也说过:"哲学的进步是辩证的,其辩证性就在于,我们希望以一些新的、改进了的形式回归到古老的洞见。"他还说:"一个哲学家除非用他那个时代的术语去重新思考他的先驱者的思想,否则他就不能理解他的先驱者。康德、亚里士多德这样一些最伟大的哲学家,比其他哲学家更多地致力于这种重新思考,这一点正是他们的显著特征。"在晚年的《我的哲学》一文的最后,他认为维特根斯坦是 20 世纪唯一可以与亚里士多德、休谟和康德三位伟大的先驱者相提并论的名字。重要的是,正是秉承维特根斯坦的影响,斯特劳森对怀疑主义的反驳和对自然主义的辩护本身已经在某种程度上回答了上述有关保守主义的置疑。正如怀疑总是依赖于不容怀疑的东西,共同体的维系和生活的意义正依赖于保守、守护我们的共同体和我们的生活中值得保守和守护的东西。

　　按照阿伦特的看法,希腊人的自然和历史概念的共同特征是不朽,只有不朽才能赋予其肉身容易而且必然会朽坏的人的生活以意义,希腊人所想象的人的不朽的基本条件和方式就是荣耀。同样按照阿伦特的看法,现代人的自然和历史概念的共同特征是过程,但是历史的过程并不必然能够赋予人类世俗的行为以意义,历史意义的最终仲裁者不是历史而是历史学家。哲学的发展属于一个历史的过程,如果阿伦特的看法是对的,那么我们同样可以说,哲学的历史过程本身并不必然能够赋予任何具体的哲学活动以意义,只有那些堪称为典范的哲学家才是这种意义的来源和仲裁者。在这个意义上,这些哲学家是不朽的。在一次重要的访谈中,当访问者要求斯特劳森就分析哲学的"消失"或"死亡"发表评论时,他平静而幽默地说:"如同当我早晨醒来闻听故友去世的噩耗,我难以相信这个消息。"同样地,在一种类似的意义上,我们也难以相信这位不朽的哲人已经逝去的消息。

2006 年 2 月 23 日
写毕于浙大求是村寓所

生活并不在别处

时间早已过了午夜,又结结实实地瞎忙活了一整天,在关下电脑之前,忽然想到该已有很久没有去"哲学在线"逛逛了,于是就带着一种看望"老朋友"的心情来到了这个曾"激发"我写下《我与斯特劳森哲学的因缘》这篇"名文"的网站。

一打开页面,首先映入眼帘的就是我曾在别处称作"美婆哲学家"的纳斯鲍姆女士的一张我好像在别处看见过的"玉照"——原来是一位专事小文翻译的译者译出了这位"叱咤江湖"的古典学家"早年"的一篇类似于黑格尔的"柏林大学开讲辞"的"布朗大学开讲辞"。匆匆浏览了一下这篇有个独特的英文标题、也更有着传神的中文标题——这个标题同样容易让人联想起老黑格尔在《法哲学原理》中的那句"这里就是蔷薇,就在这里跳吧;这里就是罗陀斯,就在这里跳吧!"这才恍然想起,纳斯鲍姆教授其实也算是我的"故人"了。余也不才,在我们敬爱的徐向东同志译出《善的脆弱性》一书之前很多年,我大概是通过我的同事包利民教授才得知或者至少是对这位其才分和影响在当代哲坛均不多见的女性哲学家留下深刻印象的。自那以后,虽然我并没有去"追踪"她的工作和著述,但却对她保有某种持续的"关注"——这是因为,有很长一个时期以来,确切地说,自从我认识包教授以来,他在我心目中就一直是学术品位的某种象征——凡是他认为不错的东西我就一定觉得不差!包教授本人以古典哲学为业,兼及当代社会政治哲学,而他的博士论文是关于中西教化范式之比较的,纳斯鲍姆女士教授(其实更有"韵味"也更为简洁的称呼乃是"女史"这一"吾家旧藏")之进入他的视野自是毫不奇怪的了。我记得包教授多年前与我谈到的她的主要一本书就是《治疗欲望》，后来我才发现——借用多年后和余纪元教授聊天时他的说法——这位"女史"的过人之处正在于一种"别人才喝了一杯咖啡，她却写了一本书"的独特本领，而且她的大多数著作都是惊人的大部头。大约是在我"耳闻"这位"女史"之大名后不久，我听说其时刚来浙大"跨学科"的汪丁丁教授为经济学院"捐赠"了一批个人藏书，而我这人既是个"书虫"又皆有"名人癖"，于是就在某天午后（忘记是在春光里还是秋阳中）"潜入"该院图书室，并立马在相关人员的引导下找到了那堆书——丁丁的书就像他这个人，蛮"人文"的，康德啊叔本华啊什么的；这么多年过去了，那堆书中给我印象最深的除了丁丁以及不少人心目中永远的"女神"汉娜·阿伦特的 *The Life of the Mind* 以及 Jerome B. Schneewind 教授的 *The Invention of Autonomy*，主要就是这位"女史"的 *Upheavals of Thought：The Intelligence of Emotions* 一书了，不过我确是有"暴殄天物"之嫌，那么厚的一部书给我印象最深的却只是勒口上那张"靓照"——当时虽无"惊为天人"之感，却也是相当的"惊艳"，而这也就是"美婆哲学家"这一雅号之缘起了。于是，当我终于有机会在大洋彼岸用敝校提供的其时正在不断贬值的美元搜取一些英文书时，这位"女史"的书也确实是我在逛各式"实体"书店时每每留意的。上面提到过的三个大部头都在不同的书店见到了，而我均抚摸半晌最终却还是没有下单，一个重要的原因在于这些书有一个共同的"缺点"：买得动，带不动。最后，为了"不虚此行"，在到位于新泽西州府 New Brunswick 的 Rutgers University 闲逛时，我终于还是要了一本钱永祥教授在我编纂《当代政治哲学名著导读》时向我郑重推荐过的 *Frontiers of Justice* 以作"纪念"！

　　"欣赏"完"美婆哲学家"的"容颜"，拜读完她的"美文"，接下来跳出的是李猛博士在一张学术报告"海报"上的十分严肃冷峻（酷？）的神情。我与李博士从未谋面，但推想他十多年前是一位翩翩少年，应当大致不差。而念"赫索格先生"的创造者生前曾加盟的这个大名鼎鼎的社会思想委员会的博士有多么艰辛，我们只要看看李博士染霜的两鬓就足以明白了。如同前面"自曝"过的，我这个人确是有些"名人癖"，但同时也颇有些"喜新厌旧症"——虽然我在十多年前的博士论文的出版后记中曾以"喜新不厌旧"高自标榜！说起来，我"认识"李博士算是比较早的，至少他那时候还远非"博士"。应当是在 1999 年吧，还是春寒料峭的时节，我在浙大玉泉校区的土木工程楼中为我藉以谋生的思想政治教育专业的研究生讲授一门名为"当代政治理论"的课程，记得在这个黑板与窗户"相看两不厌"的有些逆光的教室中，我显然是有些吃力地试图比较（其实主要也还是"综述"）当时作为我主要研究和阅读对象的社群主义者的市民社会理论，例如麦金太尔的市民社会批判之与马克思的纠结、泰勒的市（公）民社会谱系之与天主教传统的渊源，以及沃尔泽的市民社会超越论之与民主社会主义的亲和性。也还记得在某次课上，我与学生们谈到了刚从《社会学研究》上读到的李"博士"的《论抽象社会》一文。我至今不知我的推荐效果如何，但我感到至少有一位学生把握住了我的"微言大义"，因为后来反而是她不时把所搜寻到的李"博士"的大小文字打印出来给我看，并顺带把崔卫平女士的名文《这个女人让人艳羡》打印出来给我看——其中一个原因是那时候我还没有用上电脑，更不要说网络了。不过坦率地说，在李"博士"的作品中，我确是再也没有看到过比这篇《论抽象社会》给人印象更为深刻的文字了。以我当时采取的视角，坦白地说还有我的学力，我大概是无法把其中的洞见完全整合到我的工作中的，于是就为了像马克思批评过的"自学成才者"蒲鲁东那样地"炫博"，我在一本由那个课堂上的讲义修改而成的小书的一个注释中引用了李"博士"的这篇宏文，引用的位置正是在那本书讨论社群主义的市民社会理论的一节中。意味深长的是，我把李"博士"与他"后来"的两位前辈校友放在一起引用他。注文的实际内容是："林毓生对 Civil Society 的公民社会、市民社会和现代民间社会三重含义进行了讨论……甘阳批评了 Civil Society 的'民间社会'译名……李猛阐述了'文明社会'或'礼貌社会'的含义对理解 Civil Society 的重要性。"从我后来对公民共和主义的了解来看，在某种程度上，带着某些"拔高"，我可以在这里说，《论抽象社会》一文是有点像波考克的《德性、权利和风俗》那样的"纲领性文件"，是需要大量的甚至毕生的研究去加以"坐实"的。而以我对李博士之学思历程之缺乏了解，我自然是无法评价他此后的工作与这篇真正的名文之"连续性"或

"断裂性"何在的。这么多年过去了，我也已经完全不能复述这篇文章的精彩论旨了，只还记得其中有这样一句话："所谓绅士，就是一个外表彬彬有礼，而内心执着地追求自己利益的人"，不过我也已经忘记这是他自己的话还是他引用的话了。

虽然如此，我后来倒也还是拜读过李博士的两篇文字，一篇是他专为当年引起轩然大波的北大改革方案而写的。记得是发表在《书城》上的，我读得相当的仔细，但老实说我的感觉是有些失望。其原因在于我当时甚至现在对任何"改革方案"（虽然李博士的文字完全无意充当这种方案，而在于厘清其中的逻辑）的期许都从来不在于幻想对这种逻辑的一种普特南所谓的"神目观"，而在于要在当下勾勒出一种既能为目前的体制注入活力同时又能"照拂"最大多数人利益的方案。第二篇就是他学成归国进入"哲学门"后发表在《哲学门》上的《笛卡尔论永恒真理的创造》。记得是去年下半年，我刚好为敝系的学生开设一门《第一哲学沉思录》的讨论课，课堂上除了列举 Harry Frankfurt、Bernard Williams 以及当代笛卡尔学者 John Cottingham 的著述（包括江怡教授翻译的《理性主义者》）作为参考文献，仿佛是十年轮回，我又一次推荐了李博士的文字，就是上面提到的这一篇。我在课堂上大肆"渲染"，"强作解人"，谓此文"所寄深矣"，并又用我的习惯性说法，誉之为"对'古今之争'的一种独特回应"。遗憾的甚至令人"扼腕"的是，当年能解我"慧心"之学生去国也已近十年——现如今课堂上的"90 后"学生纷纷向我"抱怨"："应老师，这篇文章读不懂！"

大约是去年春夏之交吧，算是北京的一个最好时节，我"因公"在颐和园附近住了两个礼拜（另两个礼拜住在井冈山）。一天傍晚，我坐在北大校园内一家很小的餐厅里，我对面是一位过去听过我课的学生，其时他借调到浙大出版社北京启真馆工作室，住在回龙观一带，他这次是专程"进城"来陪我逛书店的。闲聊中我问他在京城还有什么"业余生活"，他带着一种惊喜的神色告诉我有时会到北大听李猛博士的课，并说还曾在成府路的一家书店碰到过李博士。说话间，对着啤酒瓶吹了一口，他忽然对我说："应老师，您有没有兴趣，什么时候我来叫您一起去观摩观摩？"老实讲，闻听此言，我倒也不能说是完全没有动心，嘴里还"敷衍"着:"好啊,好啊!"可我心里想的却是:"老弟,你老师这'名人癖'可也是有限度的呀!"

人早说现在是"读图时代"了。我在"在线"上"读"到的最后一幅"图"也是一张学术报告的海报:原来是社科院哲学所的唐热风博士要在人大"科哲论坛"做题为《知识、信念与辩护》的报告。正是"无独有偶",这位唐博士原来也是我"认识"的,而且我"认识"她时她也还不是"博士"——而是正在读博士。我记不住从什么时候开始"认识"唐博士的,但我至少记得这样一件事情:大约是整整五年前,我与一位年长的同事一起在上海译文出版社筹划一套题为"哲学的转向:语言与实践"的译丛。虽然我也曾经做过一段语言哲学,但毕竟当时就未"上路",后来又早早"掉队"了,于是为了确定书目,我很想征询一下目前在这个领域之前沿工作的学者对翻译选题的意见,这就想到了唐博士。忘记从哪儿问来她的伊妹儿地址了,总之是她很认真地给我回了两次信,慷慨地为我推荐了一些书目,但又在后面加上一句"只是不知道这些书是不是适合翻译";还为我推荐了译者,记得她推荐的是田平教授。虽然由于各种原因,我既没有用她推荐的书(主要是因为别人,特别是先写了一本《逻辑哲学》、后写了本《哲学逻辑》的陈波教授已经在他的丛书中用了),也没有去联系她推荐的译者。但这些年过去了,我却还是对这一段交往留下了很深的印象。

也忘记是在此前还是此后了,我到云南参加阿登纳基金会在昆明召开的一个政治哲学会议,会议的主要承办方是社科院哲学所;会议结束后我与人民出版社的喻阳兄一道,参加了以谢地坤教授为团长、哲学所伦理学室的同仁为主要团员的"观光团",到西双版纳观光。在开心愉悦的行程中,在一直会流向远方、流向异国他乡的雅鲁藏布江,不,是澜沧江边,不知怎么就聊起了唐博士,我在哲学所的同仁面前谈到与她稍有联系(如果是已经联系过的话),或者是流露了有"联系"的意向(如果还没有"联系"的话),听完我的话,记得是应用伦理学专家王延光研究员"警惕性"非常高地"嚷嚷"了起来:"哇,你都打入我们内部来啦!"

　　坦率地说，以我"掉队"之久，我对唐博士的工作是缺乏了解，严格说来也没有评价之"资格"的。那么我对之始终"葆有"的一份兴趣和关注又该作何解释呢？一个最自然也最内在的理由当然是在于：正如我一开始就提到过的，我曾经做过一段斯特劳森思想的梳理工作，而唐博士现在的工作正是与斯特劳森以及他的两位学生和学生辈的人物 Gareth Evans 和 John McDowell 还有他在牛津的教席的继任者 Christopher Peacocke 教授的工作有直接渊源关系的，其实在某种程度上也仍然与我目前关注之点有相当之关联，或者至少是我至今未能"忘情"的研究方向吧。记得不久前与自己的几位学生一起登山观湖，在事后照例的"觥筹交错"中，有一位硕士生问我："应老师当年为什么没有继续做语言哲学？"其时我刚喝了几口一位今年刚来的博士后从江西老家带来的四特酒，于是脱口而出："就因为做不下去了呀！"这位学生连称："应老师说得这么直接啊！"我的回答是："难道不是吗？"——是的，"早岁哪知世事艰，中原北望气如山"：既知"世事"之"艰"，有时就是得接受"命运"之"安排"，"无法征服世界，就得征服自己"；既然还是"气如山"，就还是必须对命运做出自己的反应，这种反应倒并非一味的抗争，而恰恰是要通过对命运的理解参与到对命运的塑造中去。对自己的"转向"做这样的"理解"，我应当是十分通情达理的了吧。至于自己没有机缘（包括能力和机会）去继续从事和完成的工作，我们至少还是可以去欣赏，去理解，去成全——"君子成人之美"，这里的"成"朱注解作"诱掖奖劝以成其事也"，但居今而言，特别是在学术思想的领域，我们当然就更不能也不应对这里的"成"或"成全"做实体化的理解了。而扩大开来说，世间最精致、精微、精妙的"学术的思想"和"思想的学术"，说到底都并不是一种描摹或写实，而是一种刻画和写意，而"写真"也者即使确实"存在"或"可期"，那也是在"正视"上述区分之后才可以进一步谈论和指涉的；在这种意义上的存真论者看来，这里的"真"一方面总是在"先"的，另一方面又总是在"前（方）"的；一方面总是作为一种背景而存在，另一方面又总是一种有待于去建构的存在，而看上去是"居间"的所谓"范导性"在这种意义上本身也就成了一种"建构性"。照这样的"理解"，"成人之美"就与"乐观其成"联系甚至统一在了一起,也就是与对"成人之美"中的"美"的理解汇合在了一起;这是因为,虽然这里的"美"并不能做狭义的美学解释,而是更类似于 Virtue 和Desert 一样的东西,但实际上,"美"的东西也好,有"德"("德者得也")、"应得"的东西也好,它们都并不是"自在之物",而关于它们的断言、陈述、宣称也并不是——至少主要并不是——自身携带着真值的命题,而是一种有待于"兑现"的有效性要求。一方面,提出这种有效性要求的人总是已经在某个共同体之内了;另一方面,这种有效性要求也总是有待于在某种共同体内得到兑现。这听上去像是"城邦之外,非神即兽"之中古版本"教会之外无拯救"的又一翻版。但要注意的,也是至关重要的是,这种共同体并不是封闭的,而是开放的;这种有效性要求的兑现也并不总是指向过去的,而常常是甚至主要是指向未来的。

也许有人会说,"成人之美"也好,"乐观其成"也罢,这些议论尤其是实践很可能是与现代学术的高度分工态势和趋向相抵牾的;如果落实下来,体现在某个人——一个现成的例子就是我——身上,极有可能以"叶公好龙"始,以"蜻蜓点水"终。我们当然必须承认这种危险和风险是始终存在的,甚至是必然存在的。既然如此,为什么吾人还要孜孜于此呢? 走笔至此,除了强调首先还是必须把"人病"与"法病"区分开来,我就不在这里奢谈跨学科或科际整合这种本身需要一门学科去始终有风险地措置的学理性问题了,而是照例又要讲一则故事——这次我的记忆非常清楚:去年秋冬时节,中文政治哲学的前辈学者石元康先生在金华探亲疗养,期间我因故未能赴婺拜访探望,但在石先生经杭返港前,我曾有幸和他一起在西湖边散步聊天。自然是与我这样"坐井观天""画地为牢"、眼中只有中文哲坛的各路"枭雄""英豪"之辈殊为不类,石先生胸怀全球,放眼世界,评骘的均是当今世界级的大哲。石先生认为20世纪最伟大的政治哲学家仍然非罗尔斯莫属,这是因为"他要处理的问题够复杂,而他的想法也够复杂"。相形之下,哈贝马斯的观念其实"比较简单",而他写这么多书实际上是"有罪"的;对于 David Wiggins,石先生似具特别之好感,而对于当今几乎无人不称道的 Thomas Nagel,石先生反倒不甚看好,至于 Joseph Raz,他更是颇有微词,认为其"病"乃在于"不够通透"。"指点江山"快近尾声之时,也已是夕阳西下时分,石先生有点喃喃自语地说:"比较起来,我还是更喜欢麦金太尔。"因为我也曾经读麦金太尔读得"如醉如痴",话到"投机"处就急问他其中原委,石先生缓缓地说:"因为他比较'符合'我们的传统:文史哲不分家!"说到兴起之余,石先生还谈到,有一年(石先生清楚地记得是在他担任中文大学哲学系主任的任上)查尔斯·泰勒到香港访问,石先生在与他同席时表达了对麦金太尔的"仰慕",想不到泰勒教授马上接下石先生的话:"I am learning much from MacIntyre!"

"No Chance Matter",这就是我一开始提到的纳斯鲍姆"女史"那篇开讲辞之标题;"决非偶然之事",这就是我谓之"传神"的这篇开讲辞之中译;那么,念毕全篇(纳斯鲍姆的和我的),倘若我把这个开讲辞之标题意译为"生活并不在别处",诸君是否以为"稍胜一筹"?

2010 年 10 月 21 日草,26 日订,杭州

却顾所来径，苍苍横翠微*

——草中毕业三十年记

　　古语真不欺我，所谓白驹过隙，岁月如梭，转眼间高中毕业就快整整三十年了。在几位热心同学的联络、操持下，利用 2014 年春节回乡之际，草塔中学 1984 届高二（1）班的几乎全体同学在正月初五这一天齐集于故乡诸暨县城，就仿佛在那生活的洪流中突然打开一条缺口，当年那种济济一堂、热气腾腾的景象于一刹那之间就重现于眼前了，更为难得的是，包括我们的班主任杨伟祥老师在内的大部分任课老师都来到了会场，其中最年长的宣志善老师都已是八十三岁高龄了——座谈、聚餐、K 歌，程式是老套的，容颜是不再年轻的，故事也都是陈旧的，然而，又有谁能说我们到这里来只是来怀旧的？那流淌和奔涌其间的情愫和感怀分明有着一种鲜活、澎湃、激荡人心的力量。而在聚会结束三个晚上之后的清晨醒来却依然无法自已的我所确信的乃是，细究起来，这种力量一定是来自于与我们生命历程之共同源头的那种深刻而无法割断的联系，那么就让我尝试从这个"源头"开始说起吧。

　　1982 年 9 月 1 日那一天，我必定是带着沮丧和失落到草塔中学报到的。这是因为，按照当年诸暨县教育局对高中招生的划片部署，我初中就学的应店街镇中学所在的大西行政区被划入草塔中学，这也就是

　　*我的草中老同学、老友中木仔细通读了本文初稿，并不吝就相关表述贡献己见。犹记今年正月末在紫金港南华园，小桌一方，清茶两杯，作为共同记忆的分享者和各自经历的见证者，他的阅历、品位和见解对我恰当地把握本文的基调至关重要。这份友情弥足珍贵，特此附笔申谢。

说,就算是整个大西区中考第一名的考生也无法进入本县"最高学府"诸暨中学,这对于一个曾被评为绍兴地区"三好学生"并参加过全省中学生夏令营的初中生来说当然是一大打击——未来的教育学家们也许将会发现,这种划片录取其实是高中招生中的一大"善政",不过我当时肯定无法理解这一点,而这大概也不算是我在这里的主要话题;此外,高中阶段学习的特殊性以及同学之间所展开的新型竞争关系也使得我刚刚开始的异地求学远非一帆风顺。但是同时,几乎全新的同学群体(对我来说就是全新的,因为没有我的任何一个初中同学和我分在同一个高中班级)以及寄宿制所带来的自由和秩序的全新耦合关系至少在一开始就使得这种其实是准独立的生活沾染上了些许新奇甚至是冒险的色彩——不但在学习上,而且在生活上离开父母的羽翼独立地面对这一切,这种经验虽然远远不是从我们这一代才开始的,但却对每一代经历这个过程的人都具有崭新的意义,特别是在那个风气未开的时代,我相信这种经历对于一个少年学生之成长和教化的作用是怎么强调都不会过分的。

　　"密纳娃的猫头鹰要到黄昏到来才会起飞",一个稚气未脱的高中生在一座乡村高中的具体生活就已经那样现实地、先于反思地展开了:比如和同学一起到刚落成不久的草塔电影院看场电影,虽然很遗憾我只有到过那里集体观影以接受爱国主义教育的经验;在油菜花盛开的季节,和两三好友到那时草中周围的田埂上出没、闲逛,然后在晚饭前或晚自习前趁着暮色匆匆赶回校园;一个人溜到草塔镇上的新华书店小门市转悠,除了"文笔精华"、"名言警句",我还在那里用一两毛钱买过白皮红字的《关于人道主义和异化问题》,而且居然读得"热血澎湃";夏日的晚上,想必校园周围田野中的蛙鸣声都还没有消停,我就和室友一起从紧靠着无法使用的游泳池、像蒸笼一般的寝室跑到食堂旁边蒸饭前淘米用的水龙头上用大脸盆冲凉,然后"大声喧哗",所谈的也无非人生前途、文学理想,抑或是"走过我窗前的那个隔壁班的女孩";毕业前夕,与虽不同班但却关系最铁,最为相投的哥们躺在校园内一工地旁的水井盖子上面对星空大聊,不料被巡夜的老师发现,记得我们是靠着躲在工地中央坑坑洼洼的"壕沟"中才逃过老师"追击"的;而时光

"清寒",想来(其时)生活中最大的"奢侈"则莫过于用半毛钱到学校传达室旁的小食店买一包葵花籽,然后一个人、最多两个人"尽享美味";至于现如今人们在追怀上世纪80年代的潮流中所热衷于谈论的所谓思想的启蒙和观念的激荡,请不要忘记时间还是"80年代"早期,而地点是在一座两年制的乡村高中——我只记得那时向我敞开"世界之窗"的应该是学校报栏上的《光明日报》,特别是《参考消息》——整整三十年呵,朋友们和老同学们,可不要责怪我已经记不清当年在那里看到的到底是契尔年科还是安德罗波夫去世的消息!

学生固然是"以学为主",经过短暂的适应和调整,我算是基本找到和适应了高中学习的节奏,并依然勉力保持在优等生的行列,虽然这并未给我带来最深的满足感,也并未使整个求学过程变得轻松愉快;学习生活的基调还是比较压抑的,那种青春的张扬所呈现出来的桀骜不驯、"露才扬己",除却天性的因素,也许恰恰就是对外在压力的反弹和对内在压力的宣泄:父母的期望和升学的达摩利斯之剑,由于好胜心以及同学之间的意气甚至小宗派而近乎残酷的竞争就更不但是智力上的比拼,而且是意志上的较量,任课(包括体育)老师的有时严厉到不近人情的管束和规训,甚至还有与对不羁学生之责罚有关的"校园政治"的因素,如此等等。当然,作为曾经的老师眼中一个从小就是的"好学生",我自然是能够享受学习的乐趣的,也有自己所擅长的科目,比如我的语文一直不错,记得高一时就曾得到作文被张贴在学校板报的荣誉,那份自得的心情全部无余地表露在自己路过那个板报时还会驻足自赏,或者偷偷地留意下"拙文"有无被人作为"范文"来"拜览"。我的数学也不赖,曾在一次全校性的竞赛中稍带"爆冷"(比如有主要对手"发挥不佳"之类)地得到一等奖。也许就是基于这个因素,当我由高一(2)班升入高二(1)班时,我的新任班主任、也是草中台柱性的数学教师杨伟祥老师就对我"青眼有加",记得我刚入高二,杨老师就把他在学校宿舍的钥匙交到了我手上,并对我说,他晚上住在草塔镇上,并不常用这个宿舍,我可以自由地使用那个房间,到那里去自习。此事虽然已经过去三十多年,但当时的场景到现在都还历历如在眼前。当然我的同学们对此都是并不知情的,这次同学会上,当挨到我发表感言时,我当着大家的面第一件说出的就是这件事，当时同学们就"嗡"声四起："原来应教授你这么早就吃小灶了啊！"的确，如果说杨老师是我所见过的把对学生的责任心、对事物的洞察力还有练达的处事能力结合到如此完美程度的一个教师的典范，那一定是毫不夸张的。这次聚会中，今年虚龄已经七十的杨老师还在餐桌上不断为我们夹菜，我还特别注意到他不但为由于年龄原因各方面反应都已经有些迟缓的邻座宣志善老师添菜，而且时不时细心地把席间相关的内容细致地转述给宣老师听。最为令人动容的是，当近五十位同学开始那大多有些程式化的自我介绍时，我们敬爱的杨老师那一向稳靠的肩膀上的那颗智慧的脑袋就不断地随着发言同学的方位而平缓地做逆时针旋转，头颅依然是高昂的，目光是基本平视（稍带俯视）的，而那专注的视线就好像慈爱的父母在仔细打量远道归来的游子。如今，我也已经早为人师，虽然自问一定无法做到像杨老师那么典范，但他这种理想的表率必定已经对我此后的学习和生活产生了巨大的形塑力量和支撑作用，我尝想，这必定是因为精神的本性就在于它一旦窥见到自身可以达到的高度，就再也无法回到原来的那种浑噩混沌的状态，而会将自我的一种自由的延伸和扩展承担为自己的使命所在。

现在那些生活习惯不良的人常常会调侃生命的质量不在于长度，而在于密度，不在于纵向的延展，而在于横向的扩展。这固然是一个玩笑，但也可以说是一种"片面的真理"，或者说是真理的一种"误用"。所谓"误用"的意思就是，"真理迈出半步就成了谬误"，一个领域中的"真理"在另一个领域中就成了"谬误"。当然，我无意在这里宣讲"辩证唯物主义"的"常识"，而只是想再拿前面提到过的学制说事儿。我的高中是两年制，还记得当年对这个制度的"好处"的一种最流俗的辩护就是所谓"早出人才、快出人才"，一方面从大的形势来说，须知那是一个全国人民齐心协力建设"四个现代化"的时代，这个"八字方针"当然不是无的放矢——对此的一个很好例证是我们那时候流行的初中中专招生，我初中时的校长王山木老师就曾经通俗地把这种制度称作"杀鸡取蛋"，但具有讽刺意味的是，当时的绝大部分初中恐怕都还是会以考上中专的学生数量作为学校教学质量的一个重要参数，这就是所谓"形势比人强",但我想这个参数的"含金量"至少不会亚于考分超过"重点大学"(这倒是个典型的"80年代"概念)分数线的高中毕业生人数之于评价高中教学质量的重要性。其实我自己也参加了这个初中中专考试,而且超过了录取分数线,只是由于体检方面阴差阳错的失误,我才"重新"进入高中;另一方面从以家庭(特别是农村家庭)为单位的"人才"培养成本——简单说就是家庭负担——来说,这个辩护就更是立竿见影的,同样以我自己为例,我之所以"屈从于"父母意愿一度"放弃"念高中,就是这个家庭负担在"作祟"。我还记得有两三位初中同学在进入高中后却因为类似的原因中途辍学,这同样也可说是"形势比人强",只不过前者是制度的或集体层面的,而后者是个体的和家庭层面的。但是我们同时也要清楚的是,这种对于"早出人才、快出人才"的辩护不但是基于结果才能成功的,而且是倾向于无视个体间差异的。我在这里当然也不是要探讨个体差异和人才培养这个与人类的生存和发展相始终的问题,而只是要"引入"我自己的"特殊情况":由于分班的原因,我所在的高一(2)班并没有成建制地升入高二,而是被拆分进入三四个不同的班级。这样,就如同我刚进入高中的情形,我在高二新班上所面临的大部分又都是新同学,尽管其中有不少已经在高一时相识。毋庸讳言,这种重新"磨合"的过程在当时必定——至少对我来说——产生了相当严重的问题和困扰,甚至有比较激烈的同学间的冲突和摩擦产生。时隔多年,我无意再在这里描述当年的某些细节,但现在想来颇富吊诡意义的是,我们越是从比较长远的个体生命的成长和对之的自觉领悟来看,就越不会认为我这里是在小题大做。我自感庆幸的是,在三十年后的今天,我毕竟可以毫不矫情地(虽然这个状态词组在第一人称上使用并不是最恰当)说,参加这个同学会确实有一种让自己与过去和解的感觉,这是一种与他人的和解,更是一种与自己的和解,而且更重要的还是要让自己自觉到这种和解并从中受用。在重聚的会场上,当耄耋之年的宣志善老师开始"语无伦次"(请恕我不敬)地发言时,我顿时就热泪盈眶了,我所明白的是,我那必定已经不再清澈的泪珠中所沉淀的一定不只是两年高中生活的点点滴滴,而且同时也是过去三十余年生活中全部的风霜、辛酸和历练。

　　不管怎样,最终的检验终于还是到来了,我不知道有没有出乎别人的意料,总之是稍稍出乎自己的意料,我的考分刚刚超出"重点大学"的分数线,尽管事实上当我知晓这个分数时,我的心情其实是喜悦和失落交织并存的,然而又有谁能拿它怎么样呢?时隔三十年,就只还有一个细节是值得在此一叙的:记得我们高考那年是在分数揭晓之前根据自己的估分填报志愿的,那是一个充满兴奋、焦虑还有无奈的午后,我和父亲在我爷爷(他老人家曾经在七十多岁高龄时一个人步行几十里到草塔,为的是给我送去已经加工好的下饭菜)年轻时建造的应店街镇上的老房子里反复爬梳着高考志愿表,我所预估的分数似乎足以保证我上大学,可是能选择的空间却仍然是有限的,而且在一个本想报考文科,却被父亲基于他的"政治经验"活生生地阻止的——用现在的话说——"文艺青年"眼中,机械、土木、材料、动力,甚至信息电子技术还有计算机,所有这些专业的差别到底在哪里呢?统统都可谓"食之无味弃之可惜",要是换了现在,我就会想起一位既有些愤世嫉俗、又有些后现代的当代中国哲学家(据我所知这位先生大概是 1949 年"天翻地覆慨而慷"之后第一位自称哲学家的人)在回答一份时尚杂志(这位哲学家的夫人还是一家中国最有影响的准时尚杂志的主编)关于"您在家是否看电视剧?"的提问时所说的话:"生活本身就已经够让人腻味的了,谁还能忍受在电视上把那种生活再来一遍?"建筑学我倒是愿意考虑的,不过虽然我的立体几何在杨老师的精心调教下还算不赖,可是我的更大"强项"恰恰是画什么就不像什么,而一位建筑专业的招生老师恐怕是没有一代开国雄主那种"一张白纸才能画最新最美的图画"的奇思妙想和浪漫遐思的,而我手中的那张志愿表下午就要赶当天最后一班车回校上缴了,就在我从差不多"两眼一抹黑"趋于"万念俱灰"之际,我忽然在所谓教育部直属重点综合大学吉林大学的专业表上看到了"自然辩证法"这五个蝇头小字,我压抑住自己的兴奋,带着惴惴不安的心情向父亲提出想把这个专业作为我高考第一志愿中的第一志愿。"鬼使神差"地,或者是因为我考出的分数已经让他长舒了一口气,于是就放松了"阶级斗争"之弦,又或者是早已经消逝的青春光芒和理想的返照重现,我的父亲竟然立马就爽快地同意了——"时间从此开始了",

而我的草中生活严格来说到此就彻底结束了，只有一点可以补充也必须说明，我在自己钟爱并为之献身的专业上所取得的成绩其实远没有我在这里"渲染"的"峰回路转"那样具有戏剧性，我只能说它大概基本上对得起我在草中风雨两年所收获的高考分数——而我所进入的吉林大学哲学系，其时正处于它的全部发展历程中最为鼎盛的阶段，记得我的一位出身于哈尔滨一所黑龙江省数一数二的高中的大学同学，在考入北大哲学系读研后，给那时在千岛之城舟山工作的我写信："应奇，实话说，我对这里的老师有些失望，他们似乎远不如我们在吉大的那些任课老师优秀！"

"谁能够划船不用桨？谁能够扬帆没有风向？谁能够离开好朋友没有感伤？"那么在这篇"流水作业"基本完毕之际，岁月的河床中到底还有谁能够让我想起曾经的草塔中学？窗外是今年第一场春雪，在料峭的春寒中，在漫天纷飞的思绪中，我想起的是我们已故的老校长周启新老师，尽管他没有给我上过一堂课，事实上我只和看上去像是行伍出身的他说过不多的几句话。记得那时中学里刚刚开始推行让学生写周记，其实就是让思想正处于"无定形"状态的学生每周进行思想汇报，当然公平地说这种做法也不乏让学生借此练笔的考量和作用。大概是在一次例行的抽检中，我的周记竟然进入了周校长的法眼，当班主任杨老师通知我到校长办公室接受校长训话时，已经在"黑云压城"下"风雨飘摇"的我简直紧张极了。待我极度不安地进入校长室走到周校长面前（忘记有没有坐下了，应当是没有吧），平时有点儿崔氏电影传奇中的旧军阀感觉的校长先生先是拿起我的笔记本翻了翻，忽然就和颜悦色地对我说："你的文笔很不错啊，有点儿鲁迅先生的感觉，和你的年龄不太相称嘛，但是呢，批判的锋芒主要应当对准旧势力和恶势力，不是吗？我们毕竟是新时代啊，还是应当以讴歌为主嘛！"还没等我坚决表示立即回去"戴罪立功"，周校长就已经把那个几乎要改变我命运的小本本"扔"回给我了："回去吧，没什么事儿啦，小伙子好好努力考大学啊！"

我已经永远地失去了再次聆听周校长教诲的机会，我也绝无意在此妄称周校长就是我的"伯乐"或"知音",事实上,在所有相关人的记忆中,以"铁面"整肃"风纪"著称的校长先生的形象如果不是颇有争议的,也至少是人言人殊的;当再次回想起他当年的形象以及他所表征的那个时代时,不知怎地——我自己当然知道其中必定有"拟之不伦"——我脑子中却跳出了马克思在《路易·波拿巴的雾月十八日》中的警句:"人们自己创造自己的历史,但是他们并不是随心所欲地创造,并不是在他们自己选定的条件下创造,而是在直接碰到的、既定的、从过去承继下来的条件下创造。一切已死的先辈们的传统,像梦魇一样纠缠着活人的头脑。当人们好像刚好在忙于改造自己和周围的事物并创造前所未闻的事物时,恰好在这种革命危机时代,他们战战兢兢地请出亡灵来为他们效劳,借用它们的名字、战斗口号和衣服,以便穿着这种久受崇敬的服装,用这种借来的语言,演出世界历史的新的一幕。"现在想来,校长先生那种"整肃"的方式无疑有其个性气质的因素,而其所谓"风纪"的绝大部分内涵则不能不追溯到所谓时代的局限。然则我自己也是在多年以后才明白,只要"公平机会"的原则得到尊重,"让才能驰骋"的理想得到认真对待,那么这种原则和理想本身的力量甚至就有可能冲破以风纪整肃这种特定的形式表现出来的僵硬制度的外在桎梏,当然这里的一个重要前提乃是以杨老师为代表的主干教师对学生的爱心和责任心。而且在某种程度上,唯因当年的那番"风雨如晦",草中和她的所有老师才更值得我感念,这种感念也更有意味,这就像老黑格尔所说:"一句饱含世故的至理名言之于一个饱经风霜的老人和之于一个乳臭未干的孩子其况味全然不同。"

　　而至于说到友情,那么就正像杨老师在此次三十年聚会上的致辞中所说的,高中同学之间结下的友情有时确比大学同学之间还要深——杨老师是数学出身的,从统计概率的角度,这两者之间孰多孰少、孰深孰浅并没有任何先天的必然性,用我前面的话说,这是有所谓个体差异性的,但是这么多年来,我就一直相信杨老师的话就一定是有道理的,那么其道理究竟何在?"书到用时方恨少","上穷碧落下黄泉",也许有点儿出人意表,我最终想起的却是在我上中学时刚开始流行的路遥的两部小说《人生》和《平凡的世界》。我大概算不上是多么典型的农村少年,我既没有第一位主人公高加林那样悲情,也没有第二位主人公孙少平那样坚韧。我想起的是路遥小说中最多出现的一个意象,那就是关于县城的意象。我不清楚小说中这种设置是否与路遥个人的生活经验有关,由于和诸暨中学"失之交臂",我也没有任何县城生活的经验,可是我就是觉得,高中生活就像是我从没有切实体验的县城生活——高中之于一个人的人生就好像县城之于整个广袤的中国。县城向下可以抵达乡村,往上可以通达城市,既有泥土的温度,又具信息的管道;这就像高中生活在个体成长中所处的位置,初中是乡村的,大学是城市的(至少在我国这样世界"第二"的甚至被认为已经创造出"模式"的"发展中国家"还是这样),而高中位于两者之间,从这个意义上,高中同学之间的友情是一种参与彼此成长的友情,它既不是单纯的竞技,更不是利益的博弈,准确地说,它就是一种"休戚与共",当这个词用英文来表达时,也可以被翻译为"团结"、"连带"和"协同",而最为重要也最富有"哲学"意味的则莫过于,哪怕在其现实的形态中,这种"休戚与共"是以"分裂"、"断裂"和"斗争"的形式表现出来的,也丝毫不影响它就是一种"休戚与共"。

"理论是灰色的,生活之树常青",与这位大文豪同时代的一位大哲人也曾有言,当理论把生活涂成灰色之时,那种生活本身早已成为灰色的了。那么,就让我迎合下微信群(虽然我自己并没有"加")时代的好尚,这同时也是此类同学会最好的话题:在某种程度上一定已经被我高度"理想化"的高中生活中就再没有任何别的"花絮"了?我就真的是那样心如铁石、"一心只念圣贤书"而从无任何春心萌动?太平盛世,旖旎文字,我没有台湾作家齐邦媛在《巨流河》中那种庄严文字:"太阳耀眼,江水清澄……在那世外人生般的江岸,时光静静流过,我们未曾有一语触及内心,更遑论情爱";我只记得那时候台湾校园歌曲刚刚开始在内地校园中流行,我的那位一旦发现同学自修时睡觉就会冲进教室在黑板上写下"梦见周公乎"五个大字的高一班主任楼伯寿老师在这方面可是毫不保守落伍,立即就在班级中组织学生学唱这些歌曲,比如《外婆的澎湖湾》和《绿岛小夜曲》我就是在那时第一次听到并学会的,而且从此就近于"从来也不会想起、永远也不会忘记"了,前者的纯朴和明净与后者的深情和凝望就像草中夜自修教室中那永远不熄的明亮灯光那样至今依然闪动和滋润在我的心间。也记得那时候草中似乎还没有任何正规的音乐老师,所有这些歌曲都是我们班上一个女同学有点稚嫩地打着拍子站在讲坛前教会我们的,不过我印象最深的却是另一首歌,我忘记了,更准确地或更诚实地说,是有些不好意思(我在大学时学会的东北话叫做"抹不开")在这里说出它的歌名,我记得的,而且敢于在这里怀抱青春记忆的全部温暖说出的,是它那如儿歌般同样稚嫩的歌词中有这样一句:

"池塘的水满了,雨也停了"。

2014 年 2 月 9 日农历正月初十
同学会五日后写于故乡"客居"
3 月 6 日改定于杭州,是日惊蛰

充实之谓美，充实而有光辉之谓大

——记我的老师范明生先生

人惟求旧，器非求旧，惟新。

——《尚书·盘庚》

大人者，不失其赤子之心者也。

——《孟子·离娄》

范师今年整整八十岁了！从我开始师从他至今也已整整二十年了！

我是我的老师范明生先生 1990 年招收的两名硕士研究生中的一名。说起来，我报考范师的研究生还是有些"阴差阳错"的。我 1988 年从吉林大学哲学系毕业，当年报考了方立天先生佛教哲学方向的研究生，因为外语没有过线未被录取。之后来到舟山工作，原因是可借此与相恋多年的女友"团聚"。但在某种程度上，舟山的两年对我而言不过就是又一个"漫长的"考研准备期，记得 1990 年新年将近时，我与同事一起在普陀下乡，其时"命运攸关"的考试已经迫在眉睫，而那一年的冬天特别寒冷，窗外北风呼啸，我在建于六横岛田野中的一间两个"队员"合住的矮房子里，一边做着清华大学编的考研习题，一边念着叶秀山先生的《思·史·诗》！两年一度的机会，我无论如何是要考上并重新开始求学之路的。因此"考上"就要比"考哪里"更是一个压倒性的"考量"。但是谁又能告诉我哪儿一定能考上呢？我为此做了多种设想，也许因为还是有些"路径依赖"，当然主要还是因为兴趣，我最终决定报考上海社会科学院宗教所高振农先生的研究生,因为高先生尝从学于欧阳竟无居士之得意弟子吕澂先生,而吕先生的两部"源流略讲"是我在大学时就读得滚瓜烂熟的,那可是一种"比较优势"啊,而且我想佛学一定是一个冷得不能再冷的冷门——凡此种种必能保我"高中"!大概是因为在报名上犹豫太久,到我递交表格时,离报名截至时间已很近,为保证"万无一失",我带着我的报名表专程从定海坐"南湖轮"到上海,去到时在淮海中路 622 弄 7 号的上海社科院研究生部报名。记得接待我的是身材魁梧的赵菊人先生,他听完我介绍情况,第一句话就"调侃"我:"你念佛学干什么,念完要回普陀山去吗?"我知道他其实是要告诉我,当时有一位静安寺的监院(就是后来成为我的室友并最终留在哲学所工作的夏金华先生)要报考高振农先生的研究生,鉴于各方面的因素,赵先生认为我的报考基本上是没戏的。说到这里,赵先生就向我"推荐"了哲学所的范明生研究员,认为我改报范老师的研究生考上的把握更大。说来比较凑巧的是,我在舟山的工作单位资料室中就有范老师的《柏拉图哲学述评》一书,而以我之"博览群书",我也已经大致读过这本书,而且我手头本就有范老师作为主要撰稿人之一的《希腊哲学史》第一卷,于是就痛快地决定了改报;记得我当时问赵菊人先生:"这表格需要重填吗?"他回答:"没有关系,你就直接把导师名字改一下好了!"完成这一"偷梁换柱"的工作后,赵先生还介绍我去找范师的一名 1989 级的研究生,就是从武汉大学哲学系考到社科院来的苏开贵兄,并如愿以偿地从苏兄这里获得了必要的信息!

　　报完名回到舟山,我还修书一封给范老师,向他讨教相关问题,当然主要是与备考有关的事项。记得范老师很客气地给我回了信,并借寄给我一套台湾译本、繁体竖排的《西洋文化史》(忘记作者是谁了)作参考。得"贵人相助"的我从此开始"顺风顺水"起来,1990 年的春夏之交吧,我就如愿来到社科院哲学所接受面试,当时主持口试的除了一口"上(海)普(通话)"的范师,还有就是颇为儒雅甚至依稀还能辨认出年轻时的俊逸风采的孙月才先生。记得口试一开始,范师就给了我一记"闷棍":"今年的外语试题是比较容易的,你的分数看上去不错,实际上并不高!"其言当然意在强调我在外语方面还要好好下功夫,这可一下子切中我的命门了！接下来专业方面的问题就比较轻松了。按照惯例，两位先生大概是象征性地问了些"读过些什么书"、"对哪些方面感兴趣"之类的问题，由于我考前常常既是十分严肃地又是十足"消遣地"（因为叶先生的书写得"好玩儿"！）耽读《思·史·诗》，于是就以一种当年十分常见的哲学青年的热情大谈 3H（黑格尔、胡塞尔、海德格尔），两位先生当时的反应嘛，记得孙老师是笑眯眯地频频点头，而范师则颇有"锋芒"地当场调侃我："呵呵，你这口绍兴官话可真够呛啊！"

　　1990 年 9 月初的一天，这可是一个"历史性的"日子，我从杭州出发来到淮海中路 622 弄 7 号，开始了我的研究生学业。记得刚到上海时还闹了个笑话，由于当时轻装上阵，连凉席都没有带，于是放下行李后就到霞飞路上到处找席子，却总是找过来转过去全无踪影，心想这上海人夏天睡觉难道不用席子？！等到最后终于在一条小弄堂里的那种把一半货品放在走道上的小杂货铺中找到我的生活必需品，才算是初步懂得了沪上门牌号中最常见的那个"弄"字的含义，也头一回领略了上海人生活中关于"面子"与"里子"的"辩证法"：社科院对面的"华亭伊思丹"中是不会有凉席的，即使有了也是像我这样社科院的研究生睡不起的！

　　结束海岛"流放"，来到十里洋场，我当然是充满着对新生活的憧憬的。不过最初的兴奋过去之后，我自然就会想，既然都读了研究生了，总要考虑"研究"点儿啥；而我这个人的特点，正如范师后来敏锐地指出的："小应可以适应多方面的研究。"但既然是跟范师念研究生，总要"研究"点儿跟他研究的东西相关的玩意儿。实在说来，不管是读研究生之前还是之后，我对范师的研究领域和以往的工作其实是做过一番调查研究的：希腊哲学当然就不用说了，而据我的"侦查"，范师其实——主要是在武大的"后期"和回到上海后的"早期"——还做过一段现象学的研究，例如他为杜任之先生主编的《现代西方著名哲学家述评》写过马文·法伯的评传，这是在美国比较早地开始介绍和研究现象学的一位哲学家；后来我在社科院图书馆中经常借而不阅的不少胡塞尔的著作，包括《逻辑研究》和《大观念》的英译本，也都是范师要求图书馆订购来的——因为范师常年担任社科院选书委员会之"要职"；更有意思的,也是为新时期之西学东渐史所忽略的一点是,据我所知,范师还是国内最早介绍和翻译罗尔斯的学者,而这确凿地是属于他在武大时期的工作!因为我1988年上半年就在当时杭州最大的解放路新华书店买到了《正义论》的第一个中译本,并至今仍然葆有对它的一种"朦胧"的"向往"("主要"是因为那本书足够沉,而且我始终没有完整地读完过!),因此当发现范师做过这方面的工作时,我当时激动的心情是可想而知的,在图书馆借来相关资料并做了一番"研读"后,我就急切地想与范师"求证"这段经历并和他"讨论"罗尔斯,也许由于兴趣早已转移,记得他只是轻描淡写地和我说了一句:"我当时可是在武大的美国哲学研究室工作啊!"但以我后来对他的进一步了解,罗尔斯显然并不只是他翻译过的一个哲学家而已,例如他有一次在议论到社会主义运动的"经验教训"时,随口就谈到了罗尔斯对《哥达纲领批判》的引证!

　　面对这样一位不但"可以"而且其实已经"适应"并确实从事过"多方面研究"的导师,我对研究方向的选择在某种程度上反倒是更为"挠头"的!胡塞尔和罗尔斯都是我曾经设想过的研究对象,虽然因为没有得到范师的支持,最终都不了了之了。不过在当时,无论是出于我们的兴趣,还是出于对一位学者的主要成就的尊重,我们当然是希望他多多地为我们讲解古希腊,特别是柏拉图哲学。但颇为令人诧异的是,范师并没有系统地为我们做这方面的讲授,而反倒是要求我们跟他一起念收在《马克思恩格斯全集》第46卷中的《资本论》准备稿,俗称《伦敦手稿》,特别是其中的《资本主义以前的生产方式》!而这是因为他当时对"亚细亚生产方式"很着迷!后来我们才了解到(主要还是通过他的介绍),原来他那时在负责主持一个东西方哲学比较的课题,他承担了其中总论的部分,而要对东西方哲学进行比较,自然首先要对东西方社会进行比较。这么说来,"亚细亚生产方式"之进入他的视野就是毫不奇怪的了。记得当时除了马克思恩格斯的原著,我们一起读过的书主要有意大利学者梅诺蒂的《马克思与第三世界》、王亚南的《中国官僚政治研究》,还有我在南京东路"学术书苑"买到的魏特夫的《东方专制主义》。由于好像是吴大琨教授为梅诺蒂的书写了序言,而且在新时期后较早倡导重新研究亚细亚生产方式,那时范师口中经常提到吴教授的

大名;由王亚南的书和他的学生孙越生写的前言后记,范老师又结合孙
先生的坎坷遭遇谈到他自己早年对于马克思主义的热情;由魏特夫的
《东方专制主义》,范老师和我们谈到,他有一次与早年以《中国的绅
士》和《中国绅士的收入》两书留名美国汉学界的社科院老院长张仲礼
先生同席,向张院长问起他对魏特夫的印象,院长大人只说了一句:"魏
特夫是我的老朋友了!"范师补充说,张院长早年与魏特夫在西雅图华
盛顿大学曾经同事过。这则"插曲"已是整整二十年前的事了,而范师
说这句话时的神情至今犹历历如在我眼前。

　　由对亚细亚生产方式的关注,我自然地重新"捡起"了我在舟山工
作时的资料室中见到过的侯外庐先生的回忆录《韧的追求》来看,记得
当时还在长乐路的新文化服务社淘到 1945 年 8 月由中苏文化协会研
究委员会出版的侯先生的小册子《苏联历史学界诸争论的解答》,在社
科院门口那家上海—香港三联书店买了其时刚出的由许涤新先生作序
的《侯外庐史学论文选集》上下卷,而那门课的作业我写的是《试评中国
封建土地国有论》,范师给我的成绩照例又是优等!

　　结合自己的研究课题来权衡上课讲授和讨论的内容,这大概在学
有所长的学者中乃是通例。不过这样说并不意味着范师对我们的培养
方案没有通盘的考虑。事实上,为了给我们打下更好的基础,使我们学
到更多的东西,范师还在研究生部课程设置的总体格局中为我们"开小
灶",例如他专门请孙月才先生为我们讲授西方文化史,孙老师有着一
般学者所没有的独特经历,他的理想主义情怀更是摄人魂魄,他的讲稿
就是后来由辽宁教育出版社出版的《西方文化精神史论》,记得我当时
在杭州的一位朋友还曾在给我的信中打听哪里可以买到这本书,我当
然知道他的用意,但我不好意思说的是,我自己也不知道到哪里去找这
本书!俞宣孟先生为我们讲《巴门尼德斯篇》,记得那时宣孟师的三万
多字的《巴门尼德的"是"的意义说》刚在《探索与争鸣》上发表,在这篇
宏文中,宣孟师运用海德格尔思想来解读古希腊思想这门"绝活"达到
了炉火纯青甚至登峰造极的地步,而我也是读得如醉如痴,如入乌有之
乡;周昌忠先生为我们讲授语言哲学,那时周先生的《公孙龙子研究》刚
由社科院出版社出版,虽然周先生自谦这本书只是他从事西方语言哲

学研究的"副产品"（"正品"就是后来我在做博士论文时参考过的《西方现代语言哲学》），但我却自以为读得颇有会心，特别以其中对于"知性思维"的分解部分最为精彩；翁绍军先生为我们讲授宗教文化，翁先生那时大概已经开始为香港的出版社翻译例如利科等人的著作，他的心得之谈虽然在那时压根儿就想不到后半辈子会与翻译结下不解之缘的我听来未免有些"沉闷"，但今日观之则不啻空谷足音！

　　除了本所的优秀学者（这当然完全不意味着其他学者就不"优秀"）以及他们讲授的西学，范师还用心良苦地希望我们有机会接受传统文化的熏陶，加强对中国学问的修养。为此他与时任历史研究所常务副所长的李华兴先生联系，安排我们到所址在徐家汇的历史所听课。我至今记得一早从院部宿舍出发坐公交车到徐家汇的情形。为我们上课的是华兴教授本人以及罗义俊研究员。华兴教授布置我们的读本就是郑振铎先生编的《晚清文选》，于是我们就一边念着洪仁玕，一边念着冯桂芬；而在学习这个课程的过程中，我与华兴教授也熟悉了起来，记得有一次在课堂讨论时，我提到了当时贵州人民出版社刚出的艾恺的《世界范围内的反现代化思潮》一书，几天后我在院部的食堂遇到华兴教授，他就提到希望我什么时候可以把这本书借给他翻翻，遗憾的是我虽然到现在还记得这件事，但当时好像把这件事给忘了——原因是我那时整天念现代新儒家，特别是牟宗三先生的著作念得昏天黑地，而这就与历史所那门课的另一位老师罗义俊研究员关联起来了。当然，我在认识义俊师之前就已经开始读牟先生的书好一阵子了（具体是怎么开始的需要专门再写回忆文章），但在这个其实是由范师"安排"的课堂上受教于义俊师，无疑为我对现代新儒家的热情起了"推波助澜"的作用，因为义俊师所讲授的部分乃是宋明理学，而他所用的"教材"就是牟先生的《心体与性体》！

　　和当代新儒家的遭遇以及此后与义俊师的"交往"，无疑是我生命历程中的一段"大事因缘"，而与我研究生阶段的学习以及此后的命运关联甚密的至少有这样两件事，一是我征得范师的同意，决定围绕当代新儒家主要是张君劢的"修正的民主政治论"做硕士论文，这一方面当然本就是关注儒家思想之现代命运的人们自觉而又自然的"取向"，另一方面也是因为我当时已经开始较多地涉猎西方古典的和现代的政治思想和政治理论(那时"政治哲学"这个名称还没有那么流行);另一件事则是对我报考博士生的方向的影响,这会在我交代完第一件事后略加回顾。

今天想来颇有意思的是,在我完成题为《试论张君劢"修正的民主政治论"》这一我们师生事先拟议过的硕士论文并送交范师审阅后,他当场就推翻前议,希望我不要拿这篇论文申请硕士学位,并要求我马上重写一篇论文,而问题是这时距离论文呈交的期限还只有十天半个月的时间了;更有意思的是,看到自己辛勤"爬梳"(当时《立国之道》还只有民国时的繁体竖排本!)的成果付诸东流,我并没有进一步追问范师推倒前议的原因,也完全没有哪怕是试图坚持己见,而是二话没说就在规定的期限内写出了一篇题为《社会理想:从康德、黑格尔到马克思》这一颇为"主旋律"的论文。我的论文虽然不能说旨在"暗渡陈仓",但我之所以选择这样一个看上去相当"时代错乱"的题目,显然并不只是为了如期"混"到一个硕士学位,而确实是有我自己比较"深远"的考虑的。原委就在于我其时已经精读过马克思的《伦敦手稿》、黑格尔的《法哲学原理》,还有殷叙彝先生翻译的伯恩斯坦《社会主义的前提与社会民主党的任务》,并且沪上三年一直在反复阅读当时已由商务出版社出版的康德《历史理性批判文集》和《法的形而上学原理》,而日本学者城塚登那本并不引人注目但实际上质量极高的《青年马克思的思想》也在那时进入了我的视野,于是我那篇相当粗疏的论文却有个相当宏大的"立意",那就是要在第二国际的"修正主义遗产"以及 20 世纪社会主义运动的历史经验中来重新梳理"市民社会"这个概念从康德、黑格尔到马克思的发展、扬弃和再恢复(后来我才知道,日本学者对此有个很传神的词,那就是"复位";当然同样也是后来才知道,这个主题可是哈贝马斯在他的教授资格论文《公共领域的结构转型》中的主要工作)。而并非巧合的是,我对康德的历史和政治哲学的兴趣其实恰恰是由范师带动起来的。记得有一段时间,他常常手里拿一本剑桥出的 Hans Reise 编的《康德政治著作选》,告诉我们他的"偶像"基辛格(这是因为范师对于国际关系的长期而持续的关注)的博士论文就是研究康德的历史政治哲学的！

　　对于我的未来，范师其实也是常在念中的，并在我临毕业前告诉了我他的安排：他希望把我留在所里，工作后再在职在上海某校念一个博士学位。他还让我和父母商量一下看他们意下如何。见我对这样"灿烂的前程"似乎并不甚向往，至少是有些犹豫不定，他还使出了一招出人意表的"杀手锏"，甚至可以说是"美人计"，以过来人的身份半开玩笑地对我说："上海小姑娘可是很温柔的呀！"待我"严肃地"告诉他我已经有一位"青梅竹马"、关系非常稳定的女友后，他又很痛快地收回了自己的话。总之，一切看起来都是美好的，或者正向着美好在前进。然则"天有不测风云""人有旦夕祸福"，我留所的计划由于某种原因却遇到了很大的阻力。以我现在甚至当时的了解来看，我大胆地认为范师在这个问题上其实完全可以坚持己见，但结果却是我并没有被留在所里。也许是因为留在所里最初并非我的意愿，我也并未对留所后的"前程"抱有多么瑰丽的憧憬，这件事自然也就不了了之了。与此同时，或者应当是在此之前，我仍然"有条不紊"地筹划着自己的考博事宜。按照我当时的构想，我还颇欲"更上层楼"，到中国社科院研究生院念博士，但是在我毕业应考的那年，也就是1993年，叶秀山教授并没有招生，外国哲学（当时叫做"西方哲学"）是梁存秀教授招生，而梁先生和范师是北大的老同学又兼老朋友，于是大概是在1992年暑假，我带着范师写给梁先生的信，去梁先生在社科院的公寓中拜访他并表达了报考的愿望，记得是梁先生和他的夫人沈真教授在家中一起接待了我，在向梁先生伉俪请教的过程中，我还谈到了其时出版不久的《费希特著作选集》第一卷，梁、沈两位教授大概是觉得有些意外，马上从书架上取下相关的书籍对我进行了一番耐心的"辅导"；梁先生还兴致勃勃地谈起他与《费希特全集》巴伐利亚科学院版主编劳特教授的交往——他告诉我，劳特教授有一次邀请他在一本德语费希特论文集中撰文，而他"义正词严"地回应说，这样做对中国学者是不公平的！等我告别梁先生夫妇出来时，梁先生说他刚好要去邮局，就顺便送我，我和身材魁伟、风度翩翩的梁先生是在离他府上不远的北京古观象台附近分的手，而其时我的女友一直在梁府楼下等我！由于梁先生规定入学考试必须考德语，虽然他告诉我这个考试很简单，甚至说突击一下就可以过关，等进来再好好学德语，但因为我毕竟没有系统地学过德语，实在是不敢冒这个险，于是最终还是放弃了报考。这里还有个后续的小故事：2009年四五月间我在京小住，有一次郭大为兄请邓安庆教授和我在颐和园附近小酌，当我谈到1993年我曾想报考梁先生的博士生时，大为兄连连感叹："我们俩差点儿成为同门啊！"因为他就是梁先生1993级的博士生！记得我当时就举起酒杯与大为兄一饮而尽，而我心里"嘀咕"的却是：我与你郭老兄来比考德语，这不是"田忌赛马"的一个颠倒版本又是什么呢？

这个"上行"方案半途而废之后，在罗义俊先生的影响下，并经过和范老师商量，我决定采用"下行"方案，报考津门某校的中国哲学专业，方向就是现代新儒家，大概由于我的好运气在赵菊人先生指点我报考范老师的研究生那次就已经用光了，我这次志在必得的应试却阴差阳错地惨遭"滑铁卢"。加以范师把我留在所里的计划中途搁浅，其时的我已被逼入"绝境"，留下的只有一条路，就是"打道回府"，到杭州找工作了。而那时杭州高校的教职已经很难找了，我一再地吃着"闭门羹"。就在这时，一个重大的转机出现了，我那时的一位在杭州大学哲学系工作的朋友看我"命途多舛"，就颇有"想象力"地建议我，为什么不设法转到夏基松先生这里念博士呢？在这里我要补充一笔的是，我其实当年就考虑过报考夏先生的博士生，这一则是因为我在吉林大学哲学系的前两年念的就是由舒炜光先生在全国率先创办的自然辩证法专业，科学哲学本就是我的"旧爱"，而要进一步从事这方面的研究，跟随夏先生念博士即使不是唯一的选择，至少也是最好的选择之一；二则是因为如果到杭州大学念书，我就可以回到其时早已在杭州的父母身边，这对于在从诸暨上高中开始就住校的我来说，吸引力自然是不言而喻的。但我当时深感"困惑"的是，我毕竟报考的是中国哲学专业，该怎么转到夏先生的科学哲学上来呢？我的朋友不慌不忙，除了指出当然需要参加夏老师主持的加试并有良好的表现，他还"指点"我应当让范老师给夏先生打个电话，以加重我在老先生心目中的"分量"，因为我此前已经告诉他，当年夏老师从南京大学转任杭州大学并申报博士点时，范师也是按规定必须具备的三位教授中的一位(范师是以兼职教授的身份参加"三人组"的)。于是为了自己的前程,其实主要是为了能够在当下——但"当下"可是连着"前程"的呀!——活下去,我只好驰电向范师求援。记得范师听完我的意思后脱口而出:"可是我家里不能打长途电话的呀!"于是我这辈子第一次对自己的老师"发号施令":"范老师,您可以到楼下电话亭去打的呀!"

"师门不幸"也好,学生不才也罢,当然首先是要感谢夏老师"义薄云天"——这是对范师而言——和"雪中送炭"——这是对我而言(我显然不能再说"慧眼识珠"或"伯乐相马"之类自我贴金不知天高地厚的话了)。总之,1993 年,又是 9 月初的一天,又是一个"历史性的"日子,我虽未"阔别"——因为我从未在杭州长期生活过——但确实是"回到"了"故乡"——因为我本浙人,而且我的父母兄弟那时都在杭州。在全部安顿下来之后,我给范师写了一封长信,报告所有的一切,还有我的心情。记得范师在回信中好像是"替我松了口气"似地说:"目前这个结果已经是相当理想的了!"还语重心长地告诉我,在研究方向的问题上,要充分尊重导师的意见,不过他最后还是没有忘记补上一句:"好在你能够适应多方面的研究!"——这也就是开头那句话的"出处"了。在这之后,当他的《晚期希腊哲学和基督教神学》一书终于出版时,他给我写了一封信,其中写道:"送给你这本书,算是我们师生相聚一场的纪念!"

回想起来,我在上海读研究生的那几年,范师刚好担任哲学研究所的副所长,而且手头同时承担着好几个课题,因此行政和科研都相当繁忙,再加上我们年龄的悬殊,以及社科院特殊的建制,实际上我们的关系并不能算是"密切"——虽然我猜想就他与学生的关系而言,与我应当是最为密切的了。而对于与他"交往"中的点点滴滴,即使在二十年之后的今天,我仍然有着深刻入骨的记忆和磨灭不去的印象。我曾想,虽然自己"惊人"的记忆力对此一定不无小补,但范师的人格、性情、趣味乃至于情调——总之一句话,"充实而有光辉"的形象——之于我的鲜明感染力显然应当是第一位的因素。而正因为我并未能在他取得主要成就的方面，亦即在希腊哲学的研究上传承他的学问，于是就恰恰是上述这些方面及其带给我的人生体悟成为了我从他那儿得到的最可宝贵的财富。

范师于 1950 年，也就是整整六十年前考入清华大学哲学系，1952年院系调整时转入北京大学哲学系。在进入上海社科院之前，他曾在衡阳矿冶学院和武汉大学工作，至今武汉大学哲学系的网页上，还是把他列为著名的系友来介绍的。以范师的求学和从事科研活动的背景，他耳濡目染的都是一代名师，而他的同学朋友中更是不乏当代中国哲学界中最为著名和杰出的人物。然则范师决不是那种绝对不臧否人物和时事的"好好先生"，而有时恰恰是议论风生甚至是有"指点江山"之气度和雅兴的——这一点之于我的影响显而易见甚至超过了它应当有的程度，不过什么才是"应当有的程度"呢？——只不过因为我们当时毕竟小他近四十岁（当然现在也小这么多，而且永远小这么多），我们在他心目中实际上不过就是小孩子，他对我们当然就并不会"倾其所有"罢了。我的印象中，他最心仪和崇仰的前辈和老师应当是金岳霖先生，记得他每次谈到都必称金先生，而且流露出崇敬和自豪兼而有之的神色，我猜想这大概是适用于老清华的所有哲学人的吧。范师也曾经和我们谈到沈有鼎先生，而那就正如沈先生本人所呈现的，是一种《世说新语》般的"风神"了——如果说金先生之被人"传诵"的一点是他常常会忘记自己的大名，那么范师所"爆料"的沈先生则是他在到清华上学后还不知道假期应当怎样从北平清华园回到在上海嘉定的簪缨之家！而范师最感亲切和尊敬的无疑就是今年九十初度的汪子嵩先生了，他每次谈到汪先生都是一脸的喜悦和感谢，感谢的是汪先生对他的提携和帮助，喜悦的是能得遇如此恩师；有一次他还把汪先生的手稿给我们看，那是我第一次也是唯一一次见识后来在中国哲学界成为美谈的汪先生的"手泽"。在范师所谈到的其他前辈中，我觉得他对于武汉大学的江天骥先生的工作似乎比较重视，好像还保持着某种持续的关注，我想这一方面当然是与江先生本人之工作的重要性有关，另一方面也是与范师自己曾在江先生创立的武汉大学美国哲学研究室工作有关。对于在哲学所的前辈和同事，范师的议论是很少甚至几乎没有的，只有一次在谈到 50 年代就译出卡尔纳普的《哲学与逻辑句法》,后又在 80 年代主持翻译波普的《猜想与反驳》的傅季重先生时,他流露出很钦佩的表情,而且说了一句:"傅先生的英语真是好!"

以范师那一代人的民族家国的情感和青年时期所受的教育,他们对于 1949 年之后开始的这个新时代是抱有发自内心的深厚感情的。很有意思的是,也许正是出于这种情感的投射,于是也并非偶然地,他们这辈人对于海峡对岸后来在哲学文化上之成就的评价似乎就并不高,一个坚强的理由当然是,1949 年以后真正优秀的人文学者中绝大部分都是选择留在中国大陆而并未开始"花果飘零"的!记得有一段时间,我因为读牟宗三先生读得入迷,几乎达到逢人便谈牟先生的程度,范师有一次就对我说:"你把自己复印的书给我看看!"因为我的《现象与物自身》是我用光了我在研究生部领到的全部复印券可能还外加了一点费用从社科院港台书库中借来复印的,装订后是很厚的一大册。我至今记得一次把这部"大"书抱到范老师办公室的情形;大概过了一两个月,当范师把这份复印件还给我时,我很想听到他的感受和评价,但他并没有说一句话!另一方面,对于 1949 年以后所展现的现实与理想的距离,扩大开来说,对于包括中国在内的 20 世纪社会主义运动的"经验教训",范师当然又是有着切肤之痛的。我记得他非常喜欢读波普的《开放社会及其敌人》,此书的上卷名为"柏拉图的符咒",范师在写那本关于柏拉图哲学的开创性著作时早就应当是相当熟悉的了,有意思的是,他还有此书桂冠图书出版的台译本,因为当时不能读英文,我还向他借过这本书,不记得是在课堂上还是在我把书还给他时,范师指着藏青封面的(其实书的表面并不能看到,因为范师习惯于把每本书——估计是他认为重要的书——都再包一个封面,而这该是我与他最没有"继承性"的一点了!)这两卷书说:"波普对历史决定论的批判几乎是无可辩驳的呀!"

凡此均可以见出,范师其实乃是一个相当率真的人,他在希腊哲学研究上的后辈,我现在浙江大学外国哲学所的同事包利民教授甚至就直接用"孩童般的学人纯真"来形容他对于范老师的感受,并对他充满了敬意。我对此深有同感。我曾想,这里所谓的"纯真"当然首先指的是一种"性情",这表现在对人和处世的方面,就是率性而为,毫无"机心";表现在对智识和学问的方面,则是一种无功利的热忱,一种"好之者不如乐之者"的精神。这方面当然也是可以用一些细节来说明的。

话说我虽并未能继承范师在希腊哲学研究上的衣钵,但我在上研究生后写的第一篇作业却是一篇货真价实的希腊哲学论文,我至今记得这篇作业题为《〈普罗泰戈拉〉和〈美诺〉中美德与知识的关系问题》,应当说虽然我用的只是中文文献,包括当时能找到的民国时的所有柏拉图译文以及香港的邝健行先生翻译的《普罗泰戈拉》(邝先生译为"波罗塔哥拉"),但无论如何我是写得相当认真的,而范师也毫不含糊地给了我一个优,而我的同门、从复旦哲学系毕业的易兵兄也得了近九十分。有意思的是,在为我们俩讲解作业时,范师竟说了一句:"这两篇作业我给的分数差不多,但实际上完全不是一个层次的!"一句话让一向低调的我甚感惴惴不安,都不敢抬头看易兵兄,倒是易兵兄反而镇定得很,一脸宠辱不惊的样子(这里的前后半句好像有些矛盾,但我相信只是"形式的矛盾",而非"实质的矛盾"),而且依然待我非常 NICE,记得毕业前夕,"是"和"时"在我已确定要到杭州大学读博士之后,我们那一届同学(专业从国际私法、国际金融到哲学和宗教学不等)全体到无锡作"散伙游",易兵兄还专门掏腰包请我吃无锡包子,说是意在支持我继续为中国的哲学事业而"打拼",我心头的那份甜蜜蜜的感受那真是久久挥之不去,就如同那次吃到的无锡包子给人味觉上的甜美感到现在都还在我的舌际!

也还是在那次作业上,记得我除了引用范师本人的成果,还较多地征引了叶秀山先生在《苏格拉底及其哲学思想》中的一些提法,于是在我的稿子上的好几处,凡是引用叶先生说法的地方,范师都打上了一个大大的问号。还记得有一次讨论时,我提到叶先生那本书中的一个观点,大概那个观点与时间年月或某个场景有关,而范师应当是不同意这个观点的,我只听到范师在讨论中突然提高嗓门(虽然他的"分贝"本来就比较高,而这也是我对他颇有继承性的一点!)说:"那个时代可是没有录音机的呀!"

当我们说范师是或把他感受为是一个"孩童般的纯真学人"时,并不是在说他没有"实践智慧"（童世骏教授建议改为"生存智慧"，但"生存"难道不是一种"实践"或"实践"之一种吗？）或者甚至是"审慎理性"，那对于从那个年代过来的人简直是"天方夜谭"！记得有一次，就是在我写完"第二篇"硕士论文之后，由于急于要请范师审定，我借了一辆自行车，一路过外滩和外白渡桥，一直踩到他在玉田路曲阳新村的家，记得应门的是范师的女公子，她让我在门口等一下，她先进去与父亲招呼，结果是没等范师出来，我就如"逃之夭夭"般地下楼骑车回社科院了。后来经人提示抑或经过反思，才知道我这样做其实是非常失礼的，而现在想来，当时之所以这样率性而为，除了我确实不想在那个午休前后的时间打搅他，应当也是与他悬置冷藏了我的"第一篇"硕士论文有关的。未想在我刚气喘吁吁地回到社科院时，范师就通过我们楼层的公用电话找到了我，并对我进行了一番批评和指责，而令我无比感动的是，他的言语中好像还有点自责的成分！又有一次，大概是由于年轻气盛，又是刚与朋友在淮海路上喝酒回来，而时间已过午夜，于是我就与奉命守门查岗的社科院管理人员发生了一场小冲突——当然也只是言辞之争，当此事后来传到范师耳中时，他专门找我谈话，其中一句话令我终生难忘，并在我此后的生活中享用不尽，范师谆谆教导我："我们从事知识生产的人，特别应当对于从事劳动生产，尤其是服务工作（例如图书管理工作）的同志保持尊重！"至今思之，我以为，在一个工人阶级和劳动人民当家作主的伟大国度，范师这番话与其说是有一种西洋知识贵族的"屈尊俯就"的成分，还不如说是曾文正公那句"夹着尾巴做人"在接受"阶级斗争年年讲天天讲"之"洗礼"后的"浴火重生"！虽然我一直并未把范师的这种精神学到家，但我其实是能够体会这其中所包含的深刻而又辛酸的"审慎理性"的。而最为难得和可贵的是，这种"审慎理性"在范师那里并不是一种"深不见底"的"老谋深算"，而是一种"晶莹透明"的"实践智慧"；并不是一种"歧路亡羊""无所依归"的"旁逸斜出"，而仍然是"理性"（reason）能力在"合理性"（reasonableness）之"烛照"下的"发用"。而扩大开来说，这种层面上的"工具理性"（rationality），可以用上海社科院哲学所现任所长童世骏教授不久前在华东师范大学 2010 年"终身教授报告"（我很荣幸地应童教授的邀请担任了这场报告的评论人）上的话来"辩护"："有时候 reasonableness 的问题不能很好地加以落实恰恰是因为我们在 rationality 方面的程度还不够高，而反过来，在 rationality 方面的提高也会有助于我们更好地落实 reasonableness！"

我至今还清晰地记得有一次，范师用他刚刚完成的《晚期希腊哲学与基督教神学》的手稿为我们上课，在这堂课快要终了时，他指着那叠厚厚的稿子，用一种似乎是如释重负的但仍然是有些伤感的语调对我们说："我年轻时有一个希腊梦，现在这个梦总算做完了，但这个梦是有残缺的，因为我始终未能真正地掌握希腊语！"当时听完范师的这番话，我和易兵同学都沉浸在一种无以名状的感动中，这种感觉，用一种表面上极其不恰当而实际上又极其恰当的"类比"来说，就是吉本在他的自传中谈到他在穷几十年之力完成《罗马帝国衰亡史》之后的感受："我曾经凭推想认定了孕育此书的时刻；现在我要纪念完成全稿的钟点了。这是 1787 年 6 月 27 日那一天，或者该说是那天夜晚，十一点至十二点之间，我在花园中一座凉亭里，写完最后一页的最后几行。放下手中的笔，我在一条两边满植刺槐的林荫小路上来回走了几趟，从那小路上可以望见田野、湖水和群山。空气很温和，天色是澄澈的，一轮银月投影在水中，整个宇宙悄然无声。我不想掩盖当初因为恢复自由行动，以及因为也许著作成名而发生的欢悦情绪。可是我的自豪感不久就暗淡下来了，另有一种严肃的忧郁感布满在我心头，因为我想到，我同一个事事听我作主的老伙伴永远分手了，又想到我的这部历史著作日后不管能存在多久，此书作者的生命必然是很短促而且休咎难卜的。"——其中的差别在于其时其景中，我们已经完全地分享了范师的感受，而吉本当时只是在"喃喃自语"！而以我等之不才，其时显然不可能也没有"资格"找出什么话来"安慰"范师，但近二十年后，我倒是想起了一位因为获得了诺贝尔奖而"改变了中国人事事不如他人"的观念的华裔物理学家在谈到他与另一位同时获奖的华裔物理学家后来之"分道扬镳"时说的一句话："人世间又有哪一种最深挚的情感不是与某种同样深刻的伤痛和遗憾联系在一起的呢！"

　　我也还记得在我前面已经提及的那篇关于"封建土地国有论"的作业上，大概由于我在某处使用了一个有些"粗犷"的语词或句式，范师就"洞若观火"地在旁边批了一句"言辞宜雅驯些！"从那以后，"温厚"和"雅驯"始终是我在为人和行文上追求的一种目标和境界，而每当我胸中升起"粗厉"之气时，我也常常用范师的这个批注以自警自励。也许是因为"江山好改，本性难移"，抑或是"征服世界易，征服自己难"，我自知至今与此尚有相当渺远的距离，包括在这篇文字中，我有时甚至有意识地使用了一些"俚""俳"甚至"谐""谑"的表达方式，想到此小文乃为范师八十寿庆而作，理当有些喜庆"诙谐"之气，这也许可以为我之"不思进取"稍作辩解吧！

2010 年 11 月 15 日赴沪为范师祝寿
16 日订定于浙大港湾家园寓所

榜样的力量

——叶秀山《美的哲学》重订本随感

　　在我的求学时代,相信正如在不少与我年龄相若的人的情形,叶秀山教授"总是已经"是继李泽厚先生之后的又一大思想和学术的"偶像"。最近,叶先生的名著《美的哲学》在出版近二十年后由世界图书出版公司出了重订本。叶先生为这个重订本新撰了一篇序言,正是冲着这篇序言,我又一次买了这本书,包括初版和在特价书店遇到的、因不忍而收之并预备着送人的重印本,这已经是我第三次买这本书了。还记得此书于1991年初版时,我正在上海读研究生,如果我没有弄错,我是在当时位于南京东路的"学术书苑"买到这本浅黄色的、装帧雅致的"枕头书"(指它的开本)的。那种灯下夜读如饮醇酿的记忆至今都还是如此鲜活,我猜想任何真正读过这本书的人都会有这种感受,而这无疑要归之于叶先生写这本书时的那种"一气呵成"和"酣畅淋漓"。虽然如此,如果说此前的《思·史·诗》堪称是一道哲学的盛宴,是一种艰难的但仍然步履优雅的、"离天三尺三"的长途跋涉,那么这本《美的哲学》则更像是一道甜品,是一种"阅尽人间春色"之后的生发和升华,这种关系就有点像根据叶先生在北大的讲课整理的《哲学要义》之于叶先生为《西方哲学史》多卷本所写的《导论》——我在这里作为一个"老叶迷"真诚而强烈地建议,如果没有版权上的制约,这个导论完全应当以一个单行本行世——之间的关系。

　　从叶先生新写的序言看,他现在对这本书其实也并不是很满意。这当然主要是因为他现在对一些重要问题有了新的认识,但在这些问题上又还没有形成系统的思想,所以无法"修改"这本书,从而感到"别扭"——这诚然是一个有着"思之虔诚"的哲学家的别扭。叶先生在新序中集中谈到的一个问题就是由《判断力批判》以及三个《批判》的关系引申出来的建构性原理与范导性原理的区别问题。他承认自己对这个具有"很重要的意义"的问题"长期并没有给予应有的注意",从而对"三个《批判》的关系的理解不很过得硬,存在着不少马马虎虎蒙混过关的地方"。叶先生在这里当然一如既往地有些过谦了。不过诚如叶先生所言,这个问题确实是后康德哲学的一个核心的、牵一发而动全身的问题。例如整个新法兰克福学派的工作在某种意义上说就完全是围绕着这个问题而展开的,这一点只要我们读读例如哈贝马斯和他的门生韦尔默、娜丰等人的一些论著就会得到明确的印证。我们也不能不注意到,正如哈贝马斯本人所承认的,他在这方面的思想的一个主要的灵感源泉就是阿伦特,特别是后者的《〈判断力批判〉讲演》,这个在她去世后以《康德政治哲学讲演录》面世的未完成稿实际上是阿伦特构想中的《心智生活》继《思想》和《意志》后的第三卷也是最后一卷《判断》的准备稿,而《心智生活》则可以说是她毕生哲学之总结。她在那里不但试图把《判断力批判》作为重建康德的整个政治哲学的关键——用她有些"刻薄"的话来说,表达在法学著述和历史哲学论文中的"成文"政治哲学乃是哲学家"脑力衰退的产物",只有《判断力批判》中的"未成文"学说才能真正代表康德政治哲学的水准——而且切实地作为她自己的哲学系统的自觉基点。正如我以前在一篇小文中指出过的,不管阿伦特对康德文本的解读存在多少有争议的成分,她的这一解读思路无疑具有巨大的影响和可圈可点的"效果历史"。尝从哈贝马斯学的意大利哲学家费拉拉(Alessandro Ferrara)就是沿着这条思路前进的一个晚近的代表人物,继在1999年发表《正义与判断》(*Justice and Judgment*),把"判断模型"全面运用到对包括哈贝马斯、罗尔斯、阿克曼、米歇尔曼和德沃金在内的当代政治哲学家的解析上之后,他又在2008年出版了《榜样的力量》(*The Force of the Example*)一书。在这本书中,费拉拉进一步把"判断之榜样的普遍主义"(the exemplary universalism of judgment)作为超越情景的特殊性而又无需与我们的多元性直觉相抵牾的策略,他显然是想把"榜样的力量"从美学的领域扩展到政治的领域,并在阐明独特之物也能够具有普遍意义的基础上,把"榜样的力量"作为沟通不同情景间差异的一座桥梁。费拉拉探讨的议题实际上颇为广泛,包括公共理性、人权、根本恶(radical evil)、主权、共和主义和自由主义以及公共领域中的宗教。与在《正义与判断》中一样,他自承是在"语言学转向"的背景下工作的,而"语言学转向"与所谓"后形而上学"在不少人眼里乃是同义语,在这种情景中复活的"判断范式"与"形而上学"之间的关系问题,就如同——正如叶先生所说——"康德以后如谢林特别是黑格尔的'艺术哲学'或'美学'",与"康德心目中的'形而上学'",以至于"再到胡塞尔至海德格尔","这之间的思想上、历史上和理解上的关系",确实是"还需要下功夫去理清的"。

当然,"判断模型"的影响即使在较为纯正的英语世界哲学中也有抢眼的表现,特别是在最近的道德哲学讨论中,例如麦克道尔、拉莫尔等人的工作在某种程度上也未尝不可以放在这个模型的影响之下来观照。而我们在这里要着重指出的倒是,叶先生现在特别重视的"建构性原理"与"范导性原理"或"决定的判断"与"反思的判断"之区别的问题,在当代大儒牟宗三先生的形上学系统和"判教"中亦同样有着极重要的作用,例如牟先生在《智的直觉与中国哲学》等一系列论著中把儒家定位在"决定的判断"上,从而称其系统为"存有的形上学";把道家定位在"反思的判断"上,从而称其系统为"境界的形上学";如此等等。而更有意思的是,牟先生的工作就如同上面谈到的德语和英语学圈的工作那样,不但注意到了"建构性原理"与"范导性原理"或"决定的判断"与"反思的判断"之间的"区别",而且注意到了它们之间的"联系"。牟先生亦尝有言,"不懂得康德,就无以懂得孔子",并认为圣托马斯(阿奎那)系统、莱布尼兹系统和康德系统这西方哲学的三大系统中只有康德系统是最能够和儒家相沟通的。这些无疑都是现代中国哲学中极富刽发性的但又有待于我们结合当代哲学的新语境加以进一步阐发的课题。而"幸运"的是我们在这方面无疑也是看到了一些成果的,例如童世骏教授在他用英文发表的博士论文,以及同样最初用英文发表但后来被人译出刊于《世界哲学》的那篇关于赵汀阳的"天下体系"的评论文章中,对孔子和哈贝马斯的"互释",就可谓既超越了"格义",又超越了"反向格义"。数年前我在北京的一次会议上巧遇赵汀阳教授,请教他对于这篇文章的观感,赵教授习惯性地语出惊人:"此文很有意思,童教授好像是认为哈贝马斯比孔子还要孔子!"

说到这里,我想起了我的一位好读牟著的学生有一次聊天时告诉我,他从牟先生为一个学生的书写的一篇序言上看到过牟先生做出的一个很有意思的"区分"。据我这位学生转述,牟先生把所有生命和学问的形态分为四类:阳刚、阳柔、阴刚、阴柔。阳刚和阳柔为上,牟先生自认是阳刚;阴刚和阴柔为下,最次阴柔。我尝想,如果把牟先生的这个模型应用到当代中国的哲学家身上,阴刚和阴柔固无足论,大概叶先生曾经的同事李泽厚先生的形态庶几乎近于阳刚,而叶先生自己的形态则近于阳柔——"质之"叶先生以及当今世上如我般好读叶著者以为如何?

其实叶先生自己对这样的定位也是有明确的"自觉"和"认同"的,例如在为梁存秀先生主持编译的《费希特著作选集》所写的书评中,他就称道"梁兄是充满活力,极具'锐气'的人",而自谓"在年轻时,就缺乏这种'锐气',如今老了更是找不到它的踪影了"。有趣的是在我们眼前的这篇新序中也可以找到这种"定位"的一个旁证。在这篇序言的后半部分,叶先生饶有兴致地回顾了他之从一开始"钟情于"美学到后来之"沉迷于"哲学的心路历程。按照叶先生的"回溯推理",他早年对美学和艺术的兴趣"在客观方面大概也是因为当年(五六十年代)'美学'这个领域可能也比较'宽松'些";而后来之"转入"哲学也是因为"就客观情况言,随着'文化大革命'的深入发展,随着艺坛八个样板戏越来越僵化起来,哲学的理论问题反倒暗暗地活跃起来"。也就是说,"相比之下,哲学反倒自由一些了"。于是,"再加上主观的兴趣转向,我逐渐地真正的转移到做哲学(上)来"。这就是说,虽然追求自由或自由的追求永远是第一位的——我们可以把这种追求称之为"阳",但具体情景中的自由的具体的追求方式之成因,如果分解开来看,客观方面仍然是第一位的,主观方面(例如兴趣转向)则是第二位的——我们可以把对追求自由的这种理解或者至少是对追求自由之方式的这种理解称之为"柔"。合而观之即为"阳柔"。

按照这样的"刻画",这里的"阳"与"柔"之间的关系与其说更接近于中国传统哲学中的"体"和"用"或"本"和"末"的关系,还不如说更近似于西方哲学中的"目的"与"手段"或"价值理性"与"工具理性"之间的关系,但是如果我们设身处地,运用"同情之理解",把这里的"柔"了解为"消极的"或"否定性的""有所不为",那么它与"积极的"或"肯定性的""有所为"的"阳"之间的关系就是一种一体两面的更类似于儒家传统和文献中的"穷"与"达"之间的关系。从叶先生对于"美学"和"艺术"的钟情来看,他的"生命情调"(方东美先生语)似乎更接近于道家;但事实上,从叶先生近年在中西哲学贯通方面的努力和对于中国哲学的阐释重心——例如《说"诚"》一篇中对于"慎独"以及"不诚无物"与"万物皆备于我"之间的"紧张"的疏解,还有《"思无邪"及其他》一篇中从"思—诗—史成为一体"的视角对于"'邪'、'正'皆不仅可作道德解,亦可作本体观"的阐发——来看,他的主要关注甚至"认同"之点毋宁说仍然是集中在儒家上面的。就此而言,叶先生的生命和学问的形态与其说更接近于例如方东美先生这样的"新道家",还仍然不如说更接近于牟宗三先生这样的"新儒家"——虽然如同前面提到过的,牟先生自认"阳刚",而我们则在这里把叶先生定位于"阳柔"。

最后还要提到一个关于风格的细节:据叶先生在新版序言中说,这部《美的哲学》在他自己的写作历程中还有一个特别的意义,那就是由于这本书是"一口气写成的",就没有再顾得上"旁征博引"——用他在此书初版的"作者附言"中的话来说,这样做既是为了"不打断自己的思路,同时也避免用一些引文来打断读者的思路"。虽然叶先生自律甚严,在新版序言中还在为自己这种后来一直延续下来的"有失学术规范的地方"而向读者"道歉"。但就我"多年的"阅读感受而言,我认为叶先生的这种"尝试"不但是非常成功的,而且简直是开了一种"风气"。多年前张承志写过一篇纪念梵高的文章,我至今还记得他在那篇文章的最后宣称自己就是梵高的一幅"作品",我当然不能也不应在这里宣称自己与叶先生有任何类似的渊源关系;如果读者不以笔者行文与叶先生的某种"形式上的"类似以"东施效颦"讥我,而是视之为如题所示的"榜样的力量"的某种佐证,我就已经感到是一种莫大的荣幸了。

2010 年 9 月 23 日初稿
9 月 28 日改定于杭州

那难忘的岁月仿佛是无言之美

——我读林庚及其他

"古代汉语"是我在大学时到中文系听过最完整的一门课程。记得这门课是由一位五十开外的王姓老师担任的,我不记得王老师是否师承比如说许绍早先生,而许先生正是这门课的教材《古代汉语》之主编王力先生的得意弟子,是吉大中文系的"台柱"教授。我只记得王老师的这门课是我大学时代听到过的最好课程之一,我还记得这位王老师课堂上征引和提及最多的好像是高亨先生,比如他的《老子正诂》、《诗经今注》、《周易大传今注》什么的。学这门课照例会读到"楚辞"中的篇章,也正是在这个课程中间,我在其时位于重庆路的长春古籍书店见到了林庚先生的《天问论笺》,记得当时还为要精装本还是平装本"挣扎"了好久,最后当然还是要了平装的。虽然我从头到尾一字一句地看完了这本书,还做了不少的圈圈点点,但以一个"先天不足"的大学一二年级学生,我自是无法置喙此书的实质性内容的,不过我确是为其中蕴含的那份"情致"所深深地打动了,特别是那篇我至今清楚地记得题为《三读〈天问〉》的序言。还有其中所收的《〈天问〉中所见夏王朝的历史传说》、《〈天问〉中所见上古各民族争霸中原的面影》等文,我读了好多遍,以至于后来还迷了一段上古史,找来了例如丁山的《中国古代宗教与神话考》、收在《古史辨》中的杨宽的《中国上古史导论》,稍晚还有徐旭生的《中国古史的传说时代》等书来看。虽然并未因此而走上古代史研究之道路,但从那以后就渐渐有了一种"癖好",就是凡见到上佳的《楚辞》版本,只要是在我的经济能力承受范围之内的,我是必收无疑,后来我还为这个有点非理性的举动找到了"辩护词",就是闻一多先生转诵的那句著名的"痛饮酒,熟读《离骚》,方得为真名士"——我是不是有些"名士气"姑且不论，而林庚先生的名字确是从此就牢牢地印刻在了我脑海中的了。

1987年，即将从大三升入大四的那个暑假，我提前结束了在大连郊外的班队实习，一人坐海轮赴上海，忘记我买的是五等舱位还是散席了，总之那可算是我终身难忘的一次旅航。我真正地、具象地体会到了那种在"汪洋中的一条船"上目击"天地一沙鸥"的感觉。而颇为"吊诡"的是，我在船上"食"的却并非"海上花"，而是"武昌鱼"，有没有喝啤酒倒是记不得了，应该是没有吧。经过近五十个小时的航行，在某个雾霭初开的清晨，"XX轮"到达了上海十六铺码头。下船用过早餐，在"十里洋场"闲逛了一整天，好像还在上海古籍出版社的压仓书库中淘到了陈寅恪先生的《元白诗笺证稿》单行本——1978年新一版，我又坐上从上海到定海的"南湖轮"，到舟山去看望我那时的女朋友，也就是现在的妻子。在舟山期间，除了与女朋友"花前月下"，我照例还是不时要到那时那地唯一的一家"新华书店"去转转，正是在那里，我"邂逅"了林庚先生其时刚刚结集出版的《唐诗综论》。想必是因为"囊中"确实已经"羞涩"了，我当时竟然没有买下这本书，而是在暑假结束回到长春后"委托"女朋友再到那家书店买了寄给我的。我读过的书委实不多，不过《唐诗综论》肯定属于最难忘的阅读记忆之一，但颇有意思的是，这本书中给我留下最深印象的倒并不是林先生诗学中最脍炙人口的那些概念，例如"盛唐气象"、"诗国高潮"等等，而恰恰是书中那些表面上似乎并不十分起眼的谈诗小稿，例如《说'木叶'》、《青与绿》、《风雨如晦鸡鸣不已》、《青青子衿》、《易水歌》、《山有木兮木有枝心悦君兮君不知》、《青青河畔草》、《短歌行》、《及时地勉励岁月不待人》、《春晚绿野秀》、《秦时明月汉时关》、《劝君更尽一杯酒西出阳关无故人》、《春草明年绿王孙归不归》，所谈的也无非常见的篇什和最常见的"警句"，然则林先生以诗人的情怀，却每每能谈出常人所不能谈，例如我可信手抄出（次序对应于前及各篇）以下谈诗的"警句"：

　　尽管在这里"木"是作为"树"这样一个特殊概念而出现的，而"木"的更为普遍的潜在的暗示，却依然左右着这个形象，于是"木叶"就自然而然的有了落叶的微黄与干燥之感,它带来了整个疏朗的清秋的气息……"木叶"之于"树叶",不过是一字之差,"木"与"叶"在概念上原是相差无几的,然而到了艺术形象的领域,这里的差别就几乎是一字千金。

绿原是一种谐和的色调,在万紫千红的春天,绿乃是多样统一的典范。而青则更为单纯,凝净,清醒,永久,松树因此就都称为青松。所谓青山绿水,何尝不正是两种性格的说明呢?

我们现在来欣赏这首诗时,相会的人儿已是古人,相会的地方已不再可指出,却是昔日的风雨鸡鸣依然独在。于是"细雨梦回鸡塞远"也不免有了鸡鸣之嫌。然则我们对此能无所惊异吗!

所以读书要不求甚解,解诗更要不求甚解,然后我们得到那真正的妙处。曹孟德随意改动古诗,他说:"青青子衿,悠悠我心。但为君故,沉吟至今。"所以他是古今第一解人。

我们每当秋原辽阔,寒水明净,独立在风声萧萧之中,即使我们并非壮士,也必有壮士的胸怀,所以这诗便离开了荆轲而存在……士固不可以成败论,而我们之更怀念荆轲,岂不正因为这短短的诗吗?诗人创造了诗,同时也创造了自己,它属于荆轲,也属于一切的人们。

湘夫人是在水上,她说:"沅有芷兮澧有兰",《越人歌》也在水上,却说:"山有木兮木有枝"。然则究竟说的是什么岂不没有多少关系,关系则在那语言的全新上。然而"山有木兮木有枝",却使我们觉得更为清远明快,"沅有芷"与"澧有兰",是近于平行的,它的重叠性使得语言带有些停留,"山有木"与"木有枝"是两层的意思,它是进一步的,语言乃在一种进行的愉快上展开。何况水之于山正如山之于水,《九辨》说:"草木摇落兮而变衰……登山临水兮送将归。"山水之情到了后来词里竟出现了"郴江幸自绕郴山,为谁流下潇湘去"的名句。我们对于这语言上最初的启示乃觉得有更深厚的意思,它的无凭使我们领会到艺术起源所带来的喜悦,那仿佛是一个预言出现在美的世界上。

"红了樱桃,绿了芭蕉",寂寞永远是深藏在热闹之中,才更成为无凭的寂寞。"秋声多,雨相和,簾外芭蕉三两棵",芭蕉之于樱桃,冷色之于暖色,这之间若有一点的关联,那便是谐和中的寂寞,寂寞中的谐和,也便是在象征着那女性的青春的美德。

山海之情,成为漫漫旅程的归宿,这不但是乌鹊南飞,且成为人生的思慕。山既尽其高,海既尽其深。人在其中乃有一颗赤子的心。孟子主尽性,因此养成他浩然正气。天下所以归心,我们乃不觉得是一个夸张。

艺术的伟大在于给人以生的醒觉,于最平实的生活中获得那原始的活力。"流光容易把人抛"、"及时当勉励、岁月不待人"因此正是最平实的话。哲理的抽象只有在艺术的语言上才能够把它充实,陶渊明所以是古今最本色的诗人,他不但告诉我们以真挚的人生态度,且显示给我们以美的实感,他无心制造格言,却说出了人生的真谛。真与美因此乃获得完善的统一。它不落言诠,却是如此的亲切、郑重,它永远带给我们以生之喜悦和及时的醒觉,我们能不因此而为之勉励吗?

春晚而绿野秀乃是自然的时序,然而春晚的晚字实在就是一个暮景。暮色的安详与辽阔,虽然带有苍茫的感觉,却被一个春字点染得年青起来……野与秀本来绝不相类,正好像春与晚本来是两种性格,然而它们都融洽而为一,这便产生出一个新的力量,使得茫茫大野中无处不成为秀丽,它的点染便又在一个绿字……晴湖何以不如雨湖?这当然是一面之辞,当然是因为晴湖看得多了,然而雨湖的本身的美却因此不可忘却,它借着一片迷茫的细雨把一切独立的事物都变为谐和,把一切单调的事物都予以润湿,这正如暮色收拾了零乱的人间而成为一个完整的世界。然而"春晚绿野秀"岂不正有着一片晴中的雨意吗?它因此把山岗原野都打成一片,把不同的颜色都调和在一个颜色之中,原野的浑然所以才与一个秀字并存,我们在这里乃解得一种丰富的心情,一种轻松的美意,我们无所牵惦,更无所谓迟暮之感。这才是春的宇宙的完成,我们如同又返老还童乃无往而不是喜悦。

关的坚定不容分说,在月影之下关的突兀更可想见。然而"吹角当城片月孤"，那月又是何等单薄，"月黑雁飞高"的月更是黑得几乎要不存在了。而"秦时明月汉时关"之月却照得那么分明，那么壮观。仿佛是要从秦汉直照到唐代，这才有了"万里长征人未还"这一句一泻千里的气势，那长征之长，也简直是长到要飞跃汉唐之间。这是历史的画面，又是历史的感情，前者如雕塑般地屹立于千古，后者乃流水般地迸出旋律，那力量全在这开门见山的第一句。

"劝君更尽一杯酒，西出阳关无故人"，所谓"更尽一杯"，自然就不止一杯，那所谓"尽"，其实便是无尽，韦庄词："珍重主人心，酒深情亦深"，那么，所谓"无故人"，其实又正是有故人了……《渭城曲》的可喜处不在于它的离情，而在于离情中所给我们的更深的生之感情。

春天的光辉与那勃勃的生气，它乃是一切的开始之开始。而且世界上一切的消息原都不甘于寂寞，于是遂非柴扉所能掩了。

一年后的暑假，其实我已经没有暑假了——由于外语不够线，我报考方立天先生佛教哲学方向的研究生"未遂"，于是借与女友团聚之名从白山黑水之间来到千岛之城舟山工作。之所以说"借机"，是因为舟山工作的两年，在我而言实际上不过是又一个考研准备期。以一个在东北上大学而后来到海岛谋生的"愣头青"，在彼地工作期间，除了女友的社交圈，我几乎没有自己的朋友。倒是我的一位杭大中文系毕业的室友给我留下了很深的印象。记得有一次我们闲聊中谈到了林庚先生。想不到"锋芒"已被机关里的文案和事务磨砺得差不多的、平时沉稳得有些颓唐的他却有些激动地翻出了自己大学时代的笔记本，原来那上面是对林先生1947年厦门大学出版社出版的《中国文学史》的详尽摘录。由于对此书我是只闻其名，未见其书，自然是充满了好奇甚至"艳羡"，并从此对我这位室友"刮目相看"了——而当年这位室友掏出笔记本时的神情以及那个小本本上的蝇头小楷至今都还仿佛在我的眼前晃动。

两年后的暑假终了时，我如愿以偿地终结了自己的考研梦，来到淮海中路 622 弄 7 号,跟随范明生先生和孙月才先生念哲学硕士。记得因为在舟山时除了做英语习题以备考,我考前整天读的一本书就是叶秀山先生的《思·史·诗》,于是在复试时以一口范师当场调侃我的"绍兴官话"大谈 3H(黑格尔,胡塞尔,海德格尔),还赢得了范、孙两位先生频频点头。平心而论,由于受规模建制等因素的限制,上海社科院的研究生教学体制并不十分完善,尤其是缺少"同学少年"相互砥砺的条件和氛围——以至于我有时会把自己后来缺乏讨论的习惯"归咎"于那三年的"独学无友"。但"有失必有得",世界上的事情原就是辩证的,我至今感念在那里念书的两大好处:一是相对丰富的馆藏资料,之所以说是"相对丰富",指的主要是个人可利用到的品种和数量,因为这里的学生数量少,特别是哲学研究生的数量更少,我们反而可利用到更大量的馆藏,而图书馆和资料室的服务质量又很好,好到有时我都会为自己的难缠而顿生歉意,因此大学时代由于相反的因素而想看不能看的书都能在这里"一饱眼福";二也还是由于这里的学生数量少,"生亦以稀为贵",先生们对于我们自然是相当地"宝爱",除了范、孙两位先生,我受益颇多的先生至少还有:本所的俞宣孟先生、周昌忠先生、翁绍军先生,历史所的罗义俊先生和李华兴先生,以及当时在社会学所的陈克艰先生。

对于我这样一个在海岛上"流放"了两年的"好学不倦"而又爱书如命的青年来说,那时的上海简直就是天堂。稍带夸张地说,我的研究生学业有一大部分是在沪上的各类大小书店中完成的。记得当时最常去的两家书店是南京东路的"学术书苑"和福州路上的古籍书店,外文书店和河南中路上的中图公司去的次数倒是要少一些。"学术书苑"主要以新出的在那个年代前卫的哲学社科类书籍为主,每次去发现新到的心仪货色时那种激动(原因可想而知)而沮丧(原因同样可想而知)的心情至今都还是如此鲜活。回想起来,我在那里买到的最难忘的一本书应当是绛色封面的、李幼蒸先生翻译的胡塞尔《纯粹现象学观念通论》,其中一个原因是我到现在还没有读完这本书,更多时候只是拿出来欣赏一番而已。同样记得有一次在古籍书店的旧书部见到架上齐刷刷地摆放着"四部备要"本的《朱子大全》、《象山全集》、《阳明全集、明

夷待访录》，因为《大全》是四册，这六册书的编号分别是162，163，164，
165，166，167，总价大约是三十多元吧，我好像还是先回到宿舍筹款，第
二天才把这六册书收归囊中的，而线装的《散原精舍诗》虽摩挲半晌却
终因价昂无法承受而放弃。也记得一天傍晚在食堂与一位朋友一起吃
饭时，他告诉我在淮海路上的一家新华书店见到了刚收入"汉译名著"
的《论美国的民主》，我当即放下碗筷站起来飞奔到那家书店，可惜书店
已经打烊了，但我隔着玻璃门，仿佛看到了橱窗中斜躺着的穿绿衣的托
克维尔。第二天一早我又来到书店门口早早地候着，一俟开门我就立
即冲了进去，指着那套书对睡眼惺忪的营业员说："我要这个！"此情此
景不禁让我想起小时候在家乡镇上的那家小书店漏夜排队购买《成语
词典》的一幕。不过最激动人心的还是有一次在瑞金路上的上海古籍
出版社门市部，我站在橱窗前的台阶上，艰难地往靠墙的那排书架张
望，依稀发现书脊上有"柳如是别传"几个字，我强压住内心的激动，和
颜悦色甚至低声下气地央求工作人员把那摞同样装帧的书取下给我
看，这一取可不要紧，原来是除《寒柳堂集》外的全套《陈寅恪文集》！
其实我那时甚至现在对陈寅恪的了解也就限于当时刚刚在院港台书库
流着冷汗读完的余英时先生的《陈寅恪晚年诗文释证》，但那种无意中
撞见宝物的狂喜心情至今都仿佛如在昨天。付款得书后，我迅速地跨
上从严春松兄处借来的自行车，飞快地往淮海中路622弄7号踩，就好
像在担心一会儿那个营业员就会后悔把这"套"书卖给我。这"套"书
的珍贵我还可以用两个例子来证明：一是我来到杭州大学念书时，虽然
那时我父母和一家人都早已搬到杭州，但我仍然是住校的。这套书就
整整齐齐地摆放在我宿舍的小书架上。我的隔壁住的是一名古籍所的
研究生，有段时间他有事没事总爱在我的小书架前停留，终于有一天，
他通过一位来自孙诒让先生故乡瑞安县的古籍所的同学，也是我十分
相熟的朋友，婉转告诉我，希望我能够让出这套书，得到的回答就正如
我们"赞美"一位女士胖了或者请一位德国朋友喝未冰镇过的啤酒——
"那还不如把我杀了！"二是我去年认识的我们所的一位博士生，他是学
书法出身的，买书相当疯狂，有一天我们偶然碰到就交流起淘书的心
得，当我得意地流露我有上面这套书时，他虽未"恨恨不已"，但脸上却

是显出一种奇怪的表情,只说了一句话:"现在有这套书很拽啊!"

社科院后门长乐路上有一家新文化服务社,其实就是一家旧书店,由于近便,这里是我饭前饭后经常光顾的。我在这里淘的书不少,但已经记不太周全了,记得有一套上海古籍出版社 1985 年影印的《日知录集释》,当时的价钱还颇为棘手,但我还是下下狠心要了。记得有一段时间书店中一直摆放着一堆《陈寅恪文集》版的《元白诗笺证稿》,还是精装的,索价也就几块钱吧,但由于我已有了 1978 年上海古籍出版社的"单行本",一种"不忍"以新代旧的心情使我在犹豫无数次之后最终还是放弃了它,现在想想都还有些后悔。印象比较深的是,我在这里分别淘到了林庚先生的《诗人屈原及其作品研究》,以及林先生 50 年代重写的《中国文学简史》上卷。不过老实说,这两部书我就没有前面提到的那两部书读得那么认真了。

我在上海"淘书"的最后一个"高潮"出现在社科院图书馆清仓处理图书时。我到现在不清楚这个举动的真正原因(当时口头的说法是图书馆的"容积"问题),只记得这个活动持续了好几天,而且分别在院部的分馆和当时位于华政的万航渡路总馆进行。虽然"处理"到的书都是昏黄蒙尘的旧书,但那几天可真是有着一种狂欢气息的缤纷日子。现在想来,我"处理"到的最有价值的书应当还是那些民国时代的旧书,例如北平朴学社出的范文澜《群经概论》、世界书局初版蒋伯潜《十三经概论》、唐钺《国故新探》,陈寅恪《隋唐制度渊源略论稿》1946 年 6 月上海初版(此书 1944 年 4 月重庆初版),李季旧译桑巴特的《现代资本主义》,有意思的是我还同时"抢"到了此书解放后商务重出的精装本,如此等等;以及那些标有所谓"内部参考"字样的书,例如伯恩斯坦的《社会主义的前提与社会民主党的任务》、考茨基的《社会民主主义对抗共产主义》,还有沈宗灵先生翻译的马里坦的《人与国家》等等。另外还有两套"姊妹"书:"资产阶级哲学资料选辑"和"现代中国资产阶级学术批判资料",我在这两套书中分别淘得了傅统先生所译杜威《确定性的寻求》和金岳霖先生的《知识论》,后来上海人民重出的《确定性的寻求》我是冲着哈贝马斯的序言和童世骏教授的译文才重收的,而金岳霖先生的《知识论》就没有这么好的"运气"了,无论商务的精装本还是后来金先生的多卷本文集我都没有再要！这里还有个颇有些"离奇"的"故事"：在那次"活动"中，我"处理"到了庆泽彭译布拉德雷《逻辑原理》上册，是商务59年初版，心想这辈子是没有机会配到下册了，当时甚至都不知道下册有没有出过。大约是1992到1993年的样子，一次我在王府井的商务门市部闲逛，竟赫然在架子上见到了《逻辑原理》下册，是1963年第二次印刷本！不过这次"疯狂"的"处理"中最"疯狂"的仍然莫过于我竟得到了林庚先生的《中国文学史》，是1947年厦门大学出版社初版！当我发现并确认是这本书时，我分明从那堆已经发黄并早已卷边的故纸中瞥见了一束璀璨夺目的光芒！

时光流逝，前尘如梦，虽然我在到杭州念书后，甚至在工作后还在当时玉泉的系资料室借过林先生的《问路集》来看，而且到我在杭州"淘"到林先生的《漫话西游记》以及1995年作为"国学研究丛刊"之一由北大出版社出的《中国文学简史》时，我已经收罗了包括早年的《诗人李白》在内的林先生的所有著述，而且搜罗每本书的过程都几乎是一个故事，但坦率地说，我读林先生书的高潮仍然是在我的大学时代，我想，这除了我个人求学的经历和兴趣的变化，当然并主要地也和林先生的作品以及一切最好的文学作品及其阐释性文字的"体"和"用"有关——这里所谓"体"，仍然不外"兴、寄"两字；而这里所谓"用"，用林先生自己的话就是"情操"的"砥砺"，按林先生谈谢朓《落日怅望》中的说法，"伟大的作品正是那最辽远的情操的表现，因为它是最无凭借的，而且是永恒的、普遍的"，而虽然"情操"的"砥砺"是一个"生生不息"的过程，但我们却都不能不承认，一个人的青年时代是"砥砺""情操"最为关键的时期，从这个意义上，我尤其感激在那样一个"关键"的"时期"与林先生作品的"遭遇"！

2010年10月，在林庚先生早已离我们远去的一个日子里，我偶然从林东海先生的《文坛廿八宿、师友风谊》增订本中读到林先生的这样一则"故事"，我把它转述如下，以此感谢他的作品对我年轻时的心灵的滋润，怀念并告别自己的青葱岁月：

在回京的专列上，江青召集注释人员开会，讨论毛主席8月14

日关于《枯树赋》注释的批示。到会的共十五人，林先生、谢静宜以及老友沙予和我，都参加了这次会议。江青最后到，坐在主持人位置，手里拿着一枝花：

"你们说这是什么花?"问罢，把花枝晃了晃。

"兰花。"不知是谁应了一声。

"不对。"她摇了摇头，"再猜。"

"蕙。"沙予肯定地回答。

"为什么说是蕙?"她向左边的沙予侧过耳朵。

"春兰秋蕙。"

"对是对，不全对。一枝一朵的是兰，一枝几朵的是蕙。"

江青举着花，回头向右边的林庚先生：

"林先生，这枝花送给你爱人。"正要把花递过去，又把手缩回来，"对不起，先生的爱人……"

"健在，健在。"林先生反应很敏捷。

"那就托你把这枝花送给她。"

"谢谢。"

林先生伸手接过花枝，神情自若，并没喜出望外，更不会感激涕零，依然正襟危坐。

2010 年 11 月 7 日于杭州

慷慨激昂之气，深沉郁勃之致

——我读赵俪生

> 真正的热忱总是只涉及理想的东西……外在的、旁观的公众对这种慷慨激昂深有同感，却丝毫无意参与。
>
> ——康德:《系科之争》

我是从何时开始记住"赵俪生"这个名字的，现在已不能确记了。至少二十年前，我的老师、上海社科院历史研究所的罗义俊先生在谈到他自己的为学历程时，就曾经和我提到过赵先生；我还记得义俊师主要是谈到了赵先生的两个工作领域:中国农民战争史和土地制度史，这是中国史研究"五朵金花"中的两朵；义俊师还告诉我，他上大学时最有兴趣的是土地制度史问题，而在这方面最为服膺的则是时在中国科学院历史研究二所任职的贺昌群先生的观点，以至于大学毕业时还曾想报考昌群先生的研究生，后因故未果。

如果我的记忆没有大的误差，赵先生的工作给我留下印象之开端应当是九十年代初他在巴蜀书社出版的那册《〈日知录〉导读》——也许正是在读这本书的过程中我才向义俊师讨教他对于赵先生之"观感"的，而以我当时乃至于现在之"国学"程度，我自然是没有能力置评这部书之实质内容的，而只是对赵先生"议论风生"的风格留下了极深的印象，因为这书的前言后记乃至于它的两篇附录——《顾炎武〈日知录〉研究》和《论顾炎武两大代表著作中的内部结构》——我是仔仔细细地拜读过的，当然也"顺带"拜读了书中多则独具特色的注释和导读文字。来到杭大求学之后，有一次在当时位于湖畔居的杭州三联书店，我见到了赵先生的自传，那是巴蜀书社出版的一套学术自传丛书中的一种，同时见到的还有金景芳老先生的自传。泰半由于篇幅短小，赵先生的著作中我读过最完整的大概也就是这部自传了，如果不包括在后来搬到杭大路上的这同一家书店中见到的《篱槿堂自叙》的话。

在某种程度上说，《自传》和《自叙》是相辅相成、相互补充的，一者偏重"学术"，一者偏重"生活"，虽然在如赵先生这样的人格特质和生命形态中，这两者也常常是难分彼此、融为一体的。在《学术自传》中，赵先生也时常有颇为"生活化"的"叙事"：例如在回顾他的第一位白话文语文老师郝荫潭先生对自己的赏识时，赵先生就"自嘲"且"自矜"地写道："当代不少名人当面告诉我说，他每在目录上碰到我的文章，就非找来读不可。我是如何培养成了这点可怜的魅力的？我自己不清楚，但假如有人死命要问的话，那么我只能说是郝老师赐给的。"又如他谈到章太炎先生的《自述学术次第》对自己的影响，述太炎先生"千古文章以三国、两晋人的文字为最美，而从陆贽到曾国藩，则把文章做成公事文了"，"议会制度有毛病，由数千年专制骤改议会，中间缺乏衍变历程"，还有"晚明遗老，其思想主张中，颇有不少'道道'，由于不能不诡秘，后人多已不能通晓了"等等"精要之言"，并感叹："在二十世纪一、二十年代中就有如此高明的见解，真足以惊人了。"再如他谈到闻一多先生对自己的影响时，回顾闻先生从云南晋宁给他回复的一封长信，还引用朱自清先生称道闻先生之作品"精悍"的话，而谓闻先生给他复信的时候，"正是他的学术闪耀着'精悍'之光的最佳时刻。"而就"心路历程"的层面，赵先生又回忆到自己在清华念书后期开始"左倾"后"冒着军警的包围到东华门大街的中国剧场去看苏联电影《今日之苏联国》。当我们看到列宁墓上斯大林的形象时，真是周身血管都抖动了，一片鼓掌和欢呼。"并紧接着"补充"道："这时，假如能提前读到赫鲁晓夫的《报告》的话，我想就不会如此激动。"又如他谈到"有一次读《老残游记》至十八回，看到一个姓白的大人在冤案理平后批评酷吏刚弼说，'清廉的人原是最令人佩服的，只有一个脾气不好，他总觉得天下都是小人，只他一个人是君子'。读至此，我拍案大叫说，'左'倾思潮在历史上也是有先例的哇。"再如在谈到八十年代的"文化热"时，赵先生自承自己的思想"离《河殇》很远，距离'新儒学'稍稍近一点。"并接着"分两步走。近的一步，我从明中叶的思想上溯到孟子。远的一步，我从先秦诸子百家上溯到《周易》。"在对自己所见所据做出阐发的过程中，赵先生又提出一个很有意思的观察："中国社会，长期残存着'亚细亚'的特色；也就是说，阶级社会以前的共同体因素一直在阶级社会中局部地存留着。它保持着一些平均主义遗存和民主主义遗存。这一情况的好处，是叫剥削者专制者的'毒性'始终达不到最高度。"

从赵先生后来"自供"的那种"天生的自由主义者"之立场看，这些议论似乎也平淡无奇；但是如果结合赵先生漫长人生之行迹看，我们一方面不得不佩服他历经磨难身上依然洋溢着的那种愈挫愈勇的生命和思想的活力，另一方面也不得不感叹所谓"形势比人强"这句俗语中所包含的智慧。之所以这样说也还是因为我想起了近二十年前与罗义俊先生的一次谈话。记得那时我由于对亚细亚生产方式的兴趣而耽读侯外庐先生的著述，对于他把"亚细亚的古代"和"古典的古代"并列为古代社会的两种进化路径，并借用《尚书》中的话，分别用"器惟求新，人惟求旧"和"器惟求新，人惟求新"来形容这两种路径留下了深刻的印象。于是有一次我就向义俊师请教他对于侯先生史学的印象。义俊师稍作沉吟就说，侯先生的工作就好像踩在一条红线上的舞蹈——义俊师还就此发挥说，思想和学术工作者很有必要从侯先生的"舞蹈"中学点儿什么，所谓"过犹不及"，如果过了，越过了红线，就要作无谓的牺牲；如果"不及"，压根儿没有碰到那根红线，那份感觉就出不来，就也还是欠火候。多年以后，我也曾经在某处把侯先生称作"中国马克思主义史学家中最具异端气质的一位"，不管这种观察是否准确，我相信自己的看法也一定是受到了义俊师之"红线论"的影响或启发的。而至今思之，这根"红线"以及它所表征的"边界"当然是会随着时代和意识形态环境的变化而松动和滑动的。从这种回溯的眼光看，侯先生只能踩在上面舞蹈的那根"红线"在赵先生那里更不用说在我们这里也许早已不是什么不可碰触的"红线"而是可以并总是被越过且不会因此做出无谓牺牲的 commonsense 了。此即可谓之"形势比人强"，而反过来说，这种形势的变化又并不是从天而降的，而仍然是包含着前此人们不断"碰触"和"冲刺"之功效的。在这一点上也还是赵先生毕生服膺的马克思他老人家说得好："有一种唯物主义学说,认为人是环境和教育的产物,因而认为改变了的人是另一种环境和改变了的教育的产物——这种学说忘记了:环境正是由人来改变的,而教育者本人一定是受教育的……环境的改变和人的活动的一致,只能被看作是并合理地理解为革命的实践。"

和许多人一样,我读赵先生的"高潮"当然也是出现在 1999 年出版的《篱槿堂自叙》中。《自叙》所附"游美日记"中所记赵先生与杨联陞教授的那段公案在当今"士林"大概几乎无人不晓,我相信也一定是可以载入史册的,而当年我从那篇密排小字的日记中截获这则材料时那种如获至宝的狂喜心情至今仍然记忆犹新。虽然其时并未及深思,但我自信那种心情肯定并不只是一种单纯的猎奇和窥私心态。更有意思的是,我当时还天真地以为大概不太会有人注意到这个细节的———直到谢泳写出那篇著名的"索隐"文字,我除了感叹谢文那种"读书得间"的精神,其实也颇有"他人酒杯浇我胸中块垒"之感,以至于私见以为其后出现的对于谢文之商榷文字(包括我最近在"往复论坛"上看到的某些相关讨论和留言)都完全不是同一个层次上展开的。但我也一直并没有找到一种合适的方式来为我对于谢文之认同感做辩护。

最近,《赵俪生高昭一夫妇回忆录》的面世给了我这样的契机。除了赵夫人高昭一女士的部分,赵先生"新版"回忆录中也确有相当内容是《篱槿堂自叙》中未及收录的,具体来说就是第十至十五章的内容,而尤以其中关于王献堂、郭沫若、艾思奇、智建中还有华岗的刻画和描写为精彩传神之笔。正是在我颇为好事地通过电子邮件向朋友们义务推荐这本书时,我才想起"反用"歌德回忆录之题名"诗与真"来形容我对谢泳那篇容易被人解读为"过度解读"之文字的感受真是最贴切不过了。我记得梁宗岱先生曾经借用过这个书名,据他自己说也是"反用"歌德之意。按照梁先生的说法,歌德的意思"是指回忆中,诗与真,就是说,幻想与事实之不可分解的混合,所以两者是对立的。"而在梁先生自己的思想里,"真是诗的唯一深固的始基,诗是真的最高与最终的实现。"而我在这里的意思则是,在某种意义上说,"史"才是"诗"与"真"之"合一"。没有疑问,对历史之解读须以历史事实为基础,但且不论人们对于何谓"历史事实"本身就容易产生争议（例如可参考从年鉴史学到黄仁宇的"大历史观"对历史事实和事件的理解），更重要的是，任何对历史的有意义的"解读"都绝不是（至少不只是）对历史事实或事件之单纯"复述"，而一定是寄托了提供历史叙事的人对历史（实际上当然还包括现实甚至未来）之某种或某些理解在内的。同时，如果说对史实和所谓历史规律的尊重乃是"史"中之"真"和"求真"的一面，那么能够内在地开显出"兴"和"寄"空间并真正有益于"正世道人心"（"孔子作《春秋》而乱臣贼子惧"）并"鉴往知来"之功能则是由"史"中之"诗"的一面来承当的。这是因为历史虽然是有规律可寻的，但历史活动说到底毕竟并不是纯粹理性或抽象概念的活动，而是现实的、经验的和具体的活动，还是用马克思的话来说："人们自己创造自己的历史，但是他们并不是随心所欲地创造，并不是在他们选定的条件下创造，而是在直接碰到的既定的，从过去继承下来的条件下创造。"而用中国当代哲学家叶秀山先生阐发的海德格尔在"有限存在"的基础上，把思、史、诗统一起来的思路来说，"人诗意地存在着"就是"人历史地存在着"，而从新康德主义强调"普遍的科学"与"个体的科学"之分的"现象学"到海德格尔"我在世界中"和"我在历史中"的存在论"现象学"，"因强调历史的具体性和个别性，而不可避免地把'历史'与'艺术'联系了起来。"当然，按照叶先生结合"解构学"所作的进一步阐发："'历史'是'写'出来的，不是'说'出来的……'历史'已不再像海德格尔理解的那样，仅仅是限于'诗'，而进而为广义的、实践性的'文'，是'写'出来的'文学'……反过来从这个意义上来看'诗'，则同样是实际的历史的一个部分……于是我们可以说，'思'、'史'、'诗'相统一，即'思'和'诗'都统一于'史'……在'记忆'中'理解'，在'历史'中有所'思'，有所'想'，有所'为'，'兴'、'观'、'怨'、'群'都离不开'历史'。"而我们也不得不说，虽然对马克思的历史观多有批评，但在二十世纪重要的政治思想家中，对于"史"中之"诗"的一面的阐发（我们可简称为"史诗观"）则仍然是由汉娜·阿伦特做出的。按照阿伦特的词源学解释，历史（history）一词来自希腊文的 historein，意指"为了弄清过去事情之真相而进行的探究"，而荷马史诗中的"历史学家"（histor）一词则是指"仲裁者"（判断,judge)。在阿伦特看来,历史意义的最终仲裁者不是历史而是历史学家,这是因为,只有恢复了历史学家和仲裁者之间的联系,我们才能从现代伪神学的历史(History)那里重新赢回人的尊严。也正是从这样一个思路,我们才能一方面"倒转"康德那种让政治哲学屈从于历史哲学的倾向,另一方面"恢复"历史哲学作为人类生活意义之解释者甚至赋予者的地位;正是在这个层次上,阿伦特又特别欣赏康德的历史哲学论文中谈到公众对于法国大革命的感受时所援引的观照者的立场和视角,而这种观照者的立场和角度正是康德在《判断力批判》特别是其中的"审美判断力批判"中提出并加以发挥的,这也正是阿伦特之所以要在"第三批判"中寻求康德的所谓"未成文的"政治哲学。从阿伦特自己的立论看,她一方面认为所谓"恶之平庸"实质上就是"思"之能力衰退的后果,另一方面则认为"判断力"的败坏正是她所谓"黑暗时代"之确切征兆。而"一阳来复"之机端在于"恢复"健全的判断力。从这个角度,我们不能不说,赵先生的"过人之处"就在于他那种不但没有被"败坏"而且愈发"健全"的判断力。而说到底,这种"判断力"最终所指向的是一种"情景中的对"或"有情景的对"。如果回到前面的"红线论",这里的意思也还是阿伦特大力指陈的"解放并不等于自由"之论旨中所包含的。然则最重要的仍然在于,这里所谓"情景"也并不就能够天然地免于我们对之行使"判断力"。我相信,经过下此一"转语"的"判断理论"即使并不能最终免于相对主义的指控,但至少可免于独断的或朴素的相对主义之指控,虽然"独断的相对主义"听上去好像是自相矛盾或自我拒斥的。

"支持"我做出这种判断的除了上述这种看上去是兜圈子、掉书袋式的理论思辨,还在于我最近在《读书》上看到的一则记录与张充和"交往"的文字中的如下"妙段":"靳以百年诞辰,是上海鲁迅博物馆举办的,小东(靳以之子)也想请(张)充和先生为博物馆题字,(充和)先生说:我和鲁迅先生没有关系,就不写吧。"回到前面赵、杨那段"公案",我在这里想说的是,杨联陞先生本可以像充和先生那样表述(如果真要表述的话)得直接些,而赵俪生先生原也可以像充和先生那样表述(赵先生确是"有不已于言者")得含蓄些。但是,杨先生的情形我不敢说,就赵先生而言，若果能那么含蓄，赵先生也就不是赵先生了。

　　整整十年前，我出差至孙诒让先生之故里浙江瑞安，回程时平生唯一一次途经温州，在候车的间歇，我在离火车站不远的一家书店中见到了《赵俪生史学论著自选集》。十载岁月如尘，而今赵先生也早已成为"古人"，今重检此书，见金景芳老先生在为此书所作序言中有谓赵先生"博学多通，才、学、识兼长"，这自然是很高的评价；金老先生又谓："先生为人，颇倜傥自喜。论学敢于坚持自己的意见，于同时代人少所许可，以是每不见谅于人。然先生实胸怀坦荡，无适无莫。当其与友人纵论天下事，热情奔放，不可羁勒，盖其天性然也。"此亦诚可谓知人之言。据我读赵先生的粗浅感受，我也还是认为赵先生确实是一个理想主义者的典范，而用我今年十月在上海闵行评论童世骏教授的华东师范大学终身教授报告时所说的话，这种理想主义，说到底并不只是一个单纯的"理"字，亦即并不只是一种纯粹的"理论"，或者说并不纯粹就是"理论"，而仍然是有一种"氤氲透骨"之"气"鼓荡其间并作为其底色的。就此而言，我颇愿用见于李卓吾致耿中丞函中之"慷慨激昂之气，深沉郁勃之致"一语，来形容我对赵先生之生命形态的感受，并以此寄托我对他的思慕。

　　　　2010 年 12 月 9 日，写毕于杭州；而《篱槿堂自叙》中之"一二·九学生运动"一节可谓赵先生之"所南心史"，于理解赵先生"生命底色"最有助益焉。

我站在人群的外面

——给贺卫方

我与贺卫方素无交谊,也忘记从何时开始记住这个名字(也许是他与人合译的《法律与革命》)。真正有印象的是这样几件事:一是他曾经在某处称道我主译的《控制国家——西方宪政史》一书,而我这人一向好沾名人之光,喜藉名人以自重,于是未经他同意,我就在此书的再版后记中严重违反"知识产权"地、非常不符合学术规范地引用了他的"语录"——意在为此书增加销量,尽管这销量与我的"收益"毫无关系;二是2007年三五月间,我在台湾佛光大学客座,在应邀到"中研院"演讲期间顺访了胡适纪念馆和墓园,回到宜兰,夜间逛网,偶在"世纪中国"上见到他的《向胡校长致敬》一文,对其中因胡馆开放时间问题两次到访南港的细节描写印象特深,虽然我自己到胡馆是歪打正着了,一步到位的;三是同年七八月间,我和本系同仁在蓝旗营一带公干,在过成府路天桥时偶遇这位大偶像,于是好不容易在北京的骄阳下、蓝旗营的天桥上"腆着脸"克服了我的那份假装的"矜持",自报家门,得到的回应果然是"书好,译得也好";四是去年底,和包括陈来教授在内的一干阳明学家在平湖秋月喝茶,话题不知怎的转到了老鹤身上,于是我又"人来疯",按捺不住,沉不住气,"大放厥词"起来:"一般来说,我对中国当今的公共知识分子并无多少好感,但贺卫方实在是个例外。"说完又像小学生写作文一样总结道:"贺卫方实在是我喜欢的知识分子呀。"听完我的话,陈来教授照例是道学家的一脸深沉,于是好像是为了撇清本人并非"大言欺人",更非"妖言惑众",我又慌忙补充:"谓予不信,请看他最近在齐思和纪念会上的讲话。"话音刚落,敝系董平教授急急发问:"他讲了些什么? 怎么讲的?"我回道:"怎么讲的、讲些什么我都已经忘了,总之是讲得好,讲得对啊。"阳明学家们善意地没有笑出声来。

我的学生当中有学法学出身的,也颇有几个老鹤迷,有一段时间他们会不定期向我报告老鹤在部落格中又唠了些啥,我们也常常会在"觥筹交错"之余把老鹤作为一个话题。终于有一次我以一个哲学家的严谨提出了一个严肃的问题:"我们是怎么会喜欢老鹤的?"或者换句话说(哲学家典型的说话方式):"喜欢老鹤是何以可能的?"(哲学家更典型的说话方式)。见诸君谦虚着没有反应,我又现身说法,"大而无当"地启发道:"浅见以为,老鹤身上集中体现了中国古代对于'士'的想象,或者我们对于中国古代'士'的想象。"众人唯唯诺诺,好像是在说为师者还没有把话讲到点子上。我于是把问题进一步深化,进一步启发道:"为什么对于一个我们有认同感的人,我们会觉得他讲什么都是对的,怎么讲都是对的?"沉默半晌,我的一个颇有哲学慧根的、正在读亚里士多德的学生道:"这样的人就是有德性的人,有德性的人讲什么都是对的,怎么讲都是对的。"

六月初的一天,我接到杭州晓风书屋小姜的电话,邀请我七号下午以书店贵宾的身份参加老鹤和愚姐在晓风西溪店的宣讲活动。六号一整天,我在长兴乡下朋友家里用土制白酒把自己喝得大醉,回到杭州,整夜没睡好,第二天上午还头重脚轻,但中午在学校食堂匆匆吃了点东西就带着宿醉坐上班车直奔西溪校区。两点钟准时到达,但是"你来迟了",书店外面早已是黑压压的一片,我的"贵宾座"也显然已被人占了,于是我只好"站在人群的外面"。一会儿老鹤和愚姐就在杭州某民间作家和小姜的陪同下出现了。于是我继续"站在人群的外面",一边听任活动进行,一边还往书店里随意转转。除了新到的《沈家本年谱》,书店正厅里那套未出齐的刘咸炘文集还赫然在目,我正是在其中的"王介甫诗谱"中找到了下面的话,而我今天是没有机会把它献给老鹤了,因为,因为——"我站在人群的外面":

　　"诋王介甫之事业者多矣,而称其节行,爱其文学者亦不少,此公论也……其诗之可爱,又不在其使事鍊句之功,而在其意度含蓄,得比兴之遗,而尤以关于出处者为可观也。其节行之可称者尤在出处,至于内行,犹他人所同有耳。习南宋之论者,毁其出处,乃陋见也。其出处之可称,又不在得君任事之专,而在其志意皭洁,历终始之变,而尤以见于诗者为可以鉴也。以诗之道衡之,其诗非完美也,以出处之道衡之,其出处尤非完善也,然而可以观者他人不能及,可以见者亦他人所无也。"

2010 年 6 月 8 日夜记

时窗外大雨

自注:

1. 题仿北岛"青灯——给魏斐德"。

2. "我站在人群的外面"出处不详,我这里的"出处"是陈升和刘若英在侯佩岑的"桃色蛋白质"节目中陈升"编排"的他在北京写给金城武的信。

印象，论证，语境*

——我"读"陈嘉映

"陈嘉映哲学 30 年"——是的，把陈嘉映的哲学工作（包括著述和翻译）与近三十年来中国哲学界之变迁轨迹关联在一起加以讨论，这应当不能算是一个多么离奇的神话或一种多大程度的夸张。余也不才，在嘉映——我最初是从我的"师兄""绍（兴）海（德格尔）"孙周兴处习得这一称呼的，那已经是将近十五年前的事了；我同时从他那里习得的另一个称呼是"梁康兄"，不知是幸还是不幸，至今被我沿用的却只有前一个称呼，虽然我有相当一段时间总是觉得有些扭捏或抹不开使用这个似乎太过亲昵的称呼——工作的两个主要领域，现象学存在哲学和语言分析哲学中，都完全没有做出一丁点儿有质量的工作，更不要说对于嘉映近年致力的一般哲学的任何深造自得的见地了。在这篇主要记录嘉映（哲学）之于我的印象的随感文字中，我将回忆和刻画自己的学思历程中与嘉映之工作有关的若干片断，一方面——如刘擎兄在某处"谬赞"我的部落格文字——供未来的知识考掘学家描摹这个时段之智识生态做参考，另方面——颇有些"自作多情"地——藉以表达自己对于嘉映给予我、我们，扩大开来说，是我们这个时代之馈赠的礼赞，当然同时也要表达我对于嘉映本人之敬意。而如果我的文字竟能够在某种程度上起到自我澄清和辩白之功效，说明我何以竟能够"克服"前述那份"扭捏"或"抹不开"，以及"我们"何以"总是"能够把嘉映当作"我们的"，那就一定是一种莫大的造化和荣幸了。

---

* 此文为 2011 年 5 月 28—29 日在首都师范大学召开的"陈嘉映哲学 30 年：批评与回应"会议而作。

我最初知道"陈嘉映"这个名字,当然也还是通过1987年由三联书店出版的《存在与时间》中译本,从这书一印就印了五万多册就能够想象那确实是一个非同寻常的年代,也就是张旭东教授要"号召""重访"的"八十年代"。不过尽管彼时的我确是一位名副其实的哲学青年,但与许多人那里的情形一样,我其时对李泽厚的热情显然是要比对海德格尔高得多。我阅读了那时能够找到的前者的所有著述,甚至包括泽厚先生在其中"自曝"与表姐之"爱情"的准八卦文字。据我现在翻检手头的《存在与时间》中译初版,仍然夹在书中的购书票显示我是1988年3月4日在长春红旗街新华书店买到这本书的,而书中勾勾划划的痕迹表明,我正经阅读此书并未超过一百页,虽然在书的各处都夹满了大小不一的各式小纸片,那显然是在此后的不同年月中查阅、跳(挑)读此书所留下的印记。不过说来颇为有趣的是,我对此书乃至对于我的大学生活的记忆却由于一件"趣闻"而变得生动起来了。记得在《存在与时间》全译出版前后,我们吉大哲学系"隐蔽的哲学王"邹化政先生的《〈人类理解论〉研究》也在经历不少曲折后终于面世了,这是邹先生第一部正式出版的个人著作。记得我的一位比我小一两届的室友那时经常去拜访邹教授。有一次他刚从邹先生家里回来,我好奇地问他印象如何。他说邹先生靠坐在沙发上,惬意地捧起《存在与时间》和他谈了一会儿海德格尔,然后就拿起自己的《〈人类理解论〉研究》,颇为踌躇地把自己的书放在《存在与时间》旁边,其时邹先生那张如霜岁月仍然无法掩去其坦诚可爱的脸上分明既有一种老者的狡黠又有一份孩子般的纯真!

无论如何,没有读完《存在与时间》一直是我的一块心病,我悬着的心一直到上世纪90年代初我在淮海中路622弄7号上海社科院港台阅览室读到牟宗三先生的《智的直觉与中国哲学》正文最后题为"基本存有论如何可能?"一节中如下的话才放了下来:"其《实有与时间》一书的确难读,无谓的纠缠缴绕令人生厌。固有妙论,亦大都是戏论。"牟先生又说:"我初极不了解其实有论之义义与确义究何在。及至读了他的《形而上学引论》以及《康德与形而上学问题》后,始恍然知其立言之层面与度向以及其思路之来历。"①

记得我看了牟先生此语，即到社科院图书馆去借阅《形而上学导论》英文本，巧合的是此书其时刚好在时在社科院社会学所的陈克艰先生——我到浙大工作后听一位朋友转述沪上某朱姓名人的话："上海有两位学者能够用沪语把海德格尔哲学从头讲到尾，克艰先生是其中一位。"——手上，我是从他处转借了来复印了一份的。而《康德与形而上学问题》则一直只看过节译，虽然也早早地从北图复印了这本书，我还是在2007年四五月间在台大门口的一家忘记名为书林还是双叶的书店要了此书的英文扩展版。这么些年过去了，这两部书中给我留下印象最深的是这样几个词：美国主义、苏联主义、自由的深渊！当然还有《导论》中的这句话："'莽苍万景，而无苍劲如人者'……人用一个词来说就是苍劲者，对人的此一说法就是从人的在之最宽广的界限和最尖锐的深度来领会人。"②

嘉映之《海德格尔哲学概论》出版已经是上世纪90年代中期的事了。就如同我没有读完张祥龙教授的《海德格尔思想与中国天道》（我读过最完整的祥龙教授的一篇文章是《海德格尔的〈康德书〉》），我也并没有读完嘉映的这本书，但偶尔翻看此书，却让我对那如精灵般跃动其间的陈氏文采留下了深刻而磨灭不去的印象——虽然那还只是他"早期"的作品，似"远未"达到后来那种"出神入化"的境地，而这其中的一个"外在的"原因当然是因为那本书毕竟是要评述海氏本人的思想，其思致和行文也就自然必须"挂搭"在"传主"身上而无形中会有所"迟滞"。

时间转眼就到了世纪之交，我的博士论文预备在上海某家出版社出版。于是在搁置了三年多之后，我考虑对这篇论文做些修订，用我在那本书后记中的话来说："近年心志他移，未能再专力于旧业，然'喜新不厌旧'，对斯特劳森哲学，一直未能忘情和释怀，这次趁拙著列入'求是丛书'，将在沪上印行之际，又参照晚近所出文献及相关进展作了力

①牟宗三：《智的直觉与中国哲学》，台湾"商务印书馆"，1971，第367页。
②海德格尔：《形而上学导论》，熊伟、王庆节译，商务印书馆，1996，第150页。

所能及的修改和润色"。在不多的"晚近所出文献"中,最重要之一者就是嘉映那时刚刚在赵汀阳主编的《论证》上发表的《事物、事实、论证》一文。虽然我现在当然可以明白,此文乃嘉映长期研习奥斯汀之副产品,但当时这篇东西确实给了我"石破天惊"之感。这其中的一个原因是,从自己对于分析哲学不多的文献阅读,以及部分地受到利科主编的《哲学主要趋向》中的若干章节的影响,"事实"、"事物"和"事件"曾是我试图总结分析哲学本体论的一个念兹在兹的"思路"和"框架",并曾得到我的畏友薛平兄的鼓励。但就如同我对许多其他问题"习惯性"之"浅尝辄止"一样,我终究还是未能沿此路径"登堂入室",更不要说"深造自得"了。当然,客观而言,在韩林合的《分析的形而上学》出现之前,中文世界(限于中国大陆)对此问题也确是没有任何像样的讨论的。在"心志"已然"他移"的世纪之交,我自然更是无法对嘉映其文发表实质性评论的,照例只是"蹈袭"斯特劳森的说法作了一番铺叙,而在引用到嘉映此文的一个脚注中,我写了这样几句话:"陈嘉映在《事物、事实、论证》一文中对斯特劳森把事实排除在世界之外的观点进行了批评,虽然陈文没有全面考察事物的本体论,但他的批评及发挥仍然是兴味盎然的"。这大概是我在自己的文字中唯一一次提及嘉映其人其文。

如果说《事物、事实、论证》是我第一次真正在智性层面上领教嘉映之风采——虽然我此前就曾在《中国现象学和哲学评论》上见到了嘉映的《信号、句子、词》,但并未细读——那么,忘记在哪里偶然读到(大概是在《无法还原的象》中?)的《梦想的中国》则是我第一次真切领略了嘉映之情怀。是啊,谁又能说"盼着从无限聚敛的噩梦惊醒回到真正舒坦的平安梦里来"不是"梦想的中国"或"中国的梦想",甚或"世界的梦想"或"梦想的世界",抑或"人类的梦想"或"梦想的人类"呢?此所以嘉映在这篇不过一纸之小文的最后之所谓"梦里的中国人……忘了自己是中国人还是外国人,忘了现实还是做梦",而这种"像游戏中的孩子一样,满心都在自己热爱的事情上"的形象同样甚至更适合的乃正是嘉映自己!

由于自己的博士论文是以斯特劳森为"传主"的,兼以我对语言哲学的长期没有消褪的兴趣,当嘉映的《语言哲学》在2005年出版时,我的兴奋之情几乎达到了"奔走相告"的地步，我是逢人就"推荐"此书，并在自己曾经主讲的当代英美哲学课程上把此书作为主要参考书——我记得有一次和童世骏教授通电话，不知怎么我们也谈到了嘉映的这本书，记得童教授当时就说了句："这书大概是没有几个人能写出来的吧"。然则一方面嘉映的风格是无法"模仿"的或者说只能"模仿"的，另一方面要把嘉映的工作及其洞见和每个研究者自己的工作——如果他真是在"工作"的话——结合起来——用嘉映在《维特根斯坦〈哲学研究〉讲义选》中的话就是"把别人的问题和自己的问题连起来"——其实是并不十分容易的。因此，这么些年过去了。此书中给我留下印象最深的就也还是嘉映在谈到韩林合的《〈逻辑哲学论〉研究》时的一番花絮："这是专为一本薄薄的哲学书写的厚厚的一本研究性著作，这在用汉语研究西方哲学的著作中不常见，一般是反过来，中国人写一篇短短的文章把西方古今全说了一遍。"①记得我曾经在早年的一篇部落格中引述过这个段子，不过我暂时不宜把那篇东西公开；然则，如果把这个段子应用到正在"杜撰"的这篇文字上，那么我可以自解的一是我的文字并非研究文字，二是我并未妄想或僭称自己能够把嘉映其人其学全说一遍。

2010 年暑假将至的一天，我在浙大紫金港校区的一家小书店"闲逛"，见到我的"故人"汪丁丁教授张罗的北大"国发院"演讲已经集结成书了，虽然"大而有当"地起了个《中国问题》②为书名，但是冲着"我的朋友"徐兄向东的长篇大论，特别是嘉映那篇以往没有见过的演讲稿《东西文化思想源流的若干差异》，我还是要了这个册子。嘉映在演讲中有如下的话："有一个哲学家，伯纳德·威廉斯，很多人认为他是英国二十世纪最出色的哲学家，他说过历史会使我们熟悉的东西变得陌生，使陌生的东西变得熟悉。"也许这并没有教会我以历史为中介的熟悉和陌生的辩证法，但却坚定了我坚持手头在进行的颇有些难以为继的威廉斯之两部论著的翻译；然则更重要的是这样一些话："历史由于它是

①陈嘉映：《语言哲学》，北京大学出版社，2003，第 158 页。
②北京大学国家发展研究院编，《中国问题》，上海人民出版社，2010。

特殊的而给予了现实深度……爱我的祖国和文化并不意味着要把它说成是平面比较的意义上最好的。你正好生活在中国，正好有这样的经历，碰到了这些人而不是那些人，这些并非完全必然的东西，这些带有偶然性的东西，对我们来说是最深刻的东西，是你最要执守的东西。"又说："特殊的东西恰恰是抵制坏的意义上的相对主义的东西，因为只有特殊的东西才是你能够执守的东西。"还说："只有特殊的东西才是你生活意义的来源，这一种文化，这一个团体，他是你的儿子，她是你的老婆，这才是你的生活，这才是你全部意义的来源，那种抽象的普遍性，是我们智性生活的中介物，不可能给我们的生活以意义。"这是些多么 reasonable 的话呀！我们从这些话中感受到的，既有理性的力量，更有一种情感的温暖，更为重要和难得的是，这两者在这些话中是水乳交融、浑然一体的，是你中有我、我中有你的。

　　大约是去年十月份吧，在为评论童世骏教授的题为《理性的历史：从 Reason 到 Reasonable》的华师大终身教授任职报告做准备时，我偶然在网上见到嘉映曾有《普遍性：同与通》一文，当下眼前一亮，因为我此前译过 Philp Pettit 的 *The Common Mind*，并曾为将此书名译作《人同此心》还是《人通此心》而纠结不已，我也曾经读过我的老师李景林先生主要从中哲角度展开的《共通性与共同性》一文。于是我马上让学生帮我找来了嘉映这篇文章。细绎之下，发现此文最有意思处其实还是在于把对普遍性的理解分为"本质主义"和"典范主义"两种："本质主义的本质在于：本质可以脱离范例得到规定和理解"；典范主义则"从典范来理解普遍"，"根本的问题不在于寻找抽象的普遍性，而在于澄清会通意义上的普遍性"，而且，"'向典范学习'和'普遍者的应用'这个区别，不仅是对普遍性的智性理解的区别，它更是一种态度上的区别。"①呵呵，好一个"态度上的区别"，这个区别不禁使我想起童教授在那场报告中曾经区分了"实体理性"和"态度理性"，用他的话来说："理性的历史既可以从高处走到低处，从大写的单数的 Reason 到小写的复数的 reasons，也可以同时从低处走向高处，从直接运用不同语境之中的各种理

①陈嘉映，《普遍性：同与通》，载于《中国文化》第三十一期。

由,到对这些理由进行反思和提炼,概括其特点、发掘其潜力,从而不仅把理性分解为 reasons,而且把理性提升为对于 reasons 的一种态度,一种叫做 reasonableness 的'高阶'的理性态度。"①虽然童教授在回应我的评论时一方面同意我所认为的无论在"高处走到低处"还是"从低处走向高处"的理性的历史中,"理由"都发挥了枢纽作用的看法,另一方面又对传统哲学中的理性概念建筑术持有明确的保留态度。然则在我看来,不管我们对这种建筑术所预设或承载的形而上学持有怎样戒惧谨慎的态度,也不管我们对 reasons 背后所蕴含的多元论图景持有"无可奈何"的还是"欢欣鼓舞"的态度,这种"建筑术"恐怕仍然是我们不可能规避殆尽的。

按照我所欣赏甚至认同的当代学术的一个小传统,重构这种"建筑术"的一个可靠并颇富理趣的起点就是阿伦特在阐发康德的《判断力批判》基础上提出的判断学说。与哈贝马斯亦师亦友的韦尔默在《汉娜·阿伦特论判断》②一文中把后者的判断理论称作"未成文的理性学说"。从阿伦特自身的理路来说,韦尔默认为她"试图把判断既与论证,又与行动分离开来",而这是由于"她从结构上把政治和道德判断同化于康德意义上的审美判断",但正是由于阿伦特并未摆脱康德实践哲学所预设的科学的真理观和形式化的合理性概念,于是最终就还是无法用一种"更宽泛的合理性概念"把反思判断与理性论证联系在一起。按照韦尔默的表述,判断的合理性是介于知性的合理性与理性的合理性之间的,"判断机能是作为合理性观念的一种占位符号被揭示出来……这种判断机能主要是领会差异并按照本来面目领会特殊物的机能。"在进一步揭示和质疑现代认识论(经验主义·理性主义)的独白预设并引入哈贝马斯以主体间同意观念为基础的推论合理性概念之后,韦尔默把重建判断概念与主体间同意观念之间联系的尝试称作试图在一种后康德式的哲学框架中恢复实践智慧与商议之间的亚里士多德式联系的努力,并进而"把判断的机能分别理解成合理性观念和主体间有效性观念

①童世骏:《理性的历史:从 Reason 到 Reasonable》,未刊稿。
②译载于应奇、罗亚玲编译:《后形而上学现代性》,上海译文出版社,2007。

的占位符号,这种占位符号是无法给出总体的形式标准和总体的形式解释的。"正是在这个意义上,韦尔默引用本哈比的话,认为推论理性只是作为"情境"理性而存在的,并发挥说:"论证常常是在语境中发挥作用的,而语境是以整体的而不是线性的方式组成的。因此,论证的说服力常常依赖于本身会随着论证的进行遭到质疑的语境预设。"

颇为吊诡的是,虽然韦尔默在文中一再指陈,阿伦特的判断理论之作为"理性学说"所以是"未成文的",就在于在她那里,"真正的理性活动只能用一系列的否定来刻画"、"思想和判断是按照否定的方式来刻画的",以及"商谈的合理性也只有用否定性的方式来刻画"。但事实上,韦尔默也并没有展开以"判断"为"拱心石"或"轴心"的理性概念建筑术,而更多地是一些比较宏观的议论和方向性的提点语。在这方面最有"体系性"的工作是由尝从哈贝马斯学的意大利哲学家费拉拉做出的。在与《正义与判断》同一年发表的《反思的本真性》一书中,他在此前十余年工作的基础上,首次提出了反思的本真性与榜样的普遍主义之间的关联。在他看来,一种与语言学转向相一致的一般的(而不只是伦理的)有效性概念最好被理解成是与一种相关个体的、集体的或符号的身份的本真性联系在一起的,而本真性与一种基于反思判断的对于有效性的理解之间的联系又有助于真正地调和普遍主义与"多元主义事实"。在 2008 年出版的《榜样的力量》一书中,费拉拉把这个观念系统化,并在某种程度上围绕着"榜样"的概念提供了判断范式的一种建筑术。而在我看来,最有关键性的是其中的这样一个洞见:正如"博爱"是一个三元体中"自由"和"平等"之外的第三元,"榜样"是另一个三元体中"应然"与"实然"之外的第三元,换句话说,"应然"与"实然"在"榜样"中乃是融合在一起的。

记得是在月初的一次读书会上,我与几位学生共同阅读和讨论自己提供译文的威廉斯的《政治理论中的道德主义与现实主义》一文,在谈到威廉斯为什么会认为虽然"讲得通"本身是一个评价性概念,但却只有当运用于我们自己的情形,它才确实成为一个规范性概念时,我曾经脱口而出:"知行合一乃是论证不会沦落为一种抬杠的最后一道防线和最后一个保证。"我不知道自己这种"灵光一现"的说法有没有受到拜

读《说理》付印版之前在网上见到的《看法与论证》一文中对"论证"与
"抬杠"之区分的影响,但其时我确实想起了自己翻译过的韦尔默在前
引文中说过的话:"在我已经提到的许多情形中,理性论证无效乃是因
为我们不想承认真理,理性论证在这种情境中不能发挥作用要归咎于
理性论证始终只有在某些前提下才能发挥作用这一事实。"

　　也还是 2010 年 10 月中的一天,在我评论完童世骏教授的华师大
终身教授报告,并参与"创造"上海世博会单日入园人数最高纪录后的
一天,童教授亲自驾车带我在云间松江老城转悠,如同往常一样,我们
的闲谈也总是不离哲学和哲学圈的话题。记得在谈到欧陆某国哲学在
国内哲学研究中的"准"显学地位时,童教授有些俏皮但仍不失严肃地
说:"我们常常笼统地说哲学使人聪明,这其实是不对的,至少是不全对
的;并不是所有的哲学都是使人变得聪明的哲学,还得要看是什么样的
哲学";也许是"洞察"到我既没有幸运地学到那种"使人变得聪明"的
哲学,也没有荣幸地"被"哲学变得"聪明",讲话水平向来和思考水准
一样高的童教授有些喃喃自语:"哲学的意义和用途也许恰恰就在于用
来分析和解决那些非哲学的问题。"我在这里绝无意用童教授的话为自
己在"哲学上"之"不成器"稍作辩解,既没有学到"使人变得聪明"的哲
学、也没有"被"哲学变得"聪明"的我同样也很清楚,这一番浸润着哈
贝马斯哲学观之神韵和精髓的话决不能用来为我目前这种非哲学的、
业余的、没有任何技术含量的写作方式"背书",而这说到底也还是因
为,一方面,如哈贝马斯和罗蒂们所言之凿凿和谆谆的哲学在整个文化
中之"位阶"的"降格"也许恰恰构成了哲学应当在我们的文化中发出
更大声音的一个最强有力的理由;另一方面,不管哲学的观点和视角怎
样只是"众声喧哗"的现代社会和多元文化中的一种"声音",它都仍然
是一种哲学的"声音",它对"非哲学的问题"的解决也仍然是一种"哲
学的"解决。不过,童教授的这番话倒确是提醒我们意识到,不管是在
马克思的、青年黑格尔左翼的,还是实用主义的、哈贝马斯的——我相
信一定也包括童世骏和陈嘉映们的——哲学观中,哲学之与普遍民
众——在我们所置身的语境中就是"普通读者"——的关联必定而且始
终是我们考量一种哲学观的一个不可或缺的甚至生死攸关的维度,而

这说到底是因为,哲学、哲学观、对"非哲学问题"的"哲学的"解决最终一定还是通过对普通读者的影响而影响我们所生活的这个世界的,于是,就让我引用见于吴尔芙《普通读者》中的哈代的一句话以为本文作结,我也把这段文字献给嘉映,作为一个或多或少受他影响的普通读者对他的普通礼赞:

> 未加规整的印象自有其价值,通向人生真谛之路似乎在于谦恭地记录下由机遇和嬗变强加于我们的对于生活现象的各种解释。

2011 年 5 月 27 日凌晨三时
属稿于浙江大学港湾家园寓所

从林毓生到佩迪特

——我与严搏非的故事

一

我与严搏非可谓"不打不相识"。说起来我们还有点儿渊源。上世纪 90 年代初我在淮海中路 622 弄 7 号上海社科院念书时，他还没有离开哲学所"下海"。但我们当时并不认识。年初，他为菲利普·佩迪特（Philip Pettit）的《人同此心》（*The Common Mind*）一书物色译者，辗转找到我（据刘擎兄云我已成为一个翻译"品牌"）。由于我本就"瞄"上了这本书，还曾在给某出版社的计划中推荐过它，于是不管自己已经译债缠身仍然爽快地答应了下来。不料在签翻译合同时却因在此书译名上的分歧而起了一场小笔仗。我最初主张译作《共通的心智》，而搏非却想要采用《大众的心智》这个名称，而这正是我想极力避免的，于是我星夜挥笔"讨严"：

> 如果把 common 译为"大众的"，书中比比皆是的 commonable，commonability 等词又将何译。例如这样的句子："The rules，and therefore the contents，are commonable，they can be claimed as a common possession. I argue that this commonability condition can be realized only if people defer to one another，and not just to themselves at later times，in identifying the contents or proposition to which they try to be faithful.（p. 114）"
>
> Pettit 此书实际上是一种变相的关于共通感的讨论，是对《判断力批判》和《真理与方法》的重写。当然其论题和重心是政治理

论,其背景和前提是维特根斯坦关于遵循规则的思想以及心智哲学中的晚近进展。不管怎样,与"共通"、"共同"甚至"公共"相比,"大众"这个译名是最不恰当,而且最无法一以贯之地坚持使用的。

如果选用《大众的心智》这个书名是为了通俗和流通,我建议,而且事实上我现在强烈地倾向于用《人同此心》这个书名,副标题则可改为"整体论个人主义的规范基础"或"哲学基础"之类。一律反对用中国本土词汇译外来词也是偏颇的,例如我曾把 *Living High and Letting Die* 这个书名译为《朱门酒肉臭,路有冻死骨》,连我的师兄顾肃教授这等英文好、对己对人要求均高之人物也并未表示什么异议。与此相比,《人同此心》这个书名温和多了。相信佩迪特本人也一定会击节称赏叫好。

因了这一仗,我和博非却似乎由从未见面而成为相识已久的老朋友了。看官注意,有先打仗再成朋友的,也有先成朋友再打仗的。行笔至此,我忽然想起史上有人评价马可·奥勒留的话:他的伟大在于能够团结反对过他而反对错了的人,他的不够伟大在于不能够团结反对过他而反对对了的人。我在上政治哲学课时,曾经把这里的"奥勒留"替换为"自由主义",所表达的是我对于自由主义的期许。也许有人会说,这后一句话是个悖谬,能够团结反对过我而反对对了的人的人就不再是我了。但从"汝身非汝有"到"此我已非我"的语言悖谬就并非这里所能简单处理的了。

二

我曾在某处自嘲,我已从一名学术工作者"堕落"为一名学术组织工作者或学术工作组织者或组织学术工作者,成了"组织部新来的年轻人"(让我冒充一次,青春一回吧,尽管我不属任何一个"部")。我不是就要去普林斯顿吗,人还未去,因组织者的惯性和自我暗示,又一个出版计划已经在我心中成形了:

普林斯顿"人文价值"系列

　　遴选现于普大人文研究领域任教的著名学者的代表性著作，组织国内相应领域的优秀译者共举译事。一方面意在见微知著，从知识社会学的层面展示一个第一流的智识共同体的学术风貌；另一方面旨在尝试一种新颖的译丛组织形式（辽教曾经出版"牛津精选"和"剑桥集萃"，但那只是同一出版社的出版物而非同一大学的学者的著作）。而其更重要的关切则在于通过包括本译丛在内的持续努力，为后现代犬儒主义和前现代蒙昧主义双重夹击下的中文学术界切近、平实了解二十世纪晚期英语哲学提供可靠的范本和媒介）

　　而且"博览书名"的我马上就"拍脑袋"列出了如下书目，这些个中文书名也当然是我拍脑袋"拍"出来的：

　　　1.《人同此心》菲利普·佩迪特

　　　2.《心同此理》菲里普·佩迪特

　　　3.《事关己者》哈里·法兰克福

　　　4.《爱之理由》哈里·法兰克福

　　　5.《自由美德》史蒂夫·马赛多

　　　6.《道德问题》迈克·史密斯

　　　7.《厚薄之间》迈克·瓦尔策

　　　8.《批判聚会》迈克·瓦尔策

　　　9.《共和主义》莫里奇奥·维罗里

　　　10.《关于爱国》莫里奇奥·维罗里

　　我兴冲冲地描绘着蓝图，但由于种种考量，搏非对于我私心甚爱的这个计划并不很热心。倒是接受了我所提出的把佩迪特的著作包括在内的"共和译丛"（暂定 5 种，包括我为米歇尔曼编的选集），这也算是我与他的第一次全面合作吧。

三

　　记得 N 年前,还是(汪)丁丁在此地"跨学科"时,有一回邀请林毓生教授来做演讲,报告题目为"伯林的两种自由论",由于我已"追慕"《自由四论》而写了"自由三论",丁丁邀我为那场演讲的嘉宾。那场报告到的人不算少,还有从张旭东教授要"重访"的"80 年代"成长起来的本校若干名教授也带着学生特意赶来旁听;而虽然我在报告会上未置一词,完美地履行了作为一名嘉宾的"美德",但也还是趁机把个人自以为迄今为止编译工作之高峰的《第三种自由》和《公民共和主义》两书送给了林教授。

　　转眼到了五一前夕的某天,中午忽然接到博非电话,云彼已在杭州,当晚要请时在中国美院上课的林教授吃饭,顺便也想见见我,我于是怀着主要见见博非,"顺便"再见见林教授的心情来到了南山路上现已拆迁的采蝶轩餐厅,刚落座,我自然是谦恭地向林教授报上了自家名姓,他老人家看上去对外界的反应不甚灵敏,这时却未等我说完就接话:"这位应先生我们已见过,你做了极有意义的工作"。这时我才想起,上次丁丁那次活动见面时,林教授就曾谈到他在芝大时除了向本师哈耶克学习,还上过阿伦特的课。

　　顺便说一句,早闻其名的林夫人祖锦女士给人印象颇深,她的机敏与林表面的笨讷相映成趣,特别是她学林的京腔口头禅"就这么回事了"时真让人忍俊不禁。

　　林教授当晚的饭量很好,连吃三碗;谈兴也很浓,纵谈三个多小时。由于是漫谈,话题当然也很广泛,学术、历史、掌故、时政,无所不包,从韦伯的理想类型到治中国思想史的方法论,从蒋家政权的笑柄到台湾的"院士"遴选制度,从胡的访美、连的还乡(连与林在芝大同届)到前不久的冰点事件,从国内的保守主义思潮到甘阳的通三统论,琳琅满目,听来很有趣,也颇有些教益。

　　但现在想来,最有意思的莫过于他谈到:当年作为台大的高材生,殷海光的得意弟子,踌躇满志地来到芝大,却发现自己连韦伯的名字都从未听说过,当时"士夫羞欲死",几乎崩溃,于是在希尔斯的教导下苦读韦伯,以至于最后韦伯的思想和方法论对他的思想史研究有构成性的作用和影响。林还说,在近年对自己的思想史方法论进行反省时,他想到一个有趣的问题:为什么在韦伯的声誉达到顶峰的年代在德留学的陈寅恪读过《资本论》却从未受过韦伯的影响,而傅斯年、俞大维等同时在德、后来在国内学界有举足轻重影响的人物也从未提到过韦伯。林称,一次在南港出席院士会议间歇,路过傅斯年纪念室,突发奇想,跑进去翻看傅的藏书,令人惊奇的是,韦伯的所有重要著作均赫然在目,但与所藏兰克、蒙森等人书上密密麻麻的批注形成对照,韦伯的书无比整洁,一尘不染,压根儿没念过!

②

　　余不成器,还谈不到韦伯的思想和方法论对我有何构成性的作用。我也无法从"知识社会学"的层面圆满地回答林教授关于韦伯在民国前期国朝学人那里缘何成了"思想史上的失踪者"(老朱此语极为形象,记得他为林编的语录作序"从一支烟到一本书",我在写下自己这篇小记的标题后还是想起了老朱的序文)的问题。但是,虽然我基本同意林关于不能藉口韦伯没有进入他们所关注问题的视线而原谅他们错失韦伯之过的苛评,我还是认为,如果不过于忌惮大词,我们仍然可以从古今中西之争的架构中为回答上述问题找到某些蛛丝马迹。约略言之,虽然已经超越以古今了解中西,而进展到以中西了解中西,但只要未充分经历过现代性炼狱的心灵,是无法恰切体会、同情了解韦伯的。同样,尚未从"西化"进展到"化西"(牟宗三语)的心灵,也是无法体会超越韦伯、超越现代性的艰难的。

　　这里当然无法详论这些问题,但有一点是明确的,志在超越现代性者必须面对现代性的顽固性,意欲"化西"者必须面对西方的复杂性,这就与甘、刘近年发起的"重新阅读西方"的"运动"相遭遇了。甘最早的提法是"西方本身以及西方往何处去的问题"、"西方历史传统的自我理解"、"真正进入西方的脉络"的问题,这几句口号也被我引用在《公民共和主义》的编序中;"重新阅读西方"则是他们为三联新刊"西学源流"(这套书的第一本卡尔·洛维特的《从黑格尔到尼采》刚出,我是在北京买的,五一期间翻看,爱不释手,"立志"看完)撰写的总序,虽然这篇序文引起很多争议,但我仍认为他们的问题是真实的,我也不怀疑他们的态度是真诚的,我要质疑的是他们的态度是否足够端正,特别是对于他们必欲口诛笔伐的"当代西方学院内的种种新潮异说"和盎格鲁 –撒克逊的主流哲学而言。在北京的同仁小会上,我曾经坦言,"重新阅读西方"并非只有念斯特劳斯、施密特一途,译读公民共和主义是"重新阅读西方",真正进入晚近英语哲学的语境同样是"重新阅读西方"。更为重要的是,我们越是"重新阅读西方",越是认真面对"西方本身以及西方往何处去的问题"、"西方历史传统的自我理解"、"真正进入西方的脉络"的问题,我们就越是清楚,以古今了解中西固然不对,至少是不全面,但以中西了解中西同样不可欲,甚至是不可能;我们就越是清楚,不管我们怎样讥诮"东海西海,心理攸同"的中西文化调和论只能是"不知所谓",我们都无法自我融贯地否认,哪怕是为了找出"东海""西海"的差异,我们都必须有两者所 Common 的 Mind,更不要说在此基础上再尝试向前迈进了。而这正是一切"健康阅读者(包括'健康阅读西方者')"的宿命。

在这个意义上,我希望继续做一些林毓生所谓"有意义"的工作;也是在这个意义上,虽然我还谈不上是佩迪特的研究者,但作为"健康阅读者(这里是'健康阅读西方者')",我希望佩迪特不会辜负我,我也不会辜负佩迪特。

约写于 2006 年 5 月

"风""雅""颂"

——我和"法老"及其他

阳历年前的最后一个星期五,刚好是 2010 年的最后一天;参加完小女所在幼稚园的迎新活动,已是近午时分,我急匆匆地往外走,因为中午是学院每年一度的聚餐——之所以要如此积极地赶过去,倒不是怕迟到了会只见到狼藉的杯盘,而是委实担心会错过每年开宴前领导们愈来愈精彩——这当然主要是因为现在领导们的水平确实是越来越高——的讲演。毕竟是一年中最末的一天,可谓是"最后的疯狂",正一个人茫然地站在申花古墩路口等出租,忽然手机铃声提示我收到了简讯——这是颇有文化的台湾同胞给大陆同胞所谓短信起的雅称——原来是江湖上人称"法老"的余杭韩公水法教授前来"骚扰":"大侠你还到过我的课堂,所以你到北大不只三次啊!"我看完差点儿笑了出来,想不到我们写得一手风行海内之华章、平时也堪称"风神潇洒"的法老也会如此"顶真"。事情盖缘于前一天我习惯性地给包括韩公在内的大德先进们发了一则题为《三访北大》的"部落格",而其中并未提到大概六七年前我趁在北京参加福特基金会的一个会议之暇应法老之邀走访北大,韩公除了请我在北大学生食堂附近的一家餐厅便餐——记得数年后徐兄向东曾经代我不平:"法老就在那里请你吃饭啊!"不过向东对我说这话时也正在那家餐厅请我吃饭,虽然是会议餐,而且我还不是这个会议的正式代表——晚餐后还带我到他在北大老化学楼的"撒米娜"上观摩。时隔多年,那次"撒米娜"之可以料想的高质量还是给我留下了深刻的印象:读的是罗尔斯的《正义论》,法老手中拿的是我二十年前在上海延安中路上的译文出版社淘得的谢延光译本;令我自叹弗如的倒是,大概由于法老形象之"不怒自威",学生们在他面前自然都是"毕恭毕敬"，断不若由于我之"嘻嘻哈哈"，学生们在我面前也是"谈笑风生"，此正所谓"种瓜得瓜种豆得豆"者也；法老喜欢"造词"（用他借自冯公的话说就是"旧瓶装新酒"），多年前我就曾在《读书》上见到他在那篇推介泰勒《现代性之隐忧》的大文中把差不多是晚近道德政治哲学中最重要的 agency 一词译为"自为"，后来我还见到他把 good（多用复数形式）译为"嘉益"，把 membership 抑或 citizenship 译为"资籍"，把 entail 译为"承带"——记得我就是在那次"撒米娜"上正色纠正他："entali 一词逻辑学中有个定译的，至少我一直唤它作'蕴涵'"；既是我们敬爱的法老嘛，自然得有雅量才是，听完我的"口无遮拦"，也就是浅口笑笑，只"弱弱地"问了两个字："是吗？"

这样想着的时候，我还是没有上得了出租，于是就给法老回复："《三访北大》中的'三'乃是个规范性概念，再说四访五访的也不好听啊！"法老又复我："写得好！新年快乐！"我还是没有坐上出租，于是就再问"是部落格写得好还是短信写得好？"对方却没有了声音，猜想大概是被我的"规范性概念""缠绕"抑或"堵得慌"吧。

法老在我面前有这样的"雅量"自然是也有赖于岁月的培植和打磨的。记得是 N 年前，眼瞅着我好不容易才出的唯一一本"政治哲学著作"并未在"同行"中引起什么反响，我真是有些着急了，开始怀疑自己的著作是否遭到了和马克思他老人家的《资本论》问世时同样的命运，于是就给和我一样也是半途出家搞起政治哲学来的韩公寄去了一本，记得还在上面歪歪扭扭地写了几个字。就好像是在等人送书上门，也就十天半个月吧，我就收到了从"听风阁"（此韩公书斋名也）发出的、用自来水笔竖写在疑似自制的信笺上的、用一手有些放达但仍然不失雅洁之行书的回信——信中自然是慰勉有加，并望今后多交流云云。然则不知因了哪根弦被搭住了，打那以后，我与这位韩公就莫名地越来越"莫逆"起来了；记得我们初见是在刚到浙大开始"跨学科"不久的丁丁的"撒米娜"上，不过那次倒也并非专请，而是"利用"韩公到杭州开会之机顺便把他请到跨学科中心去座谈的，记得那是个大雨天，记得我们同请的还有堪称我平生见过之最优雅女性杜小真教授——还记得等我再次在杭州见到小真教授时，我一路酝酿着想把《遥远的目光》中的美文朗诵给她和同席的诸君听,但最终却还是没有那个胆儿;而丁丁之所以要"舍近求远",通过我来邀约韩公,大概是因为他们虽一同执教于帝京上庠,原来却并不相熟——我这么说估摸着也是有根有据的:丁丁在座谈会上一直都在"唠叨"韩公追忆尊师齐良骥先生的那篇名文:《噫,微斯人,吾谁与归》!

从那次初见之后,泰半拜政治哲学在中国大陆"蓬勃发展"之所赐,我与韩公一直有不间断的聚首之机:我也曾"搭便车"请他来敝所演讲(其时他来参加敝校法学院的一个会议),记得我主持演讲介绍他为"当代中国最好的康德学家之一"时,他的神情好像还有点儿"悻悻然",那可显然不是冲着我,而是冲着我嘴上那个"之一"去的;我们也曾同游黄果树大瀑布和安顺金三角,以及贵阳附近的一个古风犹存的酒村,还曾一同到贵阳苗寨喝茅台(见《贵阳破产记》);我们也曾在阿登纳基金会的支持下,一同在昆明出席政治哲学会议,在翠湖边蔡松坡先生当年之云南讲武堂前"谈诗"论文,听他"气势如虹"地就伊拉克战争和基金会的"御用"专家"抬杠";最为令人感动不已的是,大概是2006年春天吧,韩公应邀参加了由我的校友和朋友高全喜教授张罗,曹贝马斯卫东博士做东,在北师大文学院召开的座谈会,"座谈"的是我在东方出版社张罗的"当代实践哲学译丛",韩公还在事后专门写了题为《"崩溃"还是"转向"》的长篇书评,而那份思致之绵密和锐利一如往昔,然则我最有印象的却是他在文章一开首就为我颁赠了一个"封号":"法眼"——不过这么些年过去了,我倒是一直并未追问过他给我这个"封号"除却实然的因素,还有没有"修辞"上的考量:例如为了与"法老"相对应?

"几度沧桑","几度风雨",转眼就到了旧历旧年即将过去的当儿,应杨师姐丽华女士之邀,我即将在她主持编务之《文景》上开设专栏;记得杨师姐是这样鼓励、激发我的:"水法大师新年也将在此开设专栏,你们一南一北、相互唱和如何?"其实其时我已经有好几篇"部落格"在她手里排队了,但却一直没有想出一个像样的专栏名称。见师姐催逼甚急,我于是"灵机一动",想到向我的朋友和学生们"悬赏"征名;不想信息发出未久,应征者即如"过江之鲫":我今年刚收的一名直博生反应最快,率先贡献一令人叫绝的名儿:"应景之作";还有一位现在清华读研的以前的学生竟然提出了一个英文名字：AS TIME GOES BY；更想不到的是童书记世骏教授也来"赶热闹"，谓可名"应景奇谈"，真是"英雄所见"；而这等子"雅事"自然是少不了法老"不远千里"前来"掺和"的，不过这回他贡献的是一个既出色又平庸的点子："三奇集——奇人奇书奇事"——一来我觉得此名有"自吹"之嫌，二来我隐隐然觉得栏目名称中似不应出现我名讳中的字眼儿，果如我的一位古典文学教授朋友楼公含松稍晚向我"权威发布"的："除非是笔名"。想到博雅如法老者实不应不知此，而他又急急来催，一者问名儿取好没有，二者再次"毛遂自荐"，于是我就回信"调侃"他：我得先像您老那样先起个雅致的书斋名，接下来就什么都好办了。因为杨师姐已先行一步告诉我，法老专栏名为"听风阁札记"。然则思来想去，我想起的还是前年暑假在政法大学参加一项活动，席间有朋友"称道"我在"哲学在线"上的"小品文"，我足够"机灵"地回应："小作实难登大雅之堂。"于是"兀自"决定用"小雅堂随笔"作为了我的专栏名称——此名果蒙杨师姐称赏，惟对我提出了更高之要求，谓："英国随笔文朴格高气华，吾弟须好好加油哦！"

　　也就是上周的样子吧，我在"急切"盼望中终于收到了分别载有"听风阁札记"和"小雅堂随笔"的《文景》杂志。法老的开篇之作是此前与我交流过题目的《钟唐老师》，是回忆他高中语文老师的；我的那篇则是"追忆"我从未上过的北大的林庚先生的。"文章是自己的好"，我"自然"是一口气就把自己的文字结结实实地再念了好几遍，至于法老的就同样自然地"束之高阁"了。前天闲来无事，就把法老的文字拿出来念——正如我以前在杭州书林站着念过他的《悠长的书香》，也为了他的《金缕曲：柏林纪事》而特意买过《文景》；与我躺在"故纸堆"上或"偷懒"或"撒欢"不同，法老的文字蕴藉含蓄委婉，而又在在皆是"如鱼饮水"之"往日印痕"；用我赞美宝岛台湾的话来说就是"亲切渺远陌生温情"，不过"面薄如我"者我自然是"抹不开"面对"故人"如此"作颂"的；正踌躇间，见法老文中描述钟唐老师有一次要他到台上讲解自己一篇作文之构思，而他却"讲得满头大汗，话语也很不流畅"，并谓在北大做了老师后曾在回杭时与同学去拜访钟唐老师，钟老师对他说："呵呵，现在也能够不用讲稿一讲就是一个小时了。"于是我灵光闪现，给法老短信:"你说我访北大不止三次,你不用讲稿能讲也不止一小时啊!"大概是分析哲学素养甚高的法老适应不了我这跳跃性思维,竟出人意表地回复说:"这两者有什么关系吗?"我邪恶地又复:"钟唐老师没有教你吗?!"这时法老醒悟过来了,开始称道起"小雅堂随笔"来:"第一篇书香扑鼻。"见法老伸出了"橄榄枝",我就大声唱起"颂歌"来了:"钟文甚美很棒,虽则我们是'两路',但可'互补'。"闻听我这番"美言",法老也松弛下来了,慷慨曰:"臭味相投,相互支持。"读者诸君,此不谓之互"颂"者可乎?!

　　"风"、"雅"、"颂"的故事至此讲完了,不过在下这里也还有落实"颂"字的另一个"法子":事情的原委是这样的:上周去系里办事顺带取些个邮件,再顺带转了转校门口的那家杭州书林,见新到货品上有社科院文学所前所长刘再复先生的《师友纪事》——记得是在我的大学时代吧,这位刘先生曾在上海的《文汇》杂志上"诽谤"老作家姚雪垠的《李自成》,谓自己在"文化大革命"后期乃出于"无聊"才读了这部"高大全"作品,还引来姚老作家要"状告"刘大所长的传闻——其中的不少篇什,例如谈钱钟书、周扬和胡乔木的诸篇我都是已经在网上拜读过的了,但虑及整个文献之"历史价值",并冲着三联书店素雅的装帧和并不算高的定价,我还是"咬牙"收了一册。晚上入睡前卧读,却是先翻到了其中缅怀邹谠教授的那一篇,题为《被故国忽略的理性智慧》,见里面有这样一个"段子":在"四人帮"垮台的消息传到美国时,邹教授和他太太"情难自禁"地唱起了《大海航行靠舵手》;呵呵,用一个颇具后现代意味的词,这可真是对于一代颂歌之最具反讽意味的"误用"了,而这时我想起的却是2007年在台北重庆路的台湾"商务印书馆"错过的邹教授的《二十世纪中国政治》和《中国革命再解释》——我现在手里只有邹教授的一本书:《美国在中国的失败》,还是上海人民1997年的初版本!

　　　　　　2011年3月6日夜,杭州,时窗外春雨淅沥

未来的主人翁

——在"我的朋友"徐向东教授讲座上的致辞

　　诸位晚上好,由浙江大学"走向公民基金会"筹办的"公民论坛"本年度第一讲马上就要开讲了,现在请允许我开始履行主持人的职责,我想讲三句话;同时请允许我稍微滥用下这个职责,因为我的每句话都会比较长,大概每句都有十来个逗点,也就是有十来个分句。

　　第一句话是,我要简单谈谈对"走向公民"一语中"走向"一词之了解。我体会这个词的意味实在颇为深长。我想起了在我求学的不同阶段遇到过的两个类似的句式:"走向历史的深处。"——这好像是我们国内著名的马克思主义哲学史家陈先达教授早年一部著作的名字,探讨的是唯物史观的诞生过程;还有就是"走向一颗星。"——这是大概是20 世纪最大的哲学家海德格尔的一句诗,出自他的《从思的经验而来》。记得罗素曾经说哲学是介于宗教与科学之间的。现在我要说,"走向公民"之"走向"乃是介于"走向历史的深处"之"走向"与"走向一颗星"之"走向"之间的,不过既然时间不允许,我也就无法在此展开来详谈这一点了。我倒是想起了今天很难得地就在讲座现场的"走向公民基金"捐赠人林炎平先生的那本书上好像就有一个"星"字,可见林先生对于我们从曾经"贫且弱"的千年古国、曾经并在某种程度上依然"假大空"之"一代新朝"(拆用故杨宪益先生诗)走向公民之漫漫艰辛(曼德拉的自传中文题为《漫漫自由路》,我觉《自由路漫漫》似更好)确是有某种真切体察的——我当然希望没有在此误读他的良苦用心。

　　第二句话是,我要介绍下今天的主讲人,我的朋友徐向东教授。"我的朋友某某某"这个句式容易使人联想起民国时流行的"我的朋友胡适之"这个说法。不过我要说的,除了都有攀附"名人名家"(这是杭州一家小有名气的餐馆之名称,这家餐馆楼下是杭州最大的博库书城)之嫌,我的朋友徐向东教授确与"我的朋友"胡适之先生有着不可谓不重要之共同点,例如他们都是北大教授,都是哥大哲学博士。不过这些倒并不是我要在这里讲的重点,我也不打算在此复述铺叙徐教授辉煌灿烂的求学历程和多姿多彩的学术生涯,而只想从哲学家们最擅长的"心"和"身"两方面谈谈我对他的浅薄观察。就前一方面而论,我曾经在"我的部落格"中用"被休谟的'审慎理性''浸透于身"一语来刻画徐兄之"心";就后一方面而言,我也曾在别无可靠信息支持的情况下用自己那双经过"百炼千锤"的"法眼"看出向东那身材"特适合练武术好像也练过武术"——上月清华伯林会议时,他那位专程从密西根回国与会的高足证实了我的洞见,并誉我阅人目光之"精准毒辣"。当然向东今天在这个舞台上要为我们展示的乃是另一种"武功"。我固然希望我们这个"舞台"不会辜负向东,我更相信向东不会辜负这个"舞台",特别是"舞台"下的"公民"和"未来的公民"。

第三句话是:"坏事不出门,好事传千里。"也可谓:"拿人手短,吃人嘴软。"就在前天,我接到浙大出版社启真馆公司从北京打来的电话,他们得知向东要在此演讲后,要求我在这个讲坛上展示我们在他们那儿刚出的《当代西方政治哲学读本》中的数种,其中有两大部就是由向东编撰的——顺便说一句,在我们自我期许为"政治哲学译介之再出发"、相信也"堪称"新(新?)时期西学译介之"里程碑式事业"的这个"读本系列"已出和将出的拢共二十四种书中,向东一人就贡献了五种之多。记得我当年开始"筹划"这个计划时,正是向东给了我最早一拨的极大支持,在这一点上我们可谓是惺惺相惜、一拍即合的。而虽然我并不相信眼前这种"展示"会多么有助于这些书的销量,因为向东编的这些书往往比他自己写的那些已经够厚的书还要厚得多,似乎无论在物质还是精神两个层面都远远超过了这个时代大学生的消费与水平。但这个电话倒确是让我想起了我与向东"交往"的历史,也就是向东怎样成为"我的朋友"的历史。记得康德的传记家有谓,康德的历史就是他的著述的历史,我现在要说,我与向东"交往"的历史、向东怎样成为"我的朋友"的历史,也即是一部我们"共同"编书的历史。如果"对方辩友"询问这种历史中所体现、凝结和沉淀出的是一种什么样的关系？我的回答将是，我相信这一定是一种"纯粹的"关系，一种"脱离了低级趣味的"关系——结合今天的场景来说，就是一种为正在走向公民的人们、也即是未来的公民、未来的主人翁"服务"的关系。于是下面，就让我们再次把这个"为公民服务"的"机会"交给"我的朋友"徐向东教授。

2011 年 4 月 15 日

阿隆《论自由》的政治思想史意义①
——在中国政法大学的讲演

讲演提纲

一、西方政治思想史的"终结问题"

二、阿隆《论自由》的分析架构

三、托克维尔、马克思与黑格尔

四、后阿隆的法国政治哲学

主持人胡传胜:各位学员好,我们第二场报告开始,我们有幸请到了浙江大学的应奇教授,应奇教授在东方出版社和江苏人民出版社组织翻译的两套丛书对中国的政治思想史研究有非常大的推动作用,我们对应奇教授的讲座表示期待,大家欢迎!

应奇教授:这次来参加这个讲习班,我的心情是非常的惶恐。为什么呢?这里有些朋友是认识的,也有些是刚刚见面;有些是从事政治思想史前沿问题研究的学者,有些是在教学第一线战斗的青年才俊。但是大家有一个共同的点,就是对政治思想史的兴趣。不过严格说来,我自己很难说是一个政治思想史的研究者,这个不是自谦。坦率的讲,我没有什么资格来这里给大家做这个报告,当然这也不是学术研讨会意

①这是 2009 年 8 月在北京昌平中国政法大学举行的"首届西方政治思想史高级研讨班"上的演讲,由于事先只有演讲提纲,这份稿子是由政法大学的学生整理完成的,我只做了少量增删。除了感谢丛日云教授的邀请,我也要特别感谢庞金友博士领导的会务组的卓有成效的工作。

义上的报告。我惶恐的很,不知道以什么方式呈现——如果有什么东西可以呈现的话,我对此不是很清楚。

本次研讨班的组织者跟我讲,说我做了一些英语政治哲学方面的翻译和介绍工作,是不是能够就所谓分析传统下的政治哲学谈一谈自己的观感或者方法论上的思考,这个我觉得是比较困难的。曾经我也是想推却的,后来临时改了这样一个题目,想是否可以比较粗犷地谈一谈。我想采取一种比较随意的方式——我觉得这几天下来,这几场报告大家接受的信息量挺大的,蛮累的,因此某种程度上,我这个也算是一种调剂吧。

首先我来谈一点自己从事政治理论研究的经历。就是说:我是怎么会做起这个工作来的? 当然每个人做这个工作的理由或因素各不一样。我记得九几年时就有如下这种说法,即国内会出现一个政治理论和政治哲学研究的热潮。多年前我听到过王焱对这种说法的一个有意思的评论,他说如果这是热潮的话,可能也是最后一个热潮。这个话他没有怎么深入的讲,因为他经常来一些微言大义,但这个话很有意思。因为这和我们这些 60 年代中期前后出生、80 年代初开始读书的这一辈人感受到的一个时代的变化有关。

为什么这样说呢,我们都知道,我们是一个以马克思主义意识形态立国的政体。以马克思主义理论自身被关注之重点的变化来看,我觉得 30 年来我们学术界的思想历程是否可以做这样的概括:最早是自然辩证法的研究,近几年这个概念不怎么用了,叫科学哲学,为什么那么多优秀的人去搞自然辩证法,这个我们不得不承认,那个时期去做这个工作的那些人,是在一个自觉的意识支配下的一种兴趣。因为这个自然辩证法是马克思理论最外围的一个部分,"思想解放"首先从最外围的地方开始做起,后来又出现美学热,再后来又有宗教神学的这个热潮,然后在 1990 年前后开始转折为国学热,当然这个热潮现在还没有过去,在这个大背景下出现了政治哲学热潮。

这个脉络在某种程度上讲是非常有趣的,我们无须提到某位复旦大学年轻教授最近在《读书》上发表的一篇意味深长的东西,这样一个发展脉络还是大家都可以看到的。那么就我个人而言,怎么会走到这上面来呢？一定程度上，我觉得也是跟这样一个发展脉络相契合的。当然，有一点是内部的推动因素，就是我在念研究生的时候读了很多现代新儒家的书，在这个过程中，又偶然地碰到了罗尔斯的《正义论》，可能有人感觉这个不太扯得上。但是我当时突然就有种感觉，就是我们现在应该适当地改变一下，我们很执着的做一件事情，老是用一种办法去做或去达到一种目的，现在讲，也许可以换一个用力的方向再来试一试，就是这样非常朴素的一种感觉。

我们现在来看，20 世纪中国所谓文化保守主义的运动浪潮，是如何铺演的？我们讲有三个阶段，从早期的《欧游心影录》到张君劢挑起的科玄论战这个形态到 1949 年以后在港台发展的形态，再到 80 年代以后所谓的第三代——他们打出"多元现代性"的旗帜并提出"文化中国"的讲法，这三个形态一方面是借鉴，另一方面也是受制于当时西方学问发展的形态和重心之所在。有种说法认为，中国现代有三个主要思潮：文化保守主义，激进派马克思主义，西化自由派，这应该是比较公认的看法。相对而言，这中间还是现代新儒家有一些建设性的工作，我想它做出的工作应该是基本能够被肯定下来的。但是，现代新儒家现在最有主导性的形态是在 50 年代极端的、特殊的历史条件背景出现的，就西方而言，我们把它称作意识形态"板结化"的时代。我觉得，在这个条件下，受制于极权主义反省这个议题，西方人对自身思考的程度和深度都是有问题的，其局限性影响到了那个时代文化保守主义的思考和思考的基本模型，这个层面上的缺陷对文化保守主义是构成性的。

那么，我们讲一句大话，如果要突破，我们怎样进一步往前走？这是一个在中国不断被提出的问题。也许有人会讲，其实这样的谈论方式已经过时了。但是，你把自己的点定位到那个状态的人就老是会这样讲，我觉得也应该在这方面做一点工作。在这个意义上，甘阳讲的所谓进入西方传统复杂性的问题，我觉得是非常恰如其分的。虽然他作为"意见领袖"必须经常说出一些惊人的话。事实上，这个话是很平实的，要进入"西方"，就要进入它的复杂性。同时，我想进入西方的政治哲学是进入"西方"的重要方式之一，虽然现在中文政治哲学的路径有些分化了,当然这种分化也很自然。在某种程度上,这种分化就是西方复杂性的折射,这是非常自然的。这是第一个意思。

第二个意思是我想讲一下自己接触阿隆的过程。90年代初我在上海社科院哲学所读书,在这个研究所里有一个好处,就是经费充足,购买了许多港台的书,包括现代新儒家唐、牟、徐的大部分著作,以及那时国内还很少流传的余英时先生的著作,我都是在那里读的,其中还有大陆到现在还没有引进的一些书,例如休斯的《意识与社会》等等,这都是非常精彩的书。其中就有联经版的阿隆的《知识分子的鸦片》。据说淮海路社科院所在地在旧上海是一个修道院,那个地方很阴森的,小姑娘的脸色也是灰灰的,除了研究员们去看一些港台的小报外,也没什么人去看蒙尘很厚的那些书啦。我呢有时候还经常去看看那些书,那个时候我就看阿隆的书。

当时就有相当的感触,甚至震动。但是也有一种感觉,就是这个书论战性太强。这个可能不足以损害这书的价值,不过确是限制了它的视野。这让我想起甘阳在《与友人论美国宪政书》中很有意思的话,他说80年代,国内知识界那些精英看到西方马克思主义两眼发光,而他那个时候早就断定这玩意儿没戏了,早就过气了,这是第一句话。第二句话是关于哈耶克,甘阳说这个哈耶克现在还很热,而他早就断定这个东西也是没戏的,为什么呢,因为哈耶克整个背景都是冷战,就是跟社会主义战斗,现在冷战结束了,哈耶克自然也就没戏了。

我这里要提一下曼斯菲尔德给阿隆的一个学生——现在国内翻译成皮埃尔-莫内——的一本叫《托克维尔与民主的性质》的小册子所写的序言。我们都说施特劳斯学派有隐微教诲之说,非常通俗的讲法你要琢磨,他不会那么清晰的告诉你他想讲什么。我看到那篇非常短的序言,他就没有用这一招了,我觉得他说的非常清晰,非常直白。就是最后谈到"自然"时稍微有一点点隐晦,他说民主是自然的,因为民主后面预设着平等,这个平等更自然呢还是不平等更自然,他说其实这两个都是自然的。我说这个话很有趣,也透出其中一些消息,也就是什么是自然。他在这篇序言中说,阿隆是二战以后法国知识界普遍地无一例外地倒向马克思主义这个潮流中的一个光荣的例外,只有他一个例外。

我们可以讲,虽然阿隆对哈耶克有一些批评,但他在相当程度上也是在与哈耶克与之战斗的东西在战斗。那么我们可以来看一看,这一种思考取向是不是就一点意义都没有了呢?

我非常高兴看到一种阿隆热。我的理解,这种现象跟中国大陆前几年出现的这个广义的保守主义相关。这个保守主义前边可以加很多词,比如古典保守主义,文化保守主义。对于阿隆,有三个标签在这里是可以使用的,保守主义、自由主义还有我要谈到的共和主义。现在好像没有人讲阿隆是共和主义,我在第四个部分谈到,阿隆是没有什么学派的,但是根据后来的发展来看,我觉得可以与共和主义挂搭起来。

下面我简单谈一下标题中提示的四个方面的问题。

第一个是所谓西方政治思想史的终结问题。因为传统政治思想史的教科书里老是讲啊,西方政治思想史在哪里终结掉的?这个大家肯定是听过的,一般的说法是黑格尔终结掉了,还有一个说法就是终结者最终要被终结,谁把谁终结了呢,黑格尔是终结者,黑格尔又被终结掉了,马克思把他终结掉了。这个讲法从哪里来的呢,我认为是从恩格斯《费尔巴哈与德国古典哲学的终结》来的。

大家学过马克思主义原理,这个终结有两个意思,一个是真的终结,就是完了,另外一层意思是出路,德国古典哲学的终结也就是它的出路,出路在哪里?恩格斯说德国古典哲学的继承者是德国工人阶级。现在回到这个西方政治思想史的终结问题来,这个问题为什么要重新提出呢,一定意义上我们很难讲这样的终结是什么,或者说它一定终结在哪里,但是我们可以始终有意义地谈论怎样来理解这个终结,这一点我们是可以做的。

昨天我在机场碰到刘擎大才子,我看他在网上写了一篇非常有意思的文章"谁害怕贝尔纳·亨利·莱维",这个人是法国新哲学圈里的一个成员,这个人一共被翻译两本书了,现在第三第四本正在翻译。第一本是《自由的冒险历程》,第二本是《萨特的世纪》,第三本就是刘擎评论的这本书《美国的迷惘:重寻托克维尔的足迹》。刘擎在这篇文章中说了两点蛮有意思。他说的第一点是,这个人是一个超级明星,媒体的超级明星,我都很奇怪刘擎非常吝啬,没有使用公共知识分子这一词。第二句话呢,就是他说贝尔纳·亨利·莱维这个人提出了一个很有趣的东西,叫反反美主义。大家知道戴高乐时代欧洲有个反美主义,他提出一个反反美主义。刘擎说的很幽默,具体的记不清楚了。我觉得这个反反美主义非常好玩,因为反反美主义和反美主义当然不同了,但是它同时还有一个地方相同,就是它不是亲美主义,如果它是亲美主义,就不要用反反美主义这个词了。用这个词是非常狡诈的,也是非常带有修辞性的。这个词什么意思呢,我觉得这里跟我们对终结的理解可以沟通起来。我的理解就是,它是对反美主义的一种理解或者说是反省。终结也就有理解或反省的意思。

我觉得整个政治思想史和政治理论史的编纂学当中啊,一直流传有这个意识的。我很多年前就写了一篇很小的东西,分析非常的粗疏,里面讲到有两个人,一个是金岳霖先生的老师哥伦比亚大学的邓宁教授,另一个是《政治学说史》的作者萨拜因。萨拜因的书呢,里面有两句话我印象非常深刻。

第一句话我把它抄下来了,"正如卡莱尔教授所说的那样,如果说政治哲学的连续性有任何断裂点的话,那么就是亚里士多德的去世,相比较而言,基督教的兴起只在传统政治中产生表面的变化,而且不管这种思想有多大的变化,从斯多葛的自然法理论到人权的革命学说都是连续的",前半部分是转述的,后半部分是直接定义的,稍微有点引申罢了。第二句话是"我们认为希腊人是古代的,只是就我们称呼他们的这个名词所指的意义而言,然而就在许多方面更为正确的观点来看,我们可以更准确地称他们为现代人"。"那些希腊人是古代的,只是我们称呼他的这个名字所指的意义而言",什么意义呢,就是字面意义,他们是古人。有一次我到中山大学开会,见到一个研究生,她到那里念博士了,她陪我到白云山上走了一圈,我说你在这里怎么样,听了一些什么课啊,她说听了若干大师的课;那大师在课堂上讲什么了呢,大师在课堂上这样讲:古代人不是只是那些生活在古代的人,现代人也不是说只是生活在现代的那些人。这就是大师的话,太精彩了,我也这样想,但我讲不出来。

后来我在组织编译的一套丛书的总序中,做了一个题铭,是大家不太知道的一个法国人,不是太有名气的法国政治理论家叫阿兰·博耶,他有一句似乎是不经意间说的话,我们把它引出来,即"最好地实现了古代人的自由观念的城邦同时也是最近似于现代人的自由观念的城邦"。这确实是一句箴言,那么,这与政治思想史的终结有什么关系呢?关系就在于,我们提供的是一种对于终结的看法,而不是指出来以哪种方式终结了或者终结在谁哪里了。不是以这个方式来讲,而是说我们提供一种如何理解终结问题的看法。这个终结问题还是一个老问题,即如何理解古代人与现代人之争的问题,怎样最好地了解了古代人与现代人之争的问题,也就最好地理解了西方政治思想史的终结问题。这算是第一个点吧。

第二点是我分析一下阿隆《论自由》的分析架构。这个分析的架构,如果诸位看了这个书可能会有一些失望,或者会问这个书值得那样去讲么?某种程度上这也是我的部分感受吧。他自己说这是一个带有时论性的东西,他的两本英语论文的集子里面同时收录了其中的"托克维尔与马克思"这一章。有一个集子,他没有用这个名字,而是用的"自由主义的自由定义"。那么谈论这个托克维尔与马克思的对话,这个问题就直接与我们前面所说的西方政治思想史的终结问题联系在一起了,这是显而易见的。阿隆在这里面做了许多刻画,包括在别的地方,国内出版时间最早的应该是上海译文出版社的蓝皮的《社会学主要思潮》,做了许多的阐述。

我这里简要地地谈两点,第一点是托克维尔的三重独创性。我不太夸张的讲,雷诺所写的序言把这本书的精要都讲出来了,序言写的非常精炼,精彩。他注意到托克维尔的三重原创性,这三种原创性是什么呢,第一条是按照条件的平等,也就是根据社会意义上的民主来构建社会,这是托克维尔自己的著名讲法,即他主张要用社会的民主定义来取代政治的民主定义。但是,阿隆在有些地方,根据他掌握的丰富的文献,指出托克维尔也有所犹豫。这是问题非常关键的一个点,我们下面还会谈到。他经常将三个人相互比较,一个是孔德,一个是马克思,一个是托克维尔,当然前面还有一个孟德斯鸠。如何理解现代社会同一性,现在翻译成认同,就是如何理解社会认同。按字面上讲,孔德按工业社会来定义现代社会,马克思按照资本主义来定义,托克维尔按照民主的精神,条件的平等来定义现代社会。这个是没有错的,但是下面遇到一个问题,就是我说的为什么把终结问题的内核理解成古今之争的问题。因为一旦发生了这个置换,他必须要交代与所谓古典政治哲学的关联问题;就是说,一旦用社会意义上的民主定义替代政治意义上的民主定义,就必须交代与古典政治哲学的关系问题。阿隆不是一个体系性的思想家,现在我们回头设想他这个想法的系统性的话,这个问题是不能绕开的。他后来讲到自由理论时老是讲几重问题,我想是一个问题的两面,他经常这样表现出来。这是我对阿隆所谈到的托克维尔的三种独创性的一个理解。

第二点独创性是对历史和将来采取一种或然论的观点,也许可以翻译成是概然性。这个意味非常深长,我们可以联系卡尔·波普来谈。我们经常听到某些国内先进的报告,说这个卡尔·波普的名声太糟糕了。这些人是传话的人,最近我看到一个传话的人,他在那里讲,波普的品位是如此之差,以至于有人联名拒绝他到美国名校去教书。我觉得,你传这个话想说明什么呢?我不太清楚,你到底认为波普品位如何?这种传言品位太低,我看到这种人很难受。这个波普,了解的人都知道的,波普不太适于给予太高的评价。了解一点 20 世纪哲学史的人都知道,波普成名很早,后来运气不是很好。为什么这样讲呢?波普在晚年时非常的不爽啊,他有一篇访谈,他想讲到底是谁杀死了逻辑经验主义,他用一种相当于反反美主义的话说,"我恐怕难辞其咎"。这是什么意思呢?依据我念自然辩证法得到的一些常识,从后实证主义发展来看,波普的否证标准只不过是证实说的一个变种。波普他晚年为什么要做这个表白呢?因为一般人认为将逻辑实证主义杀死的并不是波普,波普只是打开一个缺口,他没有杀死逻辑经验主义。

波普的政治论著在很长时间在西方是非常流行的,这引起两种情感。这个使我想起台湾的《联合时报》中的一篇评论,大陆人对台湾有两极分化的印象,有一些人认为台湾实在一无可观,来了以后再也不想来了,还有一些人对台湾喜欢的不得了。我看到那个观察,对台湾印象很不好的人是那些观光客,是所谓的团进团出的那些人,而这个印象好的人是单独的访客,可能相对活动自由比较大,见的面比较宽一些。我觉得这个观察有点表象化,它可能是一个策论,想做一些建议,比如团进团出的方式怎么样改变。而波普的现象比这个更严重,因为波普如何引起爱恨交织的感受非常有意思。我先埋个伏笔,下面我回到这个问题来。我在上海念书时跟随的范明生先生很有意思,他是对党很有感情的一个人,但是他也很喜欢看一些批判性的读物,他的朋友专门从台湾买的《开放社会及其敌人》,秘不示人的就他一个人看。这玩意怎么讲呢,蛮困惑的,因为无论在德国还是在法国,很多人相信波普,波普的影响很大。

托克维尔的第三重独创性是拒绝把政治从属于经济这个说法是一个很笼统的说法,但意义很深长。因为从比较早的一本马克思主义著作,就是原来商务的《马克思主义与政治学》吧,那里就提出这个观点。用心智哲学的术语来说,就是把政治理解为一个副现象,这是后来的问题的虽不能说是全部的根源,却是非常主要的一个根源。阿隆这里提出来,马克思很显然读过《美国的民主》,而托克维尔显然不知道《共产党宣言》,因为当时《共产党宣言》这样的小册子太多了。这个是非常有意味的。

我觉得这里面主要是两个东西,也就是形式自由和实质自由,用一个词叫辩证,但是他后来也提到一个词——二律背反。什么是二律背反?我们这里有哲学博士在座,说的简单点,二律背反就是辩证法的否定形式。说的好听一点就是形式自由与实质自由的辩证,作为一个否定的表述就是二律背反。这个问题他论述的不清晰,也不充分。大家可以看到,整个第二章他取这样一个标题,其实里面基本上没怎么讲。这个问题其实现在已经毫不新鲜了。他的结论里面讲了一点点,也不充分,但是这个问题实属老生常谈。我记得钱永祥先生写了一篇文章,叫做“平等的二元结构”,文中谈到“道德平等与待遇平等的二元结构”就讲这个意思。这个我不细讲。

第三个方面,我用了一个非常大的标题:“托克维尔、马克思与黑格尔"。这个说法是哪里来的呢？如果有兴趣的话，可以看我曾经翻译的哈贝马斯的一个好学生韦尔默的两篇文章，其中一篇是"马克思主义人道主义的十二个提纲"，第二篇是"现代世界中的自由模式"。这个是很多年前翻译的，我印象很深。我认识《公共论丛》的一位主编，我就把这个译稿给他了。但到现在还没有发表。这篇文章里，他是对马克思、黑格尔对民主问题的理解有非常严厉的批评。比如说他这样讲，马克思和黑格尔都没有准确地理解民主问题，他们给我们呈现了一个虚假的两难困境；可以认为这并不是一种巧合，因为无论是黑格尔还是马克思，都没有民主生活的任何经验；基于类似的理由，黑格尔与马克思的对立与作为欧洲大陆政治思想传统之典型特征的左翼与右翼之间的对立相对应，在政治传统中一直缺乏民主和自由主义的生活习俗基础，直到今天依然如此，诸如此类。书中还有一些言论，我觉得他讲的非常充分，也有些比较抒情的想法，比如说他这样讲："可以把《论美国的民主》理解为黑格尔的《法哲学原理》的民主的对应物、对应版。但是我认为黑格尔的《法哲学原理》有一个盲点，这个盲点是什么呢？"诸如此类的，我这里就不念了。他还这样说："确定无疑的是，另一部分解释在于黑格尔密涅瓦的猫头鹰起飞得稍稍低了一点。黑格尔没有任何民主传统的亲身经验，美利坚太遥远了。就是在理想化的形式当中，普鲁士的君主制显然不是欧洲历史的定论……"诸如此类，我不浪费更多的时间讲这个了，大家可以看我编的那个集子。

　　最后我还是要提一下我所理解的所谓"后阿隆的法国政治哲学"的问题。我稍微提一下，讲两点。第一点呢，不讲也可以，因为我以前和一个朋友一起编了一本书——《公民共和主义》，我想了半天，最后在（书的）前面放了一篇文章，就是我刚才说的这个法国哲学家博耶的那篇文章。结果呢，我有一次在北京搞一个小小的活动，北京大学的韩水法教授说："你为什么阴险呢？你啊，你辛苦编了那本书，前面放的那篇序言否定了（编书）这个工作，因为这篇序言的意思是说，共和主义只是作为一个资料，不是作为一个架构。"

　　关于受阿隆影响的法国政治哲学，我想到要给大家推荐一个书。法国有两位哲学家，卢卡·菲里和阿兰·雷诺，他们写了一本书叫《政治哲学》，三卷本，第一卷是《权利问题上的古今之争》，第二卷是《历史哲学的体系》，第三卷是《从人的权利到共和的理念》，我觉得这个书是不是应该翻译出来。书中有个想法非常有趣，他说自由主义是许可的理论，也是一个政治知性的理论。他说社会主义、马克思主义是一个"资格"理论——"资格"这个词以前有人翻译成"权利"不太好，这是一个政治理性的理论。这个政治知性和政治理性的理论是二律背反的，解决二律背反这个问题的出路在什么地方呢？我觉得又要讲共和的理念。因为共和的理念，按照康德对知性和理性的区分，共和制或者说共和的宪法、完美的宪法是不能在经验世界中找到它的实在对应物，但是它又是有实在性的一个理念。那么它具体的解决方式是什么呢？它的回答不是非常新鲜，它提出一个"许可"，第二个是"资格"，第一个是允许你做什么，第二个是我可以要求什么。第三个是"参与"。

好了，我念两句话作为我讲演的终结，第一句话出自《现代社会冲突》的作者达伦多夫，他刚刚去世，他在书中专门一章讲三十年的光辉岁月，里面专辟一节讲雷蒙·阿隆的世界，他末了讲一句话，"工业社会具有一种向着中产阶级形式发展和缩小收入差异的倾向。在生活水平得到提高的程度上，也许会有一种缓和专制主义的极端形式的倾向，而且要求增进社会福利的呼声会变得更加强有力。无疑，并非总是会这样继续发展下去。所以，经济增长并非就是一切，并非就万事大吉。阿隆仍然是所谓的波普主义者，无论如何，他是开放社会的辩护士"，这句话对我们理解当今的中国很有启发意义。

我要引用的第二句话出自一位艺术批评家，叫约翰·伯格，他写了一本书叫做《观看之道》，他在其中说了这样一句话："一个被割断历史的民族或者阶级，它的自由选择和行动的权利远不如一个始终得以把自己置于历史之中的民族或阶级，这就是为什么——这也是唯一的理由——所有的古代艺术问题到现代会成为一个政治问题。"任何以中华固有文明为背景来从事政治哲学的人都应该牢记这句话。

谢谢大家。（掌声）

主持人：谢谢应教授给我们一个略带后现代意味的形散神不散的

非常精彩的演讲,他从中国现代政治思想近三十年变动大熔炉这样一种发展,讨论政治思想怎么会变成热潮,讨论了阿隆思想的各个层面,阿隆讨论托克维尔的部分给我们很多启迪。下面是研讨的时间,大家有什么问题可以向应奇教授问,或者我们也可以采取一种活泼的形式,大家自己相互提问。

应奇教授:还是开放式的吧,好不好?

提问者马华峰(中国政法大学在读博士生):我想向您请教一个问题,您和刘训练老师对共和主义思想的翻译做了很多的工作,您编了很多东西。您刚才讲到,韩水法老师提到说共和主义只有史料性的价值,我想请教您具体怎么看共和主义复兴运动的价值,以及在中国的语境下它的价值何在? 谢谢!

应奇教授:谢谢。在一定程度上,我也不是一点东西都没有写,我也写了一点。但我对学问的理解并不是为了在政治意见这个领域里面表达共和主义怎么好,或者共和主义能不能取代自由主义这种问题。

马华峰:我理解您的意思,您是说把共和主义作为一种知识进行引进,不是把它作为一种政治意见。我接着问一个问题,就是您刚才谈到博耶说的那句话,"最好的实现了古代人的自由观念的城邦同时也是最近似于现代人的自由观念的城邦",这个推论里面实际上隐藏着共和主义的一个主题或者说基本思想,按照我的理解就是说,政治参与对现代人自由的一种解构,可能矛头直接指向我们大家所理解的贡斯当对古代人自由和现代人自由的一种割裂。我觉得抛开纯知识层面来看的话,这是不是一种政治建言或者说是不是对现代社会的一个判断。您是不是赞成这样一个判断,是不是赞成共和主义这样一种意见或者说政治见地?

应奇教授:不好意思,我刚才有点走神了。当然你们可以说我始终在走神,哈哈。我自己做了一段时间的社群主义的研究工作,你在这个意义上可以说共和主义是一个顺延。法国哲学家施皮茨,讲了很多的,我对这个蛮认同的,他认为自由主义和社群主义战斗到最后,好像共和主义是一种比较好的出路。

提问者刘训练:前面您提到了阿隆、托克维尔和马克思等人,提到了形式自由和实质自由，这个是我们很熟悉的一套话语。关于资本主义和社会主义，形式自由和实质自由，实际上在伯林之前，西方学界对这个概念都有分析。阿隆在美国做这个演讲，肯定是回应当时这个潮流，他的一些论述我没看懂，我不知道他如何把前面的形式自由、实质自由跟他后面的自由分析框架做一个结合？这个我没看明白，您能不能帮解释一下？

应奇教授：一个是我也没有看太明白。（教授的诚实引来笑声）他后面有一点讲得蛮有意思，他说："1965年，在我看来，重要的在于表明当今的自由主义者接受了人们无差别的叫做社会主义的马克思的批评，法律赋予权利是不够的，还需要个人拥有履行权利的能力。今天我会把这个论点的反对意见放在首位，无禁止的自由越是导致平等，能力自由越是排斥自由。"从这个意义上说，他对自由的讨论，没有超出以赛亚·伯林的想法。但是他们有一点相像，大家都知道伯林说过一句非常有名的话："我是一个工兵。"工兵是干嘛的呢？工兵就是排雷的。从这个角度讲，不一定非得要完全把他的文本固定在那里，构建他的一个自洽的框架，我觉得这不对，尤其对阿隆这样的思想家而言。但是，他们好像有一个共同的文化宣言。阿隆的传记作者和研究者都没有提到这个问题，某种程度上我觉得稍微有点反常，大家不觉得有点反常吗？我查了英文的几个文献，一个字都没提到。

我稍微补充一下，我们老是觉得当代政治哲学是从罗尔斯开始的，其实我们从以赛亚·伯林思想的几个主题里面就可以观察出当代英语政治哲学的几个主要面向，一个就是他所谓自由和自由价值的讨论，这个对自由平等主义起到非常大的作用，包括反面的启发；第二个是，消极自由和积极自由的辨析，这个我们做了一些文献的工作，主要是提供一种架构，第三种自由，共和主义出来了；第三个是，他所谓自由与归属的平衡的主题，这个主题他讲是他一个终生的主题。这个主题放在英语政治哲学的脉络里，就是一个多元论的问题。但是如果按照刘小枫很早写的那篇很短但是很清楚的文章，即《政治右派的帝王师——施特劳斯》中讲的那样，这是全部政治哲学围绕的问题，不仅是以赛亚·伯林一以贯之的问题，所有政治哲学就是这个问题。从这个角度来说，你硬要修什么谱系没有什么意义。

提问者张慧卿(天津师范大学在读博士生)：我看了您翻译的克劳德《自由主义与价值多元论》，我当时看的时候有一些困惑，我想请教您一下。我觉得克劳德试图以价值多元论为自由主义做辩护，但是辩护的过程中间往往始终试图调和普遍主义和特殊主义二者的关系，调和中立论和至善论的关系，但是我觉得他始终没有把这些关系解释清楚，您能不能给我解释一下？

还有另外一个问题是，您翻译的《自由主义、社群与文化》，就是金里卡的那本书，在那个书里，我看到的一个核心思想是论述公民身份和文化成员身份的关系，对这个问题有困惑，您能不能用很简洁的话语说一下公民身份和文化成员身份在自由主义语境和社群主义语境中是如何来论述的？

应奇教授：有个故事说，有个译者翻译完一本书之后，别人问他："这本书讲了什么？"，他说："我不知道它讲了什么，我就把它翻译了一遍。"所以，第一个问题我很抱歉，我就是把这个书翻译了一遍。最近李康在他翻译的吉登斯一本近一百万字的书里写了一篇可以传世的译后记，这个太好太有趣了，你们可以去看看。

第二个问题，我觉得蛮有意思，这点上我比较同意金里卡的观点，他在《当代政治哲学导论》里面表述的比较清楚。一定意义上就是说，我们很难有完美的答案。以前我看到沈有鼎的一个材料，他跟王浩说："我总是想写一个东西，一个完美的东西，但是总是没有这一天。"什么意思呢？他的意思是，不是说在这个问题上采取这个立场，在另一个问题上又采取另一个立场。但是有时候肯定是这样的，在这个问题采取这个立场，但在其他的问题上是否一以贯之是一个问题。在这个意义上，我觉得他的立场一个是很明快，二个是管用。比如说，加拿大土著人的问题。我觉得他说的还是管点用，哲学上的推敲只是到这个层次为止。在哲学层面上，他这里有点矛盾，文化成员身份要不要进入罗尔斯所谓的基本好里面去？他不是那么强的一个观点，它(指文化成员身份)基本上还是二阶的，是一个工具性的、背景性的东西，它不是一阶的价值。我觉得在公民身份和文化成员关系上，是这样的一种关系，但不能说有等级关系。我觉得这是自由主义一贯的看法，自由主义所有的力量和活力就在这个地方。

　　主持人：是不是没有问题了？那我们就再一次感谢应奇教授的演讲。（掌声）

康德、西季维克与两种自由

——甘阳《政治哲人施特劳斯》纠谬

　　正当施特劳斯热在国内学界方兴未艾之际,甘阳先生以再传弟子的身份为三联书店新近推出的《施特劳斯政治哲学选刊》撰写长篇导言,可谓得其时得其人。与某些天马行空、六经注我式的评注相比,甘文笔底生花而持论又平正通达,是近年难得一见的妙文。窃以为全文最精彩之处在于把施特劳斯政治哲学及其效应放到美国保守主义和自由主义论辩的总语境中加以透视,能见人所未见;而最有分量的第五节通过拈出施特劳斯对所谓"苏格拉底问题"的独门解释,揭橥尼采和阿里斯托芬对苏格拉底的两种正相反对的攻击方向及其思想史意蕴,可谓把握住施氏政治哲学的要津。

　　佩服之余,却也发现一个小小的瑕疵。甘文在谈到西季维克对康德的两种自由概念的区分和批评时,把西氏所称"独立于欲望的控制"的自由理解为任意的自由,而把"自由地选择作善还是作恶"的自由理解为理性的自由。这里似乎不但把西季维克的用语的原意颠倒了,而且从后文的发挥来看,也存在着某些理解上的问题。这篇小文无意对甘文进行全面的讨论和评价,仅从文本读解的角度对上述问题作出澄清,并就此一问题与当代政治哲学的关联稍作引申,不敢言批评,权作甘文之旁注而已。

　　从甘先生的引证来看,他大概没有读过西季维克收录在《伦理学方法》中的《康德的自由意志观念》一文。根据后者的表述,"独立于欲望的控制"的自由显然是指理性的自由,而"自由地选择作善还是作恶"的自由则是所谓"中性的或道德的自由"。一方面,西氏在他的评论中把"中性的或道德的自由"与英国作者们所谓"无

动机的行动能力"区分开来,把后者称作"任性的自由",并明确认
为这种自由是完全与康德对人类意志的解释不相容的,而且,为中
性的或道德的自由即在善与恶中进行选择的能力辩护的初衷就是
彻底抛弃任性的自由,即所谓"无动机的行动能力"的概念。另一
方面,西季维克的批评的本意是要说明,康德未能在"理性的自由"
(愈行为得正当便愈实现或表现着的自由)与"中性的或道德的自
由"(在选择善或恶时实现或表现着的自由)之间作出明确的区分,
这不但在自由(意志)的概念上造成了某种混淆,例如"一个从属于
其自身道德法则的意志可以指一个遵守——就其是自由的而
言——这些法则的意志,也可以被设想为能自由地不遵守这些法则
的、运用着中性的自由的意志",①而且使他的论证受制于某种不确
定性,并使我们在面对康德的伦理学时陷入一种两难困境。一方
面,如果把自由与理性直接等同起来,即用"理性的自由"排除或取
代"中性的自由",并否认自由意志选择恶的可能性,那么我们也将
不得不抛弃康德论证道德责任和道德非难的全部方法;另一方面,
如果我们强调"中性的或道德的自由"所蕴含的选择的自由,那么
康德又怎样解释,既然圣人和恶棍的生活都同样是他们作为本体的
自我的自由选择的结果,而作为现象的自我,他们都同样受自然法
则的支配,那么为什么圣人的生活表现了他的真正的自我,而恶棍
的生活却没有表现他的真正的自我?罗尔斯在对正义即公平的康
德式解释中回应的正是西季维克所提出的这后一个问题。

　　罗尔斯的论证策略人们已经耳熟能详,这里没有必要重复了。
有必要指出的是,尽管罗尔斯以他一贯的谦虚和审慎一再表示完
全可以从其他的角度理解康德的著作,而且承认他自己的解释在
某些方面偏离了康德的观点。但罗尔斯试图通过对正义即公平
的康德式解释,一劳永逸地走出上面揭示的两难困境的理论雄心
不可谓不大。一方面,罗尔斯继续把康德的伦理学理解为对道德
责任和道德非难的恰当说明,并认为它并不导致一种严厉命令的

---

①西季维克:《伦理学方法》,中国社会科学出版社,1993,第522页。

道德,而是导向一种互尊和自尊的伦理;另一方面,无知之幕的限制和相互冷淡的动机假设使罗尔斯有理由把原初状态看成是本体自我理解世界的一种观察点,因为,以各方在原初状态中将会承认的方式行动,显示了他们的自由对于自然和社会的偶然因素的独立性。从这个角度,罗尔斯在《正义论》的结束处甚至不无踌躇地宣称,原初状态的观点实际上是透视我们在社会中的地位的一种永恒的视点。但是,重要的是要注意到,"永恒的视点并不是从一个世界之外的某个地方产生的观点,也不是一个超越的存在物的观点;毋宁说它是在世界之内的有理性的人们能够接受的某种思想和情感形式。"①在这个意义上,虽然罗尔斯仍然使用"本体的自我"这样的表达方式,但实际上,所谓程序性解释的要旨正在于通过对实践理性的构造主义的解释,在瓦解和摒弃康德的现象与物自体、现象自我与本体自我的两重世界理论的同时,保留自律和绝对命令的观念。

现在可以回到西季维克所提出的问题,如果说自律是与理性的自由联系在一起的,而选择是与中性的或道德的自由联系在一起的,那么罗尔斯的康德式解释的关键之点就在于把自律与选择联系在一起,而且把作为一个本体自我的个人选择假设为一个集体的选择。在这样的状态下,恶棍的原则将不会被选择,这种选择也不能表现他们真正的自我。从罗尔斯的理论目标和他采取的论证策略来看,可以说正义即公平既不是康德的道德形而上学的进路,也不是一般流俗的道德学家的进路,前者试图以自由与道德律为基础重建形而上学,后者即康德所谓"通俗的道德哲学"试图通过对自由与道德律的解释,直接解决有关义务和责任的道德论争;而是社会政治哲学的进路,这种进路试图通过原初状态的设计和反思平衡的论证,确定良序社会中的社会合作的根本条件。它的最基本的理念,也是它与康德哲学的最根本的关联,正如哈贝马斯点出的那样,

---

① 罗尔斯:《正义论》,中国社会科学出版社,1988,第 574 – 575 页。

就是从道德和政治自律这同一个根源推演出私域自律和公域自律,①即所谓消极自由和积极自由。

应当看到,无论在康德对于自律的基本要素和根本特征的描述中,还是在罗尔斯对正义即公平的理论目标和价值内涵的刻画中,都明确地使用了消极自由或否定性自由和积极自由或肯定性自由这样的术语,而且自觉地试图把两种自由结合在一起。

康德是在《道德形而上学原理》第二章的结尾部分引入自律这一核心概念的。在该书第三章一开头,康德就指出,虽然自律起源于消极的自由概念,就是说,自律必须被归于每一个在消极意义上是自由的意志,但作为意志之特性的自律本身却是与积极的自由概念相等同的。在这里,消极意义上的自由用来刻画作为自发性、能够发动时间中新的因果系列的意志,积极意义上的自由则用来刻画自律的、能够自我立法的意志。但是康德又直接把自律与道德律等同起来,甚至于宣称"自由意志与服从道德律的意志,完全是一个东西。"②基于这后一种学说容易导致"把只有由道德上的因素所推动的行为才是自由的这一观点归之于康德",③因此,为了解释西季维克所谓"自由地选择作善还是作恶"的自由,有的论者转而求助于康德后期作品中对于意志与任意的区分。与积极自由相应的、用来刻画自律的、能够自我立法的是意志,与消极自由相应的、作为自发性、能够发动时间中新的因果系列的是任意。康德用"意志"和"任意"这两个术语分别刻画统一的意愿能力的立法机能和执行机能,意志提供规范,而任意则按照这种规范进行选择。只有当人们相信只有一种意志机能与一类自由,才会误将自由与道德的行为等同起来。全面把握康德的这种区分的关键是要看到,一方面,自由意志不但不取消自由的任意,而且是通过人的自由的任意表现出来的。

---

①参见 J. Habermas, Reconciliation through the Public Use of Reason: Remarks on John Rawls's Political Liberalism, in *The Journal of Philosophy*, Vol. XCII, No. 3, 1995.

②康德:《道德形而上学原理》,上海人民出版社,1986,第 101 页。

③阿利森:《康德的自由理论》,辽宁教育出版社,2001,第 137 页。

在这个意义上,如果说自由意志是一个理性的事实,那么自由的任意则是经验的事实;另一方面,"只有存在者有了自由,亦即从肯定的角度被视为基于理性的根据而自我规定的能力(按照法则概念而行动)的那种自由,他被设想为拥有相应的偏离理性规定的能力才可能是有意义的。"①

罗尔斯在《正义论》中对自由(权)的讨论并不是从消极自由与积极自由的二分法开始的,而是采纳了柏林的批评者麦卡赫姆(G. G. MacCallum)所提出的关于自由的三分法或三位一体的观念:自由的主体,他们摆脱掉的约束或限制,以及他们可以做什么或不可以做什么,②但事实上,试图通过基本自由的最广泛的(或充分恰当的)体系的证立来避免消极自由和积极自由的两分法所制造的尖锐对立,提炼自由民主传统的全部精义始终是罗尔斯一贯的理论目标,也是他作为一个自由主义政治哲学家的最高成就。在进一步阐述《正义论》的理论基础的"康德式的平等观"一文中,罗尔斯更是直接用两种自由的概念来说明正义即公平与康德式平等观的内在联系。之所以要强调是康德式的而不就是康德的,关键就在于康德的观点是以一系列的二元论为标志的,如必然与偶然的二元,形式与内容的二元,理性与欲望的二元以及本体与现象的二元。《正义论》的目标之一就是要表明,只要通过重新解释,即使不采取康德的二元论,他的理论中独特的东西也能被保留下来并能被更清晰地辨认出来,而康德对两种自由的对比也能在正义即公平中找到一席之地。就对于消极自由的解释来说,重要的是无知之幕的信息限制,而且是完全的信息限制。因为康德所谓消极自由是指能够独立于外在原因的决定而行动,根据自然的必然性行动就是把自己屈从于自然的统治。因此,在原初状态的信息限制的基础上被选择的正义

①阿利森:《康德的自由理论》,辽宁教育出版社,2001,第198页。
②参见 G. G. MacCallum, Negative Liberty and Positive Liberty, in *Philosophical Review*, 76, 1976, Reprinted in *Liberty*, ed. by David Miller, Oxford University Press, 1991.

原则中包含的平等观是康德式的,因为根据这种观念行动的良序社会中的成员表达了他们的消极自由。就对于积极自由的解释来说,有两件事情是必要的,一是被理解为自由平等的道德人的各方必须在采纳正义观中发挥决定性的作用;二是这种正义原则必须具有适合于表达这种确定的人的观点的内容并必须应用到对制度主题的控制上去。正义原则赋予基本自由以优先性,把个人当作他们的目标和欲望的自由的和负责任的主人并都平等地享有实现目的的手段,这样的正义原则满足了上述两个要求,而实现这些原则的社会也就实现了积极自由,因为这些原则反映了选择它们的人的特征并表达了他们赋予自己的观念。①

　　现在可以来看甘阳先生文中的相关论述。首先,西季维克所批评的与其说是不能从"独立于欲望的控制"的自由推断出"自由地选择作善还是作恶"的"自由"的人一定选择"作善",还不如说是后一种"自由"还能不能称作自由。用西季维克自己的表述来说,一旦把这两种自由区分开来,那么"如果我们说一个人的行为越合乎理性他就越自由,我们就不能说……他是通过自由的选择而不合理地行动的。"②前面讨论过的康德后期对意志的自由与任意的自由的区别与联系的更进一步看法在一定意义上有助于澄清西季维克提出的问题。如果说这种澄清是通过对康德不同时期语词用法的精心考证(如 L. W. Beck)和对康德自由理论的全面理解和把握(如 H. E. Allison)实现的,那么罗尔斯对西季维克的批评的回答则主要是通过重新构造康德式的论证得以实现并为正义即公平自身的理论目标服务的。

　　其次,所谓福柯等人是将康德的第一层意义上的"自由"(按指"独立于欲望的控制"的"自由"或"理性的自由")更加激进化绝对

---

　　①J. Rawls, A Kantian Conception of Equality, in *The Cambridge Review* (February, 1975), Reprinted in *Readings in Social and Political Philosophy*, ed. by R. M. Stewart, Oxford University Press, 1986.

　　②西季维克:《伦理学方法》,第 517 – 518 页。

化,同时却根本否定了康德第二层意义上的"自由"（按指"自由地选择作善还是作恶"的"自由"即"中性的或道德的自由"）,这种说法进一步表明了甘文对西季维克声称在康德的文本中发现的两种自由的误解。不管在后现代诸公眼里,康德对自由的理性的、正当的使用和非理性的、不正当的使用的划分及其标准是否恰当,所谓更彻底的自由,绝对的自由,冲决一切网罗的自由——如果有这种自由的话——显然是前述第二层意义上的自由而不是第一层意义上的自由。同样,自由主义与激进派共同承认的也是第二层意义上的自由而不是第一层意义上的自由。

第三,甘文正确地认为自由主义必须强调前述康德意义上的两种自由,这两种自由缺一不可。但在对这两种自由的内涵及其相互联系的理解上存在某些微妙的问题。甘文指出,第一种自由使得自由主义可以抽取出它需要的最基本要素即赤裸裸的个体,不受任何外在必然性支配,而是绝对的自主或自律。如果我们深入到康德的文本,就会发现存在着对这种自主或自律的两种不同的理解。第一种就是由《纯粹理性批判》提出,而且在此后的著述得到保留的作为自发性、发动时间中新的因果系列的机能的自由概念,这种"不受任何外在必然性支配"的自由是消极的自由;第二种则是《道德形而上学原理》为我们提供的独立于任何既定法则、自立法度或自律的自由概念,这是积极的自由。换句话说,我们可以从消极的方面和积极的方面来理解自律。积极的自律体现在自由的意志中,消极的自律则体现在自由的任意中。严格说来,体现在自由的任意中的消极的自律并不是真正的自律,而是意志的自发性。从甘阳文中对所谓第一层意义上的自由的刻画来看,他显然把这种自由理解成消极的自律或消极的自由,而这是不准确的。

第四,尽管罗尔斯试图在摒弃康德的先验主体、克服其本质特征的二元论的同时保留他的理论中独特的东西,但在罗尔斯理论的内核仍然存在着一种根本的二元对峙,即作为基本自由的基础的自由平等的道德人的两种最高阶的兴趣或能力之间的对峙:具有一种有效的正义感的能力即根据规定社会合作的公平条件而行动的能

力以及合理地形成、改变和追求好的观念的能力。罗尔斯还分别用
"理性的"和"合理的"来刻画这两种能力的特征。罗尔斯把合理的
选择在其中发生的语境式框架称作"理性的",其核心就是这个社
会中的所有目的合理取向的选择者都会接受的合作的公平条件,其
作用相当于《正义论》中"正当"概念所起的作用;罗尔斯把社会合
作还要求增进合作者的"好"这方面称作"合理的"。罗尔斯尽极大
的努力去辩明的正是他并不是从某种抽象的理性概念推出他的结
论的。之所以说"理性的"预设了"合理的"就是因为没有驱动社会
成员的"好"的观念,那么即使实现了超出"好"观念所指定的价值,
这种合作仍然不是社会合作,并与正当和正义无关;之所以说"理性
的"统属"合理的"则是因为"理性的"原则限制人们所追求的最终
目标。原初状态中"理性的"对"合理的"的构造方式"代表了实践
理性的统一的特征"。① 用康德的术语来说,经验实践理性是由各
方的审慎所代表的,纯粹实践理性是由对这些审慎的限制所代表
的。通过规定"理性的"构造并统属"合理的",实践理性的统一性
得到了说明。

最后,罗尔斯既不是从消极自由推出积极自由,也不是从积极
自由推出消极自由。用哈贝马斯的话来说,罗尔斯对康德的自律概
念进行了主体间性的阐释,其目标是从道德和政治自律这同一个根
源推演出私域自律和公域自律,即消极自由和积极自由。在这里,
作为后两种自律或两种自由之根源的自律虽然仍冠之以道德之名,
但它并不是一个实质性的道德律令体系,而是自我立法的普遍形式
或形式条件,它所表达的普遍性是一种程序的普遍性。在这个意义
上,甚至可以说这种自律概念是"道德上中立的"。② 也正是在这个
意义上,哈贝马斯有理由认为"是参与共同体自我立法实践的公民的
公域自律使得私人的个人自律成为可能"。这是因为"对个体自由的正

---

① J. Rawls, Kantian Constructivism in Moral Theory, in *The Journal of Philosophy*, 77, 1980, p. 532.

② 阿利森:《康德的自由理论》,第 140 页。

确界定,应当是一种共同的自我立法实践的结果"。①

　　牛津政治哲学家戴维·米勒在为他所编的文集《自由》所写的导论中指出,西方历史上曾经出现过三种主要的自由传统,第一种亦是最古老的自由传统是共和主义的传统;第二种传统即是自由派的传统,如果说在共和主义者看来,自由必须通过某种政治方式实现的话,那么,在自由主义者看来,在政治终结的地方才可能有自由的存在;第三种自由传统是唯心主义或理想主义的(idealist)自由传统,这种传统把自由的

----

　　①哈贝马斯:《包容他者》,上海人民出版社,2002,页118。值得注意的是,与哈贝马斯亦师亦友之间的韦尔默早在20世纪80年代末批评哈贝马斯对所谓共同体的自由(即公域自律或积极自由)的论证时就已经指出(参见 Albrecht Wellmer, Models of Freedom in Modern World, in *Hermeneutics and Critical Theory in Ethics and Politics*, ed. by Michael Kelly, The MIT Press, 1991, pp. 227 – 252),尽管在消极自由的原则上达成理性的共识是完全可能的,但消极自由本身并不是理性化的元原则(metaprinciple)的一部分。这是因为消极自由是一个实质性的道德原则,其证明方式必然是不同于理性化原则的证明的。相应地,尽管罗尔斯的正义原则包含的平等的基本自由权仍然是一种消极自由,但是这种原则并不内在的限制对抽象的正义观的概念的和人类学的丰富和发展,毋宁说,正义的第一原则直接导向政治参与的平等权利原则;而哈贝马斯的共同体自由观由于没有包含市民社会和国家的二元论的规范性内容,其唯一的基础是所谓交往理性观。一种程序化的理性观充其量只能表明什么是理性的自由,而不能表明什么是理性的自由。因此,平等的自由权原则和交往理性的原则相互补充,而不相互包含。可以相信,哈贝马斯的程序主义政治观现在强调公域自律与私域自律之间,积极自由与消极自由之间的相互预设、互为前提的关系,也许是受到韦尔默的批评的结果。认真说来,韦尔默是要求对消极自由进一步作出形式与内容的区分,内容(极端的情形就是在理性地划定的界限内非理性地行动)当然无法只以形式为基础,但这种区分本身也钝化了对哈贝马斯的批评从而可以被包容到后者的框架之内,一方面,形式本身也是一种内容,就正如程序正义也有实质性的正义内容,另一方面,正因为哈贝马斯强调的程序普遍性或自我立法的形式条件是一种"道德上中立的"道德观,它并不排斥实质性的内容,也不妨碍消极自由成为韦尔默所谓"实质性的道德原则",只不过它再实质,也要以程序理性划定的界限为限。实际上,哈贝马斯对公域与私域之间的关系的讨论完全不是形式化的、静态的,而是富有历史内涵的、动态的,用他自己的话来说:"公与私之间的这种互补关系没有任何规定性……民主过程的使命在于,不断重新明确公与私之间的复杂关系,以便保障所有同时表现出私域自律和公域自律的公民都能享受到同等的自由。"出处及页码同上。

主要内涵理解成自律。米勒把这三种自由传统与伯林所区分的消极自由与积极自由结合在一起加以讨论,认为马基雅维利提供了把自由主义(消极自由)和共和主义(公共参与意义上的积极自由)纽结在一起的范例,卢梭提供了把前述意义上的共和主义和唯心主义(理性自律意义上的积极自由)纽结在一起的范例,而密尔提供了把前述意义上的自由主义与唯心主义纽结在一起的范例。① 米勒没有探讨一种把自由主义、共和主义和唯心主义纽结在一起的自由概念,他也忘记指出正是其在流俗的西方政治思想史上的声名无法与前三位比肩的康德做到了这一点,而哈贝马斯则是对此作出了最彻底论证的当代政治哲学家。米勒千虑一失的原因除了他的文章写于哈贝马斯的巨著发表之前,还在于共和主义复兴运动在那时虽然走出了消极自由与积极自由二元对立的概念樊篱(米勒的马基雅维利图像就是由斯金纳提供的),但仍然只限于基于自由社会的稳定和自我存续的经验性论证,而没有在规范的层次上提炼出自己独特的自由概念。但是晚近以来,在佩迪特"无支配"(non‐domination)的自由观②的影响之下,斯金纳本人亦开始谈论所谓第三种自由概念。③ 尽管佩迪特、斯金纳们与哈贝马斯的学术进路相互独立,甚至大相径庭,但我们有理由相信,他们的努力指向了同一个方向,即彻底地超越自由主义和社群主义、消极自由和积极自由的抽象对峙,从而使共和主义成为"结出果实的花朵"。唯一但并非无关宏旨的区别在于,斯金纳在提炼出第三种自由概念之后仍然把这种自由理解为消极自由,尽管是另一种消极自由;而如果在哈贝马斯那里也有所谓第三种自由概念的话,那么它就不再是与消极自由(不管是哪一种消极自由)和积极自由并列的概念,相反,前两种自由都只有借助于第三种自由才能得到彻底的根源性的说明,一方面,消极自由并不是传统

①David Miller,Introduction of *Liberty*,ed. by David Miller.

②Philip Pettit, Republicanism: *A Theory of Freedom and Government*, Clarendon Press,1997.

③Quentin Skinner, A Third Concept of Liberty, in *London Review of Books* , Vol. 24 No. 7 dated 4 April 2002, or in *The Proceedings of the British Academy* Vol. 117, 2001,pp. 237 – 268.

自由主义所谓自然权利,诸如自由的界限、诸自由的共存等等都有待共同体自我立法的证成;另一方面,积极自由不再是工具性共和主义所理解的外在手段,而内化到了自由概念本身之中。从这一角度看,当斯金纳强调第三种自由(亦称新罗马自由)与霍布斯－伯林传统的消极自由的差别时,这种自由概念与罗尔斯所谓基本自由相类似,所体现的是对自然权利理论的超越;当斯金纳强调第三种自由仍然是一种消极自由时,他的立场似乎又与坚持私域自律(消极自由)之自我奠基①的罗尔斯若合符节,所表达的是对古代共和政治、共同善政治、德性政治的警戒。而佩迪特则无论在自由概念还是民主概念(所谓商议性民主)上都呈现出与哈贝马斯的亲和性,当然,他们都是现代性的政治哲学家,他们在综合政治现代性的两个维度的同时各擅胜场,各有侧重。而最有吊诡意义的事实莫过于,恰恰是其政治自由观体现出强烈的公民共和主义色彩的哈贝马斯是现代性的最坚定的捍卫者,是彻底的现代性政治哲学家。

2003 年 3 月初稿,8 月改定

①J. Rawls, Reply to Habermas, in *The Journal of Philosophy*, Vol. XCII, No. 3, 1995, p. 169.

倚杖听江声

——我与伯林

> 文明人之所以不同于野蛮人,即在于文明人既了解他的信念之有效性是相对的,而又能果敢地捍卫那些信念。
>
> ——熊彼特语,转引自伯林:《两种自由概念》

赫伯特·哈特,20世纪英语世界最重要的法理学家,在他那篇后来收入《阅读罗尔斯》、并得到《政治自由主义》专章对待的《罗尔斯论自由及其优先性》一文中,如此写道:"在我所读过的所有伟大的政治哲学经典著作中,没有一本像罗尔斯的《正义论》那样深深地激荡着我的思想。"做一个"不知类"的"类比",如果有什么政治哲学家和政治哲学著作也曾经并持续地激发着我的"思想"的话,那么这个政治哲学家就恰恰是哈特的同事和朋友以赛亚·伯林,而这本政治哲学著作就是伯林的《自由四论》。

我最初知晓伯林的大名及其基本思想,也仍然要归功于甘阳在1988年和1989年发表的《自由的敌人:真善美统一说》和《自由的理念:五四传统之阙失面》两篇大文。前一篇文章(至少从形式上或表面上看)是为了推介当时一纸风行的《思想家》一书而写的,后面这一篇从标题和年头看都很清楚,是为了纪念"五四"运动七十周年而作——虽然这种以"批判"的方式展开的"纪念"在那个时代还是相当独特的,但不管怎么说,也不管甘阳这两篇"少作"之"微言大义"究竟何在,它们所蕴含的那种"解放"的精神则确实是与那个"狂飙突进"时代相当吻合的——不管我们愿意说它是"反映"了还是"引领"或者"升华"了那个时代精神之精华——它们也确实起到了"解放"思想之功效;我相信包括我自己在内的不少人，一方面肯定是对此有一种巨大的新奇感，因为这种引介确实为当时——用甘阳自己后来的说辞——还沉迷于"西方马克思主义"之"补天术"的国内西学译介事业打开了一扇新窗户，另一方面又一定有一种从旧的桎梏中解脱出来的畅快感受，而这是因为，虽然从20世纪80年代早期到中期可谓中国"思想解放"和"改革开放"的"早春二月"甚至"黄金时代"，但毕竟意识形态之"核心地带"其时仍然宛如坚冰，而先后只有从自然辩证法和美学这两个似乎离意识形态最遥远也最安全的领域发起的"突围"。

正如这两篇宏文虽然在那个时代产生了巨大的反响，但毕竟并没有展示出可观的成长性，通过甘阳的文章，伯林之于我的"影响"也犹如昙花一现，就正如那个"黄金时代"之"稍纵即逝"，虽然从一种事后的"回溯"看，可能恰恰是因为那个时代其实还完全没有"成熟"到可以"经受"伯林思想之程度和"高度"。在"风流云散""尘埃落定"之后的1990年秋天，我离开"流放"两年的千岛之城舟山，来到淮海中路622弄7号上海社科院哲学所念书。正是在社科院那个给我第二次"启蒙"的"港台书库"中，我见到了联经出版事业公司列入"现代名著译丛"的《自由四论》一书，在那个只能阅读不能外借的逼仄空间中，我怀着一种巨大的热情读完了这本书，包括其中的每一个注释。即使有了甘阳文章之"铺垫"，事隔整整二十年，我仍然不得不说，阅读这本书当时依然给了我巨大的心灵震撼，只不过除了甘阳的文章最初带来的那种"解放感"，阅读全书的经验也同时给了我一种"沉潜""往复"的感受，纵使在译者陈晓林先生那种与作者神似的"笔端常带情感"的生动文笔之下也依然如此。这种感受在我阅读彭淮栋先生翻译的《俄国思想家》后得到了确认和加强，虽然同时阅读的《卡尔·马克思》也许恰恰应当反过来增强那种"解放感"。但老实说，我对于伯林的热情很快就被我同样在那个阅览室中展开的对于现代新儒家的更大规模阅读所"淹没"甚至"浇灭"了，有一段时间，我甚至对伯林和波普一类的所谓"冷战自由主义者"抱有某种敌意；记得有一次，我与罗义俊先生"交换"和"印证"对于牟宗三先生为所译《判断力批判》所撰长篇序言的看法，记得我就说了一句："牟先生所论正是针对那种浅薄的反真善美统一说的。"毫无疑问,说这句话时,我心中所指的正是伯林或者至少是甘阳标题中的那个伯林。而我对伯林之观感的改变也只是在我"有效地"把他与所谓冷战自由主义者区分开来之后才得以实现的。有意思的是,我后来认为其实牟先生也上了这种自由主义的当,而这种自由主义甚至对整个现代新儒家都是"构成性的",但这将是一个必须用一本书来讲述的漫长"故事",我现在所能做的就是希望在自己的后半生能够讲完这个"故事"。

整整六年后的秋天,我从杭州大学取得博士学位后即来到浙大任教。我教的第一门课是看上去和我的博士论文毫无关系的《西方政治思想史》,后来又改为《当代政治理论》,最后则定格于《当代政治哲学》。为了给自己的政治思想史教员身份提供某种"正当性",我还尝试写过《政治理论史研究的三种范式》一文以"正名"。但我仍然必须在此承认的是,自己从来就不是一名合格的思想史研究者,我的工作重点始终是在当代政治哲学上面。不过似乎并非巧合的是,不管是"教授"政治思想史,还是"研究"当代政治哲学,伯林都一直是我心中挥之不去的"梦魇"——虽然这无疑是一个"褒义"的说法。记得是在世纪之交前一两年,在完成扬智文化出版公司约撰的《社群主义》一书之后,由于接触到包括泰勒在内的社群主义者对伯林的消极自由观念的批评以及哈贝马斯的相关思路,特别是受到与哈贝马斯亦师亦友的韦尔默的《现代世界中的自由模式》一文的启发,我开始考虑从自由概念演变的角度来对当代政治哲学的发展进行一番梳理,为此写成并发表了《两种自由的分与合》一文;接着又是受到韦尔默有关阿伦特之研究的影响,当然在更早时候是阅读汪丁丁教授那篇《知识,为信仰留余地》的"激发",经过一番努力,我写出了《政治的审美化与自由的绝境》一文。记得第一次碰到丁丁时,我就和他谈起过阅读他那篇文章的感受,并表示有意在其工作基础上做些"生发",丁丁当即就慰勉有加,不过等我写出那篇东西,也已经是在两三年之后的事了。而这主要也还是因为,从2000年开始,我把绝大部分精力都放在了翻译和组织翻译上——虽然这完全不是一种事先经过深思熟虑的"生涯设计"!正是在我通过翻译比较多地接触到公民共和主义围绕自由概念之讨论的过程中,我形成了一个在自由问题上的比较"独立"的思路,并最终写成了《论第三种自由概念》一文。现在看来,除了韦尔默的持续影响以及自己为所编《第三种自由概念》这个文集翻译的哈里·法兰克福的《意志自由与人的概念》一文的支撑性作用,由阅读甘阳的《政治哲人施特劳斯》而"即兴"写就的那篇题为《康德、西季维克与两种自由》的"挑刺"文字无疑也为我完成自己的"定论"起了关键性的作用。记得我当时为应王焱之稿约把与甘阳"商榷"的这篇文字寄给了三联的"公共论丛",王焱看了后就"批评"我是"剑走偏锋",并希望我从"正面"阐发施特劳斯,最后还告诉我因为某种私人原因不便发表这篇文字。在对我的思路富有启发的文字中,这里值得一提的当然还有钱永祥先生的名文《"我总是活在表层上"》,这是我在拙文中列举的唯一的中文作者的作品。

在对伯林思想的了解和理解上,在我有限的阅读经验和其实为期甚短的政治哲学"研究"历程中,除了甘阳和永祥先生的文字,对我最有影响的莫过于约翰·格雷的《伯林》了。这本思想传记之"力度"和出彩之处恰恰在于对伯林思想之内在"紧张"(例如看上去是相互"奥援"和"奠基"的价值多元论与消极自由之间的相互"扞格"甚至"拆台")之揭橥,虽然我并不认同格雷在对伯林之过度阐释基础上引申出的结论,但我仍然认为在某种程度上我们还是可以说,格雷是极少数当得上比伯林自己更了解伯林的人物之一——于是对我而言颇为"吊诡"的是,我读格雷所解读的伯林似乎比我直接读伯林更有助于我理解伯林——而且我认为格雷最终还是走在了正确的道路上,那就是他恰当地把"自由与归属的平衡"理解为伯林思想的毕生主题,我稍后还会回到这个问题上来。

完成了《两种自由的分与合》、《政治的审美化与自由的绝境》以及《论第三种自由概念》三文,无论是我的政治哲学研究,还是我对伯林思想的解读,都似乎可以告一段落了。的确,我其时也确有松气之感,并曾自我调侃:"伯林有《自由四论》,我有《自由三论》!"但其实我当然清楚,所有的工作才不过只开了个头。就自由理论的问题,几乎与上述后两项工作同时,我就意识到至少还可以在以下两个方向上拓展,从而写出第四论甚至第五论。一个方向还是与"绝境"一文中涉及的判断理论有关。在翻译昆廷·斯金纳的《第三种自由概念》一文时，我注意到他在全文第一个脚注中就提及，在他完成那个讲演后才发现塞缪尔·弗莱施哈克尔写了一本同名的书，其副标题为"康德和斯密论判断与自由"。我很快就请刘训练君帮我找来了这本书，并立刻意识到此书呈现了一个重要的研究理路，一种似乎与从阿伦特到哈贝马斯的路径有着类似的起点，但却走上不同的道路、激活了不同的传统并得出了不同结论的路径。同时我也注意到，我在"绝境"一文中稍有涉及的由阿伦特所激活的判断理论在国际上其实早就已经形成了一个小小的研究"传统"，此后我一直留心收集这方面的文献资料，总想有朝一日还是能回到这个深具趣味的问题上去，但其实却是到现在也还没有"回去"。另一个方向也还是与阅读钱永祥先生《纵欲与虚无之上》这个文集中那两篇论述自由主义平等观的文字有关。永祥先生在其中第一次在中文世界的讨论中引入了关于自由之价值的争论，这个讨论引起了一直关注着自由主义之基础论辩的我的注意；因此，当训练君后来编纂《后伯林的自由观》这个集子时——很抱歉，这个集子的名字也还是我给起的，训练君当时还担心它过于"花哨"——我们共同讨论了此书之编选思路，并形成了这样的表述："一方面，（伯林提出的）自由与自由的价值的区分在警示人们牢记政治自由的最低限度内涵（所谓消极自由）的同时也制约了这一概念的健全和成长……另一方面……伯林的工作为自由主义者调和政治现代性内部自由的价值和平等的价值设置了更高的智识要求。"我们还认为："罗尔斯的基本善理论和基本自由概念就是为了解决上述问题而提出来的。一方面，基本善理论试图弥合伯林所无视的自由与自由之价值之间的鸿沟，通过强调自由和自由的价值之间的平衡，罗尔斯突破了传统自由主义抽象的形式平等观念，丰富了平等的实质性内容。但这种努力又重新引发了关于自由本身的价值、或自由、平等何者才是元价值以及自由主义应当追求什么样的平等的大争论……另一方面，（当代新共和主义者批评）基本自由的倡导者'与自由至上主义者分道扬镳的地方不是构想自由的方式不同，而是为国家在自由之外增加了其他并列的或次等的目标'……（而他们）最近推出的'第三种自由'一方面要求恢复自由的实质性含义，另一方面又要求比消极自由所要求的外在保护和积极自由所要求的公共参与更复杂、立体、有弹性的制度模式。"事实上,写下这段"文约义丰"的话后,我一直想写一篇《自由的价值与自由主义的基础论辩》,但却也始终未能提上议事日程。

2007 年 3 月至 5 月,在手头的主要译事暂时告一段落、新的"工程"尚未全面铺开,而自己的诸种写作计划更是无限期"搁置"的间歇,我应张培伦兄的邀请,在台湾"中华发展基金"的支持下,来到宜兰林美山上俯瞰着太平洋的佛光大学担任客座教授,为该校哲学所研究生讲授一门"自由主义与社群主义"的课程。授课之余,在培伦兄的联系安排下,我还曾到岛上各大学和研究机构演讲。不无巧合也颇为有趣的是,我的几乎所有讲题都与伯林的思想和议题有关。最后一站我们来到了花莲的台湾"东华大学",我是在少数民族学院演讲,题目是非常切题的"从自由民族主义到宪法爱国主义",这是我那本《从自由主义到后自由主义》中的一章,第一节的内容就是伯林的自由民族主义思想。在完成全部议程之后,由于花莲离宜兰路途较远且不便于行,而且我们计划好第二天要游览太鲁阁,于是当晚就借住在东华校园招待来宾的套间公寓中,培伦兄还特意准备了些啤酒,我们边喝边聊,记得培伦对我说:"老兄你一路讲来都是伯林,我对他读得少,因为哲学系的学生是比较少读他的,看来有机会还得好好补补课!"当然,伯林并不是我讲演中唯一涉及的人物,记得我那次行程中还自觉担负起为台湾同胞义务"讲解"大陆"政(治哲学)情(况)"的"光荣任务",其中自然就会涉及施特劳斯学派在中国大陆的传播以及我对此的一些注定是"肤浅"的"观察"。我在多个场合讲过这个问题,具体讲了些什么我也已经记不真切了,但其中有一句话是我永远都不会忘记的。那是在华梵大学由伍至学教授主持的一次演讲,培伦和时在华梵任教的马恺之博士也参加了这个演讲,由于这个讲演范围很小,我讲得兴起时突然连我事后都感到意外地冒出一句:"现在牟(宗三)先生要过施特劳斯这一关!"活动结束后,马博士搭乘培伦的车和我们一起去台北,记不得我们是在台大校园内还是附近的一家咖啡馆用的晚餐,记得的是席间马博士反复称赞我下午演讲中说的那句话,谓于其心有戚戚也。也记得大概是两年后,我在逛杭大路上的那家书店时偶然见到马博士在一家杂志上发表的题为《哲人的自由，哲人的沉默——施特劳斯与中国哲学》的大作，于是不禁想起当年在台北的那次夜谈，就急急拜读了此文，但有些遗憾的是，虽然举起了马博士的"酒杯"，却并无"浇我心中块垒"之感；2008 年 11 月，在到中文大学参加一个政治哲学会议前夕，我在京城一家老牌的文化学术评论杂志上却读到了深具此种效果的一篇宏文，但是"为了"我的"自由派"的朋友们，我并不打算在这里说出这篇文章的标题和它的作者！

2008 年初的一天，正当北京奥运会的火炬在欧洲大陆传递时，我正在普林斯顿大学"FRIEND CENTRE""上自习"，忽然接到译文出版社一位编辑的邮件，希望我接手伯纳德·威廉斯的遗文集 *In the Beginning was the Deed* 的翻译——原来是徐向东兄向出版社推荐了威廉斯的两本书，他勇挑重担，其时正在圣母大学翻译伯纳德的"天鹅之歌"*Truth and Truthfulness*，而把这部相对比较"容易"的遗著留给了我。虽然其时沉重的译债其实已经压得我喘不过气来，甚至已经有了厌倦工作的明显征兆，但是一向不擅说不的我一方面还是不太想拂逆了出版社和向东的雅意，另一方面我也觉得向东这样考虑也是有道理的，因为我早几年就已经为训练与我合编的《第三种自由》译了威廉斯的两篇文章：《圣茹斯特的幻觉》和《从自由到自由权》，而后一文又被赫然被编在《泰初有为》一书中，于是我就还是应承了这件译事。但遗憾的是，我在普大期间还只译了千把字，回国后就更是彻底放下了。直到今年初，我才勉强译完第一章，在艰难前行的同时却感到收获并不甚大，且有难以为继之感。今年暑假，为了准备在天津一次会议上的一个关于史克拉"恐惧的自由主义"的短程报告，我才细读了收录在上述集子中的威廉斯的同名文章，这次阅读给了我难忘的经验，就对于伯林的理解而言，这种阅读经验大概是从我读格雷的《伯林》以来所仅有的。

威廉斯同样题为《恐惧的自由主义》的文章乃是他在伯林生前任教的牛津沃尔夫森学院所做的一个演讲，这个场合看上去是一个伯林的追忆会，因为威廉斯一上来就回忆了他和伯林的初识和毕生的友谊，但这仍然是满篇珠玑的大块文章。威廉斯先是比较了伯林和罗尔斯这两种政治哲学，紧接着就阐述了史克拉和他本人对于"恐惧的自由主义"

的理解。威廉斯把伯林的观念史研究视作他对当时甚嚣尘上的"哲学终结论"的一种反应,高度肯定"智识史研究乃是以别样的手段继续哲学事业的方式",并认为伯林和罗尔斯的工作都证明了"政治哲学需要历史":在伯林那里,政治哲学本身就是由历史构成的;在罗尔斯那里,政治哲学预设了一种历史叙事。而按照威廉斯引入的区分,他认为伯林比较注重"谈论的内容",而罗尔斯比较注重"对谁谈"。然则据威廉斯对"政治哲学可以成就什么"的了解,他认为在史克拉的"恐惧的自由主义"中,政治生活的基本单位既不是推论思辨的自我,也不是敌友关系;既不是爱国主义的公民战士,也不是好讼者,而是强者与弱者、有权者与无权者的关系。史克拉把"恐惧的自由主义"定位于"记忆派",强调要把它与属于"希望派"的洛克式的自然权利论和密尔式的个人发展论区别开来,并把蒙田、孟德斯鸠和贡斯当归属于"记忆派"之"谱系"中。如果说这些还仍然是威廉斯所谓"谈论的内容",那么他明确认为这种"内容"的"听众"却可以是传统政治哲学所设想的每一种听众:君主,公民和建国者;"恐惧的自由主义"可被认为是面对所有人的,因为它是对人性发言的,也是针对政治的唯一确定普遍的"素材"的,这种"素材"就是权力和无权,恐惧和残忍。面对关于这种自由主义之"成长性"的担忧,威廉斯指出,这种"基于消极能力的普遍主义"在任何给定的情境中有什么劝告要取决于情境,特别是那种情境下的政治情势。但是,虽然"恐惧的自由主义"并非仅限于发出警告和提醒,也并非对"首要关切得到满足以后自由主义何去何从的问题"茫无所知所顾,威廉斯仍然认为它首先和重在提醒人们注意的是 what we have got and how it might go away;从这个角度,威廉斯所解读的史克拉和威廉斯本人都特别强调"不自由"的基本含义就是"处于他人权力支配之下","做什么事要看别人脸色行事,即使你并不想做那些事"。这种自由观所重视的既不是消极自由,也不是积极自由,用威廉斯的话来说,它是 bottom – up 的,而不是 top – down 的———句话:"史克拉是从失败者的角度来看待社会和国家的。"

我曾经在一次演讲中调侃:史克拉之所以没有在"恐惧的自由主义"之"谱系"中列入托克维尔,可能正是因为她认为后者也许是一位集

"记忆派"与"希望派"与一身的"不世出"人物。不管怎样,按照威廉斯所解读的史克拉,这种看上去"薄的自由主义",特别是它的自由观,实际上已经非常接近于新共和主义者例如菲利普·佩迪特的"无支配的自由",这一点无论是从史克拉自觉地"归宗"之"谱系",还是从当代政治哲学的场域看,其实都并不令人惊奇。但是,威廉斯的文章对我的启发却主要并不在这里,而在于他激活并系统化了我最初是在台湾演讲伯林时萌生的一个直觉性想法,这个想法与伯林和当代政治哲学之关联有关。

相当一段时期以来,特别是从罗尔斯的《正义论》发表以来,罗尔斯之作为当代政治哲学之"轴心"似已成为"不刊之论",诺齐克的自由至上主义,麦金泰尔、桑德尔、瓦尔策和泰勒的社群主义甚至分析马克思主义和女性主义都被认为是从罗尔斯这口"蓄水池"出来的"涓涓细流"。的确,从道德哲学来说,罗尔斯"杀死"了海尔;就政治哲学而言,罗尔斯"杀死"了伯林,这似乎已成为"颠扑不破"之论。虽然我们无意在这里指认罗尔斯乃"别子为宗",但是,如果我们同样学着"放宽历史的视界",就会发现仍然把伯林放在当代政治哲学之"枢纽"位置,就会有意外的"收获"。我绝无意为布鲁姆对罗尔斯的"粗鲁"指控喝彩,因为在我看来,绝对价值论和虚无主义只不过是一个硬币的两面,而我们始终都必须——用牟先生的话说:"天造地设地"——在这两者之间的空间中展开我们的"舞蹈"。但是我确实认为,把伯林作为当代政治哲学之出发点或"一切的开始之开始",至少从字面上来看,是更有益于我们对于政治哲学"为何"和"何为"之理解和把握的。"具体"来说,首先,如同我前面已经指出过的,伯林对自由与自由之价值之"鸿沟"之"察知"和"警戒"无疑激发了有"千古""不忍之心"的罗尔斯的"基本善"理论,但有意思的是,罗尔斯并没有试图彻底填平这两者之间的鸿沟,其理由刚才已经简单地阐明了。从这个意义上,用我 2007 年"五四"前后在淡水河畔的淡江大学的报告中的话来说,自由与自由之价值的"同异"乃"千古不可合之同异,亦千古不可无之同异"。其次,伯林的两种自由框架主宰和"激发"了社群主义以及此后的新共和主义对于自由概念的深入争鸣和讨论,而在这颗树上结出的"果实"也确实是"可

圈可点"的,在这里当然还是特别要强调主要是由佩迪特加以阐发的
"无支配自由"。最后,伯林关于价值一元论和多元论的分疏"激发"了
哈特的传人拉兹的至善论多元主义或自由主义。用从马歇尔、阿伦特、
哈贝马斯到雷讷·福斯特的权利概念"建筑术"来说,罗尔斯所强调的
能够"平衡"自由与自由之价值的归根到底还是一种"社会权利";用我
在别处说过的话:"无支配自由是政治合法性之真正试金石,是一种十
足的实质性理想,它侧重的是公民自由形态的法权含义。"也就是一种
法律权利;而拉兹的至善论自由主义所强调的自主性概念所偏重的则
是这种人格理想的德性维面,用威廉斯在前述文章中的话,它意味着从
权利的自由主义向德性的自由主义"过渡"。而更为意味深长的是,这
三者合在一起,它们又都是在回答格雷所揭示的伯林思想的总问题:自
由与归属之平衡,只不过我这种诠释和重构"路径",至少就其"价值内
涵和取向"而言,是与格雷走在如果不是相反的一端,至少也是"遥遥相
对"的另一端;而"吊诡"的是,"两极相通"所通者即在对伯林思想之
"形式上的"解读!

　　记得是在我构思《论第三种自由概念》一文期间的一个晚上,我曾
经在梦中和伯林"相遇":是在我从未到过的伦敦地铁中,我们不期而
遇,却相谈甚欢,他是一口稍带里加口音的牛津腔,我则是标准的绍兴
官话。而这些年过去了,尽管"后伯林"的"鼓噪"不时在耳,看来伯林
这根"杖"还是我在"听江声"时仍然要"倚"的,于是我和伯林的"对话"
和"故事"也就还将继续进行下去。

　　按照"冷战自由主义"的某种令人匪夷所思的谱系,虽然估计肯定
不能与施公相颉颃,但也曾经有众多中国门徒而又早已"过气"的哈罗
德·拉斯基在一定意义上可算是伯林的一个"敌人"(虽然不知道他们
之间的"矛盾"是否属于"人民内部矛盾"!)20 世纪 20 年代应当是他的
影响"如日中天"之时,他并曾为牛津 1924 年版的《密尔自传》撰写了一
篇堪称是"辉煌"的序言,而这部自由派"教父"的《自传》中那句"让人
性得到充分自由,朝为数无限、且互相冲突之方向扩张⋯⋯此于人及社
会至关紧要"也曾被伯林用作《密尔与人生的目的》一文之题铭,那么就
让我引用拉斯基序言中的这段话敬献给我心目中永远的伯林:

"关于密尔最真实也是合适的言辞已由其最亲密的追随者说出。如莫利勋爵说：'对他的尊敬成为人们自尊的一个要素。'在最后估量中，没有人能怀疑，密尔提高了与他同时一代人的精神境界，这是同代人中没有其他人能做到的。他不息地注意最根本的问题；他经常使这些问题讲得明白易懂且饶有兴味……很少有人对他们自己的要求比他更严格，没有人在追求正义中比他更热情……他把理智的明灯擎得和任何人一般高，但在他活着的时候，他的灯火燃烧得比别人明亮。在英国思想史记载上，有些人（例如霍布斯和休谟）的著作传布更广，也有人（如边沁）产生的直接影响更加深远，但是很少有人能更好地启迪他们时代的传统，也没有人的贡献更可尊敬或更近乎洁净无瑕。"

2010 年 12 月 17 日初草

2011 年 2 月 1 日订正于杭州

北归端恐待来生

——我的未了"'余'情"

大概是去年的秋冬时节吧，忘记是自己撞上的还是因了朋友的推荐，我在"超星"上见到了余英时先生接受邵东方博士访谈的那个视频。记得那是一个深夜，家人都已经入睡了，但我委实难以平复自己想要即时聆听的澎湃心绪，于是就还是关上书房门，打开链接播放了起来；当我"熟悉"的普林斯顿"景色"出现在画面上，特别是当余先生那更加熟悉的乡音通过音量开得很低的扬声器传出在那静寂之夜，我惊讶地发现余先生的声音、语调和神态竟与我想象中的完全"一致"——"一致"到简直可以用得上"印证"和"亲证"这两个词儿，而那份"亲切"和"感动"则更是几乎立刻就让我泪流满面了。记得第二天还通过邮件与自己的一位学生"分享"了这份感受和心情。其实无论从那个角度讲，我和余先生都并无任何"渊源"可言，我也从未得见夫子真身；然则细想起来，我的这份"自作多情"也还确是"其来有自"的。

和大多数人一样，我最初接触余先生的著述，大致也还是通过20世纪80年代末上海人民出版社"中国文化史丛书"中的《士与中国文化》和江苏人民出版社"海外汉学丛书"中的《中国思想传统的现代诠释》，两书中当以后一书我念得更为"认真"些。但我也不得不说，余先生之真正进入我的"生命"却仍然是在1990年秋天我到坐落于淮海中路622弄7号的上海社会科学院哲学所念研究生之后。我永远无法忘记社科院那个给我第二次"启蒙"的"港台阅览室"，正是在那里，我"邂逅"了余先生到那时为止的几乎全部著述。《历史与思想》和《论戴震与章学诚》自不必说，而给我印象最深的也还是要数《陈寅恪晚年诗文释证》以及《文化评论与中国情怀》。前书之影响和意义自然无需我再在此赘言,我记忆最深的倒是其中的这样一个细节:余先生以自己在1950年的暑假"永远地"离开"燕京"的亲身经历"论证"了陈夫人唐篔女士彼时从广州到香港一行从"技术层面"上讲乃是"完全可能"的。后一本书中除了《对塔说相轮》那篇小文,给我印象较深的也仍然是余先生回顾他1978年那一趟中国大陆之行中的若干细节:一是他描述自己从东京成田机场往北京的飞机上那种百感交集的心情以及在首都机场的那种"五味杂陈"的感受,二是他在参观霍去病墓时面对霍大将军雕像下"马踏匈奴奴隶主"七个大字时所产生的那种"狐疑"和"迷惑",三就是他的那首"纪行诗":"凤泊鸾飘廿九霜,如何未老便还乡,此行看遍边关月,不见江南总断肠"——若干年后我坐在自己的"忘年交"陈俊民教授在浙大求是村之寓所的客厅里,见到墙上就挂着余先生亲笔题赠给陈教授的这首诗。

正是在"遍读"余著的过程中,应我的导师范明生研究员的安排,我在位于徐家汇的社科院历史所跟罗义俊先生念一门"宋明理学"原著选读课。承罗先生"宽容",我为这个课程递交的作业是一篇题为《寻求儒家知识论的源头活水——余英时清代思想史新解释平议》的小文。记得罗先生对之称道有加,还说有意推荐到台湾的《鹅湖》杂志发表。但我彼时还根本没有后来那种对于"发表"和"发表物"之"焦虑",而只是在到杭大念书后,才再次在孙月才先生的鼓励和推荐下,将此文交给了社科院的《社会科学》月刊。小文当然是"无足道哉",不过这大概算是我正式发表的第一篇文字。遗憾的是由于我的缺乏历练的手写体实在颇难辨认,异地用稿又未经我通读校样,正式刊出的这篇东西竟是错字满简,以至于我从来都未敢在人前提及这篇文字——当然我也极少在人前提及我的任何其他文字,也从未有人向我提及此文——只有一次例外:某天在系会议室与何俊兄同会,记得他一边给我看余先生刚寄给他的《唐君毅先生像铭》复印件,一边惊讶于我竟曾写过关于余先生的文字,而我更是惊讶于"双眼望天"——作为泰勒斯的"后裔",哲学家们不都是"双眼望天"的嘛——的何兄何以竟得知此文,承他难得地老实告诉我:刚到苏州大学出席了一篇博士论文答辩,那篇论文的参考文献中有我的名字!

在从 1993 年那个我生命中最重要的夏日离开上海之后，我就踏上了"向'西'（指'西学'）"的"不归路"。然而曾经在我们的生命中那么重要、那么有"形塑力"的东西是永远不会轻易地离我们而去的。现在回溯起来，在杭大求学乃至在浙大任教后的相当一段时期中，我和余先生其实也还有这样几段"因缘"：第一段"因缘"是，我曾经在其时位于体育场路和武林路口的浙江出版大厦一家铺面颇大的书店中遇见了花城出版社所出《陈寅恪晚年诗文及其他》，记得在自己最早的一篇"博文"中，我曾就此有谓："'弦箭文章'字大如斗不过二三十页，余氏文章密排小字，洋洋十余万言，实已变相'引进'矣。"第二段"因缘"是，当吴咏慧（现台湾"中研院"史语所"院士"黄进兴先生之笔名）的《哈佛琐记》由于三联书店之引进而风行大陆时，我有一次在陈俊民教授府上和他聊到了这本书，不意陈教授听完却委托我在书肆上代他找寻一册，而我那时正得"求是""英才"而"教育""忙"，于是就"偷懒"把自己看过的那一册给了陈教授，陈教授为感谢我"奔走"之"劳"，送了我三本书：允晨"正版"的《哈佛琐记》；进兴教授的"当行"作品《历史主义与历史理论》——陈教授告诉我，他本来是把这本书留给他女儿的，因为他曾希望"女承父业"，但陈大小姐（其实应当是二小姐）到德国后却自行念了传播学，于是就只好把书转赠与我了；三就是余先生的《中国知识阶层史论（古代篇）》，记得是 1984 年联经第二次印行本。第三段"因缘"则是，我还在其时位于浙江教育学院旁的"杭州书林"觅得了上海人民从八方文化引进的《现代儒学论》，"平心而论"，在我的第一轮读"余"热之后，在三联和广西师大"铺天盖地"地推出余著之前，就要数这本薄薄的小册子给我印象最为深刻了。

大约是 2003 至 2004 年的样子吧，应名副其实的公共知识分子许纪霖教授之邀，我这个"公共性""不要太差"（此为沪语句式）的小知识分子与我的同事高力克教授一道来到丽娃河畔的华东师大参加一个"公共知识分子"会议，正是在那次会上，我有幸结识了"公共性"似乎与我一样不是很强的陈来教授。记得大学毕业报考研究生时我主要也还是在中国哲学范围内"筛选"导师，陈来教授当然是进入过我的"法眼"（此"版权"归人称"法老"的余杭韩公水法教授）的，不过那时的我不但有些"恋父情结",而且颇有些"势利眼"——陈来先生那时在我眼中不但太"年轻"了,而且还只是个副教授!而那么些年过去了,这却还是我第一次有机会见识他的风采——特别是他念论文的风采,记得轮到他发言时,他一上来就一句:"我现在开始念,念到哪儿算哪儿。"那次会后纪霖教授请全体代表到落成不久的"新天地"观光,我和陈教授紧挨在同一排上,望着延安路高架上巍耸的高楼和"看花'欲'近最高楼"(寅恪先生咏蒋公诗有"看花愁近最高楼"句)的万家"花灯",陈教授不禁感叹了一句:"这真是十里洋场啊!"而接着话锋一转就提到余英时先生刚出了部大书《朱熹的历史世界》,并在返京后应我之请发来了他对此书的评论文字。这是"向'西'刻苦自修多年"后的我提一次听说这部"杰构",而"故人归来不谓迟"(这是我刚写的"诗",笼统就这一句),这部伟著的论题当然会使我有似曾相识之感,这是因为我当年曾反复读过《犹记风吹水上鳞》中的多篇"相关"文字,尤其是余先生在本师仙逝后撰写的《钱穆与新儒家》这一"大块文章"。

　　2007 年可谓我的"出访年",在这一年台湾最美的春光里,我在早年因聘读牟著而"梦萦魂绕"的"学生书局"得到了增订三(四?)版的《陈寅恪晚年诗文释证》,还在我此生"破戒"购得第一本外文书(这本书是哈贝马斯的学生 Rainer Forst 的 *The Context of Justice*)的"诚品书店"收藏了余先生当时刚出的新著《未尽的才情:从〈日记〉看顾颉刚的内心世界》;而在这一年的九月,我披着纽瓦克机场上空的"秋阳"来到了此生离余先生最近的所在——实际上已可谓"零距离"了——普林斯顿大学访问。在通过一个有些偶然的管道得知我正在普大后,陈来教授在邮件中善意地"提醒"我:"既到了普林斯顿,就应去见见余先生。"还"令人动容"地加上一句:"如果还不认识,就说是我说的有一位杰出人士求见。"大概是因为我虽然"阴差阳错"地到了经常"雄踞"全美大学排行榜第一的普大,但毕竟还是颇有些"自知之明",也自认并未杰出到可以贸然求见余先生的程度——我不但一直延宕着这件在通常的"访问学者"们看来第一要办当办的"大事",而且自问竟也并没有特别的冲动和愿望非在此行中见到余先生不可。其实想起来我倒还真是有"机会"和"人脉"设法见到余先生的。记得在我赴美前,与我"亦师亦友"的童世骏教授就帮我介绍了他早年在华师大时的科学史老师、后来在普大历史系师从科学史大家查尔斯·格里斯皮取得博士学位的吴以义先生;我必须说,和吴老师的聊天一定是我在普林斯顿最难忘的记忆之一,而余先生——恕我不敬——则是我们经常谈及的"话题"(虽然我并不便在此"披露"我们谈话的具体内容),而且我还从中得知吴老师其实和余先生"私交"(加上引号是因为余先生乃是吴老师的老师,实际情形是余先生对吴老师颇为器重)甚笃,我其实完全可以"腆着脸"要求吴老师带我去见余先生,但是没有,没有,真的是没有,我从未在吴老师面前提出这个要求——在我看来这确乎是一个"非分之请"——就仿佛听吴老师谈余先生本身就已经是一种莫大的福分了,此外"夫复何求"哉。而当我现在敲下眼前的这几行怀旧文字时,我确实也在试图"解析"自己当时究竟是怎样一种心理状态在作祟——因为那毕竟可能是一种"永远的错失"啊! 然而我现在脑袋中却只是跳出了宋之问《渡汉江》中的句子:"岭外音书断,经冬复历春。近乡情更怯,不敢问来人。"

　　记得是上周的某天下午,也是四五点钟的样子,我"照例"在我所在的浙大紫金港校区的一家小书店"徜徉",在一种寻常的熟悉感中,我见到书架上赫然摆放着邵东方博士所编余先生新著《史学研究经验谈》,此书的"核心文本"就是我在开篇提到过的"超星"上的那次访谈,书前那几帧难得一见的余先生玉照中有两张就是余先生在接受那次访谈时所摄;重温这篇访谈,我不禁想起了在去年的那个"料峭"寒夜"聆听"余先生侃侃而谈的温暖场景;我也想起了自己在台湾到宜兰附近的一个水文站参观时所见的一帧余先生的照片——相信他遍及海内外的诸"弟子"中应有不少位都是从未见到过的:话说某年宜兰豪雨,位于礁溪林美山上的佛光大学交通阻断,盖因山洪暴发,上下山的公路无法通车,而其时正在佛光大学参加某次会议的余先生因有事必须赶回台北,于是我们就看到了余先生坐在一辆"机车"——这是台湾同胞对摩托车之"雅称"——后座上下山的照片(我们曾经在《哈佛琐记》中见到吴同学描述他有一次和余先生深夜行走在唐人街上,内心油然而生必须"护卫国宝"的重任在肩的使命感;对照之下,我真不知这位"机车"司机当时的心情又该"紧张"到何等程度!)我更想起了早几天也是在这家书店所得的《书品》(去年末期)上见到过的一则看似了无关涉的"段子"：

> 1958 年 4 月 21 日,竺可桢因公事再赴广东,又到广州中山大学拜访陈寅恪,在当日的日记中,竺可桢写道:"他精神和去年相似,唯稍胖。我约其 12 月去京参加学部委员会,他说他不耐开会,但愿到京听戏,不是听梅兰芳,而是听张君秋。"

2011 年 3 月 1 日,杭州

津门纪行

一、小青年和二流子

　　上周五至本周一,我以准"民间"学者的身份应邀赴天津参加一个纯"官方"的学术会议,会议全称为"庆祝中国政治学科恢复与中国政治学会成立三十周年之政治思想史论坛"。会议执行者、我的小伙伴皆大伙计刘君训练会前发来与会者名单,我一看名单,当即回复简讯:"一帮小青年加一群二流子的会议,我把自己定位为后者"。小青年无足深论,而"二流子"虽可能还未及寅恪先生"金明馆丛稿"中之所谓"预流",在我这里却也并非全是一种贬称。只要稍微了解中国政治学科之成长生态和政治思想史领域之成员构成,当知吾言非虚,而被我"贬"为"二流子"之诸公也当不以我言为小开罪与大不敬也。记得殷海光先生曾自谓"后五四"的一代,而李泽厚先生在《中国现代思想史论》中更是把从康梁谭严以来的中国近现代知识分子划分为五到六代,其总体的"趋势"和"走向"则是知识分子之——用牟宗三先生衡论汉宋知识分子的话——"规模"和"格局"愈来愈狭小和局促,于是乎我们这个时代似乎"天造地设"地只能是个"二流子"的时代。而如果说我十年前之所以开启至今尚未见终止迹象的"嚼饭与人"的翻译"事业",还仅仅是为了逃避撰写《从自由主义到后自由主义》这本"二流子"著作所带来的疲累和虚脱,那么居今而言,随着我身上的这种"适应性偏好"之越来越强固,我对自己的"使命"(说得僭妄点则是这个时代之"天命")的感受似乎也是越来越明晰强烈了,那就是——"把'二流子'的事业进行到底,把'希望'寄托在'小青年'身上!"

二、内史外史

谭君安奎,北大何怀宏教授之高足,现执教于广州中山大学。谭君好学深思,曾译出当代哲学巨擘 Thomas Nagel 教授之 *Equality and Partiality* 一书,并应我之邀为拙编《当代政治哲学名著导读》撰写是书之引介文字。年前谭君告我,是学年在"美婆"哲学家芝加哥大学 Martha Nussbaum 教授处做访问学者。我从会议名单上看到,谭君甫回国即以青年才俊(即我所谓"小青年")身份参加此次会议。但一天会议下来,我都未见谭君身影。当日傍晚,会议方安排游览津门夜景,我趁发车时间未到,一人在车外抓紧时间吞云吐雾。有本地研究生欲以自由主义中立性问题撰写硕士论文,遂见缝插针地向我请教,我刚要发挥"好为人师"之"强项",指点一二,忽听背后有人急呼"应老师",我正欲回头观望,只见一靓仔已窜到我眼前,并自报家门:"我是安奎啊!""暖暄"完毕,我当即把安奎介绍给那位研究生:"看清楚喽,这可是研究中立性问题的专家,而我不过是位编译匠,你要好好向他请教才对啊!"几年不见,安奎"成熟"了不少,听我揄扬青年才俊不遗余力,当即调侃我:"呵呵,应老师,您可是要进入思想史的人物哩!"孰料"姜还是老的辣",我这"老师"不但眼疾手快,脑子和嘴皮子也转得快,立即不动声色回道:"安奎你(小青年)进的是内史,我(二流子)进的是外史!"

三、李强教授

北大李强教授,中国政治学界之"那莫问"是也。与小青年们相比,我与李老师"认识"算是较早的,他曾是我前述"二流子"著作之匿名评审人①。记得那时我还很少用伊妹儿，为了稿子的事还与李老师通过电话，印象最深的是有一次他在电话中大谈其时刚在《书城》上发表的那篇关于"新保守主义"的文章，其不无自得的"有声有色"使我几乎忘了心疼电话费。其后我有机会几次在会议上见到他。一次是经高全喜教授"忽悠"，他出席了借座北师大举行的《公民共和主义》的《第三种自由》两书的座谈会，但我事后竟搞不清楚该感谢他的是全喜兄还是我；二是五六年前我曾在华师大聆听了他关于沃格林的演讲②，那是我曾经听到过的政治哲学报告中最好的一个，报告的主持人是陈嘉映教授，看得出来嘉映教授也受到了某种触动——记得茶歇时我当着嘉映教授的面"恭维"李老师："刚才我们听了一场政治学家做的哲学报告哦！"；三

---

①在这里我要澄清一个"误会"。N年前李老师的一名学生对我说，李老师对我有一个不好的印象，我闻听此言非常紧张，急问其故。这位学生告诉我，当初我的书稿由三联书店转李老师匿名评审，李老师当时还夸奖三联这个制度搞得不错。没想到过不多久就收到了我的电话——李老师不禁为"橘逾淮成枳"而大摇其头。多年来我一直没有对李老师解释过着件事。事情其实是这样的：当时主持哈燕丛书的许医农女士——我必须承认，这是我见过的一位最让人尊敬的编辑，我的其他编辑朋友不要生气哦——对于我的书稿评价很高，也急于促成这个稿子的出版。她一方面甚至让我自己推荐评审人，另一方面在完成书稿初评后，又主动交给我李老师的电话（我到那时并无李老师的电话，我此前与他唯一的"关联"是读过并向学生推荐过他的"成名作"《自由主义》），目的在于尽快征得评审人的具体修改意见（书面意见往往语焉不详），从而尽快完成书稿的修改，以便她尽快启动出版程序！事实上，"政治理论史研究的三种范式"一文就是我在征求李老师的意见后增加进去的；而此文也得到了李老师较高的评价。

②大约是今年春夏之交，一次在所住小区背后的一边是高楼一边是废墟的小道上散步，忽然接到我的同事包利民教授电话，电话中包教授谈到，他遍读斯特劳斯、沃格林和阿伦特诸家，终于体会到N年前刘小枫来敝校做"严群讲座"后与我们一干人一起到郭庄小坐时排出的斯特劳斯第一、沃格林第二和阿伦特第三的座次实在有理。我请问其故，包教授娓娓道来，对沃格林和阿伦特的"座次"问题我还能理解一二，"最难"也是"最关键"的还是在于斯特劳斯何以始终高居和稳居第一，老包曰："盖在于读书多，而且读得通，读通了"——是为"遍注群经"，我后来又补上一个"俗词"——"博学鸿儒"。而李老师最推崇的似乎是沃格林，我猜想李老师眼中已位于最高序阶的沃格林的"秩序"在斯派眼中恐仍难逃"意底牢结"之恶谥——不管斯特劳斯如何"抬高""政治哲学"，也许这恰恰就是哲学与政治分野和断裂之所在吧。

是去年我在昌平法大的政治思想史讲习班上遇到他,李老师依然对我很亲切,但那时他"那莫问"风范已显,前呼后拥的,还顺带"镇住"了一群台湾学者——而我却贪玩本性不改,趁着主办方丛日云教授提供的交通便利,非得到我从电视剧《永不瞑目》上得知其名的司马台长城去玩,于是错过了他那场事后被称作关于民主问题的"最好报告"。

　　回到天津会议上来。报到当晚主办方举行欢迎宴会,我刚进场,还未及找位置坐下,就听到有人叫我的名字,循声望去,乃李"那莫问"强教授是也。大热天的,我当即和我敬爱的李老师来了个熊抱。李老师半自言自语地说:"很高兴不时会收到你送上的伊妹儿",我马上"关切"地询问:"您老没有受到骚扰吧?"李老师很大度地说:"哪里哪里,非常 enjoy"。

　　与前次不同,李老师这次轻车简从,而有些小青年可能慑于他的"威仪"未敢趋前,这就给了我就近领略"那莫问"风采的机会。我照例首先由衷地"恭维"了他在自己主编的《政治的概念》中发表的关于魏特夫的传记的评论文字①,他照例流露出有些"自得"的神色。这印证了两年前我与他这几年的助手王利博士后在香港谈到这篇评论时得到的一个"信息"——王利说:"李导对这篇东西是挺得意的。"第二天共进早餐时,李老师又语重心长而不乏幽默感地谈到他这几年参加北大改革的一些感受,我除了感慨于"用行政的力量去行政化"这个"转型期"似乎谁也莫之能外的沉重悖论,主要还是对李老师讲的下面这个段子留下了深刻的印象:在五一后北大校方的一次学习活动中,李老师提

---

①我在《控制国家》一书中曾随手把 Wittfogel 译为威特福格尔,有网友笑我连魏特夫都不知竟敢译政治理论书籍(大意),其实我 90 年代初在上海随范明生先生念亚细亚生产方式诸作如意人梅诺蒂之《马克思与第三世界》,在上海福州路和南京东路的"学术书店"掏得《东方专制主义》时,这位网友还不知有没有上小学呢。这里还有一个"典故":上海社科院的老院长张仲礼先生以《中国的绅士》和《中国绅士的收入》两书扬名美国汉学界,魏特夫正是张先生当年在华盛顿大学的同事。范老师有一次上课时告诉我,他与张院长一起吃饭时向院长大人问起魏特夫的情形,张院长哈哈一笑,只说了一句:"魏特夫是我的老朋友了"。将近二十年过去了,范师当年对我说这话时的神情尤历历如在眼前。

出要好好学习总书记在纪念"五一"劳动节大会上的讲话;李老师说,总书记号召要让劳动者有尊严地劳动,这个执行起来是有些困难的——比如一种为人洗头捶背(遑论洗脚!)的劳动,怎么理解让他(她)有尊严地劳动是有些困难的;但大学应当成为落实总书记教导的急先锋,那就是让大学教授有尊严地劳动!

李老师还在晚饭后散步"偶遇"我后一起继续散步时谈到了当下的学风问题。他说,他两次在北大讲堂面对自己的学生表彰两位青年才俊(其中一位还是敝校的,这里就按下名字不表了),过不多久就收到了这两位"才俊"的道歉信:"李老师,不好意思,我抄了,我真的是抄了呀!"李老师对学界的这种风气颇为不解,他认为既做了政治理论、政治哲学这一行,还干那样的营生,那可是"自相矛盾"的啊①。看李老师像我一样腆着将军肚,穿着七分裤,谈兴正浓,我忍不住再次"恭维"道:"李老师教导得对! 宁可像我这样水平低点儿,可千万别抄啊。"李老师怔了一下,回过头来,半晌才说:"可你水平也并不低啊。"

四、海河夜色

我第一次来天津是二十多年前的事了。记得是大学时节假期(忘记寒暑假了)结束从杭州回长春上学,利用中途签转的便利到的津门。前尘往事如梦影,如今只记得天津有我从中学地理书上得知的海河,还有我这个从江南小镇来的小蛮子一知半解其意的"劝业场"。剩下的就是我当时从天津新华书店买的现已不知去向的一堆"走向未来丛书"(是新鲜出炉的,可不是打折的哦),还有一本上海译文出的《新英汉词典》(定价大约是七块五毛人民币)。回到长春,却惊讶地发现第一个月

---

①我的老师俞宣孟教授在国内最早倡导将 Sein 和 Being 译为"是",他因此在所里得了个"Being"的雅号。"Being"二十年前给我上课讲《巴门尼德斯篇》时表达过类似的意思:做哲学就是出家了,只没有剃度而已,焉能继续在名利场中打滚——此语让人肃然起敬,让我想起牟先生说过的"在习气中打滚"一语。

的伙食费不见了,于是只好向室友借债以果腹度日。

这次重游津门,主办方天津师大非常善解人意地安排我们做海河夜游,亲身体验改革开放三十年的决非二流的、绝对一流的成就。训练君在招呼宾朋的同时,全程陪我游览,其间还认识了几位平时只通过伊妹儿还未谋面的朋友,真是兴(不是错别字哦)何如之。游船内坐在我们对面的是从清华万教授俊人先生门下毕业的一对俊男靓女师兄师妹(是否男女朋友未及也不便询问)。既是万教授的门生,一会儿话题自然就转到了这位比我大得多的翻译家(主要是翻译的著作比我"重要",就像我们亲爱的张国清兄翻译的著作都比我"重要"得多)身上。我对他当然是表示由衷的赞叹——特别是在他的学生面前!但为了在"后学"面前显示我这"二流子"也并非只知"阿谀恭维"之辈,我还稍稍发挥了"批评"之功。主要是"批评"万教授对外国人名的翻译有问题——翻得可太不像人名了呀。我大嘴一张就来:我在出来开会前刚查了罗尔斯在 *Political Liberalism* 中对我这次会议上要讨论的 Judith Shklar 教授的征引情况,顺便也翻了下万教授的译本,只见在征引 Shklar 的同一或前后页上,罗尔斯还征引了他的朋友和同事 Burton Dreben 教授,而我们同样敬爱的万教授把这个本身确也不太好译的人名译为"决本"——我开玩笑说,这可实在不像个人名啊,我都差点看成了"决不"或"决斗"什么的了。

如此"良辰美景",我那见到"美女"外加"知性的",就容易"逸兴遄飞"、管不住嘴巴的"毛病"又"复发"了,望着海河两岸的夜景和夜色阑珊中的美女,我简单地回忆起(讲详细了时间也不允许啊!)在台访问时成功大学的朋友驱车载我从台南沿台湾海峡南下高雄的情景,也抒发了对淡水河畔的烟火的怀念,甚至还谈到了 N 年前的珠江夜游,当然我最后还是"管住了嘴巴",并未谈到两年前在时在圣母陪圣女读书的半个纽约人①徐兄向东的指导下,一人从普林斯顿出发从

---

① 向东徐毕业于位于纽约一百二十几道之哥大,其不谓之半个纽约人可乎?

纽约坐火车沿赫德逊河到阿尔巴尼和布法罗的情景①。我感叹道:那些旅程都充满了或浪漫或孤寂之感,为何今日夜游海河,虽有美女为伴,却既无浪漫之感,又无孤寂之感呢?! 听闻此言,对面的美女已然笑得花容失色——是的,不管是否"浪漫""孤寂",这"美女"两字可是铁板钉钉跑不了的啊!

五、任公故居

　　殷海光在致林毓生的信中说,晚清以来的"智识人",只有梁任公和严几道是政治见解最为成熟的。我猜想,大凡中国"智识人",来津门一游大概没有不去任公故居的。我自然不能"免俗"。会议的最后一个半天,其实还是有正式的议程,我就按捺不住"二流子"本色,向会务告假,准备往城里溜达溜达;与会同仁,特别是小青年如南开之任锋、陈建洪诸君还对我颇有"同情之了解",纷纷以老天津身份为我谋划该往哪儿溜达。其实我心中自有拿捏——任公故居是必去的。但可惜的是,由于在(仿)古文化街的几家小旧书店盘桓久之——其实是一边故作走人

---

　　①从纽约到布法罗的行程,除了让人想起黄仁宇先生《赫逊河畔谈中国历史》一书,主要却还是接近绮色佳那段颇为引人神思,这倒不是近年被反复挖掘"鞭尸"的大情圣胡适之与陈衡哲和韦莲思的情事所引出的绮思——我虽为人颇传统,也好读些蒙书,却绝无黄裳先生在谈到所谓柳如是热时指摘的某些传统文人的"偷窥欲"或"窥淫癖"——而是与我的博士论文的传主斯特劳森有关,因为爱"斯(特老森)"及"乌",我想起的一是在20世纪60年代与斯特劳森一起复兴分析传统的康德研究的、曾在Syracuse任教、最后转至UBC并定居在维多利亚岛上的近代哲学研究的巨擘Jonathan Bennett教授,二是康奈尔的老牌教授、受斯特劳森的 *Individuals* 影响写了本 *Self-Knowledge and Self-Identity* 的 Sydney Shoemaker教授,所幸的是当年我一到波士顿就在一家位于地下的旧书店中掏到了这本书,是1964年的第二次印刷本,同时被我搜到的还有Pocock的 *The Machiavellian Moment*,是普大的平装本——"苍天有眼",在某种程度上,正是这两部(类)书维系了我前后两个阶段的"学术工作"——当然是"二流子"的工作!

状，一边让同行的小小青年去"砍价"①，等我和陪我游览的这位小小青年到达任公故居时，已接近闭馆时间了。我们匆匆地看了两幢建筑物——新老"饮冰室"。除了"饮冰室"回廊上任公亲笔（系复制品，正品均在新会故居）的"思无邪"三个大字，给我印象最深的还是老"饮冰室"（任公归国后之初居地）书房中的一副集联②和新"饮冰室"卧室中那首著名的"自励"诗。前者上联云："独上西楼，天淡银河垂地；高斟北斗，酒酣鼻息如雷。"下联云："水殿风来，冷香飞上诗句；空江月堕，梦魂欲渡苍茫。"至于那首自励诗，中国"智识人"应当是过目能诵的了："献身甘作万矢的，著论求为百世师。誓起民权移旧俗，更挈哲理牖新知。十年以后当思我，举国犹狂欲语谁？世界无穷愿无尽，海天寥廓立多时。"但说来惭愧的是，由于中学历史课没有学好，我记忆中最早还是通过读当代新儒家的著作而与任公先生的这首自励诗相遭遇的——我记得有一幅唐君毅先生的玉照，唐先生一袭风衣卓然挺立在海边（维多利亚港湾？），照片右上侧就题写了此诗的末联，而牟宗三先生还在《道德

① 我"扫荡"（仿）古文化街的收获有：商务出版社 1984 年版 16 开本《英华大词典》一部，十年译海沉浮，已用烂了 N 部《英华大词典》缩印本，过不惑之年后，我的眼睛竟开始有些老花了，"其实男人更需要关怀"，"做男人就要对自己好一点"，买一部字儿大点儿的词典就是实际的 self-care 行动；商务出版社 1972 年版《英语成语词典》，此书最大特色乃在于它是据《英俄成语词典》编译，里面有不少好玩儿的带有前苏联特色的词儿；日知（林志纯先生）译《古代世界史》；谢缅诺夫《中世纪史》；巴尔扎克《乡村医生》；余冠英《汉魏六朝诗选》；龙榆生《近百年名家词选》（复本，品相好价廉，再收一本）；高步瀛《唐宋诗举要》；王瑛《诗词曲语辞例释》；肖涤非《杜甫研究》初版上下册；《李商隐诗选》（为十元三本凑其三）；侯外庐《中国封建社会史论》（复本，品相好价廉，再收一本）；清王符曾辑评《古文小品咀华》（其倒数第二篇为倪元璐"题元祐党碑"，辑评者评曰："峻嶒气骨，韶美丰姿，已尽韩柳诸公能事。何云古今人不相及焉？似为东林诸贤立赤帜。"）

② 从"唯物的"和"劳动人民"的文学史观看，"集联"是一种腐朽文人的创造力衰退的无聊活动。不过这种"活动"成为晚清文人的雅好习尚——例如曾为曾国藩幕僚的莫友芝的诗文集中竟有近四分之一为集联——却也是其来有自，一方面要集联当然得有联可集，另一方面集联也确是帝制晚期的"封建"文人纾解哈罗德·布鲁姆所谓"影响之焦虑"的一种绝佳方式——我想起了我的同事盛晓明教授 N 年前对我说过的一句话："应奇，我们恐怕是很难超越那些大师了，但我们可以让他们相互超越！"

的理想主义》(《生命的学问》?)中对此句做过专门的诠释。如果我的记忆没有错,我始终记得唐牟徐均将此末联之上联写作"世界有穷愿无尽";我手边没有纸质的任公诗词集,而遍检网络,却均写作"世界无穷愿无尽"。不过,我还是信靠唐牟徐这样的"旧人",而不是制作网络的"新人"——再说无论从"词章"还是"义理",都还是"有穷无尽"更胜一筹吧,"有幸"读到此文之诸君有愿代我行"考据"之功者欤?

2010 年 8 月 22 日
浙大港湾家园寓所

闪 访 南 京

　　在某种程度上,我是有点儿"南京情结"的。在我幼小的心灵中,南京就已经早早地确立了作为一个大都市的形象——因为我有一个姑姑在南京工作,这是我的爷爷奶奶经常念叨的,而我从小跟他们生活在一个其实也就是村子规模的小镇上,大城市之于我的诱惑力自是不言而喻的了。然而记忆中第一次造访金陵古城,却仍然是在到东北上大学之后,记得也还是在假期回杭州时利用签转之便实现了这个"夙愿"。除了中山陵的苍劲和灵谷寺塔的高古,我还记得的也就只有新街口的新华书店——我"支着"我那美丽的表姐在那家在当时的我看来简直有些眩目的书店中为我买了那时刚出的三松堂全集的若干卷(大概就是贞元六书吧);以及火车站附近的一家已忘记其名的小书店,在长春见过多次摸过 N 遍后,我终于在这家店中忍痛买下了施太格缪勒的《当代哲学主流》上卷,在不少人要"重访"的 80 年代[1],这种羞涩和犹豫的代价当然是我买到的已经是此卷的第二次印刷本了,这是我至今引以为憾的事情,就正如我一直没有买到文德尔班《哲学史教程》下册的初版本,从而我也拒绝将我的初版上册换成常遭盗版的汉译名著版,时至今日,我的这两卷书插在架上仍然是一红一白的。[2]

---

　　[1]《重访八十年代》乃是张旭东教授的一篇名文,记得 N 年前我陪陈维纲博士在西湖边散步完毕后,就写过一篇同名的"部落格",而张教授的文章中给我印象最深的除了这一篇,就要数同样是 N 年前的某个深夜偶然在网上搜到的《在纽约看＜英雄＞》了,两文之"感染力"和"蛊惑力"至今记忆犹新。

　　[2]记得黄进兴在《哈佛琐记》中讲过一个"段子":一个毕业于哈佛的人会在与你初见的十分钟内用各种信息暗示你他是哈佛出身。"吊诡"的是,一个到过哈佛一游的人会在五分钟内告诉你他到过哈佛。我没有买到《哲学史教程》(转下页)

转眼就到了 2002 年,又是一个春暖花开的时节,也是我人生上的某个貌似的转折点,我从杭州出发去南大出席一个政治哲学会议。此行还有一个"任务"是到南大"应聘"——因为我的始终未曾同过校的顾肃师兄①想"挖"我加盟他所在的外国哲学学科,从而在他的"擘划"下为把南大"打造"成国内政治哲学研究的重镇而打拼。这可是我像复旦高研院的邓公一样"闭关"(差别在于我本就没有出过"关"——不过我出山海关虽比林公晚,却是要比邓公早啊!)多年后第一次参加学术会议,也是生平第一次有人向我"抛绣球"、"举橄榄枝"。但是面对人生的"关头",我的内心却是波澜不惊,甚至有点心不在焉,以至于当车子颠簸在太湖之滨时,我的心情却像那夜色一样弥散了开来,似乎有点苍茫失神的感觉。这种状态一直持续到南大哲学系的领导宴请与会代表时,主持工作的领导同志问起我到南大来有什么要求,我的回答竟然是:"我没有什么要求啊!"②至今思之,我脑中不禁闪现出反历史决定论者经常用的例子:他们常说如果克娄帕特拉的鼻子长一点或短一点就会怎么样,他们还说托洛茨基之所以在与斯大林斗争的关键时刻没有顶住是由于他得了猩红热!

南大之行虽没有"遵义会议"般的重大意义,对于我却还是颇有"斩获"的,除了进一步加深了与顾师兄的友情,我还结识了刚刚重出江湖

(接上页)上册初版的"缺憾"就是在哈佛附近的一家旧书店得到"弥补"的,我用十来个美元在那里买到了文氏此书 1926 年的英译本——颇为"华贵"的精装本,好像还是铜版纸吧,译者是芝加哥大学的 Tufts 教授,我估计此书在纽约的 Strand 至少要三四十刀!

①一次我在与朋友的信中称"当代玄奘"倪梁康教授为"半个师兄",朋友请问其故,我说主要是因为我与倪教授从未同校,实在是有点不敢"高攀"哪,以免"齐人之福"之讥嗡。

②撇开"实力"不论,这可被称作是没有"谈判力"——其实也还是"实力""不济"哪。我在评教授时,学校的五大指标中我有两大空白(既无项目也无奖励)。当时升等心切,而又招人(主要是招校)歧视,颇有韩子之所谓"孤愤",于是向当时的主事者愤而言道:"像我这等人看来是只能参加残废奥会啊",此语一时流传甚广,后来不怎么听人说起了,因为大家都"残"了,不是"自残"就是被"整残"了,这正如佟德志兄的一句"名言":"如其被官,不如自官"。

的高全喜兄和出道甚早一直在江湖行走的为我心仪的准偶像级人物童世骏教授。我与老高是由于都是烟民而被"调整"在一个房间被迫"同居"的，这一"同居"可不要紧，当晚我们就神侃到了凌晨三、四点钟，后来还是由于老高一再着急要为第二天的发言做准备才打住的。我与老高之所以如此"投机"也是有原因的，主要还是因为我们本就是校友，他在吉大哲学系念了两年硕士就报考了贺麟先生的博士生，据说外语还不够线，但贺先生看到这个中文系毕业的小高在吉大的"隐秘哲学王"邹化政教授的熏陶下颇能够"思辨"（东北话就叫"白活"）几句，就给胡绳院长写了封信要求予以破格录取①。这事一直在吉大哲学系传为美谈。大概老高当天晚上批吉大哲学系的学风批得过猛（见我的另一篇小品文，这里不再重复），第二天会上刚开讲不到半分钟，就卡壳讲不下去了，并经几次尝试后楞是"下台剪彩"去了——见此情形，坐在我旁边的童世骏教授笑眯眯地对我说："这就好像在踩一辆掉了链条的自行车。"而顾师兄后来则调侃说："高全喜挂在黑板上下不来了。"按说这事在上课时经常要问"刚才我讲到哪儿啦"的我看来实属"稀松""平常"，但对老高却是个不小的打击——茶歇时他硬是要拉着我的手一起到外面透风，并一口气坐在了南大的草坪上。老高确实无比的沮丧，并一再要求我肯定、确认、"追认"他水平是高的，只是没有讲出来。看着老高如亚细亚孤儿一般的"可怜"，我大把大把地"开支票"，"打强心针"，在我的"吴侬软语""连哄带骗"下，老高总算重新振作了起来，但却觉得无脸并再也不愿意进会场了，而是回房间歇息去也。

　　人说"大人物""高人""牛人"经常是自信爆棚和自我否定集于一

---

①中国哲学界比较有个性的几位哲学家早年都曾是文学青年，例如陈嘉映、倪梁康什么的，王路教授也是个不错的例子。他的《寂寞求真》中一个段子颇能说明他的文学才能。其中回忆到沈有鼎先生有一次说"王路懂什么逻辑"，于是王路教授做了一番"考证"：原来公武先生说这句话时正值他要求把他的得意弟子巫寿康留下来在所里工作，据王路爆料，公武先生那时到院所领导办公室一坐很长时间，就只有一句话："我要把巫寿康留下来"。于是王路教授做了一番"保全真值的相互替换"："王路懂什么逻辑"这句话的意思就是"我要把巫寿康留下来"。

身的,当今中文法政哲学的泰斗老高确是一个典型的例子。N 年后,老高终于已经以一块接一块的"砖头"证明了自己在南大的"马失前蹄"绝对是一次意外事故,于是在某一天的深夜,我忽然接到老高的电话,在谈完他的又一个宏伟的构想之后,老高又像那次在南大草地上那样要我"确认"他是否已达到巅峰状态,归根到底,"我的东西到底怎么样?"并一再要求我"求真务实"、"唯陈言之务去",绝对不要碍于情面"抹不开"。见老高"拳拳之心""殷殷之意",我实在不忍拂了他的心意,于是就像储安平在"知识分子的春天"开诚布公、如实道来:"老高,你的东西从各个方面来说都很不错了,洵为国内法政哲学之上品,只是有一个缺点……"见我还是有些吞吐,老高急问:"究竟是什么缺点?"我"鼓足勇气"(这世道年头说真话可都是要鼓足勇气的呀)道:"缺点就是有点儿空啊"。我话音刚落,电话那头突然一片死寂,我还以为电话掉线了,急呼:"老高老高!"半晌,电波中终于传来了老高有些外强中干但基本上中气还是比较足的声音:"好!老兄说得好,这才是哥们儿该说的话啊!"

如果说我与老高的结识不无"谐剧"色彩,那么我与童世骏教授的相识则完全是一幕"正剧"了。但说起来也有点"戏剧性"的是,老童(这是我面对除他本人以外的所有人时对他的称呼!)之工作真正进入我的视野却是通过一本油印的小册子——《1989 年以后的欧洲人文思想界》,当这本小册子辗转从我的同事和朋友手中传到我这里时,都已经卷边翘角了,显然已经有不少人在那上面用过功夫了。这份"讲义"确实为那时的我们打开了一闪窗,而我走上讲坛的第一门课恰恰就是"当代思潮"。接下来我又读到了他的《填补空区——从人学到法学》和《政治文化与现代社会的集体认同》两篇文章,他对哈贝马斯思想的娴熟解析被我"娴熟"地运用到我对当代政治哲学的"解析"中去。当然我后来还如饥似渴地读到了他的一系列解读新法兰克福学派和新实用主义的妙文大作。自南京初识之后,我们一直有电话和伊妹儿的联系。时间转眼到了 2006 年,我为申请校内的一个出国基金而需要两名专家推荐,其中一位我找的就是老童。我还记得老童在推荐信中回顾了我们在南京的初识(当然这也是"国际惯例"啦),称道我是我这个年龄中"最出色的学者之一"（我还能在别人的年龄中吗？但别人可以在我的年龄中啊！），并"独具慧眼"地发现了我具有"开放的心灵"，这在平时喜欢臧否人物从而容易落下口实甚至遭人嫉恨的我听来倒是相当的"受用"。大概是过了几个月，仿佛是作为对我的"回报"，老童邀请我推荐他即将在三联出版的书稿，虽然我也算是三联的"老"作者了，而且以老童的资望，这种推荐也未免是"走过场"的形式，但我仍然为他的"礼贤下士"而"动容"不已。2007 年 8 月底，我的赴美签证终于在我第三次到美领馆后获得通过了，在打完一通电话后，我到淮海中路 622 弄7 号去看前一天晚上在美领馆旁边陪我"同居"帮我训练口语的、我在社科院读研究生时经常陪我在霞飞路上看美女的、还不时给我品尝市场调查用的样品香烟的、在经过几次大浪淘沙后依然在社科院坚守岗位的严春松同志，并顺便去书记办公室看望老童。不料他一见我就拉着我的手不放，我以为他又有有关新法兰克福学派和新实用主义的重大信息和成果要和我分享，不料我也有搞错的时候，且听他说："应奇，你来得正好，好帮我个忙，我的老师赵修义教授马上要来看我，但我这里要接待市委组织部的人，没有空陪赵老师吃饭，你带上我的饭卡和你朋友一起陪赵老师吃饭吧。"老童一边从裤兜里掏出饭卡一边还不忘补上一句："菜就随便点（这个"点"字应当做动词念吧，老童）好了。"

　　2010 年 9 月 9 日，在曾经资助我到佛光大学担任客座教授的台湾"中华发展基金"的数次邀请下，我一早从杭州出发，到南大参加基金会在那里召开的座谈会。曾经的"金主"，又数度来邀，还专门为非宁代表改动座谈开始的时间，实在是没有理由回绝了。于是我就在会上又把台湾给好好美言了一番，我讲了三个段子：我对台湾的总体感受是十二个字："亲切而又渺远，陌生却有温情"；我在朋友的陪同下拜访"中研院"的蔡英文教授①时,蔡教授问我对台湾的印象,并说,"我们这里就是这样,乱哄哄的,谁也不知道这船要开往哪儿去"。想不到我脱口而出:"蔡先生,既无方向感,又要让它自行漂流,这正是一个自由社会的标志性特征啊!"蔡先生朝我看看,"称赞"道:"你老弟很有洞见啊!"我没好意思说,这可是海耶克的洞见啊;在应邀到台湾"清华大学"演讲时,我首先表示:"今天到这里演讲感到非常荣幸,我还没有到过北京的清华。"想不到时任哲学所所长的张旺山教授打断我的话说:"到了我们这儿就不用去他们那儿了,我们可比他们老啊!"事隔数年,我在南京的座谈会上才想起了可以用来回应张教授的话:"在老不老的这个问题上,只用中国传统的政治哲学资源恐怕是不够了,这至少是我们之所以要从事西方政治哲学的其中一个主要的理由。"

顾肃师兄憧憬的杭宁城际列车还未开通,走高速从南京到杭州还需四个多小时;顾师兄又刚好在外地不能"接待"我,我又比以往任何时候都更为"恋家",于是在发完言茶歇时,我就向台湾同胞告假,要先行一步回杭州了。仿佛是有些"天从人愿",似乎与来时的路线不太一样,大巴出站后经南京火车站站前的高架走,使我在离开南京前还能再看一眼波光粼粼的玄武湖,而我想起的却是数年前在打狗领事馆看到的高雄港的晚霞。大巴疾驶在杭宁高速上,天色渐渐暗了下来,而"吊诡"的是初秋黄昏的"能见度"却又很好,把高速西侧连绵起伏的群山之巅的轮廓衬托得分外分明,犹如一幅幅浮雕绵延不绝;蓦然回首,一道正从鲜红转向暗红的晚霞一方面"尾随"着我们,一方面却又渐行渐远了。

---

① 在"中研院"的"中央大饭店"与政治思想组的同仁们一起用餐时,蔡英文教授亲口告诉我一个段子,中国大陆的托克维尔、现已回《读书》重做冯妇的王焱和高全喜两位教授第一次到台湾去时买的是单程机票,结果在香港机场的"中华旅行社"被拒入境。入境处问这两位教授谁是他们的邀请人,他们回说是蔡英文,对方大惊,并积极为他们补办好了相关手续。不过蔡教授对此是见怪不怪的,蔡英文当选议员时,曾有人上他家附近放鞭炮;他也遇到被他 dang 了课(即给不及格)的学生向他求情,把他当作女蔡英文。蔡教授难得在电话里对学生吼:"你连你老师的性别都没搞清楚啊。"这时有些冷幽默的萧高彦教授开腔了:"老蔡,你俩还是有个差别,你是好英文,她是差(cha)英文!""中央大饭店"里于是回荡着经久不息的笑声。

别了,南京;别了,我心中的"南京情结"。"一切已死的先辈们的传统,
像梦魇一样纠缠着活人的头脑。"但我们也必须卸下某些心中的负累,
才能"重上战场"。此刻浮现在我心中的是艾略特在《四个四重奏》中
对《摩诃婆罗多》之《歌》中的克里希纳的话的解释:"不是道别,而是前
进,航海的人们!"

2010 年 9 月 14 日
浙大港湾家园

三 访 北 大

　　我平生第一次到北京就去了北大。到北京去的"缘由"，大的用不着说，或者说就是"自明"的；小的方面也就是去看一位高中同班、但考学比我晚一级的哥们儿，他当时在北方交通大学念书。是在某个傍晚，是在学生食堂吃完饭之后，是我突然和他提出我们去北大转转吧。于是我们俩一人一辆自行车，从西直门出发，直奔京师大学堂。应当是从正门进去的吧，我尾随在那位哥们儿后面，骑车在校园内溜了一圈，记得中间都未曾下车，就急匆匆地从靠圆明园的那个门出去了，那种"压抑"的、"逃"也似的感觉至今记忆犹新。我忘记后来在哪儿看到贾平凹写了篇标题中有未名湖字样的文章，那种几乎一模一样的"同是天涯沦落人"的感受竟让我感动了好几天。那次北京之行还有两件事给我留下了难忘的印象：一是也是在某个晚上，这位哥们儿陪我骑车上长安街，到天安门，还有金水桥和午门，我们俩还在黑漆漆的午门下站了一会儿，初步体验了（被）"推出午门斩首"的感觉，而仿佛是"天人感应"，待我们离开时，天突降大雨，因为我是利用暑假将尽回长春之便去的北京，其时天气还比较热，于是我们也就没有躲雨，不用说，我们是像两只落汤鸡一样回到学校的。二是我在那次行旅中向我那位哥们儿推荐了《美的历程》看，这一推荐可不要紧，待我回到长春不久，这位兄弟竟来信告诉我，他已经抛弃"铁饭碗"（北方交大之前身就是北京铁道学院，我的哥们的专业是铁道物资运输和管理）转学到北师大哲学系，而且没有降级——以我对这位老同学的了解，他的这种"改宗"并不令人吃惊，但其"效率"和"神通"（须知那是八五、六年的事儿）却着实吓住了我。后来他才告诉我，原来他在交大时加入了校射击队，而射击队中一位很要好的队友的母亲是在北师大负责学籍管理的！1989 年毕业时，他还考上了本校周桂钿教授的研究生,虽然我并不清楚他后来有没有继续做哲学,或许早又"改宗"了也未可知。

我第二次"访问"北大是 2006 年四五月间的事。那时,《公民共和主义》和《第三种自由》两书刚刚出版,承高全喜兄的热情张罗,曹卫东兄的盛情雅意,我们拟借座北师大文学院开一个"当代中国语境下的共和主义"小型座谈会。记得我是提前一天到的北京,当晚就和我大学毕业论文的指导老师、当时已调到北师大任教的李景林先生,还有我的一位后来在北大念到博士毕业的大学同学一起在师大附近的一家东北菜馆喝酒,散去时这位同学又送我到师大的内招,待聊完天送走这位老同学,已近午夜。这时我又给时在香山饭店参加另一个会议的刘训练君打电话,并在放下电话后即打车直奔香山饭店。记得我是连续拦了好几辆车才找到一辆愿意在这深更半夜载我出城的出租,于熟睡中到达香山饭店的。一群人聊完天后我一人睡在一个大房间中,中间忽听有人进来,忙乎半晌边上的床上又躺了一个人。我本来就没有完全睡着,于是就有一搭无一搭地在漆黑中聊起天来。来人问我是哪个学校的,我据实相告;来人问我贵姓,我答免贵姓应。我话音刚落,对方问:"你不会就是应老师吧?"我说:"正是在下——我姓应,又是教书匠,自然是应老师了。"这时忽听边上咕咚一声,原来是邻床摔下床去也。后经打听,此君乃中山大学郭忠华兄是也。

那天晚上我大概笼统也就睡了两三个小时,天刚蒙蒙亮就醒来了,发了一回儿呆,出了一会儿神,连早饭都没有吃,我就出香山饭店,穿过碧云寺中山先生衣冠冢,直接打的到北大。因为当天在北大哲学系有一个分析哲学会议,我不是这个会议的代表,却是去旁听并看望朋友的。到北大时间还早,天又特别好,阳光十分有穿透力,我就尝试着穿过东语楼,来到未名湖畔"一塌糊涂"久之,并在博雅塔下给我那位从这里博士毕业的朋友发了一则简讯。那天的会场是"精英"云集,我还在哲学系的会议室中见到了传说中的叶峰博士,我忘记他是在作报告还是在评论别人的报告,但那份动人的优雅却至今难忘。记得我刚在会场坐下不久,我们敬爱的徐向东同志就把他那本《道德哲学和实践理性》签名给我了,我都不好意思也来不及说我其实已经买了这本书了;

我没有自己写的书可以送人,就把自己编的那册《后果评价和实践理性》给他了,因为为 SEN 物色译者正就是我和向东兄"交往"之始,而向东推荐的译者就是其时在他课堂上的葛四友君。

我第三次"访问"北大是去年四月中下旬的事,其时我"因公"在颐和园附近小住,而且第二天就要上井冈山了。现在诸君明白我在哪儿"小住"了吧! 原想此次之所以"同意"来京,本来一个"私愿"就是想借机在北京好好玩儿玩儿的,因为以前每次来京都是匆匆忙忙,其实从来都没有在这帝都好好住上些天。不想来后日程满满,几乎哪儿都未去。这天难得一日闲,下决心还是到北大去逛一天吧。于是直接打车到正门,在用中华人民共和国的居民身份证在中华人民共和国第一学府的门岗登记完毕后,就信步逛开去了。我先是在门口的"金水桥"上稍作停留,然后就按序参观了燕京的老建筑群,从冯象的老师的外语楼和宿白、邹衡先生的文博楼穿出,绕过李强先生的办公楼,我就奔未名湖而去了——只是这次我是彻底放松的和漫游式的,既没有第一次那种莫名的"紧张"和"压抑",也没有第二次那种有形的"匆忙"和"飘忽";同前次一模一样的是,那天的天又特别好,未名湖上波光粼粼,博雅塔倒影清晰可辨,我是边走边看,一路且歌且行(记得一个北大的演讲集叫做《旗与歌》)。在选取一个上佳的角度坐在湖畔远眺时,我想起了我所认识的在这里"得天下英才而教之"的仅有的几位朋友,例如丁丁、法老和向东。丁丁的手机号早就丢了,我于是想给法老和向东发简讯,但想想还是忍住了。诸君猜猜是为什么? ——告诉你们"答案"也不要紧:因为,因为我其实"野心"不小:我想在此刻"独享"这整个未名湖!

离开未名湖,我继续往北(南?)走,见到了同样是传说中的中国经济研究中心的铭牌,林毅夫已经离开了,丁丁也不会在这里做研究的,于是我就不进去了。往西(东?)是中古史研究中心,恭三邓先生的女公子是不可能认识我的,尽管我手里有她的《祖宗之法》和她的尊人的几乎所有的著作;阎步克的书我倒是收了不少,从《察举制度变迁史稿》到最近在枫林晚见到的《中国古代官阶制度引论》,但正如锺书君教导的,我们为什么非得吃了鸡蛋还要见下蛋的母鸡呢? 于是我就还是"回来",经过博雅塔,穿越一边是湖水一边是"火焰"(指体育场)的小径,反向穿过东语楼，来到"平原君"和"孔方兄"的中文"院"，寻觅当年我的"超级偶像"静希林先生曾在此留下的踪迹，遥想我在杭大念博士时邻室的初亮君当年的"宏愿"——他是非北大不考博的，而他连续两年报考的导师、北大中文系的"殿军"（见北大中文文库"排序"）褚斌杰教授如今也竟早已成为古人了；惜乎这位初亮君也早已不知所踪，我只知道他始终未能实现那个来未名湖畔念《楚辞》的"宏愿"。

这样想着的时候，我已经来到了整个北大最有"活力"的区域，是学生生活区以及附近的书店，这是中国最优秀的年轻人的"天下"；我快步进入了位于地下商场角落里的博雅堂书店——是其时在回龙观浙大启真馆工作的长刚小友向我"推荐"的这家书店；进去逗留久之，发现我自己编译的各类书在这里倒是不少，但哪怕折扣再低，我也是不会买的了，因为我没有那么多朋友要送。最后我就要了本 Julia Annas 的《古典哲学的趣味》，第二天我就是带着这本书上的井冈山。

多年前，我更多年前的一位当年因为"发挥失常"未上北大、现已去国多年的学生对我说："应老师，你待在现在这所学校确是有点儿'委屈'的。"我一边"享受"着这样的"恭维"，一边又很"淡定"地说："我在这里很好，既不是完全没有压力，也不是十分'游刃有余'。"闻听为师这么"不长进"的话，我的这位学生扔下"重话"："应老师您就总是差那么一口气啊！"我本想接着讲："此所以为师当年像你一样上不了北大啊！"但想想还是忍住了，除了"做人要厚道"这句"今训"，我想起的是，我当年可不是因为"发挥失常"才未上北大，我的"实力"和"表现"（分数）相差的那可不是一点点儿啊！

2010 年 12 月 30 日

贵阳破产记

　　N年前与敝所包利民教授一起坐从杭州至重庆的普快到向东徐的故乡贵阳开会,会议间隙的一个晚上,其实也是我的"半个师兄"(我的师兄,至少是"半个师兄",简直是遍天下呀,而且是遍当年人称康小德的敝系盛晓明教授爱念叨的小赵[汀阳]爱念叨的那个"天下")的人民大学欧阳谦教授小声"嚷嚷着"要请吃饭("小声"的原因在于他并不是要请全体会议代表,而是请我这样至少够得上"半个师兄"或与之相称"级别"的"代表"),原来他的一位大学同学挂职在茅台当副总,而那天要去"快活"的"风情山寨"正是他那位同学经营的——这样可以"保证"我们在那里喝到正宗的茅台。

　　记得在去"山寨"的中巴上,坐着的"代表"也够"山寨"的——正如现在的北大也蛮"山寨"的——除了老包和我,至少还有商务的陈小文君,江湖上人称法老的余杭韩公水法教授,以及留校任教不久的徐兄向东。即将要喝上茅台了,一路上的那是一个"欢歌笑语":法老习惯性地开始拿小文"开涮",又习惯性地激起大家的笑声;我与向东大概还是第一次"正式"见面——最早是与法老一起在非山寨的北大老化学楼和他打了个照面,向东同志照例还是捧着休谟的《人性论》在苦读——他隔坐问我的手机号码,以便存在他的机器里;我刚报完号码,估摸着他也存完了,法老突然对我叫了起来:"你再报一遍号码,我打你手机。"我一边报着号码,法老一边摁着数字,终于快要摁完并摁下拨号键时,法老忽然惊恐地尖叫了一声:"你可不要接,千万不要接啊!"法老话音刚落,一向以"温柔敦厚"示人其实也颇为"尖刻泼辣"的小文突然接茬"呛声":"应奇你不要接,你一接,法老就该破产了!"闻听小文此语,我也连忙"接茬":"呵呵,一向自视比天高的法老您可不能再小瞧人了啊,小文可也是正儿八经地从本科到博士都是北大毕业的呀!"闻听此言,一车人都狂笑了起来,连车子都颠了两下——法老有没有笑我倒是没有注意,按照他的与他的"立方米"相称的"雅量",他应该也"陪笑"的了吧。

从副总手里出来的茅台的味道我就不在这里详细描述了,绝非"黔驴技穷"的黔女的"风情表演"我也不好意思、抹不开在这里绘声绘色的了——我们喝的是"清"酒,也就是"文人雅士"酒。只记得回来的路上,还未到驻地,中巴车就早早地把我们放在大路上了,这大概是应了众人"我要在这雪地上撒点儿野"的要求的吧。只见每个人都是摇摇晃晃地在大路上"横行",有没有用英文"朗诵"起 Kerouac 的 *On The Road* 我已经记不得了,大概是没有——当年"垮掉"过的"人到中年"也应该重新"站起来了"吧——只有向东同志被休谟的"审慎理性""浸透于身",还是非常"清醒"地"嘟囔着":"今天的茅台真不错,我这贵州人也没喝过这样的茅台啊!"而从小在江南水乡的小水库中"扑腾"大的我则嚷嚷着要去驻地的游泳池中与众"大老爷们""戏水"。听到我一再强烈地"视死如归地"表达着这个意愿,向东和法老一人一边,紧紧架住我的胳膊,一边"哼哼教导":"酒喝到这份儿上,绝对不能下水,你不要小命啦!"以向东特适合也好像练过武术的身材,和法老那说他从小生长在余杭绝不会有人相信的身板,我自是无法动弹,动弹不得,被硬生生地架回宾馆"跪安""歇息"去也。

"至今思项羽,不肯过江东。"今天想来,后怕倒也是没有,但想想也是对的,当时如果下水而且遭遇"不测","英年早逝",那对于中文政治哲学界该是多大的"损失"呀——虽然这句话听上去有点儿不太符合语法,也虽然像老高"义正词严"地、出发点非常好地、我也心悦诚服地、而且非常感谢他说真话地"批评"的那样——我其实"野心不大"!

2010 年 10 月 9 日

初见"小熊"

　　记得吾友向东曾在好几部书中提到并感谢过"小熊",无奈他老兄始终是"金屋藏娇"(藏"熊"不好听,就正如四访五访北大不好听),使我等一直无缘得睹真容。清华伯林会的最后半天结束已近一点了,我为前来旁听的汪兄要了张午餐券,一开始就是我们两人坐在一张餐桌旁,一会儿向东过来了;再一会儿,他那位专程从元伦理学的大本营密西根回国与会的弟子也过来了,大家挤在一个小桌旁谈笑。当得知我在去机场前还将到万圣把前一天选好未付款的书带上,向东就说他下午会陪我过去,并说"小熊"在那里等着,我们可在万圣会合,然后当然是分开。

　　一干人从西郊宾馆打车到成府路万圣门口,我说你们先上去坐吧,因为我还要先去万圣对面的豆瓣——据小友长刚告诉我,他在启真馆"支援"工作时曾在这家店里遇到"猛哥",虽然我这次并不是冲着"猛哥"去的——还有旁边的另一家特价书店转转。豆瓣并没有想象中那么"丰富",但还是选了些书,从《孔凡礼古典文学论集》到四川教育早年所出的那部《分析哲学》,最有趣的则莫过于刚上架就打六折的《古典政治理性主义的重生》——在我所收不多的施公几种英文书中就有这个选本,考虑到昨天在万圣已选一会儿就要带走的那堆,我咬咬牙还是让店主把那些书给寄走了。路过N年前京城国槐盛开的时节曾经和友人到过的嘉禾一品清华店,穿过也曾在上面遇见我的大"偶像"老鹤的成府路天桥,我就来到了万圣旁边的那家其实以前也来过(但那时一定是另一家店)的特价书店,刚要了朱凤瀚的《商周家族形态研究》还有一本希尔伯特传,只见向东进来找我了,呵呵,说是怕我走丢了。议论了一会儿架上的那本邦格的《物理学哲学》,说笑着就回到了万圣,我得先把一楼的那几本特价书给结了——某卷《周煦良译文集》中收有豪斯曼的《西罗普郡少年》；就像忽然想起什么事似地，向东这时突然往外走去，说是到旁边超市帮我找装书的编织袋去。这时一楼的电脑死机了，书一时也结不了，于是我也赶去那家超市，这样，两位政治哲学教授就在那家地下超市开始讨论到底需要多大的袋子来盛书——向东毕竟是"地球物理"出身的，最后结论是，袋子可以小点儿，但必须买两个，因为用双层的装货不会散架。

上得楼来，我结账，向东装包，刚好是结结实实的一编织袋还多出四五本，是一个标准的长方体；我们敬爱的向东同志这才发现另一个同样大小的袋子是不可能严丝合缝地套在这个长方体外面的了，于是他又招呼营业员用编织绳子把这个长方体给捆结实了，原因当然还是怕散架。

一切忙乎停当，我来到了 N 年前曾坐在那里希望时间可以从此停止的"醒客"——万圣楼上的那家咖啡店。也终于见到了与汪兄虽也是初见却已在那里相谈甚欢的"小熊"，不等向东介绍，我就听到了一声"应老师"，于是我就一声"久仰"脱口而出，不想对方却说"久仰"的应当是她。坐将下来，笼统也就是三刻钟的时间吧，没有任何"生分"，没有任何"抹不开"，我们谈"八卦"、"星座"那可叫一个"起劲儿"，大伙儿不时传出"欢声笑语"，只有向东稍微"沉稳"些，还不时帮我看着表——中午得知我是七点的飞机时，他就说你五点该走了，后来又改口说四点半就该走了；果然，四点半时，他准时说你该走了；我心想为女士小姐们"贡献""段子"从而"提高"她们"幸福指数"的"机会"也并不多，于是指指手里的烟，"斩钉截铁"地说，四点三刻走！

良辰虽好，终须一别，我终于还是准时地站起身来了。向东以那我曾调侃他"特适合练武术好像也练过武术"——这次会议最大"收获"之一就是向东的那位弟子"惊叹"我阅人目光之"精准毒辣"，他告诉我，向东不但练过武术，少年时候还得过西南地区某项目比赛前三名——的身材帮我提着那个长方体"健步如飞"走在前面，我"步履蹒跚"跟在后面下楼梯，这时身后传来汪兄和"小熊"温婉的一声"应老师再见！"我于是扔下一句："也不要太伤感了啦。"想回头却终于还是没有回头地下楼去也。

整个三号航站楼都是空空荡荡的,国航的航班难得准时地起飞了,待到飞机完全升空后,天边竟还有一道介于金黄和暗红之间的霞光,是一个极度夸张的"菱形",穹顶上那个近于一百八十度的大角下是一颗孤悬的小星,整个视线中就这一颗星——这一切都让人想起文森特的作品——记得以前飞行时我也曾见到过这颗星:我们既不是飞向这颗星,更不是走向这颗星;确切地说,我们是与这颗星"平行"地在飞;而更确切些说,这颗星乃是一个"坐标",我们关于"飞"和"走"的谈论都只有相对于这颗星才有意义;出乎很多人——包括我自己——的意料,这样想着的时候,我竟"坚强地"没有流下泪来。

2011 年 3 月 13 日午夜

我的后半生(外三则)

一、"光阴荏苒"

　　月初参加本所一位毕业生的博士论文答辩,只见该生在致谢中劈头写道:"光阴荏苒,转瞬间三年光阴飞逝而过。"我这个人一向口无遮拦、好为惊人之语是"成了癖"也"出了名"的,于是就又在轮到我作评述时调侃这位山西籍的、说一口朴实得不能再朴实的山西官话的学生道:"你这里的两句话似有同语反复之嫌,虽然中国古代有'赋比兴'、'叠句'、'三复斯言'、'一唱三叹'诸说,但你这短短的十几个字中连续两次出现'光阴'二字也未免有些累赘了。"事后想想又觉得用自己"横溢的才智"去"敲打"这位憨厚质朴的学生实在是有些过了。其实我当时是要说一个想法并讲一个故事的:作为"全球化"和"同质化"压力的"产物",现在国内诸上庠中均开始力推学术写作的"国际化",说白了就是用英语写作和发表论文,但实际上,如果要把许多我们习以为常的书写转化成例如英语的写作,就常常会感到无从着手,而这显然不只是外语写作水平的问题(虽然对我来说"主要"是这个问题),这当然也并不是在说中文的写作多半都是"水分"。因为一种反向的"尴尬"其实也是存在的。三年多前我一人从普林斯顿"旅行"到布法罗,在水牛城余纪元教授家中看到他正在修改他的 *The Ethics of Confucius and Aristotle：Mirrors of Virtue* 一书的中译本。看我注意到他在译稿上密密麻麻的涂改,他苦笑着对我说:"其实这位译者已经是很不错的了,但每当我看到别人把自己写的英文转化成中文后,就会深感自己讲话怎么会这么啰嗦呢!"

二、读不懂的"读不懂"

　　有很长一段时间,我其实是保持着翻阅中文杂志的习惯的;拜这个"习惯"之所赐,我大学毕业论文的指导老师、后来转到北京师范大学任教的、现已成为国内中国哲学领域顶尖学者的李景林先生在八十年代中后期以及后续的一段时间中曾经很喜欢和我"聊天"——因为可以从我这儿了解到国内哲学界的诸多动态;我"半路出家"进入政治哲学这个领域"讨生活"之后结识的江湖上人称"法老"的余杭韩公水法教授也曾经送我一个"法眼"的雅号。由于个人生活"习惯"的"变迁",例如常年伏案从事"嚼饭与人"的工作,以及搬家等等的因素,这个"习惯"也已经"习惯性地""荒废"颇久了。不过最近由于常在小女放学后带她到图书馆玩耍,以及偶尔有热心的编辑朋友寄来辛苦经营的学术杂志,使我注意到近来好像有国内某哲学家"开创"了一个"读不懂"系列,例如"读不懂的柏拉图"、"读不懂的海德格尔",等等——我相信还是会有不少续篇的吧。我没有细"读"这些华章,除了因为我相信即使通过这些"'读不懂'系列"我也还是"读不懂"例如柏拉图或者海德格尔,还因为我认为文章的这种写法似乎有悖于我们的常识——常识教导我们,如果读不懂谁谁的东西,就还只有一个"非此即彼"的"选择":要么继续读,要么就不读了。"不读了"无足深论,"继续读"也还是有两种可能性:读懂了或者还是读不懂——"读懂了"当然好,如果还是"读不懂",一般我们也就不再"声张""吱声"了。我在这里也不是要说,把自己的"读不懂""说"出来,而且写成"高头讲章",发表在"核心刊物"上,这"总是已经"表明这个声称自己"读不懂"的人其实多多少少已经"读懂"了——而只是照例要讲几则故事。

　　大约是去年的暑假,我在杭州的一家民营书店见到乐黛云先生主持的《跨文化对话》又出了一辑,其中有童世骏教授纪念王元化先生的那篇文章——《拉赫玛尼诺夫音乐中的镰刀斧头》,我瞅了一眼其他篇目,稍作犹豫还是买下了这一辑。除了拜读童文心切,主要也还是由于此前童教授和我在电话中聊到这篇文章时说过的一句话。在谈到不少人对卢梭的"公意"概念的批评时，一向讲话智商极高的童教授再次语出惊人："你不能把卢梭用来解决问题的概念给抛弃了，而把他所要处理的问题留在那儿！"

2008年11月，为了"克服"回国半年多后依然存在的精神倦怠、恍惚、失神、无法持久地集中注意力等"症状"，在徐向东兄的一再劝导下，我决定有些"厚颜"地带着还只开了个头的"论文"，到中文大学参加周保松博士张罗主持的一个政治哲学会议。会议聚集了两岸三地中文政治哲学的"精英"人物，水平应当说是相当高，但我依然"无心恋战"，依然"无法持久地集中注意力"，就在我相信是中文政治哲学界口才最好最具急智的、我在台湾访问时曾陪我细览台南风物品尝"棺材板"并驱车载我南下高雄的梁文韬兄将要登台发言时，我与周濂博士和王利博士后却"逃会"坐在中大生活区的露天"休闲吧""里"聊天。"铿锵三人行"，话题不知怎的从刘小枫对施特劳斯派的法政学脉的"轻忽"（这种"轻忽"即将得到"纠正"，最近网上流传的"古典集成·经典与解释书目"中已经专辟"美国宪政与古典传统"一大系列），转到了国内以二人之力尽译三大《批判》的一位名声赫赫的康德学者对牟宗三先生的康德学的"批判"，聊得兴起时我不禁脱口而出："我很难相信一种把'批判'对象向下拉而不是往上提的'批判'会有什么实质性意义！"我话音刚落，当年从唐山市的几十万学子中脱颖而出考入北大的、一向口若悬河的王利博士后突然发出一阵狂笑，其洪钟般的声音在中文大学所处的半山腰上久久回荡——"燕赵自古多慷慨悲歌之士"，至此始信然矣。

第三个"故事"相信是大家都"耳熟能详"的了，这就是——熊十力对徐复观那"起死回生的一骂"！

三、野心不大

中秋前两天，与新学期刚来的硕士生、博士生、博士后以及在读的硕士和博士（这真是一个"完整"的"梯队"）一起登玉泉老和山，远眺西湖秋色之余,再从植物园下山,到与浙大就隔一堵墙的青芝坞喝酒聊天。笼统也就半天的时间,虽然"运动量"并不大,但毕竟"岁月不饶人",当天晚上十点多我开始"例行"的"疾走"时,竟感觉有些疲累,于是就在小区僻静处一块离地有一米多的大石上靠躺了下来。正有些"迷糊"之时,突然手机铃声想了起来,屏幕显示是北京的区号——这么"晚了",会是谁呀?待报上家门,原来是"故人"高全喜兄。我们大概有好几年没有通话了,再说我也确实不太记得住座机的号码。老高倒也开门见山,谓刚从上海参加一个会议回到北京,在上海时听朋友转述我写的一个关于他的"段子",说是笑到腰也直不起来了。老高于是"抱怨"我,为什么不把这么好的"段子"发给"故友"呢!我正要"搜刮"着"辩解"几句,老高仿佛是"预感"到了什么,不等我说完就自动"爆料"说,这些年他其实也经常在各种场合"批评"我。我说我"没偷没抢"、每天靠"嚼饭与人""自食其力",你"批评"我什么呢?不想老高正色道:"我正要'批评'你这一点:你'野心不大'!按说你做了这么多翻译,随便'拾掇拾掇',加点水分'搅和搅和',怎么也得出不少东西了吧。可是你,除了多年前的那个小册子,就只剩下那些个'导论''总序'呀什么的了吧。此之谓'野心不大'!"

虽然老高出道甚早,也比我年长些,但我们自从多年前在南京相识以后,一直可谓是能够"无所不谈"的朋友。是故闻听老高此言,我倒是不甚惊诧,也没有胡乱对付几句就匆匆挂了电话,而是继续"推心置腹"地与他谈了半个来小时。我对老高给我的这个"定位"其实倒是颇为"认同"的,只是我不太能够同意他把"野心"之大小直接与"家国情怀"之有无等同起来的说法。诚如"亚圣"所言,"感受大者为大人,感受小者为小人",且不论如何衡量"感受"之"大小",这里是一个"大小"的问题而不是一个"有无"的问题则是非常明了的。当然我更不能同意老高把"野心"大小与南方北方的地域之辨挂起钩来的说辞,这不但有"人身攻击"之"嫌疑",而且首先就是"政治不正确"啊——国内法政哲学之"领军"人物焉能犯"政治上"如此"不成熟"之"错误"!

说到这里,我倒是想起了也是在中文大学那次会议的间歇,同样相识多年的、把我当年在哈佛附近淘到的旧书从波士顿运到罗德岛、再从罗德岛运到密歇根、再从密歇根运到普林斯顿并在圣诞前后与我结伴拜访高等研究院的沃尔泽教授的刘擎兄对我的一个"批评"，刘兄"言之凿凿"，谓我现在的工作只有"量的增长"的"意义"，而没有"质的提升"的"意义"。相比于老高的"诛心之论"，我倒是更愿意"认同"刘擎兄的"浅表诊断"——更愿意接受"形式的"而不是"实质的""批评"，也许这才是老高所谓"野心不大"的一个"铁证"，而这一点并不只适用于我一个人！

四、"我的后半生"

虽然诚如老高所言，鄙人"野心不大"，但自我"出道"以来，除了我的师兄顾肃教授多年前就曾邀我到南大任教，这些年倒也是颇有几家大学，还包括某些"名校"向我"举橄榄枝""抛绣球"，人是"半心半意"，我自"坐怀不乱"。只有一次例外，去年在昌平得遇津门某校的 M 教授，深夜入室密谈，诚心邀我"加盟"该校，并许诺我渤海边别墅一幢，我确是"怦然为之心动"，要知道我在杭州是这辈子都不可能住上别墅的！不过那晚的酒劲过去，回到杭州此事也就不了了之了。只有一桩，我倒是颇想学《围城》中的一招，"利用"富人家要"招我为婿"而"自高身价"，可惜我自"羞羞答答"，人自"岿然不动"，我这学不像样的"招儿"在"庙大水深"的敝校自是全然"无济于事"的。不想今年暑假在津门开会时再次遇上这位 M 教授，他重申前议，并把"挖"我的"条件"进一步具体化："当下待遇为某某特聘教授或某某学者，奋斗目标则为'某江学者'。"我闻听此言大惊：原来"天网恢恢疏而不漏"，我想上的是"天堂"，却还是下了"地狱"！诸君帮我想想，"某江学者"的申报年龄上限为五十周岁（我还是蛮了解"行情"的嘛！），而我今年四十有三，那么接下来的"七年之痒"，我将怎样规划我的生涯呢？显然，我将不得不放弃已经形成"路径依赖"的"嚼饭与人"的"事业"，转变我的"增长方式"，从一种"量的增长"转向另一种"量的增长"：我必须"盯住""一级""权威"甚至是什么什么"I"，而最好的办法则是直接用英文写作——首先要学会把"光阴荏苒"翻译成"国际化语言";另外我还必须转变"盯住"的方式:从"两眼'盯住''六经'"转向"两眼'盯住''基金'"。想到"前路漫漫",我不禁也像梁任公一样"集"起"联"来了:"曾经沧海难为水,重上战场我亦难"。不过既然人家"相中"我,而且如此"嘉言美意","除却巫山不是云"不论,还是先"感君情谊逼云端"吧。于是复信"鸣谢":"承蒙错爱,五内铭感,不过 M 教授,您看小弟像是'某江学者'的'料儿'吗?"岂料"来者不善善者不来",M 教授当即回复:"我看很像,只怕吾兄清高,看不上这些个 title!"话已至此,"感激涕零"之余,我当然不能再"补充"说:"在我们这个千年盛世,'清高'可是一句骂人的话呀!"——"原因"甚明:水至清则无鱼,人至清则无"友"!

2010 年 9 月 26 日

杭州三墩之港湾家园

"Massachusetts"和"天堂"

我初中时的英文老师是一位上海知青,在我的记忆中,我在英文课堂上得到的唯一"表扬"和"肯定"就来自于她,而这只是因为我父亲在我上初中前就教了我几句英文。到上高中时,我的英文成绩就已经不怎么样了,我的一位我至今记得她的名字的英文老师用一个中英文夹杂的、"俚俗"到我不能在此复述的"笑话"败坏了我学习英文的兴趣。上大学时,我的英文老师是一位刚从英文系毕业、正读着研究生的年轻女孩,她美丽娴静的面影保留在了我在长春写的日记中,但这似乎并无益于提高我的学习兴趣和成绩——对此的一个很好证明是我应届考研时英文不合格!我在英文学习上受到的最后一个"羞辱"发生在淮海中路 622 弄 7 号,我读研究生时的英文课老师来自上外,长得还有点像年老的周小燕,只是面容要"粗犷"一些,她有一次故意让我站起来朗读《新概念英语》第四册的某一课,而我是在这位老师的那种好像是上海人笑话"乡下人"的神情中,以及同学们的哄堂大笑中重新坐在位置上的;这种笑声的一部分来自我的一位姚姓同学,他毕业于安徽一座师专的英文专业,在陈仲甫先生的故乡休宁县城教了几年英文后考上了社科院的国际法研究生,他的导师是周子亚教授,还是柏林大学出身,据说和王铁崖称兄道弟的。

可想而知,以我的英文程度,我自然是从来没有学唱过英文歌(我最擅长"K"的歌曲是"金剧"《倚天屠龙记》中的"你给我一片天"),也欣赏不了这洋玩意儿的。转眼到了近十年前,世纪之交某天的一个傍晚,我在浙大玉泉校区(即所谓老浙大)的永谦活动中心闲逛,在一个明显是面向学生的"文化用品"商店中,我见到一个架子上散乱地堆放着一些 CD。我大致翻了翻,挑了三张:Bob Dylan 的 Love and Theft;Pink

Floyd 一个"拼盘":In The Flash 和 Hay You;还有就是 Bee Gees 的演唱会,One Night Only。Dylan 这个专辑中的 Moonlight 和 Sugar Baby 对我还是有些吸引力的,Pink 的"撞墙意识"对我也有一定的感染力,但这么多年过去了,我脑海中牢牢记住的仍然只有 Bee Gees 的那首 Massachusetts。

忘记是在此前还是此后了,我与一位朋友路过这个活动中心,看上去这里显然是在搞活动,大厅内传出了腾格尔高亢抒情的"天堂"。我的这位朋友从小在内蒙长大,于是就告诉我,这首歌听着就让人想起了小时候在草原上的生活,还说腾格尔的歌还是可以听听的。我不假思索就说:"也就是这首可听"。这时对方突然没有了声音。我抬起头,我的这位朋友眼中闪着有些异样的光。

大约是在 2007 年 10 月吧,也就是整整三年前,我在纽约哥伦比亚大学的国际学生公寓借住了近一周、同时在 Strand 逛了近一周之后,到唐人街坐上"风华绝代"的大巴,直奔波士顿。五个多小时的车程,到达波城时,天已经黑了下来,在从那个我到现在不知其名的车站下来后,绕了一段有些"崎岖"的路,并照例在购票机上经过一番"折腾",我终于登上了驶往哈佛的 Subway;波士顿已经是华灯初上,两边的高楼上呈现一种奇怪的光影相间的视觉效果,让人顿生如在梦中之感。不一会儿,这种效果就出现在左右两个"平面"上,连列车撞击铁轨的声音都好像起了变化,我意识到这大概就是我从地理书上获得"摹状知识"的 Charles River:我来了,Massachusetts;Massachusetts,我来了。"天堂"就在眼前,而我却不知道"门"在哪儿。

2010 年 10 月 18 日

告别"魔都",告别 STRAND

　　花别人的钱买书到手软,刷自己的卡逛纽约到腿软,竟不知中央公园内还有一个这么大的湖。已近日暮黄昏,一个全无艺术细胞但本身却像一件艺术品(?!)的游客从古根海姆博物馆出来,有一种告别的心情,却不知下一站究竟在哪里。正茫然地站在 Museum 小径和八十九街的路口,忽然想起还该再到这个其实已来过多次的公园里转转。沿小径往北,是一个看着像公园正门的入口。台阶上是正在拍照留念的稀落人群,拾阶而上,映入眼帘的却是一个让人一下反应不过来的"大"湖。在纽约高楼间的逼仄空间和令人迷乱燥热的 Subway 中行走久了,眼前忽现此湖,不能不使人有怡神清心之感。是一个雨后薄阴的天气,草木掩映,水鸟低飞,湖的对面是类似双塔的两座高楼,近前是沿湖慢跑的纽约客。于是我决定绕湖一圈,向我的第一次也很可能是最后一次异国之行道别。

　　沿湖的路低洼泥泞,不时要左躲右闪才能避免黑泥上身。这情形似乎与这个大都会很不相称,正讶异于纽约人为什么不搞点"形象工程",把这路打扮得光鲜亮丽一些,那可是并不需要多少个子儿的呀,却忽然"领悟"这种简朴的大大咧咧和大大咧咧的简朴却正是这在某种程度上已成摩登文明象征的城市的活力和自信的表现。纽约人大概对于文明与自然背离之所以然和不得不然有独特的领会,而慢跑者身后溅起的黑泥也许比那修剪得整整齐齐的草地更像是纽约人"亲近"和"通达"自然的路径了吧。这种体会在快要走完一圈,看到橱窗中陈列的详细记录此湖修建疏浚沿革的相关图片和文件时得到了印证。是的,与我们悠久辉煌的古老文明相比,这片土地和这个城市就像是一个没有传统和品味的暴发户。但是,对于坐在纽拉特之船中、行走在文明之不

归路上的现代人来说,也许更重要的不是曾经有过什么样的传统,因为
与传统的或多或少的背离似乎已成为我们的宿命;而是对于传统的始
终持有敬意的保持和守护,因为也似乎只有这种持守才能赋予我们贫
弱失血的生活以些微的意义和连续性。

　　结束这不在规划内的游湖行程,回到古根海姆门口稍坐片刻,我就
按图索骥至轻车熟路地用上次离开大都会博物馆时刚学到的"交通知
识",信步走向莱克星顿八十六街地铁站,搭快线前往 UNION SQUARE,
从那里出来往前走几步就是我一到纽约就连续来跑了多天,每次都泡
到打烊时间的纽约最大的旧书店 STRAND,它的"广告词"很有煽动
性——"全店的书排起来有 15miles 长"。由于前两天刚来"扫荡"过,
我这次是捡漏来的,但也还是小有斩获。作为一名曾经的西洋政治思
想史教员,我淘到的"小书"包括名不见经传的两位作者的 *The City -
State Foundations of Western Political Thought* 和 *Marxism and Individual-
ism*。而"大书"则包括五零年代初出版的 Britannica Great Books 中的
Plotinus 卷和 Aquians 卷,由于这两个作者的三册书分别编号 17、19 和
20,仿佛又是为了保持对于连续性(这是我前次在 MAIDSON GARDEN
SQUARE 那家 BORDERS 中撞见的 Richard Sorabji 的 *Time,Creation and
Continuum* 中的一个关键词)的感受,我顺便又捎上了其主体内容《上帝
之城》其实已有国内翻印的英文本的编号为 18 的 Augustine 卷。不管
是具体到真实还是抽象到仪式,正是怀揣着这种对于"连续性"的感知,
我最终挥别了 STRAND,"汇入"到 UNION SQUARF 前的人流中,而此
时的纽约已近灯火阑珊的午夜。

2007 年 5 月 20 日

Life and Text[①]

　　N 年前在京城，和一位编辑朋友一起逛三联书店，在韬奋中心的咖啡室偶遇沈公昌文先生——我与沈公并不相识，但我这位编辑朋友与沈公是老同事老朋友了，朋友热情地把沈公介绍给我（似乎应当说"把我介绍给沈公"），听着沈公那口宁波口音的上海话或上海口音的宁波话，我这个虽然长得比较"磕碜"，但却是"货真价实"地出生在西施故里，后在地域和方言均与宁波属于"直系"的舟山呆过两年，又在淮海中路 622 弄 7 号住过三年的标准的南蛮子自是相当的亲切，特别是在满口 ER，MA 的帝都！谈话间，我的古典音乐修养甚高的朋友不断地"调侃"沈公对于音乐的"品味"——因为沈公最欣赏邓丽君！而沈公照例是一脸俏皮和善意地为他的这份似难登大雅之堂的爱好"辩解"着。

　　做翻译在当今的世界和中国确实均属于学术产业链之最低端，我常调侃自己，以及做过不少翻译的向东同志和曾经做过不少翻译的秋风同志，咱们不过就是懂得把英文转化成中文的"农民工"，咱们比农民兄弟多的一门技艺和咱们在分工链上与他们的区别就是我们"天造地设地"就是"二道贩子"！"农民工"的"休闲"即使有，也是"最低端"的；其实他们更需要的就是"休息"。就拿本人来说，十年译海沉浮，译了近二十本二三流的书，自己也快成四流的学者了，并顺带也"败坏"了自己本就不高的艺术品位。特别是在译事刚起步的那几年，忙乎一整天也就是中午停下来扒两口饭的时候有点"休息"时

①2010 年 10 月 30 日至 31 日在人民大学参加题为"普遍主义与特殊主义"的"政治哲学论坛"，意犹未尽，回杭后戏笔。

间,那时照例会打开平时难得打开的电视机,而电视里早几年铺天盖地都是《大决战》三部曲,后几年则盖地铺天都是《铁齿铜牙纪晓岚》。看着看着,被看着被看着,我对于这两部戏都渐渐有了好感,甚至有些喜欢上了。虽然所谓"铁三角"的"铁齿铜牙"未免有些少秋兄和雅芝姐之《戏说乾隆》的影子,我却独以为"古意犹存";而《大决战》中最好的一部莫过于"辽沈战役"——我的评价也是:虽然"人民战争"已然打响,宋襄公之类的"义战"早已"黄鹤一去""渺若云烟",但此片亦尚"古意犹存";而正是这点儿"残存"的哪怕只是徒具躯壳的"古意"使得它比后来的"淮海战役"(海峡对岸谓之"徐蚌会战")要高出不知多少倍!

　　话说周濂办的这次会议,我在"赞美"之余也不免稍有"遗珠之憾"——某种程度上甚至比包利民教授和在下在 2007 年办的那次少了些许"多样性"。这种感受——当然有人可能会调侃我"阶级斗争觉悟过高"——在这里就可用到"辽沈战役"里蒋公的一句台词,大战即将打响前夕,蒋公莅临沈阳视事,在东北战区少将级别以上的会议上,蒋公有云:"我们有一位共同的朋友,他未便出席今天的会议,却又分明和大家在一起!"这位朋友当然就是林总,而我们在这里可以而且必须把"这位"置换成"复数"的"他们"。

　　再话说我"阶级斗争觉悟"再"高",到现在也还是认定李强教授是"我们的人",而且我在别处曾把李教授称作中国政治理论界之"那莫问"。本来我还美美地打算在这次会议上再次聆听李"那莫问"高谈沃格林。及至到了会场上,周濂才告诉我李强出国去了,这无异于当头浇了我一盆凉水——这下可连"伪多样性"都没有了啊,成了十足一"裸奔"!而"求缺理论"总是百试不爽,于是,昨晚我梦见会议重开。大家("我们"?)济济一堂,一个十足的多样性在"狂奔"。我很荣幸地坐在李"那莫问"旁边(注意这是在梦里,实际上无论从哪个方面我都是不够格的!),只见他侃侃而谈,至得意处不免"顾盼自雄",而我每每心折,到会心处更是"抚掌而呼"。待他一气谈完,意犹未尽之余,我再次做出我一贯的在我心仪的"名人""大腕"面前之"亲昵状",贴着李老师的耳朵对他说:"李老师您这谈的可都是 life 啊,并非

text哦!"闻听我言,李老师一怔,脑子中似乎在搜索着什么,我不好进一步让我敬爱的李老师"为难",于是"动用"我"残存"的一点哲学"功夫"为李老师"解围":"在某种程度上,life 就是一种 text 啊!"李老师连连点头,头上的细密汗珠收了回去,连说:"是啊是啊,谁又说不是呢!"这是我在现实中和梦想中加在一起唯一一次"战胜"我心中最敬爱的李老师!

回到"开篇"在三联偶遇的沈公。继多年前在"辽教"指导策划我枕边厕上爱看的"书趣文丛"之后,沈公以近八秩之龄,宝刀不老,最近又联合他的俞陆两位小兄弟,在海豚出版社策划"海豚书馆",至今出书已近十种,我已收囊中的有董桥《墨影呈祥》、南星《甘雨胡同六号》、周錬霞《遗珠》、徐森玉《汉石经宅文存》、熊式一《八十回忆》,以及容肇祖《占卜的源流》(此书收重了,因为我多年前就已有收入此长文的齐鲁版《容肇祖集》),除了董公集子中关于梁任公的那篇文字特好,今早醒来,翻开熊公《八十回忆》作卧游,开篇就是一个好"段子",撮要抄出与诸君分享:

郑卓是中山先生同乡,时年 102 岁,他告诉熊公一生只说过一个小谎:当年中山先生要和宋庆龄结婚,写了一封坦白而恳切的信,请原配卢夫人同意离婚,让孙科带回家交与母亲。孙科既不敢违父命,又不敢得罪母亲,于是拉了德叔——即郑卓——一道回乡。卢夫人看了中山先生的信,毫不冒火,说阿卓你来得正好,我正要问问你,这位宋庆龄小姐你一定见过多次吧,她长得很美吗?

阿卓知道他这时确实一言九鼎,只好违心摇头说,这位宋小姐,是在外国读洋书的人,相貌长得并不好看。

夫人听了他的话,自言自语道:"人家又识英文,我们又不识英文。人家又识跳舞,我们又不识跳舞! 我们还是让让人家吧。"她当即对他两人表示同意离婚,说她是为了国家而牺牲自己! 他们听了后,大大的放了心! 预备在家里住几天再回去。夫人却不让他们在家耽误时间,要郑卓和孙科马上回上海覆命。

2010 年 11 月 10 日上午 10 点 30 分敲完

　　PS：明天就是光棍节，想起《大决战》中一个场景，1948 年的平安夜，蒋公和司徒雷登在一起，新年钟声敲响时，司徒对蒋公说："明天就是中国共产党的生日"。活脱脱一个"潜伏"版的司徒啊！

旋 转 木 马

清明小长假的最后一天，终于能够兑现带小女去满陇桂雨少儿公园的诺言；这真是一个"山色如峨，花光似颊，温风如酒，波纹若绫"的西湖春日，一大圈玩儿下来，最后来到了伊最爱的旋转木马跟前，小姑娘从小就爱美，自个儿挑了一匹漂亮的木马就勇敢地翻坐了上去，伊的动作一向大胆而稳健，我本可以不用陪伴的，但却也是挑了一匹紧挨着伊的木马坐了上去——我猜想这大概也并不只是为了"补偿"自己小时候从没有玩过这源于拜占庭帝国、后来在欧洲风行起来的洋玩意儿的吧。木马真的旋转了起来，除了王菲的"旋木"，我脑子中忽然闪现出哪年曾在哪里看到报道，迈克尔·杰克逊在他事业的巅峰时期其实内心也是无比孤寂和落寞，据说他经常一个人深夜在他的"梦幻庄园"坐旋转木马 killing time。就在我眼前几乎要现出某种幻觉的当儿，"欢快"的音乐响了起来，原来是"中国少年先锋队队歌"，听着激越昂扬、催人奋进的旋律下富于革命乐观主义精神的"向着胜利勇敢前进前进"，我想起了一代伟人"敢于斗争敢于胜利"的教导。而"扪心自问"，我不但像叶秀山先生"自嘲"的那样从年轻时就没有那种"革命""锐气"，而且确实感到这旋律也委实与眼前这种游戏之"节奏"和"机理"不甚吻合——试想，旋转木马是一种循环的运动，实际上是 stay at home 的，那种循环往复、一唱三叹的况味实在是与后者的那种一往无前、义无反顾的大无畏精神迥然异趣的。忘记我最早从哪里学到，异教的或古代人的世界对于时间持一种循环的观念和想象，而现代革命观念则是只有当出现一种线性的时间观念之后才可以设想的。用阿伦特的话来说，笼罩在历史循环论之下的古代的历史概念认为每个事件和行为之意义是在它本身之中并通过它本身呈现出来的，而现代的历史概念则是通过向无限的过去和无限的未来之伸展而保证世俗之不朽的。其实这一点"即使"在科学史领域中也早就是一种"常识",记得近年在中文学界(我就不用"国朝学界"这个在小枫自己这里也已经 OUT 的妙词了)虽经反复"推助"却仍然是"不温不火"的科耶夫之连襟、科学史大家亚历山大·柯瓦雷(据小枫"爆料":一开始是柯瓦雷的弟弟追求他[指柯公]的小姨,也就是后来成为科耶夫妻子的那位姑娘,而当他后来得知那位姑娘、也就是他的小姨爱上了科耶夫,柯公"愣是""大义灭亲",用小枫那从德法语系毕业但带些川腔的话说:"科耶夫可比我那小老弟强多啦!")有一部书就叫做《从封闭世界到无限宇宙》,里面铺叙的就是这场"深刻"到"灵魂深处"的"革命",虽然他的着眼点看上去主要是在"外在"的"空间"上。这是"古今之争"之形上学的和知识论的层次,而其"影响"却显然远非限于此,而是波及宗教神学和美学艺术的领域,就正如它目前在道德和政治领域最广为人知一样。

　　用比较常识性的或形而下的语言来说,在王朝政治的时代,"敢于胜利"所导致的往往不是"新亭对泣"就是"哀鸿遍野",而在高全喜兄所谓"人民也会腐化堕落"的时代,"敢于胜利"则不是与奥斯维辛就是与古拉格联系在一起,而只要是采取大规模战争的形式——无论在冷兵器还是热兵器时代——"一将功成万骨枯"就往往是"敢于胜利"所必须交出的"学费"。在更为日常庸众的个人生活的层面上,"敢于胜利"所要付出的"代价"就无需我在此饶舌了,还是把发挥这个"才能"的"舞台"留给以赚取眼泪谋生的言情小说家们吧——我想起李泽厚先生 N 年前说过的一则"笑话",在他那本《批判书》出版前后,他曾"谦虚地"向包括余杭韩公法老之本师齐良骥先生在内的不少前辈征求过意见,前辈们或也是"谦虚地"笑笑而没有吱声,只有一位像我这样"心直口快",笑谓:"小李啊,你一个人就占了这么多领域,那我们可吃什么去呀!"

　　说"正经"的,其实我现在真正想起的倒是从孔夫子到当今无论中西学界都颇为"红火"的新保守主义和新共和主义者对于"礼""礼制"和"礼仪"的种种不管"与时俱进"的还是不那么"与时俱进"的理解和诠释,不过中学西学功底均轻浅得"潭中水清鱼可数"的我也就不在众高僧大德面前"班门弄斧"了,而是照例要讲点轻松的。记得昨午坐完旋转木马回家,晚上无事,曾在网上搜"敢于胜利"之精确出处,却看到一则题为"'敢于胜利'是什么意思"的有趣帖子,其中有谓:"追求胜利和成功也是需要很大勇气的,因为成功后不免会有失落感,没有挑战了呀,比如你玩游戏,最高一关你闯过之后,还有再玩下去的想法吗,尤其是一些名人,当他们达到事业的巅峰后,不是有很多都自杀了吗,所以,要敢于胜利。"呵呵,这位网友真是可爱,照这么说,迈克尔·杰克逊实在是"不敢于胜利"或者"怯于胜利"之名人的"典范"了;不过这位网友倒是"启发"我想到:"敢于胜利"和"怯于胜利"就实在不但是两种不同的社会理想或者对于实现理想之手段的两种不同的想象,而且简直或者甚至首先乃是"性情"上的两种不同趋向了;我的名气没有迈克尔·杰克逊那么大,但我倒是不怕"攀附"名人之嫌,于是我"大咧着"要说的是,在下大概也是像迈克尔·杰克逊那样一种"怯于胜利"的"性情",不过这"性情"也正如世间万物,原也是"辩证的",焉知我之"敢于"把自己的"怯于胜利"说出来不就是我之"性情"中"敢于胜利"一面之"呈现"呢?!

2011 年清明后一日
港湾家园寓所

我的部落格

一、Yesterday

Dear Bao,

When I saw the mark of WAWA market yesterday, my tear almost burst out, for my arrival, for all you did for me, for yesterday.

I met Pettit two hours ago, I sent him my book "From Liberalism to Post – liberalism", and added that we should understand and read republicanism as one kind of post – liberalism. I written seven Chinese usages at the second page,

Regret not to meet earlier

There will be ample time

The Common Mind (Pettit's book I translate just now)

The Mutual Reason (Pettit's anthology I will be the editor)

Destitute leads to change

Change leads to common

Common leads to sustain

Seeing this, he smiles, I hope you would smile either.

My best wishes,

Ying Qi

2007 年 3 月 10 日

二、MERRY CHRISTMAS！

我在普林斯顿与倡导无支配自由的佩迪特教授"比邻而居"的生活是一种真正实现了 Berlin 所谓消极自由的生活。从名义上说，菲利普是我的工作教授，但由于我的交往恐惧症，实际上主要是由于交往资质的匮乏——虽然我译著"等身"，但我的口语糟糕到连问路都有问题，因此除了与他偶通伊妹，我是在这里做我完全可在国内做的工作，除了寻访西书的乐趣——为此我将写一本"访书记"，以与关心我的诸君分享。但是正如像小 Mill 这样的自由主义者和后来像 Taylor 这样的自由主义批评家洞察到的，这种"消极自由"并不必然导致 Agent 及其 Agency 的扩展和完善，而反会使主体和自我产生萎顿和抑郁。

今天是主的日子（抱歉是美东时间），难得冬日艳阳高照，我一人坐在堪称普大地标的 Lake Carnegie 边上，一边欣赏波光粼粼的湖上美景，一边"学习"京师大学堂政府管理学院张君寄来的题为"无支配，自我和荣耀——对佩迪特共和主义的批判性重建"的论文开题报告，以应张君"批评指导"之请。正在入神之际，忽然有一头"长发飘飘的"黑毛狗信步走到我的座椅旁，大概出于对"非我族类"的觉知，它满腹狐疑地看我和我手里的白纸（该不是饿疯了吧）。出于我从小就有的对"人类的朋友"的"敬畏"，我带有求助意味地把目光转向接踵而至的狗的主人——一个白种中年男人。他在明白我的用意后，用一种美国式的幽默说："He just say hello to you。"听闻此言，面对已在我身后"齐头并进"的狗和它的主人，我用自学英语以来从未有过的爆破音脱口而出："Merry Christmas！"这也是我在今天这个主的日子第一次面对活物发出这句问候。望着面带笑容走远的主人（此词与"奴隶"相对，是新旧罗马共和主义定义"自由"的关键术语，"自由就是没有主人！"）我脑中忽然浮现出一个维特根斯坦式的问题，老维为一条狗是否能伪装对主人的忠诚感到困惑，我则很关心一条狗是否能掌握"无支配自由"的概念：狗尚不能，何况人乎？！

诸君放心,写出这样的文字的人绝不会萎顿颓唐,而是永远"勇猛精进"——"做哲学必须有麻绳般粗大的神经和钢铁般坚强的意志。"记得这是尼采说的,虽然他最后疯了。

2007 年 12 月 25 日

三、IN THE BEGINNING WAS THE DEED

昨晚祝福完了新年,就信步走到 WAWA 去"视察慰问",想在这特殊时刻验证我的同事说过的这"救命店"每天通宵营业是否属实。月光如洗,一片清冷,看到铁将军把住了娃娃的门,我的心头竟有些失落。刚回过身来,却传来了一声汽笛声,在寂寥的夜空中显得特别清晰和有穿透力,但却毫不刺耳——原来是从 Princeton Junction 来的火车进站了。看着稀落下车的夜归人,我低头看表,刚好是 12 点:主的日子结束了,人的日子开始了。

2007 年 12 月 26 日

四、赫希曼《跨越边界》简介

阿尔伯特·赫希曼是 20 世纪享有世界声誉的政治经济学家,其工作被认为在过去的半个世纪中重新定义了政治经济学家的范围和限度,为社会变迁和经济发展明确地提出了一种创新的纲领。赫希曼长期担任普林斯顿高等研究所教授,著作等身,其名著《退出、呼吁和忠诚》以及《激情与利益:资本主义胜利前的政治论争》已译成中文出版(其《反动的修辞:反常、无益与危难》一书已有台湾译本,简体字版也即将问世)并有广泛影响。

《跨越边界》一书是赫希曼晚年的一部短小著作。著名的民主理论家、《强势民主》一书的作者本杰明·巴伯称誉它是"一部对大多数其他学者来说都堪称大著的小书"。全书由三部分组成。第一部分是一篇题为"合并公共领域和私人领域：认真对待公度性"的文章，此文讨论了公与私的界面，尤其是探讨了希腊的共餐与雅典民主之间的联系；第二部分是一篇题为"五十年之后看马歇尔计划"的研究报告和个人回忆，作者在其中试图把他在马歇尔计划中的个人经历与他担任拉丁美洲经济顾问的职业生涯联系在一起；第三部分是一个长篇访谈，最初在意大利发表，后分别被译为德文、西班牙文和法文，最后由作者本人从意大利文译为英文发表。这篇访谈对作者的学术生涯和职业生涯作了详尽的回顾，具有宝贵的史料价值，是研究作者思想的真正的第一手文献。

全书以一种坦率幽默的笔调写成，涉及的问题包括经济与社会发展，民主与资本主义以及他毕生不断地重新思考的基本概念，其广袤的跨学科视野和健全的政治判断处处透显出一位几乎与二十世纪同龄的老牌智识人的人生智慧和理论洞见。此书中译本的出版将不但有助于人们了解赫希曼本人的学术成就，而且会给人们思考经济学家与他所处的时代之间的关系以及广义的思想与时代的关系带来富有教益的启迪。

Albert O. Hirschman, *Crossing Boundaries*：*Selected Writings*, Zone Books, 1998.

2007 年 10 月 20 日 at Princeton

五、"世界第一等"

起来处理了信并吃完东西，又习惯性地走向我春节后搬来的"小区""深处"——这两天正纳闷来此后怎么没有找到水呢，却在"菰蒲深处"发现了一个湖和大片禽群。沿湖走了一圈，并在长凳上小坐片刻。天高风劲，心坚意定，我不妨把这当卡湖，常来走走——伪智者也是离不开水的。

晚饭后又出门"放风"。却不意间直奔 Edison Station，只见站前有两女聊天，讲的似乎是法语。侧眼旁"观"后，一人"陪"着自己的影子沿着长长的月台来回踱步，夜色渐浓，笛声渐远，都有五六辆列车交错呼啸而过了。佩迪特的书在等着我，于是拖着自己的影子往回走了。

进门刚坐下，却听有人敲门，原来是房东 Bowie，这个在我那天午夜近一点从 JFK 到达 Edison 时，穿着拖鞋到我刚才徘徊过的火车站来接我的可爱的小伙子，手里拿着三张电影站在门外，我一眼就看到最上面的一张就是 Russell 主演的 A Beautiful Mind。小伙子那天接我到家后第一句就问我 'Are you studying at Princeton?' 并露出一脸歆羡的神色，这次又类似地还带着羞涩地解释了送我这张电影看的用意。我当然是一阵忙不迭的"Thank you"。

Princeton 是一个梦，而我在这个梦的外面。

2008 年 3 月 7 日

六、天堂夜归

在"研究室"并未做"研究"，却泡到了 7 点多，背起包在后校门匆匆吃了点东西，就来到如今已不胜凋敝的枫林晚书店，没有什么有兴趣的新书，近来对买书也颇有些意兴阑珊（"审美疲劳"也许没有，大概一是堆放空间问题，二是如不严加控制，毕竟也是开支不菲），就在要步出店门的当儿，见维氏的女弟子和遗嘱保管人之一 Anscombe 的 *Intention* 出了中译本，虽然早有预告，也还是有些兴奋地买了一本。想起在大洋彼岸时几次摩挲着这书的平装版，又每次都一边念及已从北图高价复印此书，一边摸摸口袋中的 dollar，恨恨不已而最终作罢的"窘境"，想笑却没有笑出来。

学术图书的市场是越来越萧瑟了，从杭州三联转型的那家新民书店又要搬家了，在打 68 折，一直想去看看的，却也一直拖着——就正如我手上和心中所有别的事——于是在夜色中步行过去。店内确是一片

"逃亡"前的景象。不过打折也确实"刺激"了"购买欲"和"力",在付款台前有人抱着《散原精舍诗文集》,大概是中文或历史系的研究生吧。人家"逃亡"在即,我也无心"恋战",与书店伙计聊了一会儿,选了严耕望的《中国地方行政制度史—秦汉》,《魏晋南北朝佛教地理稿》,还有德国古典学家 Hans Light 的《古希腊人的性和情》;Skinner 的老师 Laslett 的《洛克政府论导论》我记不得是否买过了,于是也牵了一册;架上的《雨僧日记》十册,我望了望,像以前无数次望过的,却终于还是没有下单。

　　直接到寒舍的公车大概是没有了。在这也越来越几乎见不到蓝天的"人间天堂",这雨后的天气也已经算是清新的了。于是决定来一次徒步夜归。一人穿行在路变宽而车更多的街区,竟也有几分很久都没有的放松感。一会儿就到了寸土寸金的黄龙地段,这该是天堂中的天堂了,大概天堂人人喜欢,蓦然发现人流窜动,以为是某演唱会散场了。抬头望去,"候鸟不见踪影",只见一块大牌子上赫然写着"黄龙大排档"五个大字。大排档的对面就是西湖体育馆。不知怎的,望着载着它们的主人来夜宵的一辆辆轿车,我忽然想起一则陈年旧闻,据说某年卡雷拉斯在座位不足一千的西湖体育馆放歌,上座率不到五成,而歌王的演唱仍然一丝不苟,写报道的那位严肃的"娱记"感叹:那晚的观众值了!

　　回家照例是在灯下翻阅刚携归的"战利品"的前言后记,名师高徒,Anscombe 的传奇经历确夺人魂魄,严耕望的名著遗作皆体大思精,而我还是"劣根性"难改,"吃着碗里的看着锅里的",眼前浮现出的仍是那十册《雨僧日记》——据吴宓 1919 年 9 月 8 日记载:

> 陈君又谓,"我侪虽事学问,而绝不能倚学问以谋生,道德尤不济饥寒。要当于学问道德之外,另求谋生之地。经商最妙。Honest Means of Living(谋生之正道)。若作官以及作教员等,绝不能用我所学,只能随人敷衍,自侪于高等流氓,误人误己,问心不安"。

2008 年 6 月 26 日

七、阅读心情

聊赖中从一个靠窗的书架上翻出尘封已久的玛丽安尼的韦伯传翻看,那种很久没有的震撼又重新回来了。

翻到韦玛到芒特弗农旅行的一节,按照玛丽安妮的第三人称叙事:

> 那是个阴天,他们航行在宽阔的暗黑色波托马克河上,岸边斜坡的林木已经染上了秋色。他们拾级而上,来到山腰那个白色的小木屋里,比德迈式的简朴风貌一如歌德时代的遗迹,令人涌出了思乡之情。随处都能感受到深沉的寂寥和宁静——逝者长已矣的宁静,以及大功告成留下的崇高忧郁。那种极为躁动不安的生活已经成为过去,如今只有心有灵犀的人才能使它得到揭示。回到下面又听到了生活的喧嚣声,好像它对每个人都有着极端的重要性。

谁又说不是呢?

2008 年 10 月 8 日

八、我的部落格(一)

晚睡和晨起前都有随便抓本书翻翻的习惯,今天不幸"中彩"的是《谭嗣同全集》,见"上欧阳中鹄书"中受信人有如此批跋:"中国现存公道者二事:一乡试,糊名易书,暗中摸索;一捐官,招花样选缺,论钱不论人,盛时非善政,今日则善法也"。顿生时光倒流之感。颓然之余,忽记起 Lawrence 有云 Ours is essentially a tragic age, so we refuse to take it tragically。乃掷书披衣,写起部落格来了。

2009 年 11 月 5 日

九、我的部落格（二）

梵澄入院。护士推门访察，见其正背对房门小解；一小时后，护士复访，见其姿势未变，乃大惊。梵澄笑曰："某君从巴黎起飞到伦敦，上机时天正大雨；未想到了伦敦，天亦大雨。暗忖：雨若是之大也，from Paris to London"。护士一脸茫然。梵澄复"小解"曰："此雨非彼雨也。"

社科文献新出《徐梵澄传》，颇有可观，唯索价稍昂；忆起年前读赵丽雅《梵澄先生》，心向往之，而有出世之慨。

2009 年 11 月 20 日

十、我的部落格（三）并贺新春

出版社赶在元旦前把鄙人"张罗"多年的《当代政治哲学名著导读》一书出来了，我赶在新历和旧历年前把在我这儿"闲置"多年的 Philip Pettit 的 *The Common Mind* 和 Frank Michelman 的 *Traces of Self-Government* 两书的译稿交出去了（两部稿子加在一起估计有八九十万字），又用了大半个月时间把刘擎兄与我合译的 Charles Larmore 的 *the Morals of Modernity* 一书的校样看完了。译海沉浮十年，中间甚至一度由于倦怠症而有很长时间完全无法工作，我的精神似乎从来没有这样放松过。于是插架抽架，偶检在书架上尘封多年的陈灜一《新语林》一书来翻，见卷五"捷悟篇"有如下一节：

> "陈散原赴友宴会，席间召妓天香阁，乞为撰一联，陈援笔立题曰：'天壤有情终负尔，香尘扬海渺愁予。'以视诸客，四坐惊赏。"

忘记是在哪儿看到过，奈保尔每杀青一鸿篇，必召妓庆贺；编书译书没有"向壁虚构"来得那么有"原创性","先天不足后天失学"如我，又没有如寅恪先生尊人般"捷悟"，于是召什么的也就算了。还是"召"书罢。去年整整一年，"召"的书恐比以往任何一年都多，刚刚搬的新房子中的书架上早已放不下了。将近年底，一家民营学术书店要搬家，相识多年的书店主人送了我三个高及梁柱的大书架。于是我的几个学生就像《哲学研究》中的泥瓦匠递砖块那样把我胡乱堆放在房间里的书传递着上架，而我则端坐桌前，手握刚"召"来的《坐拥书城》一书，"为之四顾，为之踌躇满志"，似乎真有了"待从头，收拾旧山河"之慨。

PS，昨得张充和口述《曲人鸿爪》，见中有余公（仿敝系何俊兄称谓）为重题写给钱钟书的旧作：

> 卧隐林岩梦久寒，
> 麻姑桥下水潺潺。
> 如今况是烟波尽，
> 不许人间有钓竿。

天寒日暮，新春将至，在下免费向诸位高僧大德奉上"钓竿"一根，敬请笑纳，并贺新年祥瑞。呵呵。

2010 年 2 月 7 日

十一、我的部落格（四）——两脚书架

托"领导"之福，去岁稍有"经费"，于是置书颇上瘾。日思夜梦，昨晚"游"北京，至商务门市部，遍翻未获，正在失望之间，忽见架上一册阿尔弗雷德·韦伯《康德＜法的形而上学＞评注》，布面精装，译者、价格均清晰可辨。虽暗忖回杭州也许可买到打折的，仍急急收之，匆匆跑向门外久候的大巴，刚上得车，只听司机嘟囔："每次出来都等你一个

人。"——于是梦醒矣。

PS，N 年前万航渡路院图书馆清仓，拣到布拉德雷《逻辑原理》上册，虽是残璧，也姑且收之。暑假外调，持导师引荐信拜访梁存秀先生毕，在商务门市部闲逛，1963 年版《逻辑原理》下册赫然在架——不虚此行矣。

买完书，再抄书：

> 至邻室邀吴春晗君出赴合作社吃茶。过沈有鼎君卧室，入之，凌乱无序。沈君西装，为奏《平沙落雁》一曲。亦强之出喝茶。沈君于西服外更穿上棉袍，真可怪也。

——浦江清：《清华园日记》

> 有一次，沈先生带我去颐和园拜访梁漱溟。梁当时住在颐和园的一个小院落里。既至，经通报，至客厅，梁出，与沈先生寒暄。沈先生把我介绍给梁，于是就坐，上茶，我本欲听二先生讨论中国文化问题，但大家都静坐，真正的静坐，一动不动，无言。约过了廿多分钟，沈先生起，告辞，梁送出，会见完毕。归时，天已薄暮，昆明湖上有几只水鸟悠然翱翔。我和沈先生散步回清华园。

——苏天辅：《回忆公武师二三事》

2010 年 3 月 15 日

十二、访问梦境

做了一个非常冗长古怪的梦，里面有选秀、闯关，如无舵雪橇般惊险，而其创意却来自邓艾经江油取成都前那纵身一跃；有愚昧和苟且，也有香艳和诀别，最后一个场景是我成了道德激励、示范和净化的中心，有貌似我情感和智力上的双重敌人为我打开了一瓶白酒，乱梦纷飞，而酒瓶上 69°的字样赫然在目……

2010 年 7 月 10 日

十三、我的"矜持"的由来——想起一则故事

犹记淮海中路 622 弄 7 号念书时，我一哥儿们为一烟草公司做市场调查，就是给人派送香烟，品尝后作为样本填表格接受访问。有一次问我喜欢国烟还是外烟，我存心想多拿点儿样品烟，就说自己是"中西并进"。不料哥们儿说你这种 Sample（样本）是最不典型的，按说不用给烟。虽然他还是"开后门"给了我一些白包烟。但我从此就"矜持"了起来，就像诸位见到的这样，直到现在。

2010 年 7 月 22 日

十四、翻书偶得（两则）

偶检上半年所收罗蒂自选集《实用主义哲学》所录访谈的最后一页：

问：是否有某些东西是您写过而又感到遗憾的，或者您希望您曾写（而未写）的？

罗蒂：我希望我写过罗伯特·布兰登和迈克尔·威廉斯的一些书，它们将我自己在哲学问题上的一些看法和一种论证技巧以及一种我从未能够实现的思想上的准确性结合起来了。只是我的头脑不对劲。

2010 年 9 月 4 日

　　萧山毛奇龄每作诗文，必陈书满前，及伸纸疾书，或反不用一字。妻陈，性妒，以奇龄娶妾，辄骂于人前，曰："公等以毛某为博学，渠即七言八句，亦必獭祭乃成。"奇龄笑曰："握笔一次，展卷一回，积久自能赅博，妇言不可听也。"

——《戊午暑期国文讲义汇刊》

2010 年 10 月 7 日

十五、方平和方重

　　在一则黄永玉的访谈中看到他提及方平，想起多年前在《读书》上看到过方先生的一篇文章《阁楼上藏了个疯女人》。更想起多年前在淮海中路 622 弄 7 号图书馆处理书刊时收了方重老先生所译《坎特伯雷故事集》，开篇是我至今能诵的译文：

　　"当四月的甘霖渗透了三月枯竭的根须，沐灌了丝丝茎络，触动了生机，使枝头涌现出花蕾，当和风吹香，使得山林莽原遍吐着嫩条新芽，青春的太阳已转过半边白羊宫座，小鸟唱起曲调，通宵睁开睡眼，是自然拨弄着它们的心弦：这时，人们渴想着朝拜四方名坛，游僧们也立愿跋涉异乡。尤其在英格兰地方，他们从每一州的角落，向着坎特伯雷出发，去朝谢他们的救病恩主、福泽无边的殉难圣徒。"

2010 年 9 月 19 日

十六、"上去"和"下来"

有一次我在 Blog 中自嘲自己"眼尖",我的同事包利民教授"锦口绣心",回复我:"眼尖的人总能发现许多美好事物。"想想也对,"眼尖"不是"罪过",于是继续"眼尖","发现"两个"警句":

> "罗蒂曾经说,塞拉斯具有一种被束缚的、受到卡尔纳普制约的黑格尔精神;我想说,我认为自己也有一种被束缚的,受到刘易斯制约的罗蒂精神。"

——Robert Brandom 语

（载于童世骏总编辑,《哲学分析》2010,No. 2,第 171 页）

> "罗尔斯和哈贝马斯的反省使他们深切地体悟到康德的一套下不来,而牟(宗三)先生的反省使他深切地体悟到康德的一套上不去。"

——刘述先语

（载于氏著《儒家哲学:问题、方法及未来发展》,2010,第 467 页）

其实 N 年前也有人称道我"锦口绣心"的——"因为"我也有个"警句",那就是:"我既要'上去',又要'下来'!"

2010 年 10 月 21 日

十七、书犹如此

我的一个学生常用我的办公室,他把我在那里的书编了个目,这些书和我在书房的书大约相当吧。还没有浏览完目录,虽不乏"故友重逢"的惊喜,也发现了几本后来甚至刚前几天买重的书,但总体的感受嘛,让我想起一位过去的朋友——多年前这位朋友只身"背井","飘洋"数年后回到原来的书房转了一夜,对我感叹说:那些书也"不过如此"。

2010 年 10 月 26 日

十八、我之"博闻强记"

昨冬学期第一次研究生课程,我侃侃而谈,从当年填报大学志愿,到周一去上海看望我的老师。中间休息时,有一生问我是否有 Strauss《自然权利与历史》英文版,我先问你的导师姓甚名谁,告以乃包利民教授也。我说你先问包老师有没有,再来问我。又问你是哪里考来的(非"你是哪个单位的?"),告以是山西大学;我问是哲学系否? 答曰乃中文系也;我继续"问":"贵系是否有一位姚奠中教授?"答曰"是有一位姚老先生?"我再继续问:"姚教授乃太炎先生之弟子,君知否?"答曰"好像是的。"我又补充:"乃晚期弟子也。"其实我也已经忘记是什么时候开始记住"姚奠中"这个名字,应该是在长春上大学时吧。不过最近我又一次看到了这个名字,盖因我上周在杭州体育场路一家位于寿衣店旁的特价书店中收了一本同为太炎先生晚期弟子的汤炳正教授的《渊研楼屈学存稿》,中有汤教授致同门姚教授书信数通。汤先生的书我至少还有《屈赋新探》、《楚辞今注》以及他的回忆录《剑南忆旧》。

我亦尝想,大学里为文科教授定三六九等等时,应当把知道多少为文科教授的名字作为划分等级的一个重要参数,一者这个数量之多少本来就是人文精神是否"丰富""昂扬"的一个重要标志,另一方面主要是因为如果这样操作,就将对我大大有利,从而占据较高甚至最顶级的位阶——谁又说不是呢?

2010 年 11 月 26 日

十九、老诗人的历史感

人物周刊：2007 年您开始定居香港，香港对您意味着什么？

北岛：我感谢香港收留了我。香港多年来收留过很多人，包括孙中山。

2010 年 11 月 27 日

二十、"老北大人"并贺新年

"我与伯林"上周就写完了，万把字两天就敲出来了，"呕心沥血"，确是有些辛苦，在续写最后一篇 Blog"泰初有为：北美访书记"——其实这也只是为了还我在普林斯顿时立下的愿——时就"倒下"了，呼吸困难，有"世界末日"的感觉；连续昏睡了十多个小时，今天早晨醒来时，发现这身体也还是我的，我也还能活，于是想起 Dickinson 那句"The mere sense of living is joy enough"，才明白我确是得珍惜生命了；也还是这位女诗人说过："我老是不知该从哪里开始，不过，从爱开始总不会错。"——是的，"珍惜生命"，为了我所爱的人和爱我的人。

"干活"是不能的了，就理理不久前从特价书店扫来的书吧，《大戴礼记汇校集注》旁是同为上下两卷的《王毓铨史论集》，何兹全老先生在序言中介绍王先生与魏特夫交往一段颇有趣："1937 年左右，魏特夫就请毓铨去美国，在纽约哥伦比亚大学中国史研究室做他的助手，这和毓铨的东方专制主义思想不无关系，魏特夫正是持这一观点的。"

更有趣的是这一段："我和毓铨是 20 世纪 30 年代北京大学史学系同学，我 1931 年入学，他 1932 年入学，我高他一班。他在他班里，才华出众，很有名气。那时，我们虽然没有交往，但课堂、路上相遇，我知道他叫王毓铨。当时北大学生都是雄赳赳的大丈夫，有的同屋几年，都不说一句话。"

由此想起我初中时大概是作为绍兴地区的三好学生到杭州参加全省中学生夏令营，记得有一个个子瘦高的男生，戴副板材架的眼镜，应当是一位高中生吧,在告别的晚会上掏出一张小字条,说:"这是我刚才吃晚饭时赶写出来的",接着念道:"西湖边那闪烁的路灯,好像姑娘那明亮的眼睛——";也还记得有一位同样来自诸暨的女生,我那时还没有像现在这样"能言善道",在"营"中时大概就和她说过一两句话,"营"后更是"黄鹤一去"了,巧的是我后来竟曾在杭州到北京的火车上遇见她,不过她是去上北大,而我是转道天津去长春。但当我后来知道她从唐钺先生的心理系毕业后也就做了一名像敝校的某教授一样的心理咨询师,就觉得自己当时考不上北大时天并未塌下来也是有其"道理"的——不是吗,并不是人人都上得了北大,不管是老北大,还是新北大,但我们不是都还得活吗,不管我们是北大人,还是非北大人?这两个都是"永真命题",但过去、现在和将来也都还是后一个对我更为"真实",也更有"意义"——难道不是吗?!

谨以此"段子"向诸位祝贺新年,不管你们出身北大,还是非北大!

一个非北大人

2010 年 12 月 23 日

二十一、又见"光明"

系办秘书年前来电询问舍下邮政地址,我问何意,答曰将赠阅《光明日报》。元旦假期后第一天,我就从报箱中见到了"光明",晚饭前餐桌上翻阅,却扑面而来满是"人民"的气息,而这"人民",也正应了故人高全喜兄那句——"也会腐化堕落的"。

于是就还是回到记忆的"黑暗"中吧,我第一次对"光明"有印象是在我故乡那所高中的报栏上,晚饭后、自习前我总会趁着一天的余光在那里驻足停留,我忘记是在"光明"上还是在与它并列的"参考"上看到过安德罗波夫去世的消息。总之我从那时开始就养成了看"光明"的"习惯"——后来当我听说"光明"是所谓高级知识分子报纸时还颇为自己提前跨越"卡夫丁峡谷"而"得意"了一阵子,虽然我那时根本不知道储安平是何人；就正如我初中时因为淘气捣蛋而写给一位周姓女老师的检讨书中就曾表决心要好好"治学"——我的老师改正了我不当的用词，虽然她是教数学的。

最后爆一下料了事：我在"光明"上看到过的最"振聋发聩"的文章是谢遐龄二十四五年前的《论哲学研究中的笛卡尔主义倾向》，当年我几乎能把这篇文章给背下来；而我最爱看的栏目是一个学者的专栏，特别是其中的讣告部分，这部分地解释了我为什么掌握那么多学林"掌故"——所谓"死生乃大事"，此诚非虚言也。

2011 年 1 月 4 日

二十二、正谊的火气

月初在清华开会，照例去转万圣，得大百科翻印刚出吴相湘《现代史事论述》和《民国政治人物》，从 2007 年中华翻印的《三生有幸》，至此我几乎搜罗了吴氏著述所有的大陆版本。回杭后翻检《现代史事论述》中"马神庙·译学馆·汉花园"一篇，见中有作者本师"我的朋友"胡适之先生的两个"段子"，颇为传神有趣，亦为别处所未见，特抄出留存：

> "红楼"西侧教室都悬挂竹帘，适之先生讲授《中国中古思想史》时间，多在下午。他老每见炎日，常下讲坛把竹帘放下，并很风趣地说："小姐们是不要多晒太阳啊！"
>
> 适之先生自美国初次回台湾时，曾为笔者庋藏他老致心史师手翰题跋，其中提及心史先生批评清季戴东原与赵水潜《水经注》，有句云：心史先生不免动了"正谊的火气"……相湘当然明了这句话的意思。适之师后来又一再告诫笔者和同学不要"动正谊的火气"。

2011 年 3 月

二十三、书摊得书记

某次在载小女从幼稚园回家的路上,偶然多踩了几步,单车轮子就转到了一个新落成的小区附近,不经意间发现一流动书摊,实际也就是地摊,因了第一次稍有所得(其中包括小女自己"眼尖"发现的《乌龙院》),此后我便隔三差五地会半顺道来此瞅上两眼。累计不超过七八次吧,倒也颇有些"斩获",择其"精要",胪列书目如下,或可供将来与伊"话当年"之"谈资"云尔:

《西湖梦寻》、《西湖笔丛》、《西湖游记选》、《西湖诗词选》、《武林旧事》(均系浙江文艺出版社初版)、《中华活页文选》(合订本1-5)、《历代论诗绝句选》、《林纾选评古文辞类纂》、《中国古代绘画理论发展史》(葛路著,记得大学时迷过一阵子美学,收过同一作者《春秋前审美观念的发展》)、《朱元璋系年要录》。

值得单独加以"表彰"的是这样三本书:《晦庵书话》一版一刷、《楚辞选译》(瞿蜕园选译,此书既未见过也未听说过,可见我之"博闻强记"也还是有限的),还有就是《麝尘莲寸集》(汪渊集句,程淑笺注),整部书都是集句而成,也算是一大"奇书"了,这是其中一阕《春光好》:"歌窈窕,舞婆娑,见横波。浅笑轻颦不在多,奈情何。银叶初消薄晕,铢衣早试青罗。梦断锦帏空悄悄,敛羞蛾。"

还有三件书法"作品":《六体千字文(文物出版社1981年初版)》、《明文徵明书滕王阁序》,以及《黄庭坚书法精选》,回家在餐桌上翻看《松风阁诗》一帖时,眼珠子都差点儿掉了出来。

有趣的是有一小册赵朴老的《永怀之什》,"怀念"的是毛公、周公和朱公。

这类地摊上照例当然会有些文学名著,记得我上大学前在诸暨故乡的老房子里用收音机听过程树榛的《大学时代》,而真到了大学时代,在为了向自然辩证法高峰攀登而到颇有声誉的吉大数学系听概率论和离散数学之类的课"受挫"并遭遇"精神危机"后却也只读过"伤痕文学"和"知青文学",我的从《卡拉马左夫兄弟》到《群魔》的几乎所有老陀的作品都是在上海社科院图书馆清仓处理时"拣"的,此外我的世界名著收藏和阅读就少得可怜了,于是就还是在这摊上"重拣"了一册张谷若先生的《大卫·考坡菲》还有一册比较"稀见的"狄更斯《圣诞故事集》,不过我照例还是要从以前不怎么注意的罗新璋译《红与黑》中抄出译者的如下"妙论"以为我的"流水账"作结并以"自勉":

> 于译事悟得三非:外译中,非外译"外";文学翻译,非文字翻译;精确,非精彩之谓。

译者还有以下"申论":

> 外译中,是将外语译成中文——纯粹之中文,而非外译"外"——译成外国中文。此所谨记而不敢忘者也。
>
> 文学翻译,非文字翻译。文学语言,于言达时尤须注意语工。"译即易",古人把"译"声训为"换易言语"的"易";以言文学翻译,也可说,"译"者,"艺"也。译艺求化,只恨功夫不到家。
>
> 译贵精。但在翻译上,精确未必精彩。非知之艰,行之惟艰耳。
>
> 比起创作,翻译不难。难在不同言而同妙,成其为名译也。

2011 年 3 月

二十四、晦暗与澄明
——也谈"重建意义世界"

自从大学时代在"光明"上看到《论哲学研究中的笛卡尔主义倾向》之后,我就始终关注着谢遐龄氏的哲学文字——用有点儿"抒情"的话来说,谢氏的文字就像一块有魔力的磁石一样吸引着我——这种关注的至高点应当是在上海读研究生时,我搜罗了他从《扬弃》、《超逻辑》到《大刀》和《澄明》的全部著述,而其中给我印象最深的是《大刀》中那段关于牟宗三先生所译《实践理性批判》中给"范型"一词所写"译按"的评论文字,以至于我多年后曾在给学生的一个书单中加上了"谢遐龄对牟宗三先生康德学的推进"这个"思考题",而此前我刚看过李明辉教授的《牟宗三先生的康德学》一文。在"沉寂"多年之后,如今我们又偶尔能看到谢先生的哲学文字了,例如他论共通感和气本论的文字我都让学生复印了带给我看。这不,手头还有篇他的新作《重建意义世界:重建中国农村社会的核心》,除了想起《澄明》一书的全名即为《文化:意义的澄明》,就让我抄出这篇新作中的如下文字,以作对往昔时光之缅怀:

> 笔者一贯认为,"义在利先"不能取消或降格、代之以"利在义先"。笔者从1985年至今二十五年间反复阐明,义永远在先。拨乱反正只是改变义之内涵而已,"义在利先"须坚持不懈;决不是让利居于义之前。可叹笔者的诠释未在意义世界中占据应有位置:未得全民族接受、成为民众日用而不知的道理。

再顺便抄出我上周与自己的两名学生一边喝另一位学生"孝敬"我的"如意郎"一边聊天时嘣出的一句话,以最终结束"我的部落格":

> 如哈贝马斯和罗蒂们所言之凿凿和谆谆的哲学在整个文化中之"位阶"的"降格"也许恰恰构成了哲学应当在我们的文化中发出更大声音的一个最强有力的理由。

2011 年 3 月 30 日

二十五、"你的背包"

大约两三周前,在晓风西溪店听到一首很动人的歌,当时忙于选书付账，就没有能够没有记下歌名，虽然我前次曾经在那里记下了 Cara Dillon 的 Craigie Hill。回到主楼办公室，那旋律仍然在脑际挥之不去，于是电话书店的店员，说我刚才在贵处听到一首很好听的歌，这首歌是什么名字？对方答曰：QQ 上下的歌有几百首，循环播放，委实难以确定您刚才听到的是哪一首。我在"怅惘"之余，想起巴乌斯托夫斯基以安徒生为主人公的短篇小说《夜行的驿车》，于是以吾辈在人生旅程中注定会错过的歌又何止千千万聊以自我"排遣"我那有些个"伤他（她）梦透"（sentimental）的"情怀"。

今天下午，趁着等一位在西溪校区办事的朋友的间隙，我又在这家店里"闲逛"，见到了三本书：敝校陈桥驿老先生刚由中华书局出版的回忆录《八十逆旅》，人大出版社的纪念集《尚钺先生》，以及我曾从其《纽约客》中"习得""魔都"一词的白先勇的散文集《树犹如此》，于是我让店员为我预留前两本，先要了第三本；一会儿朋友办完事过来了，因为还要到近处转转，我就把这本书放在朋友的背包里。在放进背包时，我对即将"远行"的朋友说："这书送给你吧，如果你带得动。"朋友推说不要，我也就没有再坚持。一会儿我们就分开了，分开一会儿后，我就收到朋友的简讯："你把书忘在我背包里了。"我回说："大概这也算是天意，那就留给你吧。"

虽说书已经"送"出去了，我却依然还是惦记着它。于是晚餐后带着微醺，冒着寒风来到我住处附近的晓风紫金港店；只见《树犹如此》端端正正地躺在书架上，于是内心"稍慰"。然则我仍然还是要在已经有些时日没来过的店内"徜徉"一番的——除了廖伟棠的《野蛮夜歌》，我还见到了长刚小友前两天短信向我报告的赵丽雅《读书十年》第一集。带着一种"散漫的淡定"正要付款之际，店内响起了一个"熟悉"的声音和旋律，一下子 catch 住了我已经有些沉淀的心绪，于是连忙问店员："这是什么歌？"我得到的回答是："这是'你的背包'"。

http://www.1ting.com/player/6c/player_45935.html

2012 年 12 月 22 日

一个人的阅读史

题记:枫林晚书店老总朱升华先生为他的电子刊物《书天堂》"一个人的阅读史"栏目向我征稿,固辞未获允,乃以如下"博客"文字应之。我无"博客"而有"博客"文字,此则杭州读书人之共同朋友升华兄之功也。

——Between 11.4—11.5

一、近期学术工作

近一二年仍以翻译和组织译事为主,近期项目包括与友人在江苏人民出版社主编"当代西方哲学政治读本系列",第一批六种(毛兴贵编《政治义务》、谈火生编《审议民主》、曹海军编《权利与功利之间》、刘训练编《后伯林的自由观》、徐向东编《自由意志与道德责任》、葛四友编《运气均等主义:赞成与反对》)年底前出版,第二批六种(佟德志编《宪政与民主》、包利民编《新社会契约论》、吕增奎编《马克思与诺齐克之间》、郭忠华编《公民身份与社会阶级》、徐向东编《美德伦理与道德要求》、鄙人编《自由主义中立性及其批评者》)明年出版;

与三辉图书合作"共和译丛"小型丛书,其中《共和的黄昏》、《自治的踪迹》两种明年初出版;与同事在上海译文出版社筹划"哲学的转向:语言与实践"译丛,试图以主题化的方式系统译介 20 世纪晚期哲学。书目暂时保密。"译"("业")"余"仍打算写两本政治哲学方面的书,一本是综论,用六个观念(哪六个也暂时保密,阿德勒有《六大观念》一书,忽然想起)对政治哲学的重要问题做系统表述;第二本由十篇论文组成,已完成若干篇。

二、对你学术思想影响最大的人和书

牟宗三《现象与物自身》

原因不详,有待后半辈子研究也,前半辈子只是遭遇。

三、最近在阅读的书

确切地说是在翻看的书:

一是《危险的心灵》,此书颇便在欧洲智识氛围(如所谓里特尔学派)中了解施密特,译者是一对旅德学子,其中一位在柏林自大拿到法硕,这倒使我想起在那儿念书的一位"心灵的朋友"。

二是刚出的《牛津西方哲学史》中译本,多年讲外国哲学课(含史与现代)而无合适之教本,此书至少在篇幅上合适。

三是余国藩《红楼梦、西游记及其他》,印象最深的是《朝圣行》和《释情》两篇。原稿用英文撰就,由作者的门生翻译,译笔堪惊!

四是黄一农的《两头蛇》,曾买过黄的《社会天文学十讲》,纯属"应公好黄",而此书则下决心要念一遍。又,作者的学问经历很有意思,大陆有一个人有一比,即北大法学院张千帆教授是也。

五是叶秀山的《哲学要义》,叶是中国最好的西方哲学专家。多年前听到有人说过两句话,一是李泽厚研究中国思想却像个西方人,叶秀山研究西方哲学但更像个中国人。二是"天翻地覆慨而慷"之后中国五十年之哲学可用北大哲学系的四个毕业生来概括,即 20 世纪 50 年代的李和叶、80 年代的甘和刘,只不过前两位是本科生,后两位是研究生。此书由他在北大讲"哲学导论"的讲稿整理,我最有兴趣的是它有一张DVD,叶先生之课堂实录,我与叶先生通过电话,但从未得见真身,于是买书回家不是看书,而是首先"看碟"。顺便说一句,叶先生的课就像我的课一样肯定是失败的,一是与他长期的生活方式有关(他是社科院的!),他是完全的独白,纯粹的自言自语,二是这个课的内容不适合于本科一年级学生,它是老先生几十年思考的结晶,但对十七、八岁的尤其是生活在 21 世纪的新新人类来说实在是太艰深了,我这样的老叶迷都要屏住呼息、凝神倾听才能勉强跟上。

四、您想向读者推荐的 10 本书

1. 牟宗三《中国哲学十九讲》

十年前,我曾为本科生讲授中国哲学,完全依循此书讲了一遍。此书乃作者诠释中国哲学之创见的集中表述,高中以上文化的中国人都应一读。作者另有《生命的学问》(中有《略论三统》一文,与时下"通三统"之"三统"不同,乃道统、学统、政统是也)一书,亦可作如是观。

2. 余英时《陈寅恪晚年诗文释证》

牟宗三曾云陈寅恪之学问有公子气。余英时此书大陆未见重印,但多年前花城出版社有一册《陈寅恪晚年诗文及其他》,"弦箭文章"字大如斗不过二、三十页,余氏文章密排小字,洋洋十余万言,实已变相"引进"矣。

3. 侯外庐《韧的追求》

由关注所谓亚细亚生产方式的讨论而得识侯外庐,侯是中国马克思主义史学家中最具异端气质的一位,他的回忆录既具温暖的情怀,又有智性的愉悦,当然还有历史的沉重。虽然"通三统"说近乎痴人说梦,但了解马克思主义及其"中国化"仍属必要,而侯是其中少不了的一环。

4. 萨托利《民主新论》

萨氏此书中译本行世与顾准"浮出水面"(借用朱学勤形容中国自由主义之妙语)差不多同时,均在九三、四年,《顾准文集》之前身香港三联版名为《从理想主义到经验主义》,而萨氏书中有"理想主义周游四方,经验主义足不出户"、"卢梭燃起了上千万人的热情,洛克(边沁)说服不了一个人"之句。

5. 麦金太尔《德性之后》

据说刘小枫很看不起麦金太尔,认为正如牟宗三之于宋儒为弃儿,韦伯之于海德格为弃儿,麦金太尔之于斯特劳斯为弃儿。但麦氏此书仍颇值一读,至少可以感受一下西方20世纪80年代以还批判权利论、道义论自由主义的智识或者说舆论氛围(知识与意见的区分正是一个希腊式的区分,小枫很看得起的斯特劳斯和小枫同样看不太起的阿伦特、哈贝马斯都在这上面做文章)。又昨日读网得知甘阳将在中山大学招博,参考书中麦氏之《伦理学简史》赫然在目,不知是否作为反面教材。

6. 史华兹《严复与西方》

我读过的研究中国(文)自由主义的最好两本著作之一,另一本是贾祖麟(音译格里德)的《胡适与中国的文艺复兴》,严几道与胡适之是中文自由主义的一、二代,殷海光是第三代,但对殷的研究中还未出现可与史、贾比肩的著述。顺便说一句,北大的李强教授为此书写过长篇书评,这篇书评是我所见过的最好的中文书评之一,汪丁丁为赵汀阳《论可能生活》、童世骏为赵汀阳《天下体系》写的书评也属此列,但童文似乎既不能说是书评,又不是用中文写的。

7. 叶秀山《思史诗》

我大学毕业在海岛工作,一边下乡抓"计划生育"(当地村民戏称为"排除定时炸弹"),一边读叶氏此书,顺带做英文习题,盖为考研准备也。

8. 赵汀阳《论可能生活》

"让哲学说中文"和"哲学之中国气度"的一次可观尝试。

9. 汪丁丁《永恒的徘徊》

作者最结实的文集,在感受、趣味和智性上均极纯正。不过丁丁给我印象最深的两篇文章,一是《棕榈树下的沉思》,二是《哈耶克三论》。我想起《沈有鼎文集》中作为附录发表的作者晚年与王浩(公武先生呼之曰"浩兄")的通信中对胡塞尔的评论,"《逻辑研究》仍然是他最好的著作,因为他当时还没有被后来那许多稀奇古怪的念头所抓住!"

10. 吴咏慧《哈佛琐记》

此书有三联"盗"版——陈俊民教授与作者相友善,他多年前告诉我,黄进兴教授(吴咏慧系笔名)委托他在大陆买一本三联版给他,因为三联根本没有通知作者重印之事,于是我用手里的"盗"版换来了陈教授送给我的允晨正版。读此书比读刘亦婷的管用,没有念书人不想因此而去哈佛的。但想到我的身边有那么多"博友"已在或将去哈佛,顿时兴致全无:还是读我的《哈佛琐忆》吧,而且还是正版的!

2006 年 11 月 4 日
浙大求是村寓所

从"顽主"到"顽物"

——淘书记四则

一、黄仲则与马克思

　　大学时到长春上学,从杭州出发,必经上海签转,记得那个中转的车站名唤"真如"。某年过完春节回校,在真如站签转时照例又没有座位,但那趟车出乎意料的拥挤,大家"背靠背""嘴对嘴",就连座位底下也别想"插足",因为到处都躺满了人。我这人对"自由呼吸"的要求一向较高,在此"闷罐子"中,都快要喘不过气来了;想到距长春还有近四十个小时的车程,我更是快背过气去了。凌晨一两点钟,车抵常州,由于我事先了解到常州有一趟春节临客开往长春,决定下车再次改签以碰运气,动员同行的温州籍朱姓同学一起下车未果,于是一人冒着寒风逃离"难民车"。下车后找到签转窗口,怀着一份此生从未有过的"卑微"战战兢兢地把票子递进去,竟然拿到了一个座号,我当时都快要跳起来了!也更真切地理解了何谓"欢呼雀跃"和"绝处逢生"!而接下来的问题同样现实,车要到下午三点左右发,而当时才凌晨一点多,这段时间怎办?住店显然是不现实的,当时的生活状况还没有"奢侈"到那个程度!但想到白天还是可以有"丰富"的行程,我的心绪安定下来,于是就在火车站的长椅上和衣枕包睡去。天明胡乱吃了两口早点,即往市里进发。问了 N 多人,终于找到了小时候从郁达夫的小说中得知的"两当轩","全家都在风声里,九月衣裳未剪裁",其地果然甚"寒微""萧索",稍作逗留即离去。接着来到常从母校母系邹化政教授课上听闻的北大哲学系朱德生先生的故乡武进县城逛了小半天,又转至常州市里的新华书店,盘桓久之,最后买了两本书:黄仲则的《两当轩集》,

1983 年上海古籍出版社版；其时刚出的白皮红字封面的《1844 年经济学哲学手稿》，作为"集体劳动"的产品，原译者刘丕坤的名字不见了。回到长春，急寻不愿在常州和我一起下车的兄弟，才知原来朱兄已"卧床不起"，问其原委，告以车上那种"背靠背"、"嘴对嘴"的状态一直持续到沈阳，脚已肿大不能行路矣。

二、《金瓶梅》与《藏要》

　　东方之珠香港特区之前特首董建华先生的胞弟董建成先生早年在我读博士的原杭州大学设立了"董氏文史哲奖励基金"，照章奖励杭州大学师生（主要是研究生）之发表物。我不敢说我在做博士研究生时"突破"以前不敢写文章的"禁忌"和"心病"开始写起文章来是受了"董氏基金"那一篇普通刊物文章 1000 大洋的"刺激"。但不管怎么说，我在杭大念书时确实发表了几篇文章，而且都"如愿以偿"地从前杭大的老校长沈善洪教授手里接过了每次一千元的奖金。记得一次拿了一千元后，顿时"豪气干云"，相当的"踌躇"，在校门口的西溪路上闲逛，颇有"昂首天外"之慨。走着走着忽然在杭大新村后门发现一小书摊，书贩见我一派"得志"的读书人"气象"，忙拿出一套红粉面的上下册，小声问我："全本《金瓶梅》要不要？"我拿过来一看，标着三秦古籍书社，但瞅那印刷装订显然是盗版书，还"此地无银三百两"地标明印数仅一千套，也太低估我这哲学博士候选人的"智商"了！于是翻到"紧要处""查验"产品是否"正宗"，粗瞄数行（以下像贾平凹一样省去几百字），"直觉"告诉我此系"真货"也！见四下无人，当即从那 1000 元中抽出两张，还找得八十元，再用废报纸把两册"宝书"包好，夹在腋下，怀着一种被"宰"的"快感"悻悻然地离开了。走到杭大路口，"气宇轩昂"地一挥手，一声"TAXI"，当即打车来到当时杭州最大的解放路新华书店，指着玻璃橱柜中早已看好的欧阳竟无居士编的《藏要》十册，掏出四张，要了一套。BTW，此书系上海书店 1991 年影印版，印数 600，标价 380，这回可一定是正版的！

三、"顽主"与"顽物"

前天参观一家总部在厦门的图书公司在西溪校区图书馆举办的台版书展,这已经是他们在此设摊三天中的最后一天了。中午匆匆用完餐坐班车过去,快速转了一下,发现书的品种并不甚多,价也不廉,约为新台币码洋之三分之一数量的人民币,比在台湾购买加了六七个点。《玄智、玄理与文化发展》(戴琏璋)、《当代儒学思辨录》(杨祖汉)、《中庸义理疏解》(杨祖汉)、《从海德格、老子、孟子到当代新儒学》(袁保新)和《康德的自由学说》(卢雪崑)拟推荐单位用公款去买,自己最后从学术性、趣味性乃至实用性相结合,总之一句话就是"性价比"的角度选定了四本书:《儒家圆教底再诠释》(谢大宁)、《五论冯友兰》(翟志成)、《现代性的理论化之路》(Peter Wagner)以及《哲学分析与视域交融》(林从一主编)。最后一本是一部论文集,主体部分乃林正弘教授荣退学术研讨会的论文,其中还有钱永祥先生的一篇文字。不过我取书回家后却先是翻到了戴华教授的《荀子性恶论》一文,粗粗翻阅,蓦然发现戴教授在文章快结尾处把 Harry Frankfurt 在 Freedom of the Will and the Concept of a Person 一文中使用的 Wanton 一词译为"随波逐流者",感到颇有意味,也引起了我的一番联想。

Wanton 这个词,我当年为所编《第三种自由》一书翻译 Frankfurt 的文章时还是动了一番脑筋的,不过倒是并未费时太久,我脑子中就蹦出了"顽物"一词,当时还颇为此得意,正如我在翻译 Peter Singer 的 *One World* 一书时把其中引证的 NYU 哲学家 Peter Unger 的一本书 *Living High and Letting Die* 译为《朱门酒肉臭、路有冻死骨》,自许为"神来之笔",连一向对己对人要求都颇为严苛的顾肃师兄在审定我的译稿时也并未对此"妙译""挑刺""置喙"。老实说,我在想到"顽物"这个词之前先想到了王朔的小说《顽主》,虽然我并没有看过这个小说,也没有采用"顽主"这个创作者印痕太过强烈的词,但我"巧用"了其中的"顽"字——"顽"者"冥顽不灵"是也,这与 Frankfurt 刻画的 Wanton 之缺乏

"反思性"是相通的;至于"物"当然是与"人"相对,这也符合 Frankfurt 对 Wanton 的"定位"——他在上文中明确说:"我用 Wanton 一词来指代拥有一阶欲望但不是人的行动者,因为不管他们有没有二阶欲望,他们都没有二阶意志",而"人的本质就在于拥有二阶意志而不是泛泛而言的二阶欲望。"在这里可以一提的是,徐向东兄在编译《自由意志与道德责任》一书时,提出要把我的这篇译文收进去,我后来翻了一下那本书,发现徐兄对我的译文也没有做太大的改动,但却"私下"把 Wanton 一词改译为"放荡者"。那么现在这个词就有了"顽物"、"放荡者"和"随波逐流者"三种译法。我没有与向东兄和戴华教授讨论译名的机会,也没有机会详细了解他们的"理由",不过我还是坚持自己的译法,"理由"除了上面已经提及的,还在于我认为"放荡者"和"随波逐流者"这两种译法"主观性(色彩)"太强,用"文绉绉"的说法,是过于"第一人称"了,只不过"放荡者"比较 positive,而"随波逐流者"比较 negative,我的译法则"深得""第三人称"之"三昧",我认为也是符合 Frankfurt 行文之整个风格的。当然反方可以辩驳说,Frankfurt 表面上的"第三人称"背后"潜伏"着"鲜明"的"第一人称",这就正如一种声称非常 thin 的论式其实可以是非常 thick 的。

我曾在多个场合讲过(主要是对学生),Frankfurt 这篇文字可以说是我所读过的最好的英文论文,当然那篇译文我也自许是译得最为认真到位的几篇文字之一。但说起我译这篇文字的缘起,却也是颇为"离奇"的。大约是世纪之交的那一两年,我一次到一位已毕业工作且分到比我更大房子的黄姓师弟处小坐,闲聊中见他桌上放着一册心智哲学读本(忘记是原版还是影印的了),据他说是参加中英暑期哲学学院的教材,我拿起来翻了一下,见中间有 Frankfurt 的这篇文字。说起来令人汗颜,我当时只知有个法兰克福学派,根本不知 Frankfurt 何许人也;但因为其中一开篇就提到了 Strawson,于是留下了很深的印象。几年后编《第三种自由》一书时,仿佛是为了"还愿",我选了 Strawson 的《自由与愤懑》(书中译作"怨恨")一文,并想再找篇有点儿"形上"意味的论文,自然就想到了 Frankfurt 这篇文字,也还是委托我的这位师弟复印了给我的。我印象最深的是这个 Anthology 乃是双列排印的,我师弟复印时也没有放大,等我翻译完,估计我的视力都有明显下降!

　　我与 Frankfurt 的"缘分"还没有完——姑且不谈他这篇文章的理路对我的《论第三种自由概念》一文自然是支撑性的。在翻译前,我也通过"伊妹儿"征得了他的同意。2007 年秋天,我来到普林斯顿大学访问,按说我当然是应当去拜访他老人家的。但由于我的英语口语实在糟糕,就一直"延宕"着这件"事",到最后基本上是打算放弃的了。但就在我行将回国从而展开在刚搬来 Nassau 街上的 Layrinth 书店的"疯狂""扫荡"时,一天我在这家书店中见到一位身材十分魁伟的老者,须发皆白,而身着红装,因为我在网络上见过老人家的玉照,我一眼就断定这位"大虾"就是 Frankfurt 教授。但由于实在是意外和惊喜过度,我还是不敢确认和相信这一点,于是就"尾随"着他以作进一步的"观察",果然"判决性"的"证据"不久就出现了——我注意到他手中拿着两本书:分别是 Philip Pettit 的 *A Theory of Freedom*,其时正在打折,平时要 20 多美元只卖 7 美元多,另外一本是 Quentin Skinner 当时刚刚出版的 *Hobbes and Republican Liberty*,凭着这两本书,我断定此公非 Frankfurt 不能,于是就迎上前去,自报家门,通过我介绍我们之间此前的"渊源",他显然是对我有印象的。我们作了简单的攀谈,而这种谈话,就正如我与 Philip Pettit 聊天时调侃自己的,基本上是 one way 的。不过既然有如此的"机缘"撞上这等"大牛",我自然是不肯轻易"放过"的,平时"压抑"得很厉害的"追星"意识此时就勃然上升,我不但"亲切地"称呼他 Harry,还请服务生在书架前为我们合影留念,并在他结账时马上要了本(当然我是自己付账的!)其时刚刚重版的他的成名作 *Demons, Dreamers, and Madmen*:*The Philosophy of Descartes* 请他签名。颇有意思的是,当我连夜就把这段有些"传奇"的经历告诉给其时正在圣母大学访问的徐向东兄时,他的反应竟然是:"恭喜老兄啊,居然追上了星了,连我都还没有这份殊荣!"

　　这种由过目不忘的记忆力和洞若观火的直觉力带来的"机缘"还不止这一例。大约是 1998 年暑假,为完成台湾扬智文化出版公司约撰的《社群主义》一书,我专程到北京图书馆(后改名国家图书馆)查找资料,记得当时"按图索骥"在 *Political Theory* 上复印了一篇 Hanna Pitkin

的文章,大概是关于"公"与"私"问题的,待我印完把杂志还进去后,忽
然发现复印下来的 Pitkin 文章的最后一页连着另一篇文章的第一页,
下篇文章标题为 Virtues, Rights and Manners：A Model for Historians of
Political Thought,作者是 J. G. A. Pocock,同样汗颜得很的是,我当时根
本不知道 Pocock 何许人也,但此文的标题却像磁石一样地吸引了我,我
当即决定忍着图书馆小姐的"白眼"和北图复印每张五六毛钱的"黑
价",重新要出这本杂志把此文复印下来。回到杭州,整个暑假都在挥
汗如雨地"梳理"所谓社群主义的四大人物麦金泰尔、桑德尔、沃尔泽和
泰勒的思想,Pocock 的文章自然也就搁到一边去了。直到我由对以社
群主义为代表的自由主义之批判声浪的关注自然而然地转移到对共和
主义的关注上之后,才又把 Pocock 的文章翻出来念,并在《政治理论史
研究的三种范式》一文中对之作了初步的探讨。曾经有一度,我想把自
己的注意力全部集中在对共和主义的研究上,但这种构想就正如我的
其他 N 多构想一样,最终都"破产"了,并同样最终以对相关文献的翻
译而告终。就共和主义而言,我这里指的当然就是我与刘训练君合编
的《公民共和主义》和《第三种自由》两本书,以及我后来在严搏非先生
的支持下策划的"共和译丛"。但不管怎么样,对于包括共和主义在内
的政治思想史研究,我一直抱有一种"余情未了"的感觉;对 Pocock,我
更是许之为西方政治思想史研究中最值得歆慕和崇仰的人物。2007 年
十一二月间,我随一个"教友团"从普林斯顿出发,途径巴尔的摩到华盛
顿去观光。参观完令我终身难忘的巴尔的摩港之后,带"团"的丁牧师
好心领我们一干人到约翰·霍普金斯大学校园转一转。这所大学用洁
白的大理石(花岗岩?)做成的校门给我留下深刻的印象。我当然也知
道 Pocock 教授就是在这里度过他晚期的学术生涯的。站在约翰·霍布
金斯大学美丽的草坪上,一种莫名的感动和一种同样莫名的伤感拍打
着我的心潮,我想,我这辈子怕是没有机会见到 Pocock 教授并向他请益
了;但也是在那一时刻,我最终放下了对于未能"登堂入室"、真正有质
量地从事政治思想史研究的遗憾。

四、逃会与淘书

　　上周末在人民大学参加周濂筹办的主题为"普遍主义与特殊主义"的"政治哲学论坛",周日会议倒数第二个单元茶歇时,我突然有"自由呼吸"之愿望,更经不住训练小弟的"怂恿",于是在他的全程陪同下,我来到人大校园"淘书",下面是"战果":

　　　　新书:《通向义宁之学:王永兴先生纪念集》、《春秋公羊传译注》、《艺风堂杂钞》。
　　　　旧书:《明末清初小说第一函》共八种、《玉娇梨》、《中国史学名著题解》、《史籍举要》、《汉官六种》、《史记选注集说》、《制艺丛话试律丛话》、《中国历代文论选》、《嵩庐问学记》、《刘伯承用兵录》、《元公周先生濂溪集》、《近世中国秘史》、《南巡秘记》、《梵天庐丛录》、《行云集》、《美国词语的掌故》、《古代的希腊和罗马》、《歌德传》、《人和国家》、《思想山水人物》、《工业文明的社会问题》、《苏联的社会变革》、《唯心辩证法观批判》,还有一本 Margaret Majumdar 的 *Postcoloniality*: *The French Dimension*。

　　我淘的书就像与会的永祥先生自谦的他的论文那样"芜杂而纠缠"。不过回家理书,觉得倒是可以从刚淘得的《梵天庐丛录》抄出两则不那么"芜杂而纠缠"的"段子",与诸位分享,亦聊以补鄙人"晚节不保"、未能全程与会之遗憾云尔:

　　　　洪武初,欲于南京狮子山巅作阅江楼。楼未造,先令儒臣作记,即日文成。太祖览之曰:"乏人矣。昔唐太宗繁工役,好战斗,官人徐充容犹上疏曰,地广非久安之道,人劳乃易战之源。东戍辽海,西役昆丘,诚未可也。今所答皆顺其欲,则唐妇人过今儒者。"又曰:"昔与君同游者,皆和而不同,今与我游者,皆同而不和。"楼竟不作，乃试作记者耳。

定庵在京时，与友人谈诗赋，忽一友曰："某次覆试题为《正大光明殿赋》，不知以何为韵？"同人默然。定庵忽曰："吾知之，是以'长林丰草、禽兽居之'为韵。"闻者舌挢不下。

也还可从同样刚淘得的周瘦鹃《行云集》首篇"新西湖"中抄出他转引宋人于国宝《风入松》词和明代袁中郎《昭庆寺记》中的段落，以"证成"我之"勾留此湖不去"：

一春常费买花钱。日日醉湖边。玉骢惯识西湖路，骄嘶过估酒楼前。红杏香中箫鼓，绿杨影里秋千。暖风十里丽人天。花压鬓云偏。画船载得春归去，余情付湖水湖烟。明日重扶残醉，来寻陌上花钿。

山色如峨，花光似颊，温风如酒，波纹若绫，才一举头，已不觉目酣神醉，此时欲下一语不得，大约如东阿王梦中初遇洛神时也。

2010 年 11 月 5 日
写和抄毕于杭州

从"跟不上时代"到"通三统"

N年前在《读书》上"截获"汪子嵩先生"爆料",谓金岳霖先生晚年常感叹自己对人民"有罪",因为他培养了三个"跟不上时代"的学生,一个是沈有鼎,另一个是王浩,还有一个当然是殷福生(金先生眼中永远只有殷福生,没有殷海光)了。现在想来,金先生之"跟不上时代"说确实意味深长,而他的三个学生的三种"跟不上时代"的方式似乎同样意味深长。

用"政治觉悟"一直很高的金先生的"话"说(显然是经过了"政治觉悟"同样很高、但在写那篇回忆时似乎已明显"低落"的汪子嵩先生的转述,但我这里没有再核实汪先生的文章,仅凭记忆和"毛估估"[此系吴语,意为 presume]),殷福生之"跟不上时代"是他"跟老蒋跑了",王浩之"跟不上时代"是他"待在老美的地儿上不回来了",而公武先生则被认为压根儿没有"时代"这个概念——这是一种解释,我的老师范明生先生是半个清华人(1950年考入清华哲学系,1952年调整到北大哲学系),据他闲聊时告诉我,公武先生出身前清世家,民初上清华学校时,来回北平清华园和上海嘉定每次都需家人全程陪同。这么说来,公武先生不但是没有"时代感",简直是没有"方向感"的了。另一种解释则是公武先生并非没有时代感,他只是一直生活在"过去",用现在时髦的话说,就是没有"与时俱进"。但这种说法其实也是很勉强的,姑且不论我们从《沈有鼎文集》附录的他与王浩的通信中看到的公武先生的形象其实还是蛮关心"时代"的,例如他从读报和浩兄(公武先生在信中对王浩的称谓)的转述得知美国"'进步人士'也正在批孔",就"夸赞"说:"很好,这是在响应我们的号召。"虽然牟宗三先生晚年曾谓沈先生"能见之而不能守之",但牟氏也很清楚,"儒学之第三期发展"这个概念就是沈先生上世纪 30 年代在南京的首届中国哲学会上"原创性地"提出来的,可见沈先生其实反倒是蛮"与时俱进"的。显见"跟不上时代"和"与时俱进"这类话作为社论语言和从哲学家口中说出来相去毕竟不可以道里计。

于是我除了想起了老黑格尔的密纳娃之喻("密讷娃的猫头鹰要到黄昏到来才会起飞","哲学是把握在思想中的时代","哲学的最高使命在于达致与现实的和解","凡是现实的就是合理的,凡是合理的就是现实的"),山岭与玫瑰之喻("万古长存的山岭并不胜于瞬息即逝的玫瑰")和"格言"之喻("同样一句格言从一个饱经风霜的老人口中说出来和从一个乳臭未干的小孩儿嘴中说出来其况味大不相同"),还想起了 N 年前我与一位 N+n 年未遇的校友(其实在校时就未遇过,但这并不影响我们是校友)在南京的一次夜谈,我的这位"杰出校友"谈到对母校母系(很不好意思,我虽然中学时数学成绩冒尖儿,但却考不上清华北大,而那时港大还未在内地招生,于是我只好反其道而行之,上了地处东北的吉林大学,也于是在下后来特别好谈北大清华,"直把杭州作汴州",好像要把公武先生当作"吾家中人"以为"补偿"——关于此下面还有两则补注)学风的三个"诊断":一是母系诸教授均不会外语,于是与世界学术主潮脱节;二是他们所把握的"时代精神的精华"其实并非精华,他们的时代意识是"虚假""虚矫"的;三是由此推出,后人可以完全忽略他们的学术成果而又没有丝毫损失。毫无疑问,我的这位"杰出校友"的"诊断"是太"杰出"了,"杰出"得有些言过其实了。不过南大南园的那次夜谈仍给我留下了深刻印象,尤其第二点"诊断"真给我"振聋发聩"之感——当然是因为其实我也是这样认为的!

回到正题上来,金岳霖先生何等人物,早岁在美国政治学的发祥地哥伦比亚大学(这也是胡适之、冯友兰的母校,也是我的朋友向东徐的母校)师从威廉·邓宁取得政治学博士学位,后来又"先教逻辑,再学逻辑",俨然一代宗师,他之从"门下三千"中独独挑出"沈、王、殷"三位虽然是"势无必至",但确是"理有固然"——通俗地说就是并非出于市井之"势利眼"。想想看,身处金先生的"时代",他之选择"紧跟时代"和他的三位学生之选择"跟不上时代"的三种方式实在是"穷尽"了面对和"把握"那个时代的所有方式。但是"时移世易","时代进步"也好，"与时俱进"也罢，在新自由主义的"全球化"和从老黑格尔到 Kojeve 的"同质政治"的挤压下，我们这个时代的"选项"实际上是比选择"紧跟时代"的金先生和选择"跟不上时代"的他的三位学生的"选项"更狭小、更逼仄了。"空谷足音"，"大音希声"，在这样的时代，我们却突然听到了政治哲学家发出的"通三统"的宏论。

2010 年 7 月 22 日

港湾家园寓所

　　补注一：陈来先生《燕园问学记》回忆当年由于某种原因本科未能上北大，而后来上了北大研究生的"心路历程"，用了一句"纵然是举案齐眉到底意难平"，甚可玩也。

　　补注二：前年是全国范围恢复高考三十周年，我在电视上看到作家余华回忆当年高考经历，称有同学在报考志愿中填上了牛津剑桥，因为该生并不知此两校不在中国抑或不在中国招生。

解　　决

——刘瑜"回来"了"什么的"

　　蛰居外省,终日"伏案"、"发博","消息"确是不甚"灵通"了。昨天用单车载小女"放学"回家,到途中必经的校内一家小书店搜寻一位同事前两天向我推荐的陈乐民先生之《一脉文心》,又花去"二百五",除如愿以偿找到陈(遗)著,还有《诗韵合璧》、《一氓书缘》、《传奇黄永玉》、《荒谬斯坦》诸种,绍海孙师兄的《查拉图斯特拉》一刷时未要,这次也还是收了,还有同样是朋友推荐的《地狱之花》,临"放血"(付款)时还顺手牵了当期的《南周》。回到家躺在上月刚开始"享受"上的"摇摇椅"上"逍遥"——刘瑜"回来"了呀！以一种"惬意"的"躺姿"欣赏完刘美女的玉照(第一张已明显有了沧桑感,呵呵,公共知识分子不好当啊!),再"细读"一遍"对话",除了对提问人的"双锐"("敏锐"和"尖锐")印象颇深,还是"照例"为刘美女的对答"喝彩"甚至"动容"(不是"动心"哦)"不已"。

　　好像我已经在哪儿"嘟囔"过了,刘美才女或刘才美女(这真是一种"珍稀的"快要"绝迹"的"组合"!)真正给我留下"印象",并不是通过那本据说已印了18次的《民主》,而是因为读了我的同事包利民教授"隆重"向我推荐的《子弹》,记得是今年初吧,时光还有些寒意,我是靠在床背上就着羽绒被"啃"完这本"随笔集"的——必须承认我这个"老男人"确实被这束"子弹"深深地"击中"了！按说我并没有真正沐浴过"欧风美雨",而只是在刘美女当年——还有我们的向东同志更早时候——就读的哥大那幢背靠赫德逊河的国际学生公寓借住过不到一周时间,而且每天"早出晚归"几乎全部时间都耗在了STRAND,是不会对刘美女的这种"留学生文学(字)"有多深的"切肤之痛"以至于到"感同身受"之地步的。但事实上情形恰恰相反,我对于刘美女谈"理论"(包括最近谈论双"施")的文字倒没有太深的感受(事实上刘美女有"颇强"的"反理论""姿态"——这个我们在这里不展开、"不争论"),更未像网上的"自由派知道分子"那样"有知叫好"(网上搜索我的师兄顾肃教授,第一条是顾师兄的"实话实说"的"部落格",第二条就是一个"著名的"网站上的那贴"自由派理论家顾肃的'无知叫嚣'",我看了真是"哑然失笑"并为我的大师兄"无知叫好"!)——最深地"打动"我的正是眼前访谈中的那个"生活化"的刘美女及其"生活化"的文字。我这里有没有刘美女如我一般喜欢的对于"名人"之"八卦"心态在作祟,自可请诸君"明断";至于我现在所能想到的这种感受的"原因",至少是部分"原因",甚或其间更深的"关联""牵扯"甚至 attachment,恐怕是只能"所南心事吴井藏"了。

Anyway,刘美女"回头看一看天上的云彩"就离别"康桥"了,这很好;刘美女"回来""荷塘月色"了,这也很好;"荷塘月色"的"深处"是"乌何有之乡",其实是"刀光剑影"的,现在刘美女也来"搅合"了,这就更好;让"我们""一起"来"搅合"吧——看谁出招,看她(他)怎么出招——最主要的,虽然"长远来看我们都将死去",但在当下,哪怕是为了"斗争",或者作为"斗争"之"解决方式",我们还是要比"谁活得更长"——在这一点上,"科学"与"民主",或者就是与"阶级斗争","统一"在了"一起";普朗克与爱因斯坦,毛泽东与施米特"统一"在了"一起",或者他们"相互""统一"在了"一起",此之谓"搅合",于是就让我们"一起"来"搅合","搅合"在"一起"吧。

末了还是要做一回"自由骑士"(free rider)"搭便车""推荐"刘美女的一句"美语"——这大概是一贯以"反理论"姿态示人的刘"美语"中最富"理论"色彩的一句了:

> "'为什么中国革命中会出现那样狂热而真诚的政治参与?'(是因为)利益激励导致的政治参与可能因为人类对'认知一致性'的心理需求而转化为出于信念的参与。"

2010 年 9 月 29 日

从南港到普林斯顿

——比尔德《共和对话录》出版始末

去年三至五月间，我在宜兰佛光大学客座，时值"人间四月芳菲天"，授课之余，我应邀到坐落于南港的"中央研究院"访问。在人文社会科学中心图书馆，偶检早已停刊的《宪政思潮季刊》，发现了杨日旭先生所译、分多期连载的美国早期宪法学名家查尔斯·比尔德的《共和国》一书，原书仿柏拉图之《理想国》，用对话体写成，将美国宪政共和之传统娓娓道来；而杨老先生之学植深湛（可从本书译文的注释见出，原书不含注，所有注释均系译者所加），译笔又清通古雅，内心甚爱之，当即影印大部，并专至近代史所补全"人社中心"未藏部分。捧着还泛着油墨香的厚厚的一叠译稿，在穿过胡适纪念馆所在小径，返回"人社中心"的路上，我忽然产生了把这部书介绍到内地出版的想法。

无论从原作者的鼎盛年（推算希腊哲学家活动期之法）还是原书出版的时间看，此书都已过了版权保护时限，因此我的构想的第一要务是要联系到译者的授权。但令人泄气的是，在咨询了"人社中心"、"中研院"政治所、台大政治系的多名学者后，都没有得到杨先生的确切消息。正在失望之际，邀我往访的张培伦兄告知我，佛光大学的姜新立教授与杨老先生相熟，此正令人有"踏破铁鞋得来眼前"之慨。经我所在研究所戚国雄教授引介，姜教授热忱地答应帮我先与杨老先生取得联系。

记得是去年 4 月 24 日上午，我终于找到了杨老先生的联系方式，并马上与他通了电话，他得知我意后非常高兴，表示愿意无偿奉送译稿，并约好我 5 月初过高雄时去拜访他。杨先生祖籍陕西，已届八五高龄，早年做过胡适的短期秘书，并得适之先生资助赴美留学，在美学习任教三十一年，曾任耶鲁大学和圣路易斯华盛顿大学教授，六十多岁后归台在高雄中山大学任教。

现在,经过半年多的努力,在东方出版社刘丽华女士的支持下,这部译稿即将与读者见面了。首先当然要感谢译者杨日旭先生慷慨地为简体字版授权,他提出的唯一"要求"是在书出后得到一本样书。我也感谢他在我去年 5 月 3 日到高雄中山大学访问时惠与接谈,并邀我午餐;他对宪政之道的拳拳热忱给我留下了深刻印象,而其对父母之邦的殷殷关切更使我深受感动。其次要特别感谢刘丽华女士,她不但促成了此书的出版,而且实际上为译稿的审读付出了最多的劳动,因为原译稿系随译随刊,本有脱漏,加以重新录排,繁简转换,其工作量远比她和我最初想象为大。还要感谢我的学生杨立峰君两度替我通读核校译稿,以及当本书进入最后校阅阶段时刚巧在人民出版社实习的张男同学为完善译稿所付出的辛劳。她(他)们留下的未决问题则是我由在普林斯顿大学访问时通过借阅查找原书(不无巧合的是,我在台大图书馆和北京国家图书馆的藏书目录上都没有找到这本书)及其另一个译本(《美国国家基本问题对话》,王世宪译,"台湾编译馆"出版,正中书局印行,1959 年)而解决的。这几乎就已经只是举手之劳了。颇有意思的倒是,王译书后的藏书章表明,这个藏于普大"善本"书库的译本"碰巧"又是由胡适赠送的。我没有全面对照两个译本,但据我翻看的印象,王译之"信"大概不成问题,而"达"和"雅"则似远逊于杨译。关于原书之标题,杨是按正标题译,王是按副标题译。我们采用的书名既考虑了原书的内容,也照顾到其形式,是一个"折中"。

需要说明的是,作为本书附录发表的比尔德的智识传记当然是原书所没有的,我是在普林斯顿 shopping centre 的一家旧书店用五十美分买到的 *Pastmasters*: *Some Essays on American Historians*(Edited by Marcus Cunliffe and Robin W. Winks,New York:Haper Torchbooks,Haperæ Row,Publishers,1969/1975)一书中找到这个文本的。作者 Forrest McDonald 是资深的美国史学者,曾任教于布朗大学等校。是上世纪 80 年代末即从普大历史系博士毕业,现定居普林斯顿的吴以义先生带我到的这家书店。我还在这家初看之下几近纸张回收站的书店中发现十多种关于美国革命和美国史的颇有价值的选集和专书,也许由于都是

"旧书",几乎无一例外,比尔德及其工作在这些书中都占有重要的地位并成为重点讨论的对象。不错,"时易势移",美国史研究的范式已从20世纪上半叶独步一时的比尔德的进步史学范式,中经20世纪中叶如日中天的哈茨的自由主义范式,"更新"为最近三十多年来蔚为壮观的共和主义(亦称"共和综论")范式。假如我们回想一下共和主义、自由主义和马克思主义(比尔德并不是严格意义上的马克思主义者,但其经济史观和冲突史观深受马克思的影响则是无可置疑的)在历史上出现和发展的时序,就会发现这种倒转实在是颇堪玩味的。但是如果我们稍稍抑制一下对于曾使"政治理论久负恶名的直线史观"的迷信,而对在关于制宪者意识形态的辩论中兴起的"范式多元论"抱有更多的同情(参见丹尼尔·罗杰斯《共和主义:概念之旅》一文,译载《共和的黄昏》,吉林出版集团,2007 年),我们就会适当降低对于学术话语的花样翻新的热情,转而意识到"面对文本本身"的重要性,而无可否认的是,比尔德的文本是认真"面对文本"的产物,而他的"文本本身"也仍然是值得认真"面对"的。

最后要感谢包利民和曹瑞涛两位帮助我物色译者,感谢张超在短时间内为我们提供了比尔德传的译文。

2008 年 2 月初草,3 月订正于
新泽西 Edison Township 之客居

忘不了的人和事，才是真生命

——读《巨流河》所想到的

记不得从何时开始记住殷海光这个名字的了——不管怎么样，我知道殷海光就是殷福生（或者倒过来）肯定要比我知道殷海光就是殷海光要来得晚一些——就像 2002 年的那场雪比以往时候要来得晚一些。但我清楚地记得从《金岳霖的回忆和回忆金岳霖》中读到过周礼全先生讲的这样一则"故事"，据周先生回忆，在西南联大与他"风谊平生"的殷福生有这样一个习惯，就是每次讲到激昂之处就会站到讲台上——只要在他旁边有讲台，并手之舞之足之蹈之起来；有一次，他俩谈到了共同的业师龙荪金先生当时列入"部定大学用书"出版的《逻辑》一著，只见殷先生"照例"突然站到讲台上，高举起金先生的书并狠狠地掷在地上，然后高声说："好的书就要这样，掷地有声！"我也还清楚地记得我第一次知道林毓生教授就是通过在我大学期间就由贵州人民出版社出版的《中国意识的危机》一书。到我在上海社科院念书时，我们院部的港台阅览室中不但有陈鼓应教授编的《春蚕吐丝》，也同样有《殷海光林毓生书信录》，而这两本书我都应当是让图书管理小姐拿出来翻阅过的，但大概也都并没有细看——我在那里念的主要是牟宗三和余英时两家！1994 年，《书信录》在王元化先生的安排下由上海远东出版社出版了。我必须承认，阅读这本书的记忆肯定属于我永难忘怀的经验之列。除了殷林师徒相与论学的部分，我记得最清楚的是，殷先生自谓"后五四"的一代，而这一辈人物"没有机会享受到五四时代人物的声华和荣光，但却遭受着他们未曾遭受的寂寞、凄凉和横逆"。我也记得书信中记载了某年"五四"殷先生以到台北郊外登山的方式纪念这个节日。我更清楚地记得其中的这样一则"故事"：上世纪 60 年代中的某一

年,哈耶克(殷先生译作"海耶克")到访台湾,好像是夏道平先生向殷
先生招呼,希望《到奴役之路》的译者能够出席哈翁的演讲会(抑或酒
会),殷先生在稍作踌躇之后就来到了那个按他的本性并不愿"趋奉"的
场合,在席间交谈时,殷先生向哈翁提到他希望看到哈翁的某本书,哈
翁当即表示回奥国后会寄书给殷先生,殷先生初以为哈翁这不过是一
番"客套",不想哈翁掏出纸笔,让殷先生当场写下他的邮寄地址。于是
殷先生在回到家给他的学生林毓生写信时感叹道:"海耶克这样的人对
我有感召力啊!"

　　话说上周三给研究生上完课,我又习惯性地来到校门口的那家杭
州书林,大概是有一阵子没有过来了,新书架上竟是有些"琳琅","响
应"童世骏教授关于"现在买书就是为了不看书"的"号召",我先是选
了旅游教育出版社"目击者丛书"中的显然是"图"要比"文"更"茂"的
三本书:《建筑艺术》、《摄影艺术》,当然也还是有我的老本行《哲学》;
接下来是中华书局"响应"敝校庞学铨教授关于建设休闲文化的要求而
校注外加译文的"中华传统生活艺术丛书"中的《酒谱》、《琴史》、《梅兰
竹菊谱》和《书法雅言》,转过来是顾随先生的三本小册子,其中一本讲
的是毛主席诗词! 接下来要结账时回头再瞅,架上竟还有传说中的普
林斯顿博士北大叶峰教授在做副教授时写的《二十世纪数学哲学》。
"一步三回头",再次要结账时再次回看,见到一本装帧颇为独特雅致的
书——《巨流河》,并不知作者何许人也,但翻看目录见有"台大文学院
的回廊"一节,还仿佛在其中看到了屈万里先生的大名,这就打动了我
这位文史爱好者特别是文史掌故爱好者的"心弦",当即决定拿下没商
量。晚上斜靠在沙发上展卷理翻,见页228上竟有一张哈耶克的照片,
待绎读文字,发现作者乃是当年哈翁到台中演讲时的翻译! 据其"自
供",closed society 和 open society 这两个词译作"封闭社会"和"开放社
会"还属她之首创! 观其文气,作者好像还是把为哈翁做翻译当作自己
的一种"成长经验"的,而她当然不会想到在海峡此岸,曾有一个——其
实我当然相信不少——青年是把阅读《殷海光林毓生书信录》以及在
其中遭遇的殷先生对哈翁之"观感"当作自己"成长经验"之一部分的。

　　在书店里吸引我的"台大文学院的回廊"一章中,我还看到了我只

记得其名的柯庆明教授的名字,原来这位柯先生当年还是屈万里先生的助教。我原来并不知道这位柯先生还是一位作家,而我之所以知道他只是因为大概在近十年前,我在一家现在早已搬迁的书店(实际就是现在这家店的前身)中买到过他的《中国文学的美感》一书。这本书我后来并没有仔细读——我反复读的是林庚先生的《唐诗综论》,但倒是在经历几次"搬书"之后还一直在我身边。而之所以对当时的购书经验有如此深刻的印象,除了我的自己几次"强调"并被人"强调"的"惊人"的记忆力,也除了这本书本身的"质量",主要是因为当时我在那家书店手里拿着那本书时,刚好碰到本校——当时还是本系——的一位美学教授,他其时刚出了本《美学新概念》,记得他凑上前来,拿过我手中的书,看了一眼封面,丢下一句:"美学的书看看我写的不就行了!"

"忘不了的人和事,才是真生命",作者邦媛齐先生谓,这也是宾四钱先生《中国近三百年学术史》中说过的话。说来惭愧,虽然我案头就有钱先生商务版的这本书,但我只念过梁任公的《三百年》;我又一次记得很清楚,我念的这书的版本是当年朱维铮先生校注的《梁启超论清学史两种》本;我同样记得清楚的是,这本书是我1986年3月13日(因为购书票还夹在书中!)在吉林大学理化楼前面的那家小书店里买的,那家小书店耗去了我的不少眼力,还稍稍磨平了我的鞋尖——因为当时书店都不开架,而我的"海拔高度"有限;也储藏了我的不少青春记忆,除了费希特的《全部知识学的基础》,我记得还在那里收了江天骥先生的两本书,一是绿封皮的《当代西方科学哲学》——那如英文般"严谨"的中文到现在还是记忆犹新,还有就是人民出版社出版的江先生主编的《西方逻辑史研究》。

2007年七八月间,我因为"公务"之需,回到了阔别十九年的吉大母校,当晚就住在理化楼对面的宾馆里,在与同行的同事办完"正事"回到宾馆时,已近午夜时分。在和同事一道坐电梯上到下榻的楼层并互道晚安后,我当即坐原梯下来,来到当年吉大最大的礼堂"鸣放宫""凭吊",并在当年日本人的"神龛"旁边给"天各一方"的朋友们胡乱发出简讯几则;后又从东中华路坐上出租,央求司机(因为他怕我"半路打劫")沿斯大林大街(后改为人民大街)到斯大林广场(后改为人民广场）和长春火车站转一圈。第二天清晨，我又来到当年的文科楼和现已废弃的第八学生宿舍，当年正是在那幢宿舍的三楼，我的那位后来升任长春市市长的辅导员用看着一种"异端"的眼光对顽强地长着一头蓬松的长发、现在想来也应是"目光熠熠"的我说："你身上洋溢着一种五四青年的气质！"

《巨流河》第三章有言："太阳耀眼，江水清澄……在那世外人生般的江岸，时光静静流过，我们未曾一语触及内心，更未及情爱。"愿借用齐先生的"庄严"文字献给我真实生命中那"忘不了的人和事"。

2010 年 11 月 23 日，杭州

诗酒风流属老成

——岁末逛枫林晚书店

　　大前天在文一古墩路口的那家宝岛店新配了副眼镜——去年暑假把两副眼镜都献给我所深爱的、每年都必去 N 次的朱家尖海滩了，一直在用的都是一副"备用"镜——昨天是取件的时间；不几天就是春节了，在赶回家和事先约好要登门来向我道别的两位学生见面之前，还是顺道去枫林晚书店转转吧。是一个雪后的晴天，书店门前阳光明净，有小孩和大人在追逐嬉戏，俨然已是假日的氛围了。清晰地记得从十多年前文一路上财经学院老校区对面的那家创业小店开始，我就一路"伴随着"枫林晚从文三路教育学院到马塍路口再到杭大后门最后到"书立方"；岁月如尘，也依稀记得曾在这家店内外遇到如许相识的和不相识的姑娘，可如今她们也早都远去了，就像我最早在湖畔居三联书店见过的那位纯朴的姑娘也早已是芳踪杳无了；生命中的"失落感"肯定不能说是没有，抑或生命本身就是一种渐进的"失落"，然则在那最终的"失落"来临之前，我们的生活不也还是得继续吗——就正如我不也还是得继续看书、访书和"敛"书吗？

　　对于像我这样"骨灰级"的"古典""书迷"——童世骏教授曾谓我"虽不做古典学，但却是十足的'古典学者'"——最为可悲的莫过于，"读图"和"网购"的双重压力无论在国内外都已经把"实体"书店挤到行将消亡的边缘了。"枫林晚"自然也不可能例外，然则在店主朱老总的辛苦经营下，"劫后余生"，书的品种倒是渐渐又重新"琳琅"起来了；连续地漫无目的地绕着书架兜圈，"斩获"又一定是像每次来一样"不菲"的，只是书越积越多，书房越堆越小，而年岁越来越长，于是就越来越有诸如不能确记某些书是否早经收过之类的情形发生了；有的作者则是已有远不止一种译本的,我在这里说的是与叶芝和艾略特(很遗憾,这两位的译本我也不少)并列为欧洲现代三大诗人的里尔克,从我近三十年前在长春某特价书市上见到的陈敬容的《图像与花朵》,到我不久前刚收了一册他的纪念集的译文质量颇有物议的绿原,再到后来的黄灿然和林克,当然也还有臧棣的那个著名选本;有的作者的书则似乎是我近年来有点儿刻意地在搜寻的,我这里指的是锺书君的尊人钱基博老先生的著述,其所编作为二十年代"新中学教科书"的《国学必读》也继《戊午暑期国文讲义》之后由"贝贝特"重新整理出版了,这实在是一个极有"在场感"的上佳读本,草草翻了下,见有一篇"胡以鲁论译名"委实有趣,例如其中有云:"吾国旧译同一自由也,拉丁旧名'立白的'(liberty)以宽肆为意;盎格鲁撒克逊本语云'勿黎达姆'(freedom),则以解脱为意。盖罗马人遇其征服者,苛酷而褊啬,得享较宽之市民权者,便标为三大资格之一;与英人脱贵族大地主之束缚者不同也。"也有的书是既收了上卷于是就"路径依赖"或"守株待兔"地"候着"中下卷的,我指的是最近似乎"炒"得颇为红火的《南渡北归》,拙见以为此书行文其实未免有些"不文"——特别是在我们刚刚"迟到地""经历了"《巨流河》之后,这种"反差"就更是明显了——相信亦并非"信史",而只能做士林八卦"消遣"看看的;真正予人以意外之喜的(这可是像热衷于网上购书者那样查阅新到货品之 LIST 所"体验"不到的惊喜和愉悦哦!)除了一册像我这样从来只收诗集不读诗的诗歌"爱好者"必藏的德人胡果·弗里德里希的《现代诗歌的结构》,是一中一外的两册小书,我说的"一中"是中华重版的张文治先生所编《古书修辞例》,我从中"迂回"检出自己在以往的部落格中曾经抄录过的宋太学生俞国宝《风入松》词之"明日重扶残醉"一句乃宋高宗改易之作,原句作"明日重携残酒",高宗以为此句"未免儒酸",遂有此改易,此事最早载于周密之《武林旧事》,重出于《绝妙好词续抄》——而这个"故事"就发生在我前两天刚去踏过雪的断桥边上;"一外"我指的是人民文学社的《妮娜·西蒙娜停止歌唱的那一天》,这是经过一位生活在巴黎的阿尔及利亚作家再创作的一个黎巴嫩女孩的故事,这位女孩的"父亲一直梦想能为女儿争取最大的自由,而女儿,却因为这种自由,经历了被奴役的极致",而这位作家曾经把这位女孩的故事搬上舞台,演员就是这位女孩本人,演出地点是巴黎的圣克莱尔教堂——他这样称道她的表演:"对宗教的态度,慑人的惊艳,彻底燃烧的激情和释放的灵魂,整座圣克莱尔教堂因她而熠熠生辉"——这书封底上的"广告词"就是"自由的代价是什么",坦白说,我正是冲着这个书名和这句"广告词"才注意这本书的,而这也许又是因为,在某种层次上——我都不好意思自己造一个词,说这就是"自由本体论"的"层次"——我们不正是无时无刻不在"支付"并"体验"着自由的"代价"吗?

　　带着这样的"思绪",先"支付"完书的"代价",我就"满载而归"而又"怅然若失"地在寒风中踩着单车回到了家,刚放下书在电脑前坐定,兴许是拜小女惯常在我已经需要"绕行"的书房内"东搬西运"之所赐,我的书桌上却是一册已经有些时日没见过的 Mary Warnock 的回忆录 *A Memoir: Peoples and Places*,我只记得她是一位伦理学家,她的《1900 年以来的伦理学》我好像是在舟山见到的,而眼前这本书则是我三年前在哈佛附近的那家名为 Raven 的旧书店得到的;我的英文其实完全没有达到自如地阅读名人回忆录和传记的程度——因此从俞宣孟师十多年前拿着一本肯尼迪遗孀杰奎琳的回忆录到杭州来看望他在敝校外语系念书的公子并顺便看望我开始,我"才"算是真正"信服"了宣孟师的英文水平——收此书的一个主要"动机"在于书上有三帧我在别处从未见过的 Peter Strawson 的照片,一帧是他与当年牛津 Club 中的成员语言哲学家 David Pears 和历史哲学家 Patrick Gardiner 等人的合影,在这张难得一见的照片中,最为难得一见的莫过于 Peter 与历史学家 Raymond Carr 是席地而坐的;而在 Warnock 对这个 Club 的描述中,则有几处颇为有趣,一是在谈到这个 Club 的"准入标准"(criteria for membership)时,Warnock 说,"'outstanding intelligence' 肯定是一项,'being amusing and easily amused' 则是另一项",而"social smartness"倒并不是必不可少的,因为(Warnock"直言")Peter 就并不是"particularly smart";然则前面两项"标准"其实并不能解释为什么既是 Isaiah Berlin 和 Peter 的密友,而且"exceptionally clever and amusing"的 Herbert Hart 却并不是这个 Club 的成员;而 Warnock 在谈到 Stuart Hampshire 也并非这个 Club 的成员时所说的话更是让人忍俊不禁："Stuart Hampshire was a fascinating figure, and everyone loved talking about him, analyzing his character, counting the women who loved him。"另一帧是 Peter 与 Geoffrey Warnock——可想而知这位就是 Warnock 女士之夫君，可巧的是他有本书叫做《1900 年以来的英国哲学》——还有 Isaiah 的合影，画面上 Isaiah 居中，是一副既有些古怪的又像是在凝神沉思的样子，而 Peter 则在一旁笑意盈盈地看着他，手中是满斟的酒杯。再有一帧是他与 Rachel Trickett 的合影，虽然也是一个前倾的侧影，但画面上的 Peter 神采奕奕，应该是在倾听他面前的这位女性小说家"口吐莲花"，而其手中的酒杯早已是空空如也；在这张照片下方是一位连钱永祥先生也佩服的大名鼎鼎的女哲学家兼小说家 Iris Murdoch 的玉照，这位女性是 Warnock 回忆录上着墨不少的一个人物，因为这本书的前两章题为 Some Women Philosophers，所回忆到的另外两位女性哲学家分别是 Philippa Foot 和 Elizabeth Anscombe。在 Peter 手中那"空对人"的"金樽"上凝视良久，我不由得想起了余纪元教授曾在他那篇回忆文章中写到 Peter 酒量特大的那一笔——呵呵，说到酒量，据我看纪元和 Peter 大概也是可有一拼的，纪元倒是没有在我面前做过这种比较，但确曾亲口告诉我他当年把人大哲学系全系人放倒的壮举。

于是就"浮想联翩"起来：虽然我平时也好喝上一两口，但若要"煮酒论英雄"，上面这两位毋庸置疑一定是我望尘莫及的了；类似地，虽然我平时也爱胡涂乱抹几笔聊以遣兴驱日，但若要正经论文采，则我又一定是不能望余杭韩公法老之项背的了——试看他最近发表在《读书》上的妙文美文《西泠独坐记》，文中除了活用几则儿时故乡给他留下印记的方言俗语，还看似"突兀"其实却是"化腐朽为神奇"地在"正文"中使用了"呵呵"一语（我在前面已经做了"借用"），此"神来之笔"真不禁使人感叹"大俗大雅"原确是"相通"的，而关键是要有高人来"点化"——也"更"是不能与同样在我书桌上"躺着"的叶维廉老诗人相提并论的了：我这里说的是《众树歌唱》，叶维廉先生三十五年前编选和翻译的欧美现代诗集，这是我前两天刚刚在西溪晓风得到的；诗人为这部影响过不止一代诗人的译诗集新撰写了一篇题为"翻译：神思的机遇"的序言，其中有这样的"追忆"：

> 1963 年隆冬，我从台北飞到爱荷华去，在沉黑的早晨从芝加哥转小飞机飞往爱荷华的高空上，单调的螺旋桨叶把飞机内乘客的呼吸抚得无比的平和，太阳还没有出来，窗外的云在无声中竞飞，也许是它们还没有受到白日的光所玷污，它们把飞机内一度汹汹涌涌的情绪洗涤得那么干净；也许是因为这是一种绝对的静，一如窗下地面上一切的活动被隆冬的大雪所擒住，一个未睡的乘客不知不觉地变成静的本身，而仿佛听见了大雪降落的声音，和那还未来到、但正在来临的阳光移动的声音，和现在完全冬眠、但即将复苏的花开的声音，时间的界限，空间的形影，我们一跃而见着感着我们寻常看不见感不着的活动和境界，在这仿佛能够通向所有的空间所有的时间的一瞬的深层里，仿佛有一种承诺，横越太空跨越文化的对话，也就是文学/文化的翻译的可能；没想到这是一生的漫长的寻索。"

然则最为有趣的倒是在于，虽有前及胡以鲁文中严词"申斥""音译两字，不可通也！"维廉叶先生却仍然在这篇新序中"堂而皇之"地把 SENTIMENTAL 一词"音译"为"伤他梦透"，我在此要向叶诗人"讨教"的是，为什么这里的"他"就不该是"她"呢？

于是乎，"仿佛像文字从白纸上跃起，爆放……让我们在显赫存有的事物间，感到一种既实在而又异乎寻常的激荡"的，就还是《众树歌唱》中布舍（Andrè du Bouchet）"白色的马达"中的句子：

> 我快速除去
>
> 这种专横的绑带
>
> 我发现自己
>
> 自由
>
> 而无望
>
> 如一捆柴

如一块石

……

火四面八方地插入天空沉重的那边，我从没有看见过的那边

天空微微举起自身在地面之上……那些空气的碎屑我践踏如泥块

我的生命及墙而止，我开始行走，当墙停住，在击碎的天空里。我不止。

2011 年 1 月 25 日夜初草
28 日夜订正

政治哲学译介之再出发

——写在"当代西方政治哲学读本"之前

> 最好地实现了古代人自由观念的城邦也是最近似于现代人自由观念的城邦。
>
> ——Alain Boyer

作为可以追溯到 17 世纪的"古代人与现代人之争"的产物,现代性从它肇端的那天起就注定了并不是一种单数的存在。正如启蒙运动是一种复数的存在,作为现代性之政治表述的自由主义也可以被区分为英国自由主义、法国自由主义、德国自由主义,如此等等。这种"道术为天下裂"的原因不但应当到诸如文化传统、地理环境等方面去寻找,而更应当用现代性规范论证的基本结构来说明。德国哲学家汉斯·布卢门贝格关于现代性的经典定义最好地阐明了这一点,按照他的洞见,现代性包含自我奠基和自我肯定两个维度。从表面上看,自我奠基是一种理论关切,自我肯定则是一种实践关切,但实际上它们只不过是作为"规范的唯一来源"的主体性原则在两个不同层面上的体现。更为重要的是,"向自身内部寻求规范"和"反思能力运用于自身"(哈贝马斯语)的结果是:笛卡尔的自明原则是一种自我奠基,孔德的实证精神同样是一种自我奠基;霍布斯和洛克的"自我所有"是一种自我肯定,叔本华和尼采的意志主义也同样是一种自我肯定。于是就有所谓现代早期和现代晚期之说,斯特劳斯则有著名的现代性三波之论,而现代性冲动中潜在的虚无主义倾向更是悖谬性地成了滋生后现代犬儒主义的沃土。

无论就西方政治哲学还是中文政治哲学的语境而论,以斯特劳斯为代表的新保守主义浪潮的最大贡献都在于使人们重新认识到，"古代人与现代人之争"并没有随着政治现代性的崛起而寿终正寝或偃旗息鼓，而是内化到了后者的基本结构之中，并成为现代性政治论辩的基本视域。但问题在于，并不是只有斯特劳斯主义者有见于此，毋宁说，这种认识应当是现代性的任何堪称健全的自我展开和自我认知的题中应有之义。现代政治哲学中洛克传统和卢梭传统的分野与争雄即其显例。而新保守主义者极力诟病乃至于轻薄讥诮的罗尔斯的正义论之所以能够拨动西方智识人的心弦，触动他们的神经，并不仅仅在于它在公共政策层面上为当时流行的福利国家模式提供了表面化的理论论证，而在于敢于直面西方现代性内部自由价值与平等价值之间的内在冲突和紧张，并通过发展和提高康德式契约论的论证水平，调和与综合洛克和卢梭的政治遗产。而哈贝马斯更是在与形形色色的后现代主义奋争多年之后，最终把现代性规范内涵之锚泊定在它的政治维度上。具体来说，商议性政治观基于卢梭和康德关于公域自主和私域自主同宗同源、共为基原的直觉，试图通过阐明人民主权和人权之间、民主和法治之间、积极自由和消极自由之间的内在概念联系把自由民主的实践激进化，从而扬弃作为现代性之政治表述的自由主义和作为西方最古老的政治传统的共和主义这两种互竞的政治哲学范式之间的时代错乱的抽象对立，实现自由与归属的平衡与和解。

因此，如果说自由和民主是政治哲学的两个最基本概念，那么自由与民主的二元性和内在张力就既是政治现代性区别于古代政治的根本标志，也是政治现代性的动力机制。自由与民主之间的二元性又进一步体现为自由内部的二元性即积极自由与消极自由，以及民主内部的二元性，即直接民主与间接民主。但是，无论是政治现代性内部的洛克传统和卢梭传统的对峙，还是自由主义与社群主义或共和主义的论战，都没有越出以上诸种二元性的概念樊篱。二十世纪九十年代中期以来，当代西方政治哲学中出现了第三种自由概念和民主模式。这种同样以复数形式出现和存在的概念和模式试图突破传统自由主义公共领域与私人领域、正当与善、国家与社会甚至民族国家与世界主义的二元区分，提出了使得政治哲学能够更为充分地应对文化多元和道德冲突的严峻事实的新思路。毫无疑问,无论从哪个角度和哪种立场看,中文政治哲学的成长和构建都不能自外于这一脉动中的大潮。我们必须立足于自身的传统,从中国社会转型的情境需要和问题意识出发,在重新审视自由和民主概念的基础上,把批判性的视野进一步伸展到平等观念、公民德性理想、分配正义模式以及国家的中立性和文化的理想等更为广阔的论域中去,如此才能为中文政治哲学的成熟形态乃至于中华民族的政治成熟提供丰富的滋养和坚实的根基。

要达成这一目标,我们不但需要清除理论认识上的重大误区,更需要脚踏实地的艰苦工作。我们一方面要避免闻新保守主义之风而动,轻率地无视和否定西方主流现代性政治哲学之与当代中国语境的相关性,这显然是因为,如果说在哈贝马斯所言说的语境中,现代性尚且是一个"未完成的谋划",那么在"周虽旧邦,其命维新"的当代中国则更是如此。另一方面我们又必须看到,由于回避原子主义政治文化的本体论痼疾,"政治的而非形而上学的"自由主义不但无力解决自由多元社会的自我赓续问题,而且由于政治哲学目标的自动降格,更极大地遮蔽了一种扩展的反思平衡和视界融合在全球普遍交往时代的必要性和可欲性。在这个意义上,这种自由主义不但是不现实的,而且是种族中心的。正如消极自由并不是从天而降的、可坐而享之的或形而上学上清白的,而是长期政治斗争的结果,并且从一开始就与近代机械论的形而上学自然观联系在一起;积极自由也并不总是灾难性地与唯理主义的一元论形而上学难分难解,而是可以通过创造性的转换,以回应价值和文化多元时代的挑战。

置身于当代的语境,这个读本系列将不但重视政治哲学的"政治"方面,而且重视政治哲学的"哲学"方面。它的主旨则是围绕当代西方政治哲学重要和核心的观念、问题、流派乃至于人物,请相关方面的研究人员自行编选专题文集。这样做一方面发挥了编选者的能动作用,体现了某种独特的认知效能,有益于提升翻译工作的品位;另一方面加大了单本书的信息量,也为相关领域的从业和爱好者提供了入门津梁,可以作为各专题研讨的基本读物,相信学术界和读书界都会欢迎这样的形式。我们期望并且相信,经过中文政治哲学同仁们卓有成效的努力,当代西方主流政治哲学的面貌必定能够以这种既不失客观公正,又富于个性特色的方式展现在参与塑造汉语学术自主形态的人们面前,并成为这一同样"未完成的谋划"的内在、重要和有机的组成部分。

2006 年 4 月

夕阳西下的哀鸣，
抑或一阳来复的期盼？

——写在"共和译丛"之前

拥有实现其自由之手段的个体很容易蜕化为野蛮人，因为他缺乏他人自由之支持……革命和立国植根于一种悠久的共和传统，它是古代自由与现代自由之间的一场对话。

——约翰·波考克

也许正是过去的那些初看之下没有当代相关性的东西最有直接的哲学意义……而要获得对我们当前的假定和信念的一种更有批判性的视点，就必须回到我们目前的正统还不是正统的历史时刻。

——昆廷·斯金纳

如果说对公民共和主义精神的发现和颂扬是最近数十年中出现的对西方政治思想史的最大修正，那么自由主义、社群主义与共和主义的三方争论则构成了 20 世纪 80 年代以来西方政治哲学论争的基本架构。如果说社群主义与自由主义的论战揭开了西方主流政治哲学全面反省政治现代性的序幕，那么共和主义加入这场论战则不但改变了当代政治论证的智识背景和理论资源，而且提供了走出自由主义与社群主义之抽象对峙的可能出路。如果说在中文政治哲学的语境中，共和主义有可能把被自由主义和新左派之争所分裂的中国知识界和公共舆论领域重新整合在一起，那么，批判地展示共和主义复兴的学术思想谱系及其正反效应,系统地展现当代政治意识形态光谱中的主义之争,并从社会本体论、规范理论和制度构建诸方面揭示共和主义政治传统的潜能及其对于中国政治哲学未来发展的意义,就成了中文政治哲学从业者当前不容回避的工作。

无论从历时的发展,还是从共时的结构,政治思想史、美国宪法学和政治哲学都可以说是当代共和主义的三个主要工作场域。共和主义复兴发韧和奠基于以波考克和斯金纳为代表的政治史学,他们试图挑战以辉格党人的史学偏见为基础的传统政治思想史图式,复兴公民共和主义的政治传统。但是,剑桥范式的共和主义政治史学在产生广泛深远的影响的同时,也遭致了许多严厉的批评和挑战:在历史编纂学的层面上,越来越多的学者开始挑战共和学派对西方政治思想史特别是其中某些代表人物(典型的是马基雅维利)的解释,甚至有学者宣称以波考克为领袖的共和学派的范式革命已经破产;在这种思想史重建的规范涵义方面,则有学者批评斯金纳的"新罗马共和主义"重蹈"工具性共和主义"之覆辙,这尤其表现在他把政治哲学或政治理论的目标降格为如何在政治社会中维系自由的问题,而相对忽视了自由体制的创建以及持续变更的问题。

不错,无论是把共和主义看作自由主义的全面替代方案,还是仅仅当作后者的局部补充,共和主义都不能把自己局限于政治思想史一个战场上。共和主义复兴必须全方位地、具体而微地阐述它对于制度构建和实践的涵义和建议。正是在这个意义上,从对于美国宪法的共和主义解读中提炼出的商议民主观已经被学者们视为共和主义返本开新的一条颇有前景的道路,这是因为商议民主把焦点集中在自由平等的公民之间的政治对话的商议性和改造性之上,并试图以此解决人类的自由要求同时遵循自治与法治这一使柏拉图和亚里士多德、霍布斯和卢梭、孟德斯鸠和托克维尔、麦迪逊和康德、洪堡和密尔、罗尔斯和哈贝马斯均为之殚思竭虑的问题。当然,我们同样应当清醒地看到,以阿克曼、米歇尔曼和森斯坦为杰出代表的美国宪法学中的共和主义复兴与其说是要复兴以共同善为旨归的古典共和主义,不如说是要调和自由主义与共和主义。意味深长的是,如果说"自由主义的共和主义"对前政治的个人权利、个人利益和私人领域的批判是为了与原子主义版本的自由主义保持距离,那么,它对于共同善之商议的信念则是为了与共和主义和社群主义中的前自由主义倾向划清界限。就此而言,要厘清共和主义复兴的意义和限度,我们必须从政治思想的历史叙事和美国宪法的个案研究进展到政治哲学的理论建构,在基本概念及其相互联系的层次上阐明和澄清共和主义与自由主义和社群主义的关系。

按照一种流传甚广的观点,自由主义、社会主义和保守主义这三种法国大革命所催生的政治意识形态被放置在一个由自由和平等构成的连续统内:相对于社会主义,自由主义愿意给予更多的自由;相对于保守主义,自由主义又愿意给予更多的平等。对自由主义的这种理解正如有人担心的那样会最终湮没自由主义与其他现代性的政治理论或意识形态的根本区别。作为新左派的理论资源和灵感源泉的沃勒斯坦正是基于这种误解把上述三种意识形态归结为关于现代性的虚假争论。就此而论,德沃金对自由主义中立性原则的阐述可以看作是对沃勒斯坦预先展开的元批判。然则,如果金里卡在《当代政治哲学》中关于功利主义、自由平等主义、自由至上主义、马克思主义乃至于女性主义都是一种平等待人的理论的论断是正确的,那么德沃金奉为圭臬的平等的关心和尊重似乎仍然不足以把这些意识形态恰当地区分开来。

正是在这个意义上,当代共和主义最有影响的代表人物之一菲利普·佩迪特在重新划分共和主义、民粹主义和自由主义的政治光谱时所体现的洞见是值得我们重视的。一方面,就社群主义是民粹主义的一种最新表现形式而言,共和主义并不具有民粹主义色彩,而且尤其不是社群主义的。这是因为,与民粹主义和社群主义把人民的集体存在视为主人,把国家视为仆人不同,共和主义把单个和整体的人民视为委托人,而国家是受托人。因此,"虽然共和主义传统认识到民主参与的价值和重要性,但并没有将它视与一项根本性的价值。民主参与对一个共和国来说可能是不可或缺的,但这只是因为它是促进无支配自由的必要条件,而不是因为其独立的吸引力。"(《共和主义》"导论")另一方面,虽然共和主义与自由主义共同认为,在一个超越诸多宗教和相关分歧的基础上,有可能建立一个长治久安的国家和公民社会。但与自由至上主义把人民视为原子化个人的缺乏集体认同的聚合,而理想的国家只不过是个人追求其原子化利益的手段不同,共和主义在与自由主义一样把人民与国家的关系理解为委托人与受托人关系的基础上,进一步锤炼出了与自由主义的无干涉的自由概念与工具性的共同善观念不同的无支配的自由概念和构成性的共同善观念。

一方面,无干涉(自由主义的消极自由)并不足以保证无支配,另一方面,无支配的共和主义自由与其内涵为政治参与和社群自治的积极自由之间也不能划上等号。尽管佩迪特的自由观表面上看仍然偏向消极自由,而且他本人也并不信奉亚里士多德关于政治参与是人类繁盛的根本要素的观点,拒斥新雅典主义,倡导新罗马主义。但关键之点在于,这种自由概念复活和展现了一种既有历史渊源,又具当代相关性的重要政治想象,从而为制度构建和和包括分配正义在内的公共政策问题提供了一种多维的、立体的概念支撑。例如,他的论证精微的共同善理论就是在这种概念的基础上设计出来的。

对共同善的性质和功能的理解最能体现共和主义与自由主义和社群主义的差异。道义论自由主义主张正当优先于善,在这种自由主义看来,只有多元的善,没有共同的善;即使有共同善,也是工具性的,而非自在的或构成性的,尚塔尔·墨菲说得好,自由主义者羞于承认正当的基础就是善(《政治的回归》)。在批评原子式自由主义的社群主义者那里,善是与实质性的伦理社群联系在一起的,是在先的共识。佩迪特所发挥的共和主义的共同善观念介于这两种观念之间。一方面,并不是只有符合每一个人利益的东西才是共同善,共同善也并不是超越特殊利益和局部忠诚之上的抽象物,自由主义正是基于相反的论证否定或贬低共同善;另一方面,以无支配的自由为依归的共同善并不像社群主义主张的那样是一种至善论的追求,而是一种否定性的约束。无支配的自由分析性地蕴含着平等和正义。在这种意义上,当代共和主义的后起之秀维罗利明确肯定共和主义者的共和国与社群主义者的社群有根本区别,前者建立在正义的基础上,而不是某种特殊的善观念、文化或传统之上。维罗利尤其强调共和主义的核心范畴是法治,而不是公民德性。这正是当代共和主义晚近的主流方向,在我们看来,也是更有前景的方向。

收入这个小译丛的《共和的黄昏：自由主义、社群主义和共和主义》一书正是根据我们对于共和主义理论谱系的上述理解和把握，试图从政治思想史范式之争、自由主义和社群主义之争、自由主义和共和主义之争诸层面全方位地展示共和主义复兴的智识震荡。毋庸讳言，编者对于共和主义的基本立场和取向乃是"在质疑中肯定，从批判中汲取"。书题中"黄昏"一词虽直接取自集子中施皮兹的篇目，但其涵义则远绍黑格尔《法哲学原理》中著名的密纳娃之喻。至于共和主义复兴是否堪当此喻，则不但取决于我们的立场，更取决于我们能够在多大程度上对之做出创造性的诠释。在这个意义上，"黄昏"不是一声夕阳西下的哀鸣，而是一种一阳来复的期盼。

《自治的踪迹》则是经编者和作者本人协商后编译的现任哈佛法学院 Robert Walmsley 大学教授米歇尔曼的自选集。近二十年来，基于对于共和主义宪法理论的历史和哲学的反思，对于哈贝马斯商议性政治观和罗尔斯政治自由主义的内在张力的调和，米歇尔曼提出和完善了他的"创生法的政治观"和"规范修补的对话模式"，极大地丰富了人们对于共和宪政主义的理论内核和实践涵义的理解。但是与国内学界对于阿克曼与森斯坦的方兴未艾的译介热情形成对照，米歇尔曼的著述依然少人问津。教授本人对我们的编选方案给予了有力的支持，不但亲自提供他的文章，指导我们的编选，还无偿地授予我们用中文翻译和出版这些文章的权利。特别值得强调的是，迄今为止，这个中文选集是米歇尔曼教授第一个也是唯一的自选集。

《自然权利与新共和主义》的作者迈克尔·扎科特是斯特劳斯学派的成员。众所周知，斯特劳斯的新保守主义思想在美国学界激发的"反驳的"精神取向致力于重新解释美国的立国原则，他们反驳认为制宪者们是依据近代自由主义的政治原则立国的习传说法，主张美国的立国原则植根于西方精神的大传统，尤其是希腊、罗马的古典政治理念。可以说，美国立国原则和宪法解释是共和学派与斯特劳斯学派的共同作业。但有趣的是，两派的立场似乎都经历了某种逐渐弱化的、与自由主义现代性相调和的过程。这里的关键仍然在于对洛克的解释。哈茨的自由主义范式树立了洛克作为制宪者主要灵感源泉的形象，剑桥共和派听任把洛克牢笼在辉格自由派中的旧径，甚至进一步将之边缘化。在这个背景下，托马斯·潘高和迈克尔·扎科特试图通过区分政治哲学和政治科学，致力于重新解释复辟时期、光荣革命后和辉格党传统三个环节，并提出所谓自然权利型共和主义。这些工作确较波考克有所修正和推进，值得译介。

　　现任教于普林斯顿大学的佩迪特教授是当代共和主义最重要的哲学阐释者。他的《共和主义》一书正在进入政治哲学经典的行列，是当前相关讨论不可或缺的基础。但是同样甚至更为重要的是，佩迪特还是当代罕见的一位极具抱负的体系型哲学家，他的论著试图把心智哲学（包括道德心理学）、规范伦理学和政治理论建构成一个融贯的体系。本译丛中的《人同此心》一书就是这一尝试的记录。佩迪特自称《共和主义》所阐述的就是《人同此心》中的哲学思想的政治理论涵义，评论家们称誉此书"勇于让马克思、尼采、狄尔泰和胡塞尔留给后黑格尔欧洲大陆哲学的重大问题接受最好地体现在分析哲学中的朴素而一贯的明晰性的锤炼"，而且认为这一历险的结果"对于双方都是最好的"（《人同此心》封底）。我们则希望此书及其译介能够有助于改变从以赛亚·伯林到当代中文学术界都存在的"分析哲学与苍生何干"的成见，我们也相信这对于哲学和政治理论都是"最好的"——就正如我们期望，经过创造性的诠释和转化，无论在西方语境还是在中文语境中，无论作为一种政治哲学还是作为一种制度构建模式，共和主义都是"最好的"。

2006 年岁末于杭州

"当代实践哲学译丛"总序

如果把约翰·罗尔斯 1971 年发表的《正义论》作为当代实践哲学史上的一个轴心式转折点,那么实践哲学的全面复兴和蓬勃发展迄今已三十多年了。按照实践理性(推理)的三元结构(行动者,行动,后果),当代实践哲学形成了目的论(与至善论相交叉,其主干为德性伦理)、道义论(与契约论相交叉,其核心为正义理论)和后果论(与功利论相交叉,重点在实践推理的整体结构)这三大流派,这一论域所涵盖的道德哲学、政治哲学乃至于法哲学的繁荣兴旺已经成为当代西方学术的一个十分引人瞩目的现象。从这一视野放眼望去,以罗尔斯、德沃金、内格尔、斯坎伦等为代表的自由平等主义的展开,以安斯康姆、威廉姆斯、麦克道威尔、拉兹等为代表的德性伦理学和至善论自由主义的修正,以泰勒、麦金太尔、瓦尔策、桑德尔等为代表的社群主义的崛起,以哈贝马斯、韦尔默、霍内特、本哈比等为代表的新法兰克福学派和新实用主义的整合,以亨利希、弗兰克、图根特哈特等为代表的主体哲学的反弹,以波考克、斯金纳、佩迪特、米歇尔曼等为代表的公民共和主义的复苏,乃至于以斯特劳斯为宗主,继之以布鲁姆、曼斯菲尔德、扎科特等为代表的新保守主义最近的回潮,这些才俊辈出、代有传人的流派和思潮之间的交光互影、相互辩难,汇合成一股巨大的浪潮,在世纪之交的西方学术、思想论坛上重新激起了可以回溯到 17 世纪的古代人与现代人的争论。

古代世界百科全书式的思想家、西方古代哲学的集大成者亚里士多德把人类的全部学问区分为三大类:理论的、实践的和制作的;近代哲学的枢纽、现代世界哲学上的经纬者康德系统地发展了相应于人类的知、情、意三种基本机能的理论哲学(认识论)、审美哲学(美学)和实践哲学(伦理学)这一哲学三分法。亚里士多德的实践哲学内含伦理学和政治学,康德的实践哲学同样包括伦理学、政治哲学乃至于法哲学。不管古代世界与现代世界之间存在多大的差异,上述两种区分至少具有某种形式上的类似性。但是,如果说亚里士多德的整个哲学体系,特别是其实践哲学中蕴涵的实践推理的结构,是笼罩在目的论的思考框架之中的,而康德实践哲学在哲学史上的独特性,以及它成为当代自由主义的灵感源泉的重要原因,正在于相对于古代目的论实践哲学之宗奉善(好)、价值和责任,转而强调权利(正当)、规范和义务的道义论色彩,那么当代实践哲学所面临的任务就不但是要调和亚里士多德和康德的实践哲学,而且是要把实践哲学的第三个重要来源即功利主义整合到实践理性(推理)的总体结构中来。这一问题意识和学术态势不但明显地表现在上述三大流派各自的理论倾向上,而且影响和渗透到对西方历史传统的自我理解中。于是,复兴亚里士多德主义、改进康德主义和修缮后果论及以调和的面貌出现的各自的变种就构成了当代实践哲学的主潮。各个流派的代表人物或者通过嘎嘎独造的理论建构,或者经过抽丝织锦的经典读解,或者通过历史传统的重新叙事,为广义的实践哲学的繁荣发展做出了独特的贡献。

　　实践理性和实践哲学在以儒家思想为核心和主干的中华文化传统中一向颇为繁盛。在近世以来的以古今中西之争为经、以道器体用之辨为纬的"三千年未有之大变局"中,实践理性新维度的开展和实践哲学新形态的寻求也依然是中国文化之"灵根自植"(唐君毅语)和"灵根再植"(杜维明语)的题中应有之义。但由于文化渊源和制度实践方面的原因,较诸西方亚里士多德、康德等大哲,中国本土传统不能不谓仍有缺憾难能之处。如在亚里士多德那里,伦理学并不是一门独立的学科,只是广义的政治学的一部分,而中国文化以伦理为本位的传统恰恰反其道而行之,其流弊之于后世,乃有"泛道德主义"的政治观念和政治实践。又如康德晚年之著《道德形而上学》,分为"法权论"和"德性论"两部,着重阐发实践理性之法权含义,此乃以儒家思想为代表的中国文化传统的一大缺失,致使后世儒家兴有"治道"而无"政道"之叹。但是,如果说以欧洲虚无主义为反衬背景的东方文化复兴论是一种化他者为无的虚假的主体意识,以冷战意识形态为参照系的"老内圣开出新外王"说则仍然坚执东方与西方、自我与他者的抽象的二元对立模式,那么,就恰恰只有在对西方现代性(包括西方传统自身的复杂性)的深层反思基础上浮现的文化现代性与规范现代性的视野中,在多元现代性的论说所激发的新一轮的理论理性与实践理性、工具合理性与价值合理性的论辩中,在扬弃主体哲学和独白模式后的互主体哲学和交往合理性的层次上,传统与现代、地方性与普世性的关系才能得到辩证通达和本真切己的理解和把握。

　　浙江大学外国哲学研究所与东方出版社文化编辑室创设的这套译丛,旨在集中展示当代西方特别是盎格鲁-萨克逊传统中的实践哲学的第一流成果。之所以采取这样的聚焦方向和基本定位,外在的理由在于,在当前中文出版界蔚为风气的西学翻译工程中,仍然缺乏对这一主流传统特别是其前沿进展的深入全面的关注,这不能不说已经极大地制约了汉语思想界对西方学术的全体大用的系统把握。数年前中国知识界和公共舆论领域爆发的论战中言之谆谆、听之藐藐的景象,适足以表征国内学界对20世纪晚期英美实践哲学的建设性成果的生疏和隔膜;内在的理由则在于,在从"语言学转向"到"实践理性转向"的大背景下,大陆哲学和英美哲学的沟通融合不断地摇撼和移动着理性与非理性、形而上学与后形而上学、现代性与后现代性、哲学文化与后哲学文化的边界与视界,盎格鲁-萨克逊传统的深刻变革不但在"不可承受之重"的大陆传统和"不可承受之轻"的后学流裔之间别开生面、创获甚丰,而且提供了一方面更富包容性地综合以希腊和罗马为代表的西方自身的大传统,另一方面更具前瞻性地回应全球化与多元文化之挑战的概念和理论资源。我们期望并且深信,哲学和文化传统的这种返本开新、创造转化的个案中所体现的洞见、智慧和勇气,将为处于现代国家构建、市场秩序构建和个人认同构建同步进行的转型期中国社会之中,参与塑造中文学术的自主形态的人们提供难得的滋养和有益的借镜。

2005 年 6 月于杭州

从"语言学转向"到"实践理性转向"

全部哲学都是语言批判。

——Ludwig Wittgenstein

实践哲学的伟大传统继续存活于一种对其哲学内涵有所了
解的解释学之中。

——Hans－Georg Gadamer

哲学家们只是用不同的方式解释世界,而问题在于改变世界。

——Karl Marx

20 世纪 70 年代以来,当代西方哲学中出现了一种引人注目的新动向,我们把它称作"实践理性转向"。所谓"实践理性转向",主要是指西方主流哲学界在经历了逻辑实证主义的元伦理学阶段和后实证主义的自然主义阶段之后,恢复了对于价值的理性基础、规范的根源和辩护以及伦理学与本体论的关系这些实践理性的传统主题的兴趣。无论是在研究的主题、范式、方法方面,还是在取得的成就和产生的影响方面,"实践理性转向"都可以说是继"语言学转向"之后西方哲学发展中的又一次重大转折。这一转向理所当然地引起了国内外学术界的高度重视。

"语言学转向"是相对于古代的"存在论转向"和近代的"认识论转向"而提出来的,它被公认为 20 世纪最有代表性的哲学范式转变。只要我们观察一下"语言学转向"兴起之前的两次哲学转向,就会发现,一种哲学范式的真正确立最终依赖于自身规范基础的阐明和辩护。古代哲学的理念即善的存在论学说是其目的论伦理学的背景和前提,而这种目的论的伦理学则是古代存在论的规范内涵;以自我意识为核心的近代认识论是道德自主性学说的背景和前提,而这种道德自主性则是近代主体性哲学的规范内涵。按照这样的提问方式,我们很有理由追问,"语言学转向"的规范内涵是什么? 相应地,所谓"实践理性转向"——如果这种"转向"名符其实的话——的哲学前提和基础又是什么? 正是在这样的语境中,我们遭遇了"语言学转向"与"实践理性转向"之间的关系这一贯串 20 世纪西方哲学的重大问题。

首先,"语言学转向"对 20 世纪前半叶的西方实践哲学产生了消极的影响。逻辑实证主义提出命题或陈述的三分法,把价值判断放逐到无意义的领域,而元伦理学则把自己的任务局限在对价值词汇用法的琐碎研究上,放弃了理性地探讨价值分歧和规范基础的重要使命。20 世纪 50 年代以后的"后实证主义"革命冲破了逻辑经验主义的樊篱,对价值问题的探讨持更为宽容的态度,为实践哲学的复兴奠定了初步的基础,是实践理性转折的前奏,但其物理主义倾向以及此后继语言哲学而起的心智哲学研究取向,又引发了在规范问题、价值属性和价值判断问题上的新一轮的自然主义与反自然主义、实在论与反实在论以及认知主义与非认知主义之争。直到 20 世纪末,"语言学转向"的规范内涵依然是一个聚讼纷纭、莫衷一是的问题。例如,在分析哲学的匹兹堡新黑格尔学派内部,是像罗伯特·布兰登那样继续坚持"语言学转向",承认拥有信念和意愿仅仅是玩一种运用这些词汇的语言游戏,从而哲学的职责只是阐明我们语言的和非语言的实践,而不是根据外在于这些实践的规范判断这些实践;还是像约翰·麦克道威尔那样,在坚持不具有概念结构的东西无法证明信念的合理性的同时,也坚持非判断的心理事件能够证明信念的合理性,从而得出"除非知觉现象不同于判断,否则我们就会失去我们的康德意义上的自由",这已经成了一场震撼盎格鲁 – 撒克逊哲学界并且波及德语学圈的大争论。而在新法兰克福学派的语用学的"真理共识论"与美国实用主义和法国后现代主义相结合所产生的新实用主义倡导的"语境论"之间的辩论中,又出现了对于民主的规范涵义的不同理解:对于真理共识论者来说,民主是基于普遍的交往理性的包容性共识;对于彻底的语境论者来说,民主只是受文化和地域限制的一种排他性的团结。诸如此类的重大分歧不免使人对"语言学转向"究竟要转向何处心存疑虑。

其次,尽管实践理性是西方哲学的固有传统,但当代的"实践理性转向"和"实践哲学复兴"又有它独特的背景和前提。实际上,从"语言学转向"到"实践理性转向"的演变昭示我们,这两种转向之间不但具有时间上的连续性,而且具有逻辑上的相关性。一方面,"语言学转向"是绵延整个20世纪,横跨英美与大陆两大传统(新法兰克福学派中有把实用主义独立出来,与分析传统和现象学传统鼎足而三者)的基本范式,就此而言,它不但构成了"实践理性转向"的背景,而且为后一种转向创造了条件,或者说为更好地阐明自身的规范内涵创造了条件,这尤其表现在滥觞于日常语言哲学并经与美国实用主义互释后产生的所谓"语用学转向"中。另一方面,作为"实践理性转向"之重要一环的道德心理学研究的勃兴则不但在智识氛围上呼应了心智哲学在20世纪晚期哲学中日渐上升的地位,而且从智识效能上对语言哲学和分析哲学提出了前所未有的挑战,甚至于宣告分析哲学已死,"语言学转向"这一范式也已经走到了尽头;更为重要的是,语言哲学中的(与语言含义相关的)内在论与外在论之争,心智哲学中的(与心智内容相关的)个体主义与反个体主义之争,以及实践哲学中的(与规范辩护相关的)特殊主义与普遍主义之争,这三者之间的纠结和紧张将引领人们重新审视分别由分析学派和现象学派在20世纪初以反对心理主义和自然主义之名发起的哲学革命的潜能是否已经消耗殆尽,而这不但关乎自古希腊以来即已奠基的作为理性守护者的哲学事业的命运,而且与人类对于自身以及我们置身其中的共同体的自我理解密不可分。

上海译文出版社历来重视当代西方哲学重要著作之迻译,所创设之"二十世纪西方哲学译丛"更是在学术界享有良好的声誉,深受读书界的喜爱。"哲学的转向:语言与实践"译丛踵武前贤之事业,尝试以更为主题化同时也更富时代感的方式系统地译介20世纪晚期西方哲学的代表性成果。一方面旨在围绕关于遵守规则和私人语言、自然主义与反自然主义的争论,集中展示语言分析传统对于价值与规范的理性和形而上学基础的探讨,同时关注当代欧陆哲学中重视把分析传统与现象学传统结合在一起的哲学家的著作;另一方面试图较为全面地呈现"实践哲学复兴"中道德哲学(包括元伦理学、规范伦理学和道德心理学)方面的优秀成果,同时关注当代欧陆哲学中对古典哲学的根本问题和现代性的根本内涵、理论理性与实践理性的统一性的探讨,还涉及当代政治哲学的一些有影响的作品。

我们期望并且相信,根据对于西方哲学发展趋势的上述理解和把握,按照问题性和前沿性相结合的原则,通过哲学同仁们艰苦、扎实、细致的工作,本译丛必定能够把中国哲学界和出版界的西学译介工程真正推向深入,促进学术界对于 20 世纪西方哲学建设性成果的全面总结,并最终为当代中国的哲学事业提供有益的借鉴和滋养。

2007 年 1 月于杭州

从"西化"到"化西"

——写在"公共哲学与政治思想丛刊"之前

城邦之外，非神即兽

——亚里士多德

周虽旧邦，其命维新

——《诗经·大雅》

按照汉娜·阿伦特在《人类状况》中的叙事，自由主义现代性是通过颠倒古代世界的公私区分而崛起于近代世界的。在古典希腊时代，存在着与城邦和家庭的区分相对应的公和私之间的尖锐区分。在城邦的公共生活中，当人们在他们的同侪之前展现自己，并试图达致荣耀时，他们就是在从事最高形式的人类活动。但是，参与公共政治生活的一个前提是公民已经成为所谓生活必然性的主人，而对后者的支配则属于一个前政治的领域，亦即家庭的领域或私的领域。随着现代社会领域的出现，紧接着积极生活对于沉思生活的优先性的倒转的是行动、工作和劳动之间的古典等级被颠覆，并先被工作的心智，最终被劳动的心智所扭曲。于是希腊人视为人类活动的最低形式在现时代喧宾夺主，而真正的公共空间和公共自由的领域反而湮没不彰了。

无论阿伦特对古典希腊城邦的描述存在着怎样理想化和浪漫化的成分，但她这种通过行动、工作和劳动，公与私，以及政治与社会的区分对于现代社会病理的诊断及其解救之道的寻求确实产生了广泛深远的影响，并具有虽未必是一脉相承但却是有踪可寻的效果历史。

首先，从政治理论的角度，哈贝马斯曾坦承阿伦特是对他的思想产生重要影响的两位思想家之一。在对公共领域及其规范基础即交往行动理论的探索上,哈贝马斯都受到了阿伦特的公共空间理论及其对行动、工作和劳动的区分的影响。但是,与阿伦特悲叹公共空间在现代性条件下的衰落不同,哈贝马斯注意到了一种新的公共性形式在启蒙时代的出现和形成。与阿伦特把她的公共空间理论与她对表象这个空间中的行动的理解紧密联系在一起,从而模糊了公共空间概念在民主的合法性理论中的关键性地位不同,哈贝马斯通过对阿伦特概念的全面转换,使得重新确立公共领域与民主的合法性之间的联系成为可能。

其次,在政治思想史领域中,剑桥共和史学的宗师波考克把阿伦特对于公与私的区分和以赛亚·伯林对于积极自由与消极自由的区分结合在一起,作为他的基本的概念座架,一方面相对于自由主义的自我理解,重构了公民人文主义的历史谱系,强调公民人文主义的两个维度即以德性为中心的共和主义模式和作为自由主义现代性之前身的以法律为中心的范式是继续并行地得到发展的;另一方面以风俗作为整合公民人文主义和商业人文主义的中介,从而以德性、权利和风俗的三重奏提供了一种新的政治思想史模式,一幅迥异于自由主义范式和以古典共和主义面貌出现的前自由主义范式的崭新的政治思想史画面。

最后,我们还可以从几度兴衰但仍然余韵不绝的美国对公共哲学的探求中辨认出阿伦特的思想建构和历史叙事的凝重面影。其名肇端于李普曼的美国公共哲学一方面与阿伦特、弗里德里希和塔尔蒙以及德国战后的极权主义批判相呼应,首先关注的是自由民主在 20 世纪的沉沦式微以及极权主义的悚然崛起——而李普曼视之为现代民主在非常时期无力阻滞极权主义之一大原因的屈从于大众压力的公共舆论虽不能与阿伦特所谓"恶的平庸"完全相提并论,但却也不无可比性。另一方面则开启和预示了后来在历史学界、法政学界、社会学界甚至哲学界蔚为大观的对美国立国原则的广泛诠释和深入解读——而阿伦特并未自外于这一大潮,《论革命》中对于美法革命的瑰丽的富有想象力的对比则更是与以贝林和伍德为代表的革命史学范式,以阿克曼、米歇尔曼和森斯坦为代表的共和法学范式,以克里斯托尔、诺瓦克和贝拉为代表的公民宗教范式呈相互呼应之势,甚至对后来者有极大的启示作用。

例如目前似已接过美国公共哲学探求之旗帜的桑德尔则干脆直接以新阿伦特主义相标榜。

桑德尔诚然难说有多大的理论建树,但我们不要忘记,被视为深刻地刻画了美国民族和文明的气质的实用主义哲学在经过杜威对公共性的探索和米德对自我的社会构成的揭示后,已经充分地彰显出其激进民主的政治意涵。哈贝马斯更是视之为继青年黑格尔左翼之后对于民主问题的最有创造力的回答。更为重要的是,经过哈贝马斯的重构,实用主义已经从一种从传统欧洲的和我们中国人的眼光看有些"粗俗"的"地方性"哲学"升格"和蜕变成了一种相当"精致"的"普世"哲学,并成为哈贝马斯和他的同侪们为之鼓与呼的"反思现代性"的构成性要素,而恰恰是这种"反思现代性"的观念为最终证成具有规范性内涵和普遍主义指向的"多元现代性"诉求奠定了基本的视域。

分别沿着历时和共时或纵向和横向的标轴分化和展开、调整和互动的公私二元区分对于我们观察中国近世以来的古今中西之争同样是一个既极具启示,而又有相当限制的概念架构。一方面,从清末民初的"私德"、"公德"之辨,"中国人自由多少"之争,经20世纪中期的"政道与治道"之辨,"以自由主义论政,以传统主义卫道"之争,到晚近对中华现代性和中华文明主体性的探索和寻求,都可以在在看出上述架构或明或暗、或浅表或深层地起着支配性的作用。但另一方面,近代中国面临的问题的总体性和复杂性又使得无论传统中国的体用模式还是现代西方的公私之辨都愈益显得捉襟见肘、不敷使用。

从西方自身的语境来看,阿伦特所描摹的现代社会领域的兴起对于古典的公私之辨的含义无疑是双重的。一方面当然是公私之间的古典区分被彻底模糊,例如出现了像"福利国家"这样在阿伦特看来"自相矛盾"的现代建制;另一方面,真正现代的私域概念又与古典的公私区分毫无关联,非复此种区分所能牢笼,例如卢梭的"私密"概念和密尔的"个性"概念这种只有在基督教为西方世界永久性地贡献了"意志自由"之后才能出现的概念当然是古代的异教世界所完全陌生的。更为重要的是,在尚未发展出既能最大限度地包容古代智慧,又具最强烈的现实相关性的概念框架之前,不管一种概念框架对现状的诊断是多么入木三分,如果它是与既有的架构完全对立的,那么不但它的建设性将大成问题,而且它的破坏性将使它严重错失对于理解现时代至关重要的东西。哈贝马斯的公共领域对阿伦特的公共空间的改造和重构正是乘这一概念间隙而起,而对于公共领域的双重性——经验的维度和规范的维度——的强调则使得这种对于公共性的探究可以与社群主义和共和主义一样被理解为广义的自由主义现代性的自我救赎的内在组成部分。

从中国文化保守主义核心论述形成的背景来看,西方从二战结束前后到 20 世纪 60 年代初,从极权主义批判到意识形态终结这一阶段所呈现的"意识形态"板结化不能不说对前者产生了相当大的负面影响。这主要表现在,这一核心论述虽然把握住了康德哲学这一自由主义的理想主义之根("西方的"新保守主义者斯特劳斯亦认为正是康德为自由主义奠定了道德基础),却仍然受制于战后西方"买椟还珠"、"壮士断臂"般的自我反省的浅表性,从而重新落入了"中体西用论"的旧径。例如,在作为"制度层"的"社会性实有"与作为"观念层"的"文化秩序"的关系问题上,用来支持新外王论以便"开出"民主与科学的"两重存有论"仍然不免有抽象地并置理想与现实的简单化之嫌。而这主要还是由于此种论述一方面把注意力主要集中于"儒学出路"问题,而非更广泛的"哲学危机及出路问题"(劳思光先生语);另一方面则汲汲于"化西"(牟宗三先生语),"不是把儒家思想视为修正西方现代性的另一种可能性,而是当作西方主流的超越;不是为儒者在现代性中找到自己的立足之地,而是在儒学体系中给现代性划定位置;不是转向某种较为朴实的、致力于调和的努力,而是贯彻总体超越西方哲学的策略"。德人雷奥福于是把这种"力图将儒家的立场从讨论中的一方转变为整个讨论的框架"的"已成惯例的因应策略"称之为"此种道德形而上学思路在其纲领上的过度要求。"

正如现实社会主义运动的祛魅恰恰反过来为马克思主义解咒,并为后者重新恢复和焕发活力提供了契机,20 世纪晚期在反思现代性前提下出现的实际上具有规范性内涵和普遍主义取向的多元现代性观念也为我们透视儒家传统的当代意义提供了一个新的平台。从这个视角回望中国近代自西学东渐以来从器物、制度到文化(心性)的变革历程,以及从"中体西用"到"西体中用"的论辩逻辑,都莫不提示我们公共哲学和政治思想之属对于当代中国制度建设和社会转型的不可取代的重要性。在这里,公共哲学和政治思想所对应的作为人类之"共法"的正式建制的框架和公共讨论的平台既非只是上述三步曲中的一步,也非体用模式中的单纯的"用"(如在"中体西用"论者那里)或单纯的"体"(如在"西体中用"论者那里)。在这里,所谓"制度"不再是可以与它所生长和植入其中的文化秩序中完全分离开来从而外在地"移植"的,也不是可以通过对传统的更具"独白"色彩的重新阐释从而内在地"开出"的。在这里,重要的是一种理性反思和对话原则所主导的集体学习过程:我们的"对话者"不但包括"他人",也同样包括"前人";我们所"反思"的不但有"前人"的世界,更有"他人"的世界,因为在我们置身的这个时代,"他人"的问题同时也是"我们"的问题——离开了"他人",甚至都已经没有办法来界定"我们"。在这里,始终重要的当然还有阿伦特所谓"自我开启"和"自我创造",但是"开启"必其来有自,"创造"更非无中生有;"开启"是在"这里""开启","创造"是在"这里""创造":

　　"这里"就是蔷薇,就在"这里"跳吧;

　　"这里"就是罗陀斯,就在"这里"跳吧!

2008 年 1 月

改定于普林斯顿大学 Friend Center

哲学、政治与文化的三重奏

——"文化与政治译丛"总序

在自我流亡十六年,抵达新大陆八年之后的 1949 年,被誉为极具哲学天赋、但却毫无政治天分的汉娜·阿伦特给她终身的导师和朋友雅斯贝尔斯写信:"什么都没有改变。有时候我想知道,是向德国人逐渐灌输政治意识更加困难,还是向美国人传达哪怕是最肤浅的哲学知识更为困难。"就正如她所称颂的海德格尔思想中席卷的风暴并非起源于 20 世纪,而是来自于遥远的过去,对"德国历史中的文化诱惑"感同身受的阿伦特这句话的问题意识也远远地越出了所谓德国问题的语境,而同样可以追溯到古典希腊时代。

哲学与政治的关系问题被我们时代的政治哲学家称作政治哲学的首要甚至是唯一的问题,不管这种说法的用意何在,也不管它遭到怎样的使用,它在相当程度上都确实是古典希腊时代的真实写照。通过柏拉图的如椽巨笔,以苏格拉底之死而被戏剧性地问题化的哲学家与城邦之间的关系,就被抽象成了哲学与政治之间的关系问题。沉思与行动的对立所支撑起来的哲学框架是多维立体的,然而哲学与政治之对立的整个文化背景却大致是一元均质的,正是在这个意义上,史学家们把古典古代的世界称作异教世界。

如果说城邦的崩溃是古代世界最大的精神动荡,那么基督教的兴起则直接导致了古典古代之文化一元性的终结;从"城邦之外非神即兽"到"教会之外别无拯救",上帝之城和世俗之城的二元区分是对于这种对立的最好也是最终的表述。到了这个阶段,哲学与政治的关系其实已经让位于哲学与文化的关系,只不过这里的文化之核心层面乃是一种与古代循环论截然不同的线性的和末世论的时间和历史观念。而随着与基督教精神一脉相承的近代科学的兴起,随着科学日益成为近代文化的一种最具构成性和形塑性的力量,广义上的哲学与文化之关系的具体内涵就落实为哲学与科学的关系。也只有到了这一步,才真正坐实了斯特劳斯所谓"科学与历史,当代世界的两大动力,在联手摧毁政治哲学这门学问上取得了成功"。

按照现代性的出生记,由进步观念护法的与古代世界的断裂本身就是正当性的一种标记。但是在早期现代性向晚期现代性的过渡中,现代性本身的弊端亦逐渐暴露,其动力则日趋衰竭,如罗伯特·皮平所言:"19 世纪晚期的现代性危机反映了资本主义社会没有能力再生产它自身,也没有能力使它本身具备正当性。"这种危机在某种程度上就可以被理解为一种文化危机,或者说是一种自我解释上的危机,而如果我们像皮平那样认为现代性的问题并不完全是一个文化的、社会的或政治的问题,而是一个哲学问题,那么这种危机的实质也就是在理解哲学与文化、哲学与科学的关系上出现的危机。但是同时,其程度并不稍逊地,这种危机也出现在后发现代性的国家和地区,只不过在后者这里,所谓文化的内涵除了在原发现代性内部固有的科学的维度,更增加了传统和本土的维度,或者也可以说,文化危机在这里乃具有双重的含义,而走出危机的尝试似乎就更有了"毕其功于一役"的难以承受之重。

在作为现代性之发祥地的近代西欧诸国中,德意志乃是一个后发国家,但比较巧合且深具范型意义的是,在政治和经济上属于欧洲落后国度的德国在哲学上却扮演着第一提琴手的角色,并一直享有文化之邦的令誉,正是从这个意义上,德国问题成了史家眼中"整个近代史上最难解、最纠结和最全局性的问题",近代德国也就成了我们观察哲学、政治与文化之复杂关系的最好场域。而用另一位史家弗兰茨·斯特恩的话来说:"非政治的德国既是德国偏离西方及其持续的政治失败的原因,同时也是其结果。"然而,在经历魏玛共和倾覆、纳粹帝国败亡、东西德的分裂和重新统一之后,德意志的国家建设却逐渐走在了理性、节制和健康的道路上;在用宪法爱国主义总结从波恩共和国到柏林共和国的经验时,经历了与形形色色的前现代主义、后现代主义特别是所谓

"决断论"和"机缘论"之毕生奋争的哈贝马斯最终把现代性规范内涵之锚泊定在它的政治维度上,并着重强调了与政治物相关的文化和以政治的方式做成的文化之间的区分;如果说在德意志传统的文化政治论述中,看上去是静态的"与政治物相关的文化"中的"政治物"和"文化"都是受到轻视和贬低的,那么"以政治的方式做成的文化"则试图用一种形成政治文化的动态机制克服文化与政治之间固有的分离和对立,从而以这种方式超越和扬弃了贯穿魏玛前后的权力与文化之争、文明与文化之争、"好的德国"和"坏的德国"之争,提供了一条走出非政治的文化,从文化政治走向政治文化的路径。凡此种种,都无疑将为我们思考被称作德国问题之"翻版"的中国问题提供有益的启示并产生深远的影响。

承黑格尔《历史哲学》中所谓"普遍奴隶制"之余绪,与希腊罗马的古典的古代形成对照的亚细亚的古代曾经在马克思的社会形态理论中扮演了某种暧昧的角色,但是,亚细亚生产方式的特殊主义内涵并没有被历史唯物主义的普遍主义彻底抽空,从而只具有历史化石的作用。例如中国的马克思主义史学家侯外庐先生就曾经夫子自道其工作乃是对马克思的亚细亚生产方式理论的"延长",并分别用《尚书》中的"器惟求新,人惟求新"和"器惟求新,人惟求旧"把古典的古代和亚细亚的古代刻画为古代社会的两种并行的进化路径——"前者是新陈代谢,新的冲破了旧的,是革命的路线;而后者却是新陈纠葛,旧的拖住了新的,是维新的路线。"的确,在《资本论》的准备稿中得到集中表述的社会发展三形态论在保留和捍卫马克思的普遍主义冲动和雄心的同时,也为容纳和调和社会发展各阶段和形态的特殊性和多样性提供了富有张力的概念空间。

无独有偶的是,我们竟然也能够从作为20世纪中叶蔚为大观的现代化理论及其自我反省之产物的多元现代性理论中辨认出上述"延长"的异域回响,只不过时间和空间都已经发生了转换,而其概念内涵也早已今非昔比。从这种反省中所浮现出的文化现代性和规范现代性的视野去透视从中国近代的中西体用之争到晚近新一轮的古今中西之争,哲学在文化与政治的二元性格局中所处的地位和所发挥的作用就发生了微妙的变化。不同于古典的古代,哲学处于与政治的某种直接对立的关系中,犹如"巨人之战"背影下真理与意见之抽象对峙;也与近代西方的情形不同,哲学与作为文化中最有力量的科学相互竞争,争夺空间,于焉衍生各种调和哲学与神学、自然科学与精神科学的双重真理论。不同于亚细亚的古代,"哲学"具有牢笼万有的"作之君,作之师"的地位;也与近世中国主流论述不同,仍然试图仰仗中国哲学中最为精髓的体用模式解决古今中西之争。哲学现在所要"争夺"的不再是一个"论域"的空间,就好像它有一个其他学门不能染指的独特"论域",而是一个"概念空间",这种"空间"尤其出现在各"论域"交叉重叠处,其作用即使不是"牵一发而动全身"的,也是具有弥漫渗透和贯通之功效的;哲学现在不再是一个自上而下的"仲裁者",而是一个居间的"调停者",不再是一个即将一劳永逸地提出"仲裁"的外在观察者,而更像是一个随时准备修正自己的概念框架的内在参与者;更为关键的是,在追问其他领域的正当性标准的同时,它必须——如果不是事先——给出自身的正当性辩护;只不过在文化间的语境中,这一点似乎尤为显豁甚至"自明",但也唯因在这种语境中,最为重要的就既不是"见树不见林"的"格义",也不是"会当凌绝顶"的"判教",更不是用"区分敌友"来"劫持"政治之内涵,而仍然是在"哲学突破"两千多年后哲人们依然孜孜以求的"内在超越",也就是要在"后形而上学"的视野中把轴心时代第一次区分开来的无限与有限、无条件者与有条件者、统一性与多样性、自由与必然的关系,在承认它们之间概念区别之重要性的基础上,重新把它们统一起来。

在从"内在超越"的视角论及"应然的权威具有多大的合理性?"这个问题时,哈贝马斯如是说:"'道德视角'应当从世界内部对这个视角加以重建,把它纳入我们主体间共有的世界范围当中,而又不失去与整个世界保持距离的可能性以及全方位观察世界的普遍性。"而将近两百年前,黑格尔在谈到辩证法的"内在批判"时曾经说:"真正的拒绝必须是穿透了对方的力量,并且在他有实力的基础上与之遭遇;赢得胜利的途径并不是在某个别处向他进攻,在他不存在的地方把他打败。"至今看去,后面这句话既像是对我们仍然面临的真实处境的逼真写照,更像是对我们措置这种处境的智慧警示,于是愿以此语与"文化与政治译丛"的读者共勉。

2014 年 4 月,浙大紫金港

摆荡在竞争与和解之间

——《自由主义中立性及其批评者》编序

在以自由、平等和博爱为核心价值的法国大革命所催生的自由主义、保守主义和社会主义这三种现代性的意识形态中，相对于保守主义，自由主义愿意接受更多的平等；相对于社会主义，自由主义愿意给予更多的个人自由。这种对于自由主义的看法，虽然卑之无甚高论，却颇有影响，并广被接受。但如果细究起来，这样了解的自由主义则很有可能像哈耶克在《自由宪章》的著名跋语中所担心的保守主义那样，"在一条并非它自己所选择的道路上被拖着前行"；尽管在现代性这台"永动机"的漩涡中，似乎任何一种不愿"与时俱进"的政治意识形态都难逃此种宿命，于是弥见同样是哈耶克所谓"越是危急关头，越要坚持原则"——哈翁本人对此原则所传达的洞见的一种稍显夸张的表述是："自由社会的一个标志性特征就是在无人可以预知自由秩序将向何方演化的情况下也要任它自行发展"——之苍劲高古。颇为吊诡的是，自由右翼的宗师与自由左翼的祭酒在这一点上似乎惺惺相惜，因为自由平等主义（"自由左翼"是它的一种政治化的称谓）当前最重要的代表罗纳德·德沃金在他著名的"自由主义"一文中就尖锐地批驳了上述把自由主义与保守主义和社会主义放在一个连续体内的流俗见解。也正是在这篇经典性的论文中，德沃金第一次明确提出并论证了对于国家中立性原则的承诺是把自由主义与其他政治意识形态区分开来的根本特征。按照这种原则，一个自由国家不能公开奉行某种良善生活的观念或把这种观念强加给公民，而必须在什么是良善生活这一问题上保持中立。

但是，不管当代自由主义者尤其是政治自由主义者怎样宣称自己忠于中立性原则,他们大概都不会否认自由主义本身就是一种规范的政治道德理论。于是就衍生出了关于国家中立性的涵义、可能性、程度和限度等一系列问题。这在某种程度上也就是要回答中立性理想与自由主义的价值理想之间的关系问题。我们注意到,德沃金实际上是把中立性原则作为自由主义价值理想的一种否定的表达,而这种理想就是政府对于人民的平等的关心和尊重,虽然从他的表述看,中立性原则恰恰是从平等的关心和尊重推导出来的。

按照德沃金的学生金里卡的论述,作为一种实质性价值,平等的关心和尊重(简称"平等待人")是所有现代性政治道德的共同前提和出发点,也是一个范导性的理想和目标。如果金里卡的看法是正确的,那么我们又怎样解释自由主义政治哲学内外最近以来围绕号称是从平等的关心和尊重推导出来的中立性原则的广泛争议呢?从某种程度上,国家中立性原则的加冕和祛魅是我们观察自由主义政治哲学的嬗递演变以及它与各种非自由主义和反自由主义政治哲学之争辩的一个最有启发性的视角,也是我们把握自由主义政治哲学目前遇到的挑战及其因应之道的恰当途径。

大致说来,当代政治自由主义者用正当优先于善的义务论原则为国家中立性所作的论证以及与国家中立性原则联系在一起的文化的市场化倾向,这两者既是政治自由主义最有特色的地方,也是它最遭诟病之所在。

就前一方面而论,正如麦金太尔雄辩地指陈的,义务论和目的论的对立在康德之前是无法想象的,正是为自由主义政治哲学奠定道德基础的康德第一次系统地论证了正当优先于善的义务论原则,并被大多数当代的政治自由主义者奉为圭臬。但是如果说20世纪70年代的英美自由主义政治哲学是以罗尔斯为代表的康德式契约论和义务论独领风骚的时代,80年代以后兴起的以德性论和目的论的回归为标识的社群主义则是新亚里士多德主义的一种强劲反弹,那么90年代以还,道德哲学和政治哲学的发展趋势和主要方向就是要实现康德和亚里士多德的调和。这一趋势表现在自由主义政治哲学中,就是要松动和修正对于国家中立性原则的僵硬理解,而这正是以对政治中立性原则批判甚力著称的拉兹为代表的所谓至善论自由主义的主要关切,在笔者看来,这也是自由主义政治哲学当前最有潜力的一个方向。我们把这种趋势称作与至善论相调和。

就后一方面而论,文化的市场化似乎是国家中立性原则的题中应有或必然结果,也是包括罗尔斯和德沃金在内的新自由主义之所以为"新"的重要方面(老的自由主义并不那么中立,也并不那么敌视文化)。但是在处理多文化公民权问题时,罗尔斯和德沃金对于国家的中立性与文化的市场化之关系的教条式理解减杀了他们大力倡导的选择与境遇的区分的平等主义涵义。金里卡正是沿着这个思路,以他的"社会性文化"论题和个人自主性理论为基础,进一步深化了选择和境遇的区分,提出了外在保护和内在限制的区分,从而不但能够把文化平等作为自由主义平等观念的一个新内容,而且作为它的内在要求加以论证。值得注意的是,金里卡之所以能够如此立论,很大程度上就是因为他通过对中立性原则的反省,提出了国家的至善论和社会的至善论的区分,明确肯定和论证了自由主义诚然必须坚持国家层面上的反至善论,但它不必在社会的层面上也是反至善论的。在这种限定的意义上对至善论理想的援引既是保护和培育少数族群成员个人自由之必需,又是自由主义政治哲学在面对文化多元主义的挑战时不可或缺的重要资源。与前一种与至善论相调和的趋势相对,我们把这种趋势称作与传统相调和。

合而观之,这两种趋势都要求我们重新理解和审视基本上可以看作是自由主义政治哲学的价值原点和中轴的自主性理想。还是要不惮辞费地指出的是,在发展一种健全的自主性概念方面,哈贝马斯基于卢梭和康德的直觉,对于公域自主和私域自主共为基原、互为前提的辩证论述;以及拉兹所阐发的既避免了理性主义的自我形而上学,又洞察到习惯和传统作为自由的条件之作用的对社会和文化情境保持开放的自主性理想,是特别值得重视的。而如果说哈贝马斯的自主性概念实际上是在康德哲学的主体间转型语境中对卢梭的公意概念的重建,所回答的是现代性条件下一切政治合法性(正当性)的终极标准问题,是一个偏于"公"的概念;拉兹的自主性概念则是对密尔的冶康德、亚里士多德和洪堡于一炉的个体性理想的修正和丰富,所传达的是对于价值和文化多元论条件下现代自由社会的公民人格的想象,是一个偏于"私"的概念;那么共和主义政治哲学最重要的理论代言人佩迪特则试图援引现代自由主义的"公"、"私"二分出现之前的古典共和主义政治传统来为他所谓无支配的自由概念张本:一方面,无支配的自由是政治合法性的真正试金石,如果说哈贝马斯所强调的程序普遍性或自我立法的形式条件还是一种"道德上中立的"道德观,那么无支配的自由则是一种十足的实质性理想;另一方面,无支配的自由既可以说是拉兹那种自主性理想的前提和保障,也可以说是它的外化和实现。如果说拉兹的自主性概念还偏于这种人格理想的德性维面,那么无支配的自由则偏重公民自由形态的法权涵义。这很容易使人联想起康德《道德形而上学》中的理性建筑术,而哈贝马斯的商议性政治观则可以说是这种建筑术的最新版本。

当今的时代是一个价值和文化多元的时代,自由主义政治哲学在这个时代所出现的上述发展趋势,归根到底是因为,一方面,正如哈贝马斯所指出的,宪政民主的以中立面貌呈现出来的普遍主义原则必须与成为这种原则的动源并赋予其活力的自由的政治文化联系起来;也正如拉兹所强调的,在思考稳定的自由社会的可能条件时,我们也许更应当注重政治社会所培育出来的优良政治文化,而不是以道德中立相标榜的普遍的人权和宪政安排。另一方面,正如伯林和社群主义者强调的,自由社会的自我存续要求强调自由与归属的平衡;也正如格雷所指出的,敌对的善之间的自由竞争所由发生的生活方式,也受到与它相敌对的其他生活方式的包围。在这一点上,被称作坚定的义务论政治自由主义者的巴里与他的至善论对手走到一起去了,他在"怎样捍卫自由主义制度"一文中言之凿凿:"我认为自由主义者承受不起这个单方面解除武装的奢侈品。我们很可能被引向一个新的黑暗时代,而信奉自由主义学说的哲学家不能做任何事情来阻止我们进入新的黑暗时代。如果让我在努力说服非自由主义者接受中立性原则和努力质疑他们的信仰之间作出选择的话,我认为后者显然是一种更好的策略。"

一百八十余年前,基于对法国大革命的解放和压迫的内在辩证法的历史经验的反省,黑格尔在《法哲学原理》的序言中提出了"哲学的任务在于达致与现实的和解"这一著名的命题,居今而言,我们可以说,这一命题所遭致的误解与它所包含的智慧一样多——它的后现代主义版本就是刚刚过世的罗蒂所标举的同样毁誉参半的"民主先于哲学"论。罗蒂此论是在对桑德尔80年代初的罗尔斯批判和罗尔斯20世纪80年代中期之后的思想转向的策略性解读中提出来的,不管这种解读有多少六经注我的误读和修辞成分,我们都不能不承认,在"政治的而非形而上学的"自由主义与"后现代主义的资产阶级自由主义"——罗蒂此论一方面把启蒙的两个面向即作为政治谋划的自我肯定与作为认识论谋划的自我奠基相互割裂,另一方面仍然把现代性的政治谋划与包含资本主义和民主在内的含混的自由主义概念相互等同——之间的亲和性的确不是罗蒂所杜撰的。说到底,罗蒂的此种论式是一种以取消诸证成的方式提出的大写的证成,而其真实形态则是一种捍卫富裕的北大西洋民主制度和实践的历史叙事。

　　近二十年前,在法国大革命两百周年纪念日刚刚过去,人类历史由于苏东社会主义崩溃而进入一个所谓"历史的终结"的新时段之际,由于其理论立场摇曳多变而被称作"风派人物"的格雷却出人意表地模仿新黑格尔主义克罗齐的《黑格尔哲学中的死东西和活东西》一书撰写了"自由主义中的死东西和活东西"一文,他在其中既振振有词又虚张声势地祭出了"自由主义已死,市民社会当立"的旗帜,并在此后提出和阐发了他所谓"竞争的自由主义"和"竞争的多元主义"的虽贫弱失血但仍不乏慧见的内涵。如果说前述罗蒂们的方案是通过把自由主义塑造成一种铁板一块、百毒不侵的价值理想的方式达致"与现实的和解",那么竞争的自由主义所强调的则是自由主义诸价值的内部冲突,在这种冲突中,个人权利、消极自由、基本自由、正义、平等和个人自主其中没有一项能够声称具有绝对的优先性;而竞争的多元主义所强调的是存在多种多样的人类繁荣方式,其焦点则是自由主义的生活方式和非自由主义的生活方式之间竞争性的和平共存。

　　自由主义既是一个战斗的号角,又是一种建设的纲领。作为一个战斗的号角,自由主义必须分清"敌""我";作为一种建设的纲领,自由主义必须"团结一切可以团结的力量"。自由主义于是就不断就摆荡于竞争与和解之间。

2007 年 6 月

此序原文尚有以下文字，后因单独发表而删去，现照样录出，以存其真：

以自由主义中立性为主题编纂一部专题译文集的想法由来已久，而这一计划终于得以实施，首先要感谢现于凤凰出版传媒集团任职的佘江涛先生和江苏人民出版社的蒋卫国女士对于"当代西方政治哲学读本"的倾力支持。希望包括本编在内的这个读本系列的质量能够回馈他们为此付出的热忱和辛劳，也不辜负江苏人民出版社这些年经过苦心经营在西方政治哲学和政治理论著作的引进和出版上业已建立的声誉。其次也要感谢参与译事的我的多位合作者，特别是西北政法大学杨立峰君和西南大学毛兴贵君，他们的加盟提升了译文的质量，尤其是减轻了已不堪重负的我的负累。我的同事包利民教授古道热肠，这一次又拨冗为疑难译文把关，这也是我应当深致谢意的。

需要着重指出的是，虽然围绕中立性原则的争辩无疑是最近二三十年来自由主义政治哲学内外最热烈的争论之一，也积累了相当数量的学术文献，但在中文政治哲学的讨论中，这却还是一个相对陌生的话题——从一个纯粹内部史的或内在的视角来看，这似乎并不太值得惊奇；但正如我们前面已经指出的，在一个全球化和多元文化共存的时代，内部史与外部史或内在视角与外在视角之间的界限和区分正在逐渐丧失其明晰性、有效性和正当性，而我们也越来越不能或无法自外于此——相应的论文也为数寥寥。据我有限的见闻，我所尊敬的中文政治哲学前辈石元康先生是最早就此发表专论的。今年四月，我在佛光大学客座时专程到嘉义拜会了石先生，除了当面感谢他惠允担任读本系列学术顾问并为本编推荐，我们还就一系列问题作了广泛的交谈。其中给我印象最深的是，当谈到女性主义者对她们所谓男性中心的正义理论的严厉批评时,石先生不失幽默而又极其认真地说:基本上,一种高度对抗性的做哲学的方式不会是一种好的方式。这正道出了我一直有所感而没有说出的话。的确,从历时的角度,哲学的本分不但在于把握到前人没有把握到的概念区分,而且在于洞察到前人没有洞察到的概念联系——就文化间的语境而论,这里的"前人"应当称作"他人",当然"前人"本就是"他人","前人"和"他人"都是我们的"对话者",我们不但要与"他人"对话,同时也要与"前人"对话,而"理性对话的普遍规范"正是拉莫尔所谓中立原则的中立辩护之要旨。就此而论,中文政治哲学从业者任重而道远,愿以此与"读本"的读者共勉。

《当代政治哲学名著导读》编者导言

　　从一九九六年秋天开始,当代政治哲学成为我的教学和研究工作的一个主要领域。这里所谓"当代政治哲学",主要是指从约翰·罗尔斯的《正义论》(1971)出版之后,围绕着罗尔斯理论的阐释、发挥、批评和修正而形成的规模与创获均甚可观的一大学术"产业"。以《正义论》发表为标志,一反二十世纪五六十年代西方政治文化已走入断潢绝港之颓势——"政治哲学已死"的惊呼即是其一大表征——政治哲学的复兴从 20 世纪 70 年代以来呈有增无已之势,绵延发展至今,已有人誉之为当代西方学术的"冠冕"。

　　按照英美政治哲学界得到比较广泛承认的看法,最近三十多年来的当代政治哲学大致上可以区分为三个阶段或三种脉络。第一阶段(主要工作在 20 世纪 70 年代)的核心议题是以罗尔斯和德沃金为代表的自由平等主义和以诺齐克为代表的自由至上主义在分配正义范式上展开的争论,其间和后续当然还包括自由平等主义的不断精致化(包括向道德哲学方向的延展,例如内格尔和斯坎伦的某些工作)以及以最近刚刚过世的牛津哲学家 G. A. 柯亨为代表的分析马克思主义的分配正义理论的"介入"。第二阶段(集中在 20 世纪 80 年代)的焦点争论则是在自由主义和社群主义之间展开的,虽然当今学界对于社群主义的理论贡献还存在较大的争议,人们对于社群主义所诉诸的某些价值(例如承认的价值)是否从根本上超出了分配正义范式也意见不一,但总体来说,社群主义者主要还是以罗尔斯的义务论自由主义作为重点的批判对象,而且这种批判也确实从理论资源和基本价值方面在"西方"传统内部挑激和制造了某种对立与紧张,例如是要康德(甚至尼采)还是要亚里士多德的问题,正当与善何者优先的问题以及分配与承认孰为基本范式的问题,从而丰富了当代政治哲学的议题,加深了现代性政治的反省层次和深度。第三阶段(20世纪90年代以后)的主要特点则是在以社群主义为代表的针对自由主义的批判声浪的最初冲击过去之后,更为内在地和有建设性地消化和整合前两个阶段的成果,出现了公民身份研究的回归、文化多元主义的热潮以及全球正义问题的勃兴。

从上述叙事可以看出罗尔斯在过去三十余年政治哲学发展中的核心地位和主导影响,只不过这种地位和影响的表现在不同阶段稍有不同而已。如果说第一阶段的工作基本上是在罗尔斯正义论的正向支配下进行的,那么第二阶段的批判则是罗尔斯理论的反向支配力的一个典型例子①,而在进入第三阶段之后,罗尔斯的影响则更多地被"间距化"了。至于这是否像有些人宣告的那样意味着一个政治哲学的后罗尔斯时代的到来,或者政治哲学已经走出了罗尔斯时代,则是我们未敢在此遽然断言的了。

虽然对于近三十余年当代政治哲学发展的这种描摹——显而易见,本书正是按照这一"图式"编排的——未免过于格式化,而且在目前中文政治哲学的语境中也似乎颇为"不合时宜",极易遭到"厚诬",甚至可以被戴上"政治幼稚病"的帽子,但仍然不能不承认这幅画面折射

---

①《正义论》的第一本英文研究著作(*The Liberal Theory of Justice*,1973)的作者,也是不久前过世的Brian Barry素以坦率直言著称,他的下述这番话是(《正义论》的作者)罗尔斯的"反向支配力"——Barry眼中的罗尔斯甚至"反向支配"了他自己!——的一个绝佳的虽然不无夸张的例子:"孟德斯鸠尝有言,'最坏之事莫过于一个有名的作者写了一本坏书'。就罗尔斯而言,麻烦在于,人们几乎普遍地以为,如果他现在说《正义论》中有某些根本的缺陷,那么他在那一点上必定无论如何都是正确的。正因为也有一种广泛的感觉,《政治自由主义》没有成功地完成它所提出的任务,就自然地得出了整个罗尔斯的计划都是有致命缺陷的这样的结论……罗尔斯的彻底认错是不请自来的,《政治自由主义》的失败并未使《正义论》声誉扫地。我相信,随着时间的流逝,将不断地明确,《正义论》作为本世纪产生的对政治哲学最有意义的贡献依然卓尔不群。只有一件事有模糊那一成就之虞:《政治自由主义》的出版"。见Brian Barry, John Rawls and the Search for Stability, in *Ethics* 105(4)(1995):pp.874–915, reprinted in *John Rawls: Critical Assessments of Leading Political Philosophers*, Vol. IV: *Political Liberalism and The Law of Peoples*, ed. By Chandran Kukathat, London and New York: Routledge, 2003, Here p.375.

出了我们必须正视的某些"基本事实"——这里所谓"基本事实"不但是指这种政治哲学所反省和塑造的社会和政治现实,在扩展的意义上甚至可以指涉无论在政治上还是在政治哲学上我们作为"学习者"的身份这一"基本事实",虽然这主要并不意味着我们要不加批判地接受所谓历史进化论,或者要照搬西方的经验、在所有方面唯西方之马首是瞻,抑或"把中国当作病人,向西方找寻良方"之类。①

在最为卑之无甚高论的意义上,这里的"基本事实"还可以是指,本书的编撰既是一种"学习"态度的产物,同时也是为"学习者"做的准备。前一层意思自然毋庸多言,套用"教育者必先受教育"之说,当代政治哲学的"教学者"首先必须是当代政治哲学的"学习者",而所学习者无非主要还是这里所"导读"的这些"名著"——此正这些"导读"作品乃"学习"态度的产物之所谓。后一层意思则须稍费唇舌。在英语政治哲学的"导读"系列中,迄今最出色的恐怕仍要数牛津出身的加拿大政治哲学家威尔·金利卡的《当代政治哲学导论》一书。此书当然无疑也是以罗尔斯为轴心来展开的。只不过作为自由平等主义的信徒,金利卡绕了个小弯子——他以"平等待人"作为政治哲学的核心问题,②而所有的政治哲学流派(金利卡讨论的流派包括功利主义、自由至上主义、自由平等主义、社群主义、文化多元主义、女性主义、公民共和主义和马克思主义)都是在回答何谓"平等待人"。金利卡以这根"红线"贯穿他的"导读",所有的政治哲学家和他们的种种精巧的论证都成为附着在这根"红线"上的"珍珠",美则美矣,稍有可惜的是这些论证的母

----

①对这里涉及的复杂问题的简单阐述,可参见我为近年主持的几套丛书所撰写的序言,分别是:"当代实践哲学译丛总序"(北京东方出版社),"政治哲学译介之再出发——《当代西方政治哲学读本系列》总序"(南京江苏人民出版社),以及"从'西化'到'化西'——写在《公共哲学与政治思想系列》之前"(吉林出版集团)。

②"厚诬"罗尔斯"无教养"者大概又会"追问":"为什么要平等待人?","'平等待人'合乎'自然'否?"。在这里转述 Allan Bloom 的同门 Harvey C. Mansfield 为 Pierre Manent 的 Tocqueville and the Nature of Democracy(Rowman & Littlefield Publishers, Inc., 1996)所写的频为"显白"的序言中的"隐微"教诲倒是频为"自然"的:"民主政治是自然的,贵族政治也是自然的"。

体,那如大珊瑚般的煌煌大著则往往因为论题的分割或论证的精炼起见而不易窥见全豹。本书所希望的就是能为"学习者"窥"名著"之全豹稍尽绵薄——如果不欲作为"向导",至少也可作为"窥豹者"跋涉途上休憩的小亭或聊天的伙伴。

为此我要感谢我的"伙伴"——无论是我的师长前辈,还是与我年资相若的同辈,抑或比我更为年轻的同仁——没有你们不计得失的鼎力支持,就不会有眼前这本书。特别要致歉的是,由于我近年的工作和日程安排上的原因,本书从约稿到交稿拖了太长的时间,感谢你们对我的耐心和信任。还要感谢香港大学陈祖为教授推荐格林关于《自由的道德性》一书的评论文章。最后要感谢我多年的工作"伙伴"汪意云编辑,是她策划了这个选题并给与我全力以赴的帮助和支持。

2009 年 8 月 25 日
杭州—诸暨旅次

《第三种自由》编序

一、自由是政治哲学的核心概念。西方政治哲学过去三十余年的发展基本上是在以赛亚·伯林(Isaiah Berlin)的消极自由与积极自由二分法的理论框架之中展开的。社群主义的崛起不但没有走出反而强化了这种二元对峙的概念樊篱。这种二元对立的思维模式也极大地制约了汉语政治哲学从业者的理论视野和政治想象力。他们不是继续局囿于冷战自由主义,把两种自由简单地并置甚至对立起来,就是试图从社群主义之一斑窥共和主义之全豹。晚近以来公民共和主义的重新发现和阐释则另辟蹊径,提出了第三种自由概念,试图运用全新的理论架构全面整合自由主义与共和主义的政治遗产。其影响所及,不但关乎政治哲学史的谱系构成,关乎自由主义、社群主义之争的恰当理解,而且关乎在既多元分化又全球一体的复杂社会对自由理想的坚持与捍卫。

二、不管"政治的而非形而上学的"①这一口号多么深刻或多么荒谬,政治哲学中没有一个基本概念比"自由"更具有与形而上学传统和形而上学问题难分难解的联系了。自由既是形而上学这座庙宇里供奉的最高神,也是政治哲学理论座架上的冠冕。本文选正是以编者自己对于自由概念、形而上学的自由概念与政治哲学的自由概念之关系的认识为指导编选、组织起来的,贯穿其中的主线就是我们对第三种自由概念的形成理路及其可能前景的批判性了解。

三、无论公民共和主义的复兴,还是第三种自由概念的提出,都是在我们所谓"后伯林"的视野当中展开的。基于这一认识,我们选择了

---

①John Rawls, Justice as Fairness: Political not Metaphysical, *Philosophy and Pubic Affairs*, 14, 1985.

斯特劳森、麦卡勒姆、鲍德温和法兰克福特的四篇重要论文作为本文选三个主要的组成部分的第一部分。斯特劳森的文章尽管并未提及他的牛津同事,但其矛头实际上就是针对他所谓"惊惶失措而且混乱不堪的自由意志论的形而上学"的,这种冷战自由主义有一个重要的理论前提:历史决定论否定了自由意志的可能性并进而导致无法恰当地归属道德责任,而道德责任的瓦解反过来否证了历史决定论(尽管不能把伯林的自由主义与冷战自由主义或意识形态划上等号,但他对历史决定论的批判至少是与以波普为代表的这种自由主义或意识形态合拍的),斯特劳森斩断了这一推理链,悬置了决定论问题,通过对"反应性态度"的精湛研究,开辟了道德责任乃至政治哲学研究的新途径,其重要意义在于通过强调道德社群的观念并把重心转向社会关系,从而提供了在道德哲学内部把康德式的概念与德性伦理的概念整合在一起的新思路。① 作为当代分析传统最重要的形而上学家和牛津学派语言哲学重镇的地位和声名也许遮掩了他作为一名道德和政治哲学家的光华,但这篇文章在英美乃至德语哲学界地位和引证率甚高,"斯特劳森的观点……基本上得到了诸家的共识,可以作为讨论的一个共同出发点。"② 麦卡勒姆的文章是较早对伯林的两种自由概念提出批评的重要文章,尽管伯林本人似乎并不重视他的批评意见,而且在价值多元主义成为当代政治哲学的基本前提和背景性视野的情况下,③麦卡勒姆那种试图用一个统一的、一以贯之的自由概念涵盖和包容所有的自由诉求的倾向似乎颇有些不合时宜,但这篇文章仍然已经成为当代自由理论的经典之作,例如罗尔斯在《正义论》中就如同接受休谟的正义环境(前提条

---

①参见 Patricia Greenspan, The Problem with Manipulation, in *American Philo-sophical Quarterly*, Vol. 40, No. 2, April 2003.

②慈继伟:《正义的两面》,生活·读书·新知三联书店,2001 年,第 12 页;上海社会科学院哲学所的薛平先生最早提醒笔者注意和重视斯特劳森的这篇文章,这次又应编者之邀联系到这篇文章的版权并及时译出。

③"当代政治哲学是在消极自由与积极自由的二元区分的框架内展开的"与"当代政治哲学是对(伯林提出的)价值多元主义的消化和回应"这两种说法是对同一个主题(问题)的不同表述。

件）理论、卢梭和康德的自律概念一样接受了麦卡勒姆的三位一体的自由概念；而第三种自由概念的倡导者们亦纷纷从中汲取理论资源，例如佩迪特的以行动者为中心，把行动的自由、蕴含在行动者的能力中的自我的自由与享有一种社会地位的个人的自由合为一体的自由概念就堪称一种新的三位一体论。[①] 鲍德温的文章的意义主要并不在于他得出了任何明确的结论，而在于在麦卡勒姆的反弹之后，重新把两种自由的区别和联系置入法律自由、道德自由与意志自由之间的紧张关系中加以探讨，从而拓展了这一主题的当代论域，为在正视自由传统的内在复杂性的基础上实现新的整合埋下了伏笔。法兰克福特的文章被公认为当代意志自由理论中最重要的研究，他用这篇不足两万字的宏文把自律理论带入了一个新的境界，并与 G. E. M. 安斯康姆、戴维森等人的工作一起开启了当代英美哲学中蔚为大观的意向和行动哲学的研究。而且，这篇文章的影响力远不限于益格鲁－萨克逊世界，从某种意义上说，它已经成了沟通所谓英美哲学与大陆哲学之鸿沟的最具正面性、建设性的工作。当代大哲如哈贝马斯、图根德哈特和泰勒对它的高度评价就是明证。我们则认为，法兰克福特的贡献在于他在新的理论基础上把伯林思想的两个主题即由历史决定论的批判引发的自由意志或意志自由的危机与两种自由的理论联系在一起，从而为更宏大、更有社会内涵的政治哲学研究奠定了一块不可磨灭的基石。

　　四、公民共和主义复兴运动的主要代表人物斯金纳和佩迪特是所谓第三种自由概念的主导倡导者和诠释者。两人的工作虽各有侧重，一偏重历史传统的阐释，一偏重哲学概念的提炼，但两者又处于某种有趣的交叉推进的、连环套式的微妙关系中。斯金纳在 20 世纪 80 年代早中期通过对以马基雅维利为代表的古典共和主义思想家的重新阐释，突破了共和主义者所倡导的自由就是积极自由的定见，明确认为他们所珍视的自由实际上是消极自由或个人自由。佩迪特紧接着在收入本文选的 90 年代早期的著名论文中进一步划清了共和主义的消极自由观与自由主义的消极自由观的界限，为剥离出其内涵为无支配的第

---

① 参见 Philip Pettit, *A Theory of Freedom*, Polity Press, 2001.

三种自由概念埋下了伏笔。一方面,只是没有干涉(自由主义的消极自由)不足以保证没有支配,另一方面,没有支配的共和主义自由与其内涵为政治参与和社群自治的积极自由之间也不能划上等号。1997 年发表的、使佩迪特的声誉达到顶峰的《共和主义》一书则完全是以这种自由概念为轴心组织、建构起来的。在佩迪特"无支配"的自由观的影响之下,斯金纳亦开始谈论"第三种自由概念",但又在肯定第三种自由是一种独立的自由概念的同时,仍然把它理解为消极自由,尽管是不同于伯林意义上的消极自由。公民共和主义思潮在美国宪法学领域的重要代表弗兰克·米歇尔曼致力于丰富和发展共和主义自由概念的积极维度,在"民主与积极自由"一文中,他对哈贝马斯和德沃金这两种在自由主义宪政理论中为政治自由的积极维度找到一席之地的努力做出了精微的比较,认为他们并未成功地沟通积极的政治自由与自由主义的个人主义。

　　五、无论佩迪特和斯金纳在第三种自由概念的理论辨析和历史阐释上有什么不同,他们在把自由主义的自由概念等同于伯林提出的消极自由,并把共和主义的自由概念与这种自由概念区分开来这一点上是一致的。与这种思路不同,被誉为"当代最具卓识的自由主义政治哲学家"之一的约翰·格雷则更多地从自由主义自身奠基的角度发掘伯林对消极自由的倡导与对价值多元论的宗奉之间的内在紧张关系,并致力于拓展对自由主义传统(包括自由概念)的历史和理论的丰富性的理解。① 汉娜·皮特金的思维触须伸展得更远,她受阿伦特的影响,从

----

　　①格雷前一方面的工作的登峰造极之作是 1995 年发表的 *Berlin*(London:Harper Collins Publisher Ltd);后一方面的工作在经历对密尔、哈耶克和伯林的变化多端的个案研究之后,最终体现和定格在 2000 年发表的 *Two Faces of Liberalism*(London:Polity Press)中。当然,这两方面的工作又是紧密联系在一起的,"Where Pluralism and Liberalism Part Company"(in *Pluralism*:*The Philosophy and Politics of Diversity*, eds. by Maria Baghramina and Attracta lngram, Routledge, 2000, pp. 85 – 102)一文集中体现了这一点。对格雷思想变化的一个初步探讨,参见应奇,《从自由主义到后自由主义》第六章"从竞争的自由主义到竞争的多元主义",生活·读书·新知三联书店,2003。

词源学、概念史及一般语用诸方面详尽地揭示了分别来自日尔曼语和拉丁语的"freedom"和"liberty"这两个重要术语的渊源和流变,从而极大地丰富了我们对于包括自由传统在内的西方政治传统的认识。20 世纪下半叶美国最重要的政治哲学和政治思想史家朱迪思·史克拉以倡导所谓"恐惧的自由主义"著称于世,她的入选文章对伯林的两种自由区分之于美国政治史的适用性提出了严重的质疑,论证了消极自由与积极自由在美国政治历史上的共生互动关系,可谓一种独特的"美国例外论";刚刚过世的伯纳德·威廉姆斯是 20 世纪晚期英语哲学特别是道德哲学中举足轻重的人物,他 1991 年在牛津的这篇就职演讲从哲学人类学和文化解释学的角度探讨了圣茹斯特混淆古代人的自由与现代人的自由的复杂蕴含,对两种自由的关联乃至于自由概念本身做出了颇富解释学神韵的读解;值得一提的是,威廉姆斯的德性伦理学家的身份似乎使他与古典共和主义颇具亲和性,尽管他在讲演中对历史意识极度匮乏的、像圣茹斯特那样陷入"时代错乱症"的德性伦理倡导者们提出了批评。而他 2001 年在芝加哥大学发表的"杜威讲演"则是对十年前的思路的进一步发挥和推进,可谓当代自由理论的一家之言。韦尔默是与哈贝马斯亦友亦师的法兰克福学派重要人物,就如同汉语哲学界只知罗素、维特根斯坦和 W. V. O. 奎因,而不知斯特劳森,韦尔默尚不为国内哲学界熟知。他的文章敏锐地洞察到哈贝马斯(20 世纪 90 年代前)的共同体自由观有拿积极自由吞没消极自由,使之失去自主性、自足价值和独立证成基础的危险。这一批评寓意深远,其重大价值只需看看哈贝马斯晚近转而强调两种自由之间的相互预设、互为前提的关系,就一目了然了。①

---

① 哈贝马斯在《在事实与规范之间》(童世骏译,生活·读书·新知三联书店,2003 年)一书集中阐述这一观点的第三章"法律的重构(1):权利的体系"结束处优雅含蓄地把韦尔默的批评要义概括为(撇开论证的细节):"主观权利的承受者同交往自由之公开运用之间"有一种"模棱两可关系……与道德不同,法律并不规定有义务对主观权利作以理解为取向的运用,即使政治性公民权利要求的恰恰是这种公开运用。"并认为这是韦尔默的"论证的正确核心",当然,哈贝马斯仍然辩解"这种模棱两可性质还是有一种良好的规范意义的。"并认为韦尔默的结(转下页)

六、文选最后所附笔者所撰小文对第三种自由概念提出了自己的批评和解读,或可名曰"另一种第三种自由概念"或"对第三种自由概念的另一种理解",供方家参考指正。

(接上页)论有些问题,尽管他并未指出问题在什么地方。见前揭哈氏书,第 158 – 159,163 页。值得注意的是,尽管把超越、扬弃和综合自由主义与共和主义(社群主义)之争作为他的商议性政治(民主)观的目标,但哈贝马斯仍然把自己的立场称作共和主义——"康德式的共和主义",在《在事实与规范之间》之后发表的重要的政治哲学文集《包容他者》(上海人民出版社,2002 年)的前言中,他认为这本书的"核心问题是共和主义原理的普遍主义内涵在今天究竟带来了怎样的后果"。本文集没有选入哈贝马斯的文章的唯一理由是童世骏教授和曹卫东博士已经在这方面做出了极为出色和卓有成效的工作。

《公民共和主义》编序

一、如果从汉斯·巴伦 1955 年发表《文艺复兴初期佛罗伦萨和威尼斯的人文主义和政治学问》[1]算起,公民共和主义复兴运动迄今已持续近整整半个世纪了。极权主义批判和自由主义复苏,意识形态的终结与政治哲学的衰落,形形色色和五花八门的左翼政治,福利国家的登场与新自由主义的铁三角,社群主义的崛起乃至于新保守主义最近的回潮,公民共和主义的这场波澜壮阔的复兴运动不但没有随着时间的流逝和学术话语的花样翻新而偃旗息鼓或渐失风光,而是继续保持其强劲的势头,在政治哲学、政治思想史、实证研究乃至于美国宪法学等多层次的、广泛的领域产生了日益深远的影响。毫不夸张地说,公民共和主义复兴运动已经成了西方学术近半个世纪以来最为引人注目的现象之一,也是我们了解西方学术的最新动向,并逆流而上,反潮流而动,把握所谓"西方本身以及西方往何处去的问题"、"西方历史传统的自我理解"、"真正进入西方的脉络"[2]的问题的最重要途径之一。所幸的是,在经历过自由主义的独领风骚和社群主义的强劲反弹之后,汉语学界已经意识到没有理由长期对共和主义这一西方最悠久、湛深的政治

---

[1]Hans Baron, *Humanistic and Political Literature in Florence and Venice at the Beginning of the Quattrocento*, Cambridge, Mass. ,: Harvard University Press, 1955。值得一提的是,Don Herzog 在 1986 年发表的一篇颇有影响的文章中就已经指出:"最近二十五年左右出现的对(西方)政治思想史的最大修正就是对公民共和(人文)主义精神的发现和颂扬。"参见 Herzog, Some Questions for Republicans, *Political Theory*, Vol. 14, 1986。

[2]甘阳,"与友人论美国宪政书",载《现代政治与自然》,上海人民出版社,2003年。

传统熟视无睹,也无法对"自由主义 v. s. 共和主义"这一西方自由民主政制的内在张力重新激发的基本辩论的强大震撼力置若罔闻。毋宁说,公民共和主义的重新发现和阐释对于处于现代国家构建、市场秩序构建和个人认同构建同步进行的转型期中国社会无疑具有极大的启发意义和借鉴作用。本文选既是这一基本认识的产物,也是对它的呼应。

　　二、波考克、斯金纳、佩迪特和维罗利是公民共和主义复兴运动的主要代表人物,他们的文章构成本文选的第一部分。波考克博学鸿儒,入选的这篇文章虽然篇幅不长,但集中阐述了公民人文主义对于政治理论史编纂学的构成性意义,建构了一幅迥异于自由主义范式和前自由主义范式的崭新的政治思想史画面,堪称一篇经典的纲领性文献;斯金纳是新共和主义运动的中坚,他的一个重大理论贡献是提出了"工具论的共和主义"论题,[①]明确认为共和主义者所珍视的自由实际上是消极自由或个人自由,以政治参与为主要内涵的积极自由只具有维护和促进个人自由的工具性价值。"共和主义的政治自由理想"这篇被广泛引证的名文阐明了经过重新阐释的共和主义理论资源对于走出政治自由的悖论的重要意义;[②]佩迪特是共和主义自由概念在哲学上最重要的阐释者,"共和主义的政治理论"可以看作他的主要著作《共和主义》一书的缩写,特别强调了无支配的自由与无干涉的自由之于分配正义的不同含义;作为《共和主义》平装本的跋语发表的"重申共和主义"一文重申了新罗马主义与新雅典主义的区分,着重论证了新罗马主义的共和传统独特的共同利益观念,并进一步澄清了无支配的自由观与斯金纳的自由观的差异以及弥合两者的分歧的可能性。维罗利是共和主义研究的后起之秀,他以倡导所谓"共和派的爱国主义"著称于世。他的文章以自由主义、社群主义和共和主义的三方论争为背景,深入探讨了它们在自由、共同善、公民身份等重大问题上的分歧,尤其强调共和主

---

　　①语见泰勒"答非所问:自由主义/社群主义之争"一文,已收入本集。
　　②对波考克和斯金纳的政治思想史研究及其旨趣的一个初步探讨,参见应奇:"政治理论史研究的三种范式",载《浙江学刊》2002 年第 2 期,收入他的《从自由主义到后自由主义》,生活·读书·新知三联书店,2003 年。

义的核心范畴是法治,而不是公民德性。这正是新共和主义晚近的主流方向。

三、当代美国宪法学领域最重要的学者米歇尔曼和森斯坦的三篇长文构成本文选的第二部分。他们的工作集中体现了共和主义思潮在法学研究中的影响和辐射力量,经由哈贝马斯推扬,声誉更盛。"米歇尔曼所依据的是亚里士多德主义的'政治观'传统……考察了美国宪法作者们的争论、宪法本身的文本、目前的宪法判决,设法从中破译这种共和主义痕迹,以便从中形成一个有关政治过程及其程序条件的规范性概念。""与米歇尔曼不同,森斯坦不是从美国宪法传统的起源中重构出表现为共和主义政治观和自由主义政治观之间对立的两条线索,而是从中重构出一个统一的概念,他称之为'麦迪逊共和主义'。"①也许正是基于基本倾向的亲疏性上的考虑,哈贝马斯在他的法哲学巨著中主要讨论和批评的是米歇尔曼的理论——他没有详加讨论的正是他赞成和同意的。但有意思的是,被哈贝马斯认为公民人文主义色彩更为浓厚的米歇尔曼却似乎对价值多元主义有更为深刻的体认。他在哈贝马斯的著作出版近十年后发表的这篇重要论文中,借用实用主义的洞见,论证了抽象的通则与它们适用的具体案例之间的互相关联、互相决定的关系,认为在存在关于具体政策的难以对付的但却是合理的分歧的条件下,并无就更为抽象的宪法规范达成共识的希望,而哈贝马斯希望发现政治主体间性的普遍结构的想法是过于理想化了。具有悖谬性意义的是,无论在哈贝马斯那里还是米歇尔曼这里,实用主义都同样是一种十分重要的理论资源。

四、桑德尔和泰勒(后者是前者的老师,但这里以入选文章发表时间排序)的文章和访谈录构成本文选的第三部分。他们是所谓社群主义的重要代表,但他们的入选文章表明毋宁称他们为共和主义者。这不但由于社群主义这一名称已经引起了广泛的误解,以至于被归入这

---

① 哈贝马斯:《在事实与规范之间》,童世骏译,生活·读书·新知三联书店,2003年,第330、349页。

一旗号下的理论家都雅不愿接受这个称号，①而且因为哈贝马斯已经以一种否定性的方式把社群主义与共和主义区分了开来，因为既然一方面肯定共和主义和社群主义之间并没有必然的对应关系，另一方面指出社群主义是用特定伦理社群的"在先的共识"，而不是普遍主义的交往行动的形式结构，来说明现行西方立宪民主制度的合法性，那就可以推出共和主义并不必定要诉诸这种"在先的共识"。这也正是桑德尔和泰勒努力的方向。桑德尔以他的《自由主义与正义的局限》开启了所谓社会本体论的路径，泰勒在此基础上进一步把本体论论题和辩护论题区分开来并试图重新加以整合，一方面肯定盎格鲁－萨克逊政治文化中的原子主义偏见需要来自对于个人认同的社群（会）维度的更强有力观点的补救，另一方面认为对个人认同的更具构成性的观点并不必然导致集体主义的另一极端，从而为一种"整体论的个人主义"做出了有力的辩护。可以说，泰勒的这篇经典论文的意义正在于它是"后社群主义"起步的界标和理论基础。

五、古代城邦条件下孕育出来的古典共和主义被认为只适用于小国寡民的政治社群，联邦党人基于"以共和制补救共和病"的政治洞见提出的"代议制共和国"方案则正是为了适应民族国家时代的大国民主之道，但这种现代共和主义已经与立宪自由主义合为一体，在一定意义上丧失了政治理想的自主性和自足性，更使人们对全球交往时代共和主义政治话语的可欲性和可行性心存疑虑。对批判理论素有研究的詹姆斯·波曼的文章独辟蹊径，一方面把世界主义理解成一种公民身份理想，另一方面认为共和主义的自由理想正是世界主义民主的价值内涵，从而论证了一种世界主义的共和主义的可行性；加拿大政治哲学家威尔·金里卡以倡导一种用自由主义包容社群主义和文化多元主义的独特的多元文化公民权理论著称于世，是继罗尔斯和德沃金之后最重

---

①最有代表性的是瓦尔策和晚近的桑德尔，分别见 Michael Walzer, The Communitarian Critique of Liberalism, *Political Theory*, Vol. 18, February 1990；桑德尔，《自由主义与正义的局限》1998 年新版导言，译林出版社，2001；笔者在前揭拙著中试图区分社群主义的"前自由主义"与"后自由主义"面相，并讨论了一种后自由主义的可能性。

要的自由主义政治哲学家之一,他的文章从他自己所服膺的自由平等主义立场回应了公民共和主义的挑战和批评。整篇文章表现出的明智通达和建设性态度则使此文不徒具有高度的学术价值,而且很值得喜好动辄置论敌于死地的中文政治哲学"思想者"们的借镜。

六、共和主义政治理论源远流长、谱系繁复,公民共和主义复兴运动辐射深广、余音不绝,要在古典政治理论的背景下,当代政治哲学的语境中对这整个主题作全面的批判综述,非有开阔的视野、丰富的智识和良好的洞见莫办,而巴黎索邦大学阿兰·博耶教授的文章三美并具,使人有"眼前有景道不得"之叹,堪当本文选之导论,亦免去笔者操觚之劳。

我的文字生涯[①]

一、《社会正义的原则》

社会正义是 20 世纪 70 年代以来当代西方政治哲学所讨论的核心问题。罗尔斯的正义即公平论和诺齐克的洛克式权利论是新自由主义正义论的两种基本形式。如果说前者的内在问题在于打破了生产和分配的连续体从而向以苏格兰启蒙运动为肇端、以奥地利学派和芝加哥学派为代表的强大的智识传统提出了挑战，那么后者的根本缺陷就在于没有把握住生产的社会特征从而导致其极端个人主义的结论。

社群主义的重镇瓦尔策的多元主义正义论正是在这种悖谬的情景中应运而生的。他一方面同情罗尔斯正义论的平等主义倾向，同样试图调和自由和平等的内在冲突；另一方面又汲取了诺齐克对罗尔斯的批评，认为诺齐克的批评为发展一种作为分配正义理论之起点的恰当的物品理论提供了启示。正是以洞察到正义论的基础是不同社群中的人们对社会物品的多元主义理解为前提，以简单平等对均质化的追求使得社会在国家主义和私人特权之间不断地摇摆，而复合平等则是暴政的天然敌人这一深刻的政治洞见为其灵感的全部源泉，瓦尔策为一种复合的平等观进行了有力的辩护。

[①] 这里是我的各类译著（翻译的、编译的、主持翻译的和参与翻译的）的译后记，以及自己多年前的两本小书的后记和跋语，还有一篇是应邀为一位从前的学生的书所作之序，现均以书名为篇名，大致按时间排列，汇集于此。"序跋者，小道也。"这些小篇什也许并无保存收藏的价值，但自念当时"落笔为文"，倒也是"颇费踌躇"的，而今日看去，似也并非"全无意思"，于是"敝帚自珍"，归置于此，亦聊纪往日之"雪泥鸿爪"云尔。

　　瓦尔策要面临的问题在于,关于正义原则的争论常常既不能通过不同的利益获得解释,也无法诉诸物品的意义得到解决。正是基于认为瓦尔策的理论无法应对人们对正义要求社会物品怎样进行分配持有严肃认真的和本真性的分歧的情形,本书作者,牛津大学著名的政治哲学家、近年风头甚健的倡导市场社会主义的社群主义理论家戴维·米勒放弃了瓦尔策直接诉诸社会物品的意义阐述正义原则的路径,转而从他所谓"人类关系的样式"着手发展其社会正义理论。

　　米勒此著在批判综合政治哲学研究和社会科学研究的基础上,把正义的三个原则(需要、应得和平等)分别与它们适用的社会关系(团结性社群、工具性联合体和公民身份)结合起来加以探讨,在特别关注公共舆论中包含的人们对于正义的日常思考的同时,捍卫了社会正义作为一个批判性的社会理论的地位,并认为这种复合、多元但又是批判性的政治思想比其他的正义理论更加适用于经济全球化和文化多元性的时代。作者试图融自由主义、社群主义和社会主义这三种现代性的意识形态于一炉(沃勒斯坦就提出了三种还是一种意识形态的问题,并把法国大革命催生的三种意识形态归结为关于现代性的虚假争论)的尝试理应引起置身中国语境的"虚假争论"中的读者的注意。

　　包利民教授审读了第一章的部分译稿,并帮助译者酌定疑难之处的译文;张小玲在文字输入方面多所助益,盛谊高情,统此谢忱。

2000 年 6 月,杭州

二、《控制国家》

　　宪政是西方政治传统的精髓,是西方政治理论的主流。吾国有愿力、有智慧之政治学前辈如张君劢、萧公权、钱端升诸公无不于宪政理论浸淫甚深。晚近最具规模之译介工程则推三联书店于 20 世纪末推出之"宪政译丛",或专著,或文集,所译介诸书均一时之选,但多为各断代和专题的研讨,惟英人 M. J. C. 维尔《宪政与分权》一书堪称一部宪政理论通史。维尔此著诚为名作,然其所论仅限于近代三个世纪的发展,而"西方宪政之理论与实践,渊源既久,牵涉亦广……故今之论宪政者,不仅要熟悉其制度,了解其理论,亦须明白其渊源,把握其精神"(见梁治平为"宪政译丛"所撰之总序)。只有把制度、观念和理论结合起来,作探本究源、贯通古今的研讨,才能理解自由立宪主义乃是西方政治传统为政治理论乃至于人类思想做出的最具恒久价值的贡献。

　　哈佛大学出版社 1999 年出版的印第安纳大学资深教授、经济学和历史学中制度学派的重要代言人斯科特·戈登的最新著作《控制国家——西方宪政的历史》一书正式在这个意义上弥补了维尔的工作所留下的缺憾。作者把宪政定义为通过政治权力的多元分配从而控制国家的强制力量的政治制度,探讨了宪政思想和时间的主要历史阶段:古代雅典、共和时期的罗马、中世纪的对抗理论、文艺复兴的威尼斯、荷兰共和国、17 世纪的英格兰、18 世纪的美国以及当代争论的焦点问题。其中对传统范式中较为忽视的威尼斯共和国和荷兰共和国的探讨尤为引人入胜(黄仁宇先生在其大著《资本主义与 21 世纪》中用相当的篇幅讨论了威尼斯和荷兰共和国,黄氏主要从经济史角度的立论可与戈登的著作相互比观)。由于戈登把制度史研究和政治学分析与丰富多彩的历史事件和活跃生动的智识氛围水乳交融地结合在一起,使得此著与维尔的著作相比更具可读性。另外,维尔的研究范式使他不得不在当时甚嚣尘上的行为主义政治学之前采取守势,制度主义全面复兴(行为主义对包括旧制度主义在内的传统政治学的批评主要是认为后者过于专注于宏观的和正式的政治关系和政治过程,戈登反复强调多元主义的和对抗性的模式足以表明新制度主义接受了行为主义的洗礼)的学术氛围则使戈登的叙事和论辩充满自信,而两者对立宪民主制度并非一种 periodic experiments 的信念则是一致的。至于戈登之敏锐地洞察到"政治权力的多元主义的分配只是保持自由的必要条件,而不是充分条件",则表明了他并非短视、狭隘的意识形态辩护士,而是深具卓见的明达之士,其论述"constitutional failure"的著作则更是我们翘首以盼的。

　　为了按出版社的要求按时完成译稿,我约请了在浙江大学专攻政治学理论的硕士研究生陈丽微、孟军和李勇三位同学与我合译此书。他们此前都曾试译过政治理论的一些重要文献,对本书的翻译更是投入了很大的热情,在完成各自翻译的部分之后,又作了仔细的互校,我对他们的译文的质量是肯定的,其对译事的认真态度更是值得称道的。在最终定稿之前,我通读了他们的译文,统一了体例、译名,并在力所能及的范围内进了修改和校正。但由于此著牵涉的事件、人物及其他专名甚多,而我们的历史知识和语文水平皆极有限,书中误译或有待改进之处恐难以完全避免,竭诚欢迎读者诸君惠予指正。最后,我要对郭莉同学在我修订译稿时给予的帮助表示感谢。

2001 年 6 月 10 日

《控制国家》中译本出版以后,得到了海内外读书界的欢迎和好评。台湾“中央研究院”的钱永祥先生、香港大学法律系的陈弘毅教授和北京大学法学院的贺卫方教授等知名学者均曾在不同的场合表达过对这本书的青睐和重视。北京大学、浙江大学等校还把它列入政治法学的必读书目。译者也从各种不同的渠道得到了读者对本书译文质量的反馈和肯定。这些既表明了出版社在引进此书过程中的睿见和卓识,也是对译者工作的褒奖和鼓励。

但不管怎样,本书是我们刚开始从事翻译工作时的产物,限于各方面的条件,总是会有这样那样的问题。趁这次再版的机会,除了通读全书,改正行文和排印上的明显错漏之外,我们还补译了当时由于时间和技术方面的原因未译出的部分注释内容,从而使目前的版本更趋完善。原译者之一,现在浙江大学政治学理论专业攻读博士学位的陈丽微同学和我一起承担了修订工作,我代表全体译者向她表示感谢。

“自由故人去,宪政大潮来。”愿借此联纪念“远去”的“故人”,并与亲者共勉。

2005 年 4 月于杭州

三、《反对自由主义》

当代社群主义的重镇麦金太尔曾经认为,"现代政治制度内部的当代争论几乎是排他性地在保守派的自由主义者、自由派的自由主义者和激进派的自由主义者之间展开的"。而作为所谓新左派的重要灵感源泉的世界体系理论的代表人物沃伦斯坦则认为,保守主义、自由主义和社会主义之间关于现代性的虚假争论是以自由主义的两个变种即社会主义的自由主义和保守主义的自由主义而告终的。那么,"在这种政治制度中几乎没有对制度本身的批判,即对自由主义的质疑的立足之地"了吗?本书作者约翰·凯克斯与麦金太尔和沃伦斯坦一样都作出了否定的回答。

在这本对自由主义的基本假设进行尖锐批判的著作中,凯克斯论证了由于自由主义的积极目标和消极目标之间的矛盾,它是注定要失败的。自由主义的积极目标是个人自主、选择的多元性以及平等地权利和资源,自由主义者把它们当作是良善生活的本质条件。自由主义的消极目标是反对自私、不宽容、残忍和贪婪。但问题在于自主、平等和多元主义的程度越高,邪恶的范围也就越大。自由主义的矛盾就在于它当作是良善生活的必要条件的东西实际上促进了它想要避免的邪恶,而避免这些邪恶则要依赖于与自由主义致力于存进的相反的条件。

如果说具有浓郁的前自由主义倾向的麦金太尔和桑德尔试图以一种共同善的政治哲学来取代自由主义的多元主义,而沃伦斯坦则以一种历史社会学的叙事模糊了自由主义、保守主义和社会主义的内在区别,那么凯克斯则在坚持从保守主义的立场批判自由主义的同时,试图把多元主义从自由主义的牢笼中拯救出来。如果说保守主义的立场基于"邪恶和苦难是人类无法摆脱的特征,明智的做法不在于用宏大的乌托邦方案去废除它们,而在于以温和的措施去抑制和减少其影响"(参见《布莱克维尔政治学百科全书》"保守主义"条目),从而使它与敌对的激进主义学说形成鲜明的对照,那么,凯克斯所锻造的保守主义版本的多元主义则表明由于不恰当地强调自主的重要性,晚近的自由主义的多元主义回避了价值冲突的现实性和尖锐性,从而使其以自由主义的核心价值驯服多元主义的努力成为一种自欺欺人的举动。至于凯克斯的工作是否如约翰·格雷所说的那样是政治哲学中罗尔斯的统治时期的消逝的一个明白无误的标志,保守主义和多元主义的嫁接能否成功,从而可以断言,"多元主义的最强有力的版本是保守主义的,而保守主义的最强有力的版本是多元主义的",我们还需要参看本书的姐妹篇《为保守主义辩护》方能论定。

浙江大学政治学理论专业的硕士研究生陈丽微和葛水林同学尝试译出了第五、九章的初稿,有助于本译稿的及时杀青,这是需要特别加以说明的。

2002 年 6 月 13 日

四、《为保守主义辩护》

自从哈耶克在为《自由宪章》所撰的跋语中对保守主义发动激烈的批判并坚拒保守主义之称号之后,虽然经济保守主义和文化保守主义仍然代有传人,甚至哈耶克本人也被认为与集这两种保守主义于一身的所谓新保守主义有不解之缘,但作为一种政治道德的保守主义确有偃旗息鼓之势。保守主义在政治上已经向自由主义投诚了。新保守主义的重要人物丹尼尔·贝尔自称政治上的自由主义者、经济上的社会主义者和文化上的保守主义者就是保守主义在 20 世纪后半叶生不逢时的历史命运的真实写照。

分裂为前自由主义和后自由主义两种倾向的社群主义的重新崛起意外地使得意识形态的政治光谱仪折射出的画面更为扑朔迷离,现代性的三种意识形态都抓住了这个吸收对方的优点、调整自己的立场的理论契机。罗尔斯回应社群主义的挑战的一个重大后果是恢复了自由主义与共和主义的历史的和理论的联系,声称政治自由主义和古典共和主义是朋友而非对手；戴维·米勒则试图通过市场、社群和国家的三元架构和应得、需要、平等的分配正义三原则从市场社会主义的立场融摄自由主义和社群主义；本书作者，纽约州立大学老资格的政治哲学家约翰·凯克斯则代表了从保守主义的立场融摄自由主义和社群主义的方向。

如同社群主义的内部区分的标准就在于对待多元主义的态度一样，保守主义要获得重生，避免哈耶克所谓"在一条并非它自己所选择的道路上被拖着前行"的命运，其关键也在于能否成功地发展出适合于现代多元社会的系统的政治道德。凯克斯通过阐发保守主义的四个基本信念（价值的多元主义、意识形态的怀疑主义、制度的传统主义和人类完美的悲观主义）及其政治道德观的三个层次（普遍的、社会的和个人的）对此作了很有意义的尝试。政治道德的三个层次既是多元主义的体现，又是回应多元主义的架构。把多元主义理解为一个基本信念，使得保守主义在价值观上成为一种具有现时代的相干性的政治道德；与自由主义简单的公私二元区分相比较，三层次的区分适足以使保守主义能够有更大的理论空间从容、充分地整合多元主义。正是借助于这一架构，凯克斯版本的保守主义在普遍层次上汲取了自由主义的根本洞见（一种在人性的最低要求之外不指定任何实质性内容的形式化的良善生活观），在社会层次上借鉴了社群主义的理论资源（传统和习俗对道德认同的构成性作用和良善生活的社会维度的重要性），在个人层次上既克服了自由主义一味强调个人自主而罔顾作为整体而非局部的良善生活的缺陷，又避免了社群主义过于夸大共同善的重要性而贬低个人自主的地位的偏颇。而浸润、渗透全书的既坚持原则又不咄咄逼人，既悲天悯人又不放弃希望的在理性主义与信仰主义、绝对主义和相对主义、个人自主和道德权威、人类的完美性和堕落性之间保持平衡、中庸的节制、温和之风则更得保守主义之神髓。这种保守主义无疑是一切道德狂热症的解毒剂。正是在这个意义上，我们注意到，凯克斯的保守主义所反对的只是当代以多元主义之名偷运一元主义的同质文化之实的唯理主义的自由主义，而不是重在强调文明礼貌、胸襟开阔、慎思明辨、富于同情心的老的自由派的自由主义，因此我们可以说，这种保守主义是自由主义的朋友,而不是敌人。

浙江大学政治学理论专业的硕士研究生葛水林同学完成了本书第五至八章的翻译任务;我除了承担其余各部分的翻译,还对全部译稿作了校正,因此,我应当对本书译文的质量负主要责任。

2002 年 12 月 9 日

五、《一个世界》

顾肃教授邀我为他主持的这套政治哲学译丛翻译当代伦理学名家,现普林斯顿大学教授彼得·辛格的《一个世界——全球化伦理》一书,我在拿到样书前就愉快地接受了这一任务。

辛格这本小书的容量和翻译所需的工作量大大超过了我的预计,于是我拈轻怕重地译出了其论题相对熟悉的第四、五、六章的内容,而把时常需要借助超大型词典和非专家不会问津的专业用书才能竟其全功的前三章的内容留给了我的学生杨立峰君(索引的制作也是由他完成的)。看得出来,杨君付出了很大的心力。我在感到欣慰的同时也深感庆幸。在全部译稿杀青之际,杨君在此地的学业也即将告一段落,我在感谢他的盛情相助之余,也希望以这次合作纪念我们师生相聚一场的缘分,并祝愿他前程似锦。

包利民教授帮助澄清了数处疑难,顾肃教授仔细审校了全部译稿,还有他一贯的支持和信任,这都是我当铭感于心的。

2003 年 12 月

六、《自由主义、社群与文化》

文化多元主义与多元文化公民权的问题是 20 世纪 90 年代以来世

界政治哲学界的中心话题,就正如权利与正义是 20 世纪 70 年代的中心话题,社群与德性是 80 年代的中心话题。本书作者,加拿大政治哲学家威尔·金里卡正是以一种用自由主义包容社群主义和文化多元主义的独特的多元文化公民权理论著称于世,并已经成为当代英语世界继罗尔斯和德沃金之后最重要的政治哲学家之一。那么,他在自由主义政治哲学上的重要性究竟在什么地方?这也许反倒并不是一个很容易回答并取得共识的问题。在我看来,金里卡工作的理论地位和重要性主要来自于他对自由主义中立性原则的修正和对自由主义平等观念的拓展,而他是通过发展一种自由主义的"社会性文化"论题,赋予罗尔斯和德沃金在中立性原则和平等观念之间建立的似是而非的、至少是仍嫌粗疏的联系以更为丰富复杂、更具解释张力的面貌,实现他重铸自由主义的个人与社会(包括社群)关系理论的抱负的。从这个角度,金里卡的看似从地方性问题和本土经验出发的多元文化公民权理论就获得了普遍性的意义,而他的理论贡献也不只在于对自由主义政治理论做出了局部的修正(相对于罗尔斯和德沃金为代表的新自由主义)和恢复(相对于密尔、格林和霍布浩斯为代表的新自由主义),而在于立足于自由主义传统视境,置身于文化多元主义语境,为透视和重组自由主义政治理论的基本概念框架提供了一个新的视野和契入点。在这一框架中,自由、平等、权利、正义、公民身份和德性、文化社群与理想都重新找到或确定了它们自己的位置。

试以平等观念为例来说明这一点。传统的自由主义政治哲学未能突破和深化形式平等和实质平等的粗糙区分。罗尔斯通过强调自由和自由的价值的平衡,突破了传统自由主义的抽象的形式平等观念,丰富了平等的实质性内容。这是以罗尔斯和德沃金为代表的新自由主义之所以为"新"的地方(这种平等理想的实现必然要求相对于古典自由主义重新估价国家的地位和职能),但同样甚至更值得重视的是新自由主义之所以为"自由主义"的地方,这表现在他们把资源平等和福利平等严格地区分开来,声称自由主义奠基于一种敏感于抱负而不敏感于天赋的原则,其内涵则是一种个人对自己的选择及其生活计划负责的人格理想。这也是自由主义与社会民主传统和社会主义传统分野之所在。但在处理自由主义的公民权理论和多文化公民权的关系时,罗尔斯和德沃金局促的民族国家视野以及对国家的中立性与文化的市场化之关系的教条式理解减杀了他们大力倡导的选择与环境的区分的平等主义含义。金里卡正是沿着这个思路,以他的"社会性文化"论题和个人自主理论为基础,进一步深化了选择和环境的区分,提出了外在保护和内在限制的区分,从而不但能够把文化平等作为自由主义的平等观念的一个新内容,而且作为它的内在要求加以论证。金里卡本人十分低调,他自陈是在罗尔斯和德沃金的基本纲领(自由平等主义范式)中工作的,但正是这种面对自身传统的谦卑姿态,以及对地方性与普遍性、本土化与全球化之辩证关系的辩证把握孕育和造就了理论的创新,实现和促进了自由主义政治哲学的创造性转化。

摆在读者面前的这本书是金里卡的处女作,但实际上也是他的代表作。因为正是在"激情洋溢并对自己新形成的所学所思过于自信的研究生"所写的这部"雄心勃勃的著作"(金里卡:《当代政治哲学导论》二版序言)中,金里卡展开了他日后详加阐发的全部论题。例如他后来在流传甚广的《当代政治哲学导论》中对功利主义与社群主义的详尽分析批评就基本奠基于此书;而后来独擅胜场的包括少数人权利问题在内的多元文化公民权理论则正是本书下半部内容的详细展开;如此等等。

鉴于金里卡在此书之后未就元理论层次的推进续写专著,并根据译者本人对他的思想要领的上述理解,我们选译了他的两篇文章作为本书的附录。前一篇文章提出了对理解金里卡的政治哲学十分重要的一个著名区分,即国家的至善论和社会的至善论的区分,明确肯定和论证了自由主义诚然必须坚持国家层面上的反至善论,但它不必在社会的层面上也是反至善论的。在这种限定的意义上对至善论理想的援引既是保护和培育少数族群成员个人自由之必需,又是自由主义政治哲学在面对文化多元主义的挑战时不可或缺的重要资源。第二篇文章则从他自己所服膺的自由平等主义立场回应了公民共和主义的挑战和批评。整篇文章表现出的明智通达和建设性态度则使此文不徒具有高度的学术价值,而且很值得喜好动辄置论敌于死地的中文政治哲学"思想者"们的借镜。

"自由主义/社群主义之争的可能前景","自由主义如何因应文化多元主义的挑战","自由主义政治哲学返本开新的路径",这些问题较长时期以来同样一直萦绕在作为一名政治哲学从业员的译者的脑际,金里卡的学问进路和基本洞见又是译者所心仪和欣赏的。在这样的背景下,翻译金里卡的这部重要著作的工作就成了一件轻松愉快、悦神悦志的美事。为此,我应感谢上海译文出版社和出版策划人汪宇先生规模引进金里卡著作的善举;感谢出版社编辑所做的过细工作,他们的共同努力使本书能够以目前的面貌出现在读者面前。

金里卡教授友好地赞同和支持译者为他的"少作"增加两篇附录的动议,并免费授予这两篇文章的中文版权;马德普教授、刘训练君慨然同意我们把他们译校的文章(附录二)收入这个中译本。在此向他们致以深切的谢忱。

本书"上篇"和"附录一"由应奇翻译,"下篇"由葛水林翻译,应奇负责审校。

2004 年 3 月

七、《后果评价与实践理性》

1998 年诺贝尔经济学奖得主阿马蒂亚·森教授长期身兼经济、哲学两系的教席,是当代伦理学三大主要流派义务论、德性论与后果论中最后一派的重要代表人物。20 世纪 70 年代末期以来,森教授以他的福利主义经济学和社会选择理论为基础,形成和发展了一种克服了古典功利主义的重大缺陷,吸收了经典义务论的理论优长,并将德性论的若干重要主题纳入考量范围的复杂精致的后果论评价体系,极大地拓展了人们对于实践理性的丰富内涵的全面理解。考虑到森教授迄今为止并未就此主题写成一本体系性的著作,相关的论文集则为数甚多而且篇幅庞大,而中文读者又多对他在这方面的工作缺乏了解,我们产生了根据对森教授的理论体系的上述理解,自行编辑一部他的代表性论文的选集并翻译成中文出版的设想。幸运的是,当我们向森教授提出这一计划,并表示希望得到他的支持之后,森教授不但积极地肯定了我们的编选方案,而且慷慨地授予我们把这些重要论文翻译成中文出版的权利,从而为这一计划的顺利实施铺平了道路。现在,当这部选集即将面世之际,让我们代表它的未来可能的中文读者向森教授致以崇高的敬意和最衷心的感谢。

在编辑、翻译这部选集的过程中,编者得到了许多人的帮助。在这一工作的早期阶段,对后果论被经济学帝国主义劫持这一状况深感不满的汪丁丁教授热情地肯定了我们的构想,并在文献的搜寻和译者的物色方面给予我宝贵的支持。北京大学法学院的丁利博士对文章选目提供了重要的意见,本文选的两篇附录就是在他的建议下收入的。北京大学哲学系的徐向东博士和葛四友君承担了多篇论文的校译工作,葛君还对其他译稿提出了中肯的建议,为译文质量的改善作出了很大贡献,其对学术的虔敬和诚笃更是给我留下了深刻的印象。我多年的朋友,现在中国社会科学院研究生院攻读博士学位的薛平兄和他的同门彭展先生拨冗承担了翻译工作,他们的译文为本选集增色不少。中国人民大学国际关系学院的郑红博士帮助编者查找和复制了一篇重要文献。我的研究生朱海英同学在文献的扫描和校对上付出了辛勤的劳动。同时需要指出的是,包利民教授一如既往地在对外联系方面给予编者宝贵的帮助,而罗卫东教授也在这一工作进行的过程中多方给予鼓励。最后,文集的顺利面世,要归功于人民出版社刘丽华女士的大力支持。编者对以上诸位表示诚挚的谢意,如果没有他(她)们的帮助与合作,我很可能无法把这一工作坚持下来。

可以聊记一笔者,本书的编选于编者而言可谓"无心插柳"之举。笔者既非经济学者,也不是严格意义上的伦理学从业人员。当我多年以前从某英文杂志接触到森教授的论文时,一种纯智性的兴趣驱使我开始阅读和保存他在这份我定期翻阅的杂志上发表的启人心智的文著,但我并未刻意去搜集他的文章,也决没有想到有朝一日会来从事眼下的这项工作——是"当代实践哲学译丛"的创设将本选集的编纂提上了议事日程。从最初动念发愿,并为之殚思竭虑,到最终"千帆过尽",见证观念变为现实,这一趟暗夜中的旅行总算到达了目的地,虽然备感疲累,但我内心的欣悦之情是难以言表的。我当然希望这部凝聚多人劳作的集子能有助于为相关问题的深入研究奠定坚实的文献基础,并带给人们理智上的愉悦和满足,那将是对我们工作的最高褒奖。

有必要说明的是,考虑到博弈论和社会选择理论以及相关的道德哲学文献属于中文译述中最缺乏统一标准和共识的领域之一,有时甚至达到一人一译的程度,因此作为编者,我除了用数月时间通读全部译文,并作全面的校正和润饰之外,还在专门术语译名的统一上做了一些尝试。而即使在这方面,鉴于原作所涉学科的驳杂,理路的渊深,术语的繁复,很多地方都已经在我浅薄的学养之外,因此,统稿工作也必定有这样那样的可商可议之处,我竭诚欢迎各方高明的批评和指教,以便今后有机会时改进。

2005 年 4 月于杭州

八、《事实与价值二分法的崩溃》

事实与价值的二分法是现代道德哲学和政治哲学的根本前提,对这一前提的批判是当代实践哲学最富有挑战性的主题。美国哲学家普特南是这一思潮中颇有深度和代表性的人物。摆在读者面前的这本晚期的小作品,秉承他在《理性、真理与历史》中的思路,立足于实用主义转向后的基本立场,从知识论、伦理学和科学哲学的角度对事实与价值的二分法展开了猛烈的批判,堪称 20 世纪 70 年代以后兴起的新实用主义思潮的简要总结。书中对分析哲学的经验主义教条的自我反省,对阿马蒂亚·森的事实与价值世界的揭示阐发,对威廉姆斯的内在理由与外在理由区分的精细辨析,与罗蒂在相对主义问题上的激烈交锋,与哈贝马斯在价值与规范问题上的对话争论,对自己的哲学生涯的平实回顾,凡此种种,不但具有理论上的兴味,而且提供了 20 世纪晚期哲学的一幅生动的智识图景。

希拉里·普特南是美国在世最重要的哲学家之一,在当代哲学界享有极高的声誉,已故的德国哲学家施太格缪勒在《当代哲学主流》中甚至把他称誉为"当代唯一具有'纵观全局'能力的哲学家"。但是颇有悖谬意味的是,这样一位全才式的哲学家在中文学术界并没有得到全面的认识和把握——长期以来,人们主要是把他当作狭义的分析哲学家、语言哲学家和科学哲学家来了解的。除了国内学界对英美哲学的晚近进展的隔膜,这种倾向在很大程度上不能不归因于普特南著作中文翻译的滞后状况。除了前面提到的《理性、真理与历史》和他与人合编的《数学哲学》以及一些单篇的论文,普特南著作的中译可以说还没有真正的起步。在对前辈和时贤已经做出的工作表示敬意的同时,译者也对能够以拙译接续他们的工作而深感欣慰,并希望这个小译本能够为改变目前难如人意的状态尽绵薄之力。至于在从"语言学转向"到"实践理性转向"的全新语境中对普特南相关思想的专论,则只能俟诸来日了。

应译者之请,普特南教授拨冗为本书撰写了中文版序言,韩水法教授和盛晓明教授帮助解决了德语引文和用语的中译,薛平先生为我澄清和译出了若干疑难的文句,徐向东博士和葛四友君对第四、五、八章的译文提出了宝贵建议,这些都是我应当深切感谢的,而译文的质量则仍由我自己承担责任。

2005 年 1 月于杭州

九、《后形而上学现代性》

阿尔布莱希特·韦尔默(1933—)是与哈贝马斯亦师亦友,与霍内特、奥费、本哈比、伯恩斯坦、麦卡锡、希尔贝克等志同道合的新法兰克福学派和新实用主义的重要代表人物。20 世纪 70 年代以来,在深刻反思旧法兰克福学派的根本缺陷,重新评价自由民主的政治传统,辩证调和现代主义与后现代主义的内在张力的基础上,韦尔默逐渐形成了他的精致的伦理对话模式和独特的民主文化概念,从而极大地丰富了人们对于实践理性的丰富内涵和规范内核的理解。

法兰克福学派与实用主义的交汇和融合是当代西方实践哲学最富有成果的思想运动和最引人瞩目的学术现象之一。如果说极权主义的政治经验是法兰克福学派兴起的时代背景,自由民主的思想和实践是其理论思考和制度设计的假想参照系(无论反面的还是正面的),那么德国唯心主义、马克思的批判理论和韦伯的理性化学说则是它最为重要的思想资源,这一点无论对于旧法兰克福学派还是新法兰克福学派都是适用的。差别在于,实用主义的强势复兴和后现代主义的异军突起极大地改变了 20 世纪晚期西方的智识图景。哈贝马斯对早期批判理论缺陷的反省和对于社会批判理论的规范基础的探究就是在这样的背景下应运而生的。应当说,在拯救德国唯心主义和马克思批判理论的根本内核,汲取实用主义在真理问题和民主问题上的合理洞见,综合自由主义与共和主义(包括社群主义)的政治传统,完善批判理论的规范基础这些方面,韦尔默与哈贝马斯是基本一致的。意味深长的是,与哈贝马斯相比较,韦尔默似乎对后现代主义持有更为宽容和同情的态度。这当然是与韦尔默和哈贝马斯在真理共识理论、商谈伦理模式以及民主文化概念上的重要争论和分歧密切相关的。作为 20 世纪最富有活力的思想流派和学术共同体之一的新法兰克福学派的杰出代表,韦尔默的工作集中体现了守成创新、批判综合、创造转化的辩证统一。在这种意义上说,韦尔默的论著不但为我们深入了解和研究包括哈贝马斯在内的新旧法兰克福学派的思想提供了不可或缺的基本文献,而且本身就是具有独立性、典范性和恒久性的不可取代的思想文本。

这个集子共收入韦尔默的十三篇文章,按照写作时间和编选思路综合考虑的原则,大致分为三个部分。我们可以把第一部分的五篇文章理解成韦尔默的理论创造的准备稿(尽管后两文写于他思想"成熟"之后)。这些文章集中展示了韦尔默的主要思想资源,循此可以辨别出他的思想形成和发展的轨迹。其中特别值得一提的是关于阿伦特的两篇文章,它们不但可以说是相关研究的经典文献,而且堪称对思想家的创造性解读的典型文本。第二部分的四篇文章着重阐发了后形而上学现代性的政治向度,既是他对于语用学转向的规范内涵的集中阐释,又与他在《论现代与后现代的辩证法》中主要论述的审美现代性和在《伦理学与对话》中详细展开的伦理现代性相互辉映。更为重要的是,这些文本把政治哲学研究的批判性、包容性和前瞻性近乎完美地结合在一起,从而把西方政治传统的自我理解提升到了一个崭新的层次和前所未有的高度。第三部分的四篇文章主要是体现了韦尔默的思想语境。其中既有他从效果历史的角度对于法兰克福学派的当今意义的总结,以及结合阿多诺思想的解读对于形而上学与后形而上学之争的阐释,又有他与后现代主义者(主要是罗蒂)在真理问题上的交锋,还有他与伽达默尔和阿佩尔在解释学理解问题上的论辩,后者不但旨在为一种按照后形而上学现代性来理解的自由主义文化澄清其语言哲学的根基,而且预示了他进一步研究的方向(他的近著是一部名为《语言哲学》的专著)。

编者最早接触到韦尔默的思想已是近八年前的事了。我很庆幸自己在投身政治哲学研究之后不久就读到了韦尔默的《现代世界中的自由模式》这篇令人赏心悦目、心驰神往的精彩论文。在我迄今为止的政治哲学工作中,韦尔默的思想对我的启发和影响是显而易见的,这明确地表现在我就自由问题所写的几篇论文中。在某种意义上说,这个选集的编译可以用来表达我对韦尔默教授的思想馈赠的感激和回馈。尤需指出的是,韦尔默教授对我的编译计划给予了有力支持,不但为这个集子推荐了他在阿姆斯特丹大学发表的"斯宾诺莎演讲"中的两篇论文并免费授予中文版权,而且亲自与他的著作的出版社德国苏卡尔普出版社(Suhrkamp Verlag)联系,使他们破例同意以这样的形式翻译出版他的选集。没有他施以援手,这个计划很可能会中途搁浅。我自然应当借此表达对他的由衷敬意和感谢。

在编译这个选集的过程中,我还得到了许多人的帮助。童世骏教授关于新法兰克福学派和新实用主义的论著经常给我带来可靠的信息和有益的启发;曾在柏林自由大学亲炙韦尔默,现于台湾任教的林远泽博士慷慨地寄赠他已刊未刊的相关论文,并与我交流他的研究心得;庞学铨教授委托他在德国的朋友为我查找和复制韦尔默的重要论文;陈波教授也从冯·赖特(G. H. Von Wright)的讨论集中为我复制了一篇韦尔默的文章;曹卫东博士曾慨允从德国为我买回韦尔默的专书(尽管现在已经用不着了);包利民教授一如既往地支持我的学术工作,并在对外联系方面给予我不厌其烦的帮助;倪梁康教授为我解答和澄清了书中关于《逻辑研究》的一处引文的翻译。特别值得一提的是,正在柏林自由大学攻读博士学位的罗亚玲同学不但为我查找资料,介绍信息,而且承担了《人权与民主》一文的翻译,并仔细地通读和校对了《主体间性与理性》的译文,她的工作为本书增色不少;正在康斯坦茨大学攻读博士学位的张立立同学对《阿伦特论革命》一文的译文提出了宝贵的建议;最后,上海译文出版社张吉人编辑为这个集子的面世做了大量卓有成效的工作。以上诸位有的是我的师友同道,有的是相与论学的同事,有的则是至今未曾谋面的年轻朋友,但他(她)们对学问的虔敬诚笃则一。做事不易,相知更难,我自然同样应当借此表达对他(她)们的敬意和感谢。

最后应当说明的是,这个选集的大部分文章是由笔者根据英文翻译的,这在某种意义上当然不能不说是一种缺憾。但有三个理由或许可为我一辩:一是韦尔默教授曾在给我的信中表示"原则上并不反对这样做";二是韦尔默本人曾长期在阿伦特任教过的、现已成为新法兰克福学派(这并不是一个地理概念)和新实用主义重镇的纽约新社会研究院任教,他的不少论文(包括本书中的多篇)最初就是用英文发表的,其他论文的英译文也是在他指导下完成的;第三也是最为重要的——有点不够谦虚地说——是我对于韦尔默的思想所投入的热情和理解的程度。我希望——再次有点不够谦虚地说——这种热情和理解可望保证这个选集的翻译品质,尽管这丝毫不意味着排斥来自各方先进和高明的任何批评和指教。

2005 年 9 月

十、《自由主义与价值多元论》

在过去六年中,包括本书在内,我已经为江苏人民出版社翻译和组译了六本译著,这些书都是由汪意云女士编辑的,她的敬业精神和高效工作给我留下了深刻印象。在全部工作即将告一段落之际,让我借此机会对她为这些译著付出的劳动表示衷心感谢。"读书多,没有穷尽;译书多,身体疲倦",也许我应当效法时贤,进入到"写书"的行列中去,但即使这样,我仍然期待着将来有机会再次与她合作。

2006 年 4 月记于杭州

十一、《民主与分歧》

特别感谢古特曼和汤普森教授拨冗为她(他)们大著的中译本作序,感谢汤普森教授为译者澄清原文中的难解之处。感谢古特曼校长的特别助理 Sigal Ben Porath 博士卓有成效的工作。感谢何包钢教授和陈剩勇教授提供他们的英文大作,从而使原作者在处理商议民主理论之于当代中国民主实践的相关性时有所依凭和参照。

2006 年 5 月于杭州

十二、《迈向正义与美德》

1998 年暑假,为完成台湾扬智文化事业公司约撰的《社群主义》一书,我专程到北京查找资料。在北京图书馆(现名国家图书馆)的新书架上,我见到了奥尼尔女士的这本出炉新著。当时并不知作者何许人也,但本书的内容和书名吸引了我,我当即咬牙把它复印下来,带回杭州。时光倥偬,现在回头想来,那次北京之行搜集到的文献,我在此后数年中都享用不尽。但说来惭愧的是,虽然这些年来我一直都在政治哲学这块园地中讨生活,但奥尼尔女士这本书我并未仔细展读,而只是选读了若干章节,更多时候则是拿出来摩娑一番又重新放回资料箧中。

2004 年 4 月,我趁到北京参加一次会议的间隙,去人民出版社拜访刘丽华女士,刘女士是一位颇有影响的资深编辑,策划编辑过好些声誉良好的丛书。通过那次见面,我们确定了此前已开始酝酿的共同做一套当代实践哲学译丛的计划。到这时,放在读者面前的奥尼尔女士这本著作的翻译算是真正提上了议事日程。

我这番夹杂个人经历的回顾别无他意,除了表明书有书的故事,译著有译著的故事,主要是想借此机会对刘丽华女士在策划这个丛书中所付出的努力和辛劳表示感谢和敬意。

回到奥尼尔女士的书上面。现在已经很清楚,作为罗尔斯的学生,奥女士是当今方兴未艾的实践哲学研究的代表性人物。她的研究旁涉妇女权利、全球正义和饥馑问题,著述颇丰。特别值得重视的是,她在康德(式)伦理学的研究上花了很深的功夫,包括《剑桥康德指南》在内的国际上有影响的各种康德研究专集中经常可以见到她的文字。她踵武罗尔斯提出的康德式建构主义论式,通过对康德和罗尔斯文本的重新解读,例如以抽象化理论取代理想化理论,修正并精微化这一论式。在此基础上,她把自己的实践推理模式系统化,对实践哲学的晚近发展中出现的普遍主义与特殊主义、义务论和目的论(德性论)、自由主义与社群主义等颇具分裂性和对抗性的争论做出了全面的回应。本书就是这一尝试的集中表达。可以说,奥尼尔女士的工作很好地体现了思想性和学术性的高度统一。从这个角度,这本抽象地讨论"抽象化"的思想性著作未尝不可以被当作具体翔实的学术性文献来阅读和掌握。这也并不有违于奥女士的初衷吧。

本书的翻译主要是由我最早指导的研究生,原在浙江大学攻读博士学位,现已赴纽约州立大学 Albany 分校深造的陈丽微同学完成的。她承担的是第三至七章以及索引的翻译和整理。我除了译出其余部分,主要的工作是确定和统一译名,并通读和校正全书。没有她的鼎力支持,我不知道这一工作会拖到何时。像过去一样,我要对她付出的辛劳表示由衷的谢意,并希望这项译事最终能使她在学术上受益。

2006 年 2 月于杭州

今年七八月间,奥尼尔女士作为中英美暑期哲学学院第 11 期康德哲学高级研讨班的教员在北京讲授康德的伦理学,我因事冗而无缘前往聆听。后在"哲学在线"见到她在研讨班闭幕式上朗诵的她自己所写的一首诗。这首小诗颇富理趣,读后不禁技痒,试译如下,供方家一粲。

Kantian Dreams

I met a *Ding an Sich* one night;

The creature gave me quite a fright.

Was I the first of all my race

To know transcending time and space?

Had I achieved superior cognition,

Outstripping all humanity's condition?

I cried, "The knower petrifies the known!

This *Ding an Sich* must turn to stone!"

Immediately I made acquaintance

With the *Ding* as an appearance.

Onora O'Neill –

revised Beijing, August 2006

康德式的梦

有一晚我梦见了物自身,

这家伙让我大吃一惊。
同侪中是我独占鳌头，
有超越时空之知？
是我超脱了全人类之境，
而有超凡之知？
我惊呼："知者吓呆被知者！
此物自身必化身为墓石！"
于是我与现象之物一见钟情。

2006 年 9 月 5 日补记

真所谓世事难料，从我"即兴"译出上述这首小诗，到最终把这本篇幅并不甚巨的译著交给出版社，竟又有整整两年过去了。近些年虽难说是兴之所至却也是不断萌生，说不上是令人目眩神迷但总使人有树欲静而风不止之叹的各项计划和行程，一直延搁着这项必须心神以赴才能完成的未竟工作。为此我要特别感谢四川大学哲学系的郭立东博士，经丁三东博士的推荐，他应我的邀请通读了全部译稿，尤其是仔细地校对了第三至七章的译文。郭君是科班出身的伦理学博士，基础扎实，训练有素，更为难得的是极为认真的做事态度。他为此书付出的劳作相当可观（有不少地方是重译），从而极大地减轻了我的工作负荷。但仍要指出的是，本书的不少论述颇为晦涩难解，要转换成流畅可诵的中文更是勉为其难。故虽经反复校订，译文仍不免有不尽人意之处，为此竭诚欢迎识者提出宝贵的批评和建议，裨便有机会时修正和完善。

2008 年 11 月 21 日再记

十三、《现代性的教训》

《现代性的教训》一书的翻译一早就列入了"当代实践哲学译丛"

的计划,但由于头绪纷繁,一向都只做了一些零碎的工作。2007 年下半年,本书的两位译者分别在普林斯顿大学和布朗大学担任访问学者,在一次通话中,刘擎兴奋地谈到正在参加其时已从芝加哥大学转到布朗大学的本书作者拉莫尔教授的研讨班,这无疑是一个很有"诱惑力"的消息,于是经过一番简单的分工讨论,我们就达成了合作翻译此书的意向。原约定在去年春夏之交回国前交稿,但由于各种原因一直拖到这个暑假将尽才完成全部的工作。虽然本书的翻译工作主要是在国内完成的,两位译者仍愿以此纪念他们相逢于新英格兰的深秋的短暂而又令人愉快的时光——我们曾同游哈佛校园和附近的那家名为 RAVEN 的旧书店,并在圣诞前后结伴拜访了普林斯顿高等研究院的 Michael Walzer 教授。

2009 年 8 月 31 日

十四、《人同此心》

在某种程度上,本书的译事是我两年前到该书作者菲利普·佩迪特教授所在的普林斯顿大学人类价值研究中心访问的一大动因。难忘 2007 年 9 月 28 日 Newark 机场上空的夕阳,难忘 Carnegie 湖边的独行,难忘在灯光昏暗几欲使人眼疼的 Firestone 书库中的漫游,难忘在刚搬来 Nassau 街上的 Layrinth 书店中的流连,难忘一个人到 Wawa 旁边小坐,难忘时近黄昏在 AS 寻梦,难忘来往于 Princeton Junction 和 Princeton 之间的小火车的汽笛声,难忘午夜时分从 Friend Centre 出来时那满树的冰挂——那一刻这样的句子涌上了我的心头:"我没有体会到寂寞,却品尝着寂寞的后果"。当然更难忘的是与佩迪特教授的初会,还记得在象征性地送给他的一本我自己的书上,我写下了这样的话:

Regret not to meet earlier
There will be ample time

The Common Mind

The Mutual Reason

Destitute leads to change

Change leads to common

Common leads to sustain

佩迪特教授大概是不懂中文的，我也不能断定他有没有"读'经'"，但他那种会心的笑意，除了有一丝爱尔兰人的"狡黠"，也可以算是"人同此心"的一个"例证"吧。遗憾的是先贤的通则有时也会有"例外"：这种自我放逐的生活"穷"则可谓"穷"矣，不过我并未"思变"，于是就更遑论"通"和"久"了。

这种"醒着或站着做梦"的心情和况味不但是我的普林斯顿之行的写照，其实也适用于此书的译事。当我于 2006 年初接下本书的翻译任务时，虽不能说是"豪气干云"，却也是颇为"踌躇"的。而按诸实情，这一漫长而艰辛的工作不但是对我的学术雄心的极大消磨，同时也是对个人意志的致命考验。为此我要特别感谢王华平（浙江大学哲学系博士后）和张曦（北京大学哲学系博士生）两位，如果不是他们分别承担了第一部分和第三部分的翻译，以我近年的工作状态，我恐怕是要放弃这项译事了。当然也还是要感谢佩迪特教授促成我的访问邀请，感谢他对我的照拂，感谢他从黑莓手机上为我澄清翻译中的疑义。佩迪特教授在哥伦比亚大学作定期访问教授时的学生、北京大学哲学系的徐向东教授又拨冗为我清除了若干疑难问题；我所指导的博士研究生何松旭通读了大部分译稿，并提出了某些修改建议。这种"救人于水火"的"义举"理所当然应得到我的感谢。

2006 年 1 月 9 日，在还没有读过这本书的情况下，我在给严搏非先生的信中"信笔"写道："此书实际上是一种变相的关于共通感的讨论，是对《判断力批判》和《真理与方法》的重写"。现在读者可以自行判断我这有些大胆到"无知者无畏"的"断言"离真相有多大的距离——不管是"说明"层面的距离，还是"解释"层面的距离。"人同此心"这个译名也是在那封信中提出来的。我现在必须对此作一点"修正"——

"同""通"虽然同音,但并不同义,在目前的语境中,若要谈"同",也要在"通"的基础上谈,是故"同"实为"通",是故"人同此心"宜作"人通此心"解——虽然按照作者在"后记"中的说明,这好像也只是他所使用的 common 一词(从翻译的角度,这实在是一个令人挠头的词)的三种含义之一,但无疑是最为重要的含义。

2009 年 11 月 22 日于杭州

十五、《自治的踪迹》

在美国宪法学的共和主义复兴的杰出代表人物中,现任哈佛法学院 Robert Walmsley 大学教授的弗兰克·米歇尔曼是与耶鲁大学的阿克曼教授与芝加哥大学的森斯坦教授齐名的重量级人物。近年来,由于哈贝马斯在《在事实与规范之间》中把米歇尔曼的共和主义宪法学作为他的商议性政治观的主要论辩对手之一,后者在学术界声誉更盛,并逐渐为中文学界所知。在刘训练君与我合作编译的《第三种自由》和《公民共和主义》(北京:东方出版社,2006)两个集子中,我们就已经选译了米歇尔曼教授的三篇重要论文:"法律共和国","宪法解释的分歧问题:'适用商谈'于事有补吗?"和"民主与积极自由"。在这一工作进行的过程中,我惊讶地发现,虽然米歇尔曼教授发表了大量广被引用的学术论文,但在英语世界中竟然没有出现过一个他的论文选集!于是我产生了围绕所谓共和主义宪法学,为他编一个专集并译成中文出版的设想。幸运的是,大概由于我此前已与教授建立了良好的联系,我们已有的工作也得到了他的信任,教授本人对我们的编选方案给予了有力的支持,不但提供他的论文,指导我们的编选,还无偿地授予我们用中文翻译和出版这些文章的权利,并在百忙中为这个选集撰写序言。现在,当这个选集即将面世之际,让我代表它未来的中文读者向米歇尔曼教授本人致以深切的感谢和崇高的敬意。

需要说明的是,编者并不是法学从业员,既未到过哈佛法学院,也未见过米歇尔曼教授本人。但我在卡伦伯格撰写的《毁约：哈佛法学院亲历记》(北京：世界知识出版社，2003)中读到过教授的一件趣事："米歇尔曼的问题在于，他总是装成高深莫测的样子，让人以为他很聪明。据说，米歇尔曼的文章经常被最高法院引述。部分学生认为，那是因为最高法院助理想要炫耀他们有能力了解米歇尔曼的理论。"这则轶事也许不无夸张的成分，但任何读过、译过、校译过他的文章的人大概都会对这个故事有同情之了解，并报以会心的微笑吧！译法学论文难，译米歇尔曼的文章则是难中之难。为此，我要特别感谢陈丹和王崟兴两位，她(他)们先后通读并详细校对了大部分篇章，其辛勤付出、只问耕耘的敬业态度令人起敬，而其古道热肠、乐于助人的情怀则更使人为之动容；居今之世，这种品性实在是太过稀见了。坦率地说，没有这两位的慷慨援手，我不知这一工作会拖到何时。我也要感谢孟军在译事最初阶段所做的工作，感谢张扬洲、陈丹、余净植、高春燕、褚国建参加翻译，感谢葛四友在最后阶段的鼎力支持。认真说来，作为编者，我的工作主要限于澄清有疑问的译文和统一重要的译名。但由于本书篇幅较大，术语繁多，统稿工作必定会有未尽完善之处，欢迎法学界和政治哲学界的方家同仁不吝指正，裨使我在今后的作业中有所遵循。

有一点值得指出，米歇尔曼教授在与我的通信中，数次强调他并不接受把他称作共和主义者，把他的宪法学称作共和主义宪法学。正如他在序言中自陈的，他把自己看作一个政治自由主义者，而把本书的立场称作政治自由主义的立场。在经过我的解释和坚持后，他勉强同意用"米歇尔曼论自由主义的和共和主义的宪法学"作为选集的副标题。按照我的揣测和浅见，米歇尔曼之婉拒"共和主义"和"共和主义者"的雅号，如果不是基于美国的意识形态和学术界的政治正确的考量，那么其原因可能仍然在于他还是把共和主义与所谓公民人文主义等量齐观。但正如罗尔斯在《政治自由主义》中公开承认的，政治自由主义与作为亚里士多德主义的一种形式的公民人文主义相对立，但与古典共和主义并无根本性冲突。如果我们像哈贝马斯所谓"康德式共和主义者"那样，一方面承认共和主义并没有随着所谓自由主义现代性的崛起一去不返地退出人们的政治想象，成为引发人们思古之幽情的历史遗物；另一方面认识到经过创造性的转换，共和主义仍然可以作为自由主义的对手（从强自由派和强共和派的立场看）和对话者（从弱自由派和弱共和派的立场看）继续活跃在现代性政治理论的舞台上，那么米歇尔曼也许就不会拒绝"共和主义"和"共和主义者"这两个称号了。我想这大概并不有违于米歇尔曼教授的初衷吧。而这也正是包括本书在内的整个"共和译丛"的基本取向。

最后要对严搏非先生的支持表示感谢，希望这个微型丛书的质量能够报偿他为此付出的巨大心力。

2007 年 3 月初稿
2010 年 1 月订正

十六、《伦理学与对话》

在《批判的踪迹》一文中，我曾经"交代"，我是通过迈克尔·凯利所编《伦理学和政治学中的解释学和批判理论》一书中所收的《现代世界中的自由模式》一文而接触到韦尔默的思想的。此后，一直以来对商谈伦理学的关注又自然而然地把我的注意力转到了他的《伦理学与对话》一书上。在最初的计划中，我打算把这本小书与我以《残局》（MIT，1998）为蓝本编选的他的论文放在一起，做成一本名为《伦理对话与民主文化》的书。版权方面的原因使得我对韦尔默的引介必须以两本书的方式来进行。

在编选完成《后形而上学现代性》并交付出版后，经过我的"软磨硬泡"，当时还在柏林自由大学受博士论文煎熬、但也已开始规划回国后的工作的罗亚玲同学终于答应和我一起翻译《伦理学与对话》一书；作为"交换"和"回报"，我同意在这本书中暂时放弃使用"商谈伦理学"这个译名，而改用"对话伦理学"一词。她所承担的是德文版的附录以及全书分量最重的第二章的翻译。严格说来，我并无资格评价她的工作的质量，但可以"讨巧"地指出的是，有了她的领衔和把关，我的这一以英文为底本翻译德语哲学家著作的非常规做法也就得到了某种"正当化"。

韦尔默教授对这一工作的关心和支持是我在时隔数年后仍然坚持完成这项译事的基本动力之一。曾经翻译过格拉斯的作品、后在德国从事版权事务的蔡鸿君先生在解决两书的版权问题上曾给与帮助和便利。上海译文出版社的张吉人编辑现在可谓是我合作多年的老朋友了,他的张弛有度的工作风格给我留下了深刻的印象。除了感谢上述诸位的盛情雅意,我还是要再次提到并郑重感谢罗亚玲博士,在酝酿、筹备这两项译事的过程中,特别是在其前期阶段,我们曾有过不少次的"隔空""交火"、讨论和争辩,当然也还有相互的鼓励、支持和奥援,这些无疑也是我从事这项工作的信心和动力的来源与保障。

由于某些至今尚无法清晰阐明的原因,除开少数例外(例如童世骏教授的工作),以哈贝马斯为代表的批判理论和新法兰克福学派的工作即使在被引入中文世界多年之后,也似乎仍然难逃"雷声大雨点小"或"只开花不结果"之讥或劫。即使仅就学理层面而言,相关的缺憾也是相当明显的,例如对于商谈伦理学(对不起,是对话伦理学!)这个 20 世纪晚期实践哲学中极为重要的进展,除了薛华教授早年的专书和林远泽博士近年的论文,中文世界似乎就再也找不出任何像样的成果了。就连哈贝马斯在这个主题上的两三种专门著作到现在也没有任何被翻译的迹象——这就像海德格尔热虽然已持续了这么多年,如牟宗三先生在《智的直觉与中国哲学》中所言对理解海氏思想至关重要的《康德与形而上学问题》一书,却至今没有一个完整的中译本(上海译文出版社最近出版的《物的追问》可算是对此的一个弥补)。我从未妄想也并无能力通过翻译制造热点或推动潮流,而只期望自己如伯林所谓工兵般的角色承当能够在促进中文学界对西学之较为全面的认知中起到些许"排雷""除障"的作用。本书的翻译同样是这一尝试和努力的组成部分,"知我者谓我心忧,不知我者谓我何求",知我罪我——"虽千万人吾往矣"!

2010 年 7 月 28 日

十七、《厚薄之间的政治概念》

《政治与社会哲学评论》可谓当前中文政治哲学和政治思想领域水准最属上乘，而作者阵容又最为齐整的学术刊物之一。自2002年6月创刊，至去年三月刚好出满二十期。当其时也，我正在宜兰佛光大学客座。应《评论》主要发起人蔡英文教授和江宜桦教授之邀，我和邀我访台的张培伦教授一道参加了刊物编辑部在台湾大学召开的读书纪念会。身临其境，台湾政治哲学社群的讨论氛围和作业方式给我留下了深刻印象。考虑到由于受各种因素制约，大陆读者还不易看到这份期刊，经与培伦兄商议，我们共同向该刊编委会和与会的巨流出版公司总编辑陈巨擘先生提出，希望从已刊之二十期中选出若干有代表性的篇目，总成一集，介绍到大陆出版，一方面旨在向同属中文写作圈的内地读者尤其是对政治哲学和政治思想有兴趣的青年学子较为系统地呈现台湾学者的工作成果，另一方面借此对其劳作和经营其实亦颇艰辛的办刊同仁略表敬意，而这虽不乏"自作多情"的成分，但或许在刊物的发展历程中亦不无小小的纪念意义。我们的设想得到了刊物编委会和出版方的支持。记得是四月下旬，刊物主要出资方"中央研究院"人文社会科学中心政治思想组执行长蔡英文教授专门为此事约请陈巨擘先生和我到南港聚谈，其间还"巧遇"政治所徐火炎研究员，在研究院路的一家特色小店我们一边享受着台湾风味，一边品尝蔡先生"贡献"的陈年红酒，而《评论》选刊一事也就此确定了下来。

虽然文章都是现成的，但编选成书却也颇费思量。经反复考虑，并与培伦兄多次讨论，我们确定以政治概念的基本内涵、历史沿革以及相关论争作为遴选篇目的标准和尺度。首先是对于若干基本政治概念的系统而不乏原创性的探讨，然后以罗尔斯政治哲学为个案，集中展示台湾学者对于这一当代显学中涉及的根本问题以及引发的争论的见解，进一步从纵向和横向的维度分别呈现政治概念的历史演化以及自由主义内外对于政治概念的不同看法及其交锋，最后以对于哈贝马斯的程序主义政治法理观的探讨作结。希望此编除了能够使读者对台湾政治哲学学者所主要关心的问题及其研究水准有一个初步的了解之外，还可藉由这一编选思路，对于当代政治哲学的基本问题及其脉络有一个大致的认识和把握。毫无疑问，有所见必有所蔽，有所取必有所舍，本编选文及其尺度并不足以体现《评论》已刊文章的全幅水准和丰富维度。此外，鉴于包括钱永祥、蔡英文、萧高彦等各位的大作已有大陆学者做了不少"引进"工作，为节省有限的出版资源，同时也是为了对读者负责，我们没有重复选入他们的文章，此点也征得了他们的赞同和理解。

　　需要顺便指出并表示感谢的是，编者访台期间，除在佛光担任一门课程，还曾应邀先后至东吴大学、"中央研究院"、辅仁大学、华梵大学、台湾"清华大学"、中正大学、南华大学、成功大学、高雄中山大学、淡江大学、台湾大学、政治大学、花莲台湾"东华大学"等校参访、演讲和交流，也由此结识了这一选刊的大部分作者，并蒙他们同意将其大作选入此书。特别要感谢：林火旺教授，他主持了我在台湾大学哲学系的讲演（遗憾的是我的讲演并不成功），并两次与他的弟子张培伦教授一起与我共餐；《评论》前主编张旺山教授，他通达洒落的古君子风给我留下了深刻印象，他和他的同仁对我在台湾"清华大学"的演讲的"体无完肤"的批评却使我受益匪浅；石元康教授和谢世民教授，他们邀我参加在中正大学举行的德沃金思想研讨会并热情款待；梁文韬兄，他邀我到成功大学演讲，还陪我细览台南风物，并驱车与我南下高雄，我至今记得他与我一边品尝台南小吃"棺材板"，一边忧心国事的神情；曾国祥教授，我们有颇为相近的学术志趣和关切，他笑云已"为我"向他的学生"推销"了上百本我在扬智文化所出的《社群主义》一书，我在他任教的高雄中山大学的讲演是我自以为在台期间最为"成功"的演讲之一，高雄之旅的心情也颇为愉悦欢畅，特别是与他和他的弟子们在"打狗领事馆"一边欣赏高雄港的晚霞，一边畅论"共和的黄昏"的情景至今犹历历如在眼前。"人间四月芳菲天，山寺桃花始盛开"，我用"渺远而又亲切，陌生却有温情"十二个字来概括台湾之行的感触和况味，我也把它们献给这个选本的读者，"纸上春秋，笔底乾坤"，希望在某种程度上，这个读本也会给你们带来类似的感受。

2008 年 2 月

十八、《宪政人物》

　　自三联书店在 90 年代中期推出"宪政译丛"以来，中文学界关于西方宪政理论和制度及其历史之译述，虽难说洋洋大观，却也是屡有佳什，如商务印书馆"公法译丛"所收英人白哲特之《英国宪制》；甚至不乏更具规模之工程，如北京大学出版社之"宪政经典"。编者本人也曾主持翻译斯科特·戈登《控制国家：从古代雅典到当今的宪政史》一书。晚近以来，旧籍新刊蔚为风尚，我国致力于宪政理论传播和研究之前驱如张君劢、钱端升、萧公权诸公之撰述更是续有刊印，而戴雪之《英宪精义》旧译，也早经重刊。凡此种种，其嘉惠士林学子，功莫大焉。

　　去年三至五月间，我在台湾佛光大学客座，其间应邀到坐落于南港的"中央研究院"访问。在人文社会科学中心图书馆，偶检早已停刊的《宪政思潮季刊》，发现该刊有"宪政人物"一栏，此栏约请专人，逐一评述西方宪政历史上有代表性的人物。其中既有译述之作，更不乏名家撰述；而传主既有人们耳熟能详之经典人物，亦有学界相对生疏者。当时我就设想，如能将这些篇什萃为一集，予以出版，将不但能够为大陆学者呈现一种系统梳理西方宪政历史之新方式，而且将为对此一议题和论域感兴趣的一般读者提供切近便利之门径。现在，吉林出版集团有"公共哲学与政治思想丛刊"之设，而此书得以列入其中，即将与读者见面，对此我自然深感欣慰和喜悦。

　　由于众所周知的原因，两岸学术既有共通兼容的古今传承，更有歧见异议叠出其间，这也明显地表现在西学的译述和相关撰述上，无论在人物术语专名的中译，还是在行文表述的方式上，两岸都有不少差异。而原稿在排版刊印的过程中本难免脱漏，加以重新录排，繁简转换，整理成书的工作量远比最初想象为大。特别要指出并深致感谢的是，此一工作进行期间,我正在国外访问,因此本书具体的整理校读工作主要是由刘训练君和我的学生杨立峰君完成的。当然,我也要感谢邀我访台的张培伦兄,邀我到"中央研究院"人文社会科学中心访问讲演的蔡英文教授,没有他们的热忱和雅意,就不会有眼前这本书。最后要感谢"中研院"政治所的徐火炎教授,他对我的设想的鼓励和建议打消了我最初的踌躇和疑虑,促使我下决心把这一计划付诸实施。

2008 年 2 月

十九、《代表观念与代议民主》

无论是对于理解和把握西方政治思想和制度的起承转合,还是对于规范和引导当代中国的制度实践,本书的议题——代表理论和代议民主——的重要性大概都是不言而喻的。然而在中文法政学界,由于长期以来对于议会民主制的近于厚诬式的片面批判,例如认为它集中体现了所谓资产阶级民主的虚伪性,以至于讥之为"议会清谈馆";以及对于直接民主的不明就里的顶礼膜拜,包括片面地将它与间接民主对立起来,使得代议民主以及作为其根本基石的代表理论一直没有得到认真和正面的对待。而反观西方,一方面,从中古以迄近现代,代表概念和代议民主可以说一直是贯串政治理论和实践的一根主线;另一方面,自由民主政制在其演进过程中不断呈现出来的内在张力不是促退而是促进了代表理论和代议民主的自我更化。如果我们继续漠视在这些脉络中得到集中体现的人类政治文明的具有恒久价值的重要成果,遭受戕害以致贫弱失血的就将不但是我们的理论建设事业,而更是我们的制度变革实践。

去年三至五月间,我在台湾佛光大学客座,其间应邀到坐落于南港的"中央研究院"访问。在人文社会科学中心图书馆,偶检早已停刊的《宪政思潮季刊》,发现该刊曾有"代表理论"专辑,是辑萃取代表理论和代议制度研究中的重要篇什,加以译介。除此专辑之外,又尚有若干篇章亦多有涉及此一主题。当时我就设想,如能将这些篇目总为一集,予以出版,将有益于我们初步了解此一议题和论域,并作为进一步研讨之基础。现在,吉林出版集团有"公共哲学与政治思想丛刊"之设,此书得以列入其中,即将与读者见面,对此我自然深感欣慰和喜悦。

由于众所周知的原因,两岸学术既有共通兼容的古今传承,更有歧见异议叠出其间,这也明显地表现在西学的译述和相关撰述上,无论在人物术语专名的中译,还是在行文表述的方式上,两岸都有不少差异。而原稿在排版刊印的过程中本难免脱漏,加以重新录排,繁简转换,整理成书的工作量远比最初想像为大。特别要指出并深致感谢的是,此一工作进行期间,我正在国外访问,因此本书具体的整理校读工作主要是由刘训练君和我的学生杨立峰君完成的。当然,我也要感谢邀我访台的张培伦兄,邀我到"中央研究院"人文社会科学中心访问讲演的蔡英文教授,没有他们的热忱和雅意,就不会有眼前这本书。最后要感谢"中研院"政治所的徐火炎教授,他对我的设想的鼓励和建议打消了我最初的踌躇和疑虑,促使我下决心把这一计划付诸实施。

2008 年 2 月

二十、《概念图式与形而上学》

还是在上海求学时节,一次偶然在万航渡路院图书馆借得一册《个体》,初读之下,即产生了浓厚的兴趣,但一直未曾有机缘对之作一番系统的探究。来杭大投师于夏基松教授门下后,夏先生积极支持我以斯特劳森哲学作为学位论文的主攻对象。在确定提纲、写作本文的过程中,得到了夏先生的悉心指导,成文后夏先生又作了仔细的审核,这是我首先要表示衷心的感谢的。同时我亦对师母沈斐凤教授给予我的关心表示谢意。

斯特劳森教授为我寄来了他晚近的著作及他早年发表的若干论文的抽印本;斯特劳森教授的学生,牛津青年哲学家 A. C. Grayling 博士赠送给我他本人写作的对阐述其老师思想颇有帮助的有关著作。

我的老师,上海社会科学院的范明生研究员和孙月才研究员一直关心我的学业进展,孙先生并在上海为我查找和复制有关资料;哲学所的薛平先生曾在斯特劳森指导下在牛津此事访问研究,他热情地接受了我的访谈并惠借资料,他对斯特劳森哲学的精湛见解给我以很大的启发;吉林大学哲学系的李景林先生、吴跃平先生和赵岿君在长春为我查找和复制相关的语言哲学著作;我的朋友崔伟奇君、李传新君、黄易澎君、严春松君分别在北京图书馆、北京大学图书馆、南开大学图书馆、上海图书馆和上海社会科学院图书馆为我查找发布在国外各大哲学期刊上的有关斯特劳森哲学的研究文章。

若没有以上诸位的帮助,本论文的完成将会困难许多,谨对他们致以深切的谢忱。

最后要说明的是,斯特劳森哲学精微深湛,诠表为难。数年探索,其中甘苦,真如鱼饮水。古人所谓涵泳久之,才能庶几乎近之,而这一切都只能俟诸来日了。

1996 年 4 月,属稿于杭州大学哲学系

近年心志他移,未能再专力于旧业,然"喜新不厌旧",对斯特劳森哲学,一直未能忘情和释怀。这次趁拙著列入"求是丛书",将在沪上印行之际,又参照晚近所出文献及相关进展作了力所能及的修改和润色,或者不至于辜负促成此书出版的诸位先生的美意;同时,我亦要借此一角,对内子张小玲多年来对我的学业给予的宝贵支持表示诚挚的谢意。

2000 年 3 月重订于浙江大学国际文化学系

二十一、《从自由主义到后自由主义》

本书的主体部分完成于近三年前,那正是 80 年轮回后的又一轮

"主义之争"在中国大陆"思想界"如火如荼之时。检视旧稿,生涩稚嫩、画地为牢之处所在多有,但试图从观念史和问题史的角度提供对于当代政治哲学的一种独特的考察,从"学术"的层面回应"思想"的挑战的用心却也是依稀可辨的;第六章和作为附论收录在这里的"政治理论史研究的三种范式"一文原来并不在全书的架构之内,前者是一篇会议论文,后者则是我在进数年讲授西方政治思想史课程的基础上写成的。但当我把这两部分内容与原稿合为一时,竟有若合符节、豁然贯通之感。这似乎有力地印证了一种叙事的形成典型地显得像是一种"自生自发的扩展秩序"的形成。当然这样说并不是要否认"建构理性"在其中所起的作用。在这个意义上,秩序是一种平衡,而且是一种"反思的平衡"——经由反思形成的平衡和经得起反思的平衡。

三联书店慨然将本书列入《三联哈佛燕京学术丛书》出版计划使我有机会将过去近五年所做的工作以较为完整的面貌呈现出来。我已经尽量消除了由时间的落差所造成的技巧上的缺陷,并尽力以现在达到的认识统率全书,取得的效果也许不限于叙事的美学方面,但更美好的叙事则仍然只能期待"自生自发秩序"的下一轮"演化"了。

台湾扬智文化事业公司原总编辑孟樊先生早岁积极地支持和推动我的研究和写作计划;浙江省哲学社会科学规划办公室、浙江大学董氏文史哲研究基金先后将本项研究列入资助范围;北京大学李强教授、清华大学万俊人教授、南京大学顾肃教授、吉林大学姚大志教授对本项研究给予积极的评价;出版界前辈许医农老师以理想主义的情怀和令人感佩的敬业精神为本书提供了决定性的支持,她对拙稿的期望在使我感到汗颜的同时又不敢稍有懈怠;出版策划人汪宇先生以他对当代中国学术发展趋势的敏锐洞察"发现"并促成了书稿的顺利出版;孙晓林女士为编辑是书费力甚勤,她的热情、素养和效率给我留下了深刻的印象。作者对以上机构和个人表示诚挚的谢意,并祈愿"主义之争"和这本实际是昨日黄花的小书早日成为明日黄花。

2002 年 12 月 31 日匆草
2003 年 3 月 7 日改定

二十二、《寻求发展与稳定的平衡》

孟军的博士论文《寻求发展与稳定的平衡——亨廷顿政治发展理论研究》即将由中国社会科学出版社出版了,当他约请我为他的第一本著作撰写一篇序言时,我一方面觉得有些突兀和迷惑——我怎么一不小心就进入为别人的著作写序的行列了?虽则这些年我为自己主编的以及与朋友合作主编的各种丛书所写的序言都已有不少篇了,以至于当别人问我究竟策划了多少种书时,我有时会调侃自己为"总序先生",但为别人的书写序,从实招来,却还确是头一遭;另一方面,放下电话,左思右忖,又似乎觉得并无谢绝他的美意的坚实理由,这却要听我一一道来了。

孟军是我刚进入政治哲学和政治思想这一领域不久,在浙江大学政治学理论硕士点上最早指导的两位学生中的一位,他以《罗尔斯与哈特关于自由优先性的争论》一文于 2002 年初获得硕士学位。在学期间他还曾在我的主持下与另外两位同学合作翻译了《控制国家——西方宪政史》一书。近三年的相处,他的好学上进和谦逊低调给我留下了很深的印象。在毕业工作数年后,他又考入浙大攻读博士学位,虽然他的学位论文并不是我指导的,但他重返杭州后我们仍时相过从——他美其名曰向我问学,实则不过是用巨大的耐心听我后语不接前言地、有一搭无一搭地"独白"。有一段时间他还每周来陪我到学校体育馆打乒乓球锻炼,我至今记得每次活动完毕,夕阳西下时分,我们到学校旁边的青芝坞小酒馆一边喝酒一边聊天的情景——那照例还是我讲得多,他听得多,有一次好像是谈到了我对于古今之争的理解,他听得兴起时甚至还做出了作笔记状。2007 年四五月间,我在宜兰佛光大学担任客座教授,在到台北闲逛时,我在台大门口的一家小书店为他找到了亨廷顿早年的著作《军人与国家》的台译本。我还曾对他所从事的我实际上并不熟悉的亨廷顿研究发表了"高屋建瓴"的"指导意见",例如我希望他把亨廷顿对美国认同的探讨与我当时颇为着迷的共和主义研究甚至施特劳斯及其弟子们对于美国立国原则的阐释结合起来加以阐发,如此等等。这么说来,我对他的博士论文写作实际上也是做出了某种"贡献"的。

由于我并未对亨廷顿的著作和思想下过什么功夫,加之孟军也没有按照我的"指导"写作他的论文,我自然无法对他的大作做出具体的评价。不过,按照我对他的了解,以他对于学问之热情投入和对于做事之认真执著,我相信他的博士论文当得上"中规中矩"四个字的评鉴。"大匠诲人必以规矩",我虽非"大匠",却雅愿以"规矩诲人",而"黄钟毁弃,瓦釜雷鸣",任何对于当今世风和士风有真切感受的人都会明白,据今而言,这四个字不但已然"上升"为一种稀见难得的品性,而且应当成为我们藉以衡量自己的标杆乃至努力以趋的鹄的了。

我的博士论文的"传主",已故的斯特劳森爵士在他的哲学自传中谈到自己出身其中的牛津的 PPE(Philosophy,Politics and Economics)课程时曾经说,经济学很无聊,政治学颇有趣,而哲学是最好的。孟军和我分别从事着"颇有趣的"政治学和"最好的"哲学,这当然已经是一种莫大的福分了,但同样甚至更为重要的是我们还要当得起这个福分,配享这个福分——孟军已经开了一个好头,而我似乎也还没有走到终点,于是愿以此与他共勉。

2010 年 7 月 27 日夜
于浙江大学紫金港校区寓所

道 思 作 颂

——代跋

　　余杭韩公法老上周某晚特意简讯我,他在新年第一期《读书》上提到老包的大名和我的小名了。"受宠若惊"之余,我一边在启真湖畔疾走,一边用大拇指回复他:"公乃阳春白雪,自然信手写去皆文章;吾等下里巴人,不知如此起劲却为何?"面对我如此真诚的恭维,我们敬爱的法老倒是从从容容,也并未严词推却,只说"应大侠纵横自如"——这自然是客气的话了,就像升哥在那期"桃色蛋白质"节目一开始,奶茶还未登场时,就对侯佩岑说的:"客气!"

　　这两天像"伪坟"被盗的曹阿瞒一样患了头痛病,自忖整个去年,除了有一次实在忍不住批评某小辈的翻译,也实在并未干过什么"伤天害理"之事,想来想去"病根子"估计还是这"部落格"写坏了。由此想起大约是十年前,一位颇为"老辣"的学生曾经半恭维半调侃地对我说:"应老师您这么好使的脑袋就做做翻译未免可惜了。"面对这同样来自"小辈"的"挑衅言辞",我当然是"义正词严"地予以"还击",记得当时脑袋还确是颇为"好使"的我的回应是:"为师的脑袋并不十分好使,也并不十分不好使,这样的脑袋做做翻译刚刚合适。"十年沉浮如云,往事前尘如烟,不知我的这位学生要是知道我现在在"从事"目前这等文字"营生"又会作何感想,或者要如何感慨于老师之"堕落如斯"。在这种"认同焦虑"之下,于是昨晚今晨就都在"反省"我之"写作"的"性质"——对此虽先有老包"你的一篇部落格抵得上一个社科基金重大项目"之"赞词",后又有法老"流行开来了,不承认就不行,此之谓'风格'"之"鼓励",但毕竟还是有钱永祥先生就曾经"质疑":"你为什么要写这些东西呢?",更有我的朋友向东和刘擎一边("表面上")为我"叫好"，一边（"内心里"）为我"惋惜"——这种"反省"还有一个导因则是昨天偶然看了韦政通谈牟宗三先生之作《五十自述》，韦氏有谓牟先生写此书乃是为了"拯救自己"，因为他那时"精神低潮，身体又不太好"——还"非常想结婚。有一次一位开面包店的山东老乡给他介绍一位女性，让他去阳明山相亲，那次相亲他喝得有点多，躺下去口吐白沫"。我因为多年前受罗义俊师之影响，相当一段时间"逼迫"自己不去看韦先生的书。这次倒是破了"戒"——想来想去也是因为自己年龄也渐渐大了，慢慢知道对人对己都要"厚道"些，于是就一下收了中华刚出的他的几个集子，鄙见以为，至少这两个集子——《时代人物各风流》和《知识人生三大调》——还是相当可以观摩浏览的，特别是因为毕竟多年的"两岸阻隔"不是一个"直飞"就能"消解"得掉的，比如有些个"料儿"人家早就"报"过了，而我们却硬是不知不晓的。

然则我之意识流般的"反省"却竟是——虽然我似乎早就过了"成长"、"发展"或"养成"（其实也就是德文词 Bildung 之所谓）之年龄——指向了歌德的威廉·麦斯特系列，这个系列我记得有董问樵先生的译本，而且就在离我书桌不远的地方，其实也就是我的椅子背后，于是就停止"反省"，抽出两本书来翻看了董先生的两篇译序，还有《漫游年代》最后"玛卡莉的谈话摘要"，却发现有如下句子可以抄出：

> 不可能有折衷主义的哲学，但有折衷主义的哲学家。
> 在我不得不停止表现德行的地方，我就再也没有力量了。
> 对于一个新的真理来说，没有什么比一种旧的误会更有害了。
> 新时代的最有独创性的作者不是因为他们创造出什么新的东西，而仅仅是因为他们能够说出仿佛以前从没有被人说过的事物。
> 因此独创性的最美好的标志，就是懂得把从外界接受的思想卓有成效地加以发挥，使人不容易发现其内心隐藏有多少东西。
> 事实上一切都要取决于信念，哪里有这些信念，就会出现这些思想，有了一些什么样的信念，也就有与此相应的什么样的思想。
> 过久地停留在抽象事物上头是不好的。神秘的东西只在力求公开化时才有害。生活最好是通过活生生的东西来启发。

这些重弹的老调未免又使人想起似乎永远不会老去的歌德老人那句流芳百世的"理论是灰色的，生活之树长青"，于是"意识"就又"流"到了董译本的《浮士德》，这书我大一时在长春所得的还是个精装本，封面画是程十发所作，而且现在刚好在我右手的书架上，虽然我并不经常翻看，但倒是难得地并未"蒙尘"，于是就顺手取下来，沉甸甸地把在手中。"时空交错"，一瞬间我脑子上竟有一阵短暂的"晕眩"——今夕何夕，不知这位董老先生是否尚在人世，于是马上"谷歌"了下，得知董先生已于1993年，也就是《学习年代》中译问世的那一年下世，无论如何，《漫游年代》（1995年上海译文出版社）都已经是"遗译"了。链接上进一步又跳出一篇题为《王伯英的大半个世纪》的文字，这位王老太太是董先生的"遗孀"，此文追忆了他们生活中的一些情节，我一气看完，却真正是让人有不胜唏嘘之感的了。

兜了一个不大不小的圈子，我的文字的"性质"似乎仍然没有得到"澄清"和"安顿"，于是就又习惯性地想起了捡《楚辞》来看，我收藏的《楚辞》旧注已经"湮没"在了我刚搬家两年就已经是里三层外三层的书架之深处了，于是我只好从"表层"上找（想起永祥先生的得奖妙文《"我永远生活在表层上"》），那都是我偶尔想起翻看了又未曾及时"归位"而遗落在外面的，进入我眼帘的都是今注今译：姜亮夫的《屈原赋今译》，刘永济的《屈赋音注详解》和《屈赋通笺》、汤炳正主撰的《楚辞今注》，王泗原的《楚辞校释》。《音注详解》也是我在吉大上"古代汉语"一课时在长春古籍书店所得；王泗原先生的还是个复本，记得当初大概是先看了张中行先生的介绍（介绍的好像是王先生一本关于古汉语的书）才找来的，有意思的是，大概两三个月前我在杭大路上的杭州书林"扫货"，见架子上还插着这本书，取下一看还是原来的标价（18.7元），于是忍不住又要了一册。几种本子轮流交替翻，最后眼光落在了《九章》的"抽思"一篇，其"乱辞"中最后两句中之"道思作颂"，刘永济以为"道"当作"追"，其《通笺》"道思作颂"条曰：

按此章句以为中道作颂，集注以为且行且思，通释以为道言也,义均未安。疑道乃追之伪字。此篇既曰昔君与我成言兮,又曰初吾所陈之耿著,而有鸟一段,亦为追述往事之辞,乱辞本撮要之言,故曰追思作颂。

这大概算是刘先生解屈的一个"独创",因为似乎只有刘先生这个本子是这样解的——在未捡《通笺》之前我还以为《音注详解》中的"追"字是个排印错误。永济先生此解诚然"通达",不过很奇怪地,我却还是以为"道"字似更有"古意"些——试想,如海氏所"教导"的,不管是"追思"、"反思"、"后思",还不都是"在""道""上"的吗?这样也就更"合"了那位"豪言""我在哪里,德语就在哪里"的托马斯·曼在评论歌德的《亲合力》时所说的:

　　这是一部亲切而不容情的认识人心的作品。在宽容与严厉、清澈与秘密、明智与激动、形式与情感之间,达到如此的均衡,使我们不得不惊讶地说,这是我们的作品。

然则如果是这样,那么《抽思》一篇"乱辞"之最末两句就还是当作:

　　道思作颂,聊以自救兮;
　　忧心不遂,斯言谁告兮。

2011 年 1 月 17 日今晨为杭州入冬以来最寒